# 崛起的长兴岛

## ——情系长兴

《崛起的长兴岛》编委会 编

文汇出版社

**图书在版编目(CIP)数据**

崛起的长兴岛：情系长兴/《崛起的长兴岛》编委
会编. —上海：文汇出版社,2016.5
ISBN 978 - 7 - 5496 - 1706 - 7

Ⅰ.①崛… Ⅱ.①崛… Ⅲ.①散文集-中国-当代
Ⅳ.①I267

中国版本图书馆 CIP 数据核字(2016)第 075809 号

# 崛起的长兴岛
## ——情系长兴

编 者/《崛起的长兴岛》编委会
责任编辑/吴 华
特约编辑/蔡德忠
总 策 划/樊敏章
装帧设计/周作诗 陆关涛
封面题字/顾晓雪
插 图/黄 杰 徐忠如

出版发行 文汇出版社
上海市威海路 755 号
(邮政编码 200041)
经 销/全国新华书店
排 版/南京展望文化发展有限公司
印刷装订/江苏省启东市人民印刷有限公司
版 次/2016 年 5 月第 1 版
印 次/2016 年 5 月第 1 次印刷
开 本/787×1092 1/16
字 数/410 千字
印 张/23

ISBN 978 - 7 - 5496 - 1706 - 7
定 价/58.00 元

# 编　委　会

主　　编　徐惠忠

编辑委员会　徐光明　樊敏章　张　宝

　　　　　　徐忠如　任　平　孙关明

　　　　　　陈忠才　王金山　高学成

特 约 顾 问　徐亚军　周早根　顾晓雪

　　　　　　费琢成

挖掘家鄉史料搜集傳
說軼聞聯絡鄉情民意
傳承鄉土文化

歷史是根文化是魂橋泰崎郭的比興為島一生書功主當代利在人千秋乃功德也量之舉也

欣聞读書第三輯即將出版喜而書之  丙申春月孫旭升拜識

蘭雲雪

# 序一： 海风吹来泥土香

叶辛

冬日的一天，经文友郭树清介绍，送来《崛起的长兴岛——情系长兴》的书稿清样，让我为这本文集作序，我欣然接受。当我细细地翻阅着这一篇篇散发着泥土气息的文字，一股浓郁的乡情扑面而来，不禁被那充满乡土气息和真情实感的文字深深地打动，这篇篇饱含着乡土情怀、乡村文化的散文，耐人寻味，令人钦佩。

对于长兴岛我并不陌生，青春时期去农场、连队小住过一个多月。近年来，我曾多次应邀到长兴岛参观、考察，对这里的自然风貌和人文景观留下了难忘的印象。长兴岛地处长江入海口，得天独厚的自然环境和地理位置，使这片只有185平方公里的海岛成为闻名于世的长寿之乡、生态之乡、柑橘之乡和海洋装备岛、生态水源岛、景观旅游岛。

首先让我陶醉的是《崛起的长兴岛——情系长兴》所描述的那种乡村美。书中展现在人们面前的是《长兴沙洲的变迁》《三十年，长兴巨变》《长江桥隧一路通》《生命之源青草沙》……仿佛穿越时空，仿佛让我又一次看到那一幅幅迷人的美景，沐浴着一缕缕柔情的清风，聆听着一首首动听的乐曲，给人以丰富的联想和强烈的感动。

当我读到知青们写的《难忘长兴》《情系长兴》《青春无悔》《岁月的长河悄悄地流》《难忘那一次挑担》等文章，字里行间流露着对那一段激情岁月的美好回忆，倾吐着对第二故乡的亲情、友情和感激之情，这不就是当时的风雨岁月和生活的真实写照吗？让我仿佛看到了他们在那个年代的生活场景和画面，引起了我同样作为一名知青心中有着深深地感触和共鸣，并找回到了那年轻的岁月和情怀，让人回味无穷。

读了《凝心聚力攀高峰》《绽放在"江南"的一朵美丽焊花》《一个老共产党员的风采》《孝为先　勤为本》《情真意切师生情　追忆往事心潮涌》《感恩——生命的闪光》《长江口中的明珠》《情深深　意绵绵》……被这依依亲情所打动。然而，这情是激昂的情,是奋发的情,是奉献的情,是充满生机的情,集中体现了他们浓郁充沛的情感表达和心路历程,更让人体味到了生活可以艰涩,而亲情永远温暖人心。

同时,最让我感动的,是当我了解到《崛起的长兴岛》编委会全体成员,都是土生土长的长兴岛人,又是长期在长兴岛重要岗位上工作,并退休多年的老领导、老同志,他们的平均年龄都在 70 岁以上。尽管他们的文化程度不高,但是,近年来,他们凭着对家乡的热爱,凭着丰富的经历,凭着一股子激情,凭着刻苦的精神,并自筹资金,先后用了近五年时间,已出版了《崛起的长兴岛——长兴儿女话长兴》《崛起的长兴岛——长兴岛的故事》两本专著,《崛起的长兴岛——情系长兴》是继前两本之后的第三本专著,编委会的辛苦和执着是显而易见的。功在当代,利在千秋。读《崛起的长兴岛——情系长兴》,深感字里行间的平和、从容和深邃旷远;深感其中奋力前行的勇气、精神向度的探求,不懈追求的信念和敢于担当的价值取向,实为幸事之举,可贺可嘉。

当读完《崛起的长兴岛——情系长兴》的文稿,那朴实的文字,那真挚的情感,那勤劳的长兴人,那感动的故事,如温暖的乡情,在文字里氤氲、散发着人性的纯美。散文家不是美学家,但散文必须是美文。作者只有走近生活、深入生活、观察生活、体悟生活,不断地升华自己的境界,才有可能将生活的碎片在自我内心得以重组,这应该是一个作者发现美和挖掘美的过程。《崛起的长兴岛——情系长兴》是一本贴近生活、贴近群众、贴近实际、讴歌时代的好作品,好教材。温馨的亲情根植在心底最柔软的地方,孕育着人性的温暖,可见《崛起的长兴岛——情系长兴》如一股从海风中吹来的泥土清香和花草芬芳——那是一种属于根的芳香,在心中静静地流淌着……

是为序。

2016 年 1 月于上海

(作者系中国作家协会副主席)

# 序二： 浓浓乡土情

郭树清

当 2016 年春天来临之际，几位原在长兴岛工作的老领导、老同志给我送来他们编写的《崛起的长兴岛——情系长兴》的书稿清样，我便如获至宝地阅读起来。

读着读着我被书中的文字深深打动。长兴岛具有得天独厚的地理环境和人文优势，形成了自己独特的文化风貌和浑厚的传统文化底蕴。读了书中的文章，给我最大的感受是"情"乡，"旧"多，感悟多，思绪多。把他们的经历和感受记录下来。足以见得老领导老同志们对家乡的热爱，也让我看到长兴岛的风情，感受到一个个故事里传来的真情。

《崛起的长兴岛——情系长兴》一书中记录的字里行间，或是叙事、或是状物、或是抒情，看似平常、平凡，却让人获得了宛然在目、身临其境的真切感受。总览七个章节的文字中，尽数作者自己的生命体验，从这一篇篇文翰，一首首诗章中，让人真切体会到真情实感，无须刻意装饰，读来如一股清风扑面而来，沁人心脾。

全体编委会成员，他们都是原在长兴岛工作的老领导、老同志，经历丰富，感情纯朴。过去，他们为长兴岛的建设和发展呕心沥血，付出了艰辛，作出了奉献；如今，他们退而不休，仍然一如既往地为长兴岛的建设和发展不懈努力，献计献策，贡献智慧。在书中，既记录了老一辈开拓者在长兴岛创业建设中的酸甜苦辣，还书写了一个地区从历史的曲折中走向未来的美好，无不蕴含着他们对海岛百姓的情感律动，读来无不让人为之感动。

最是家乡美，这是每一位故乡人对生养之地的希冀和怀想，更是亿万个中国人对一个美丽中国的憧憬和希望。《崛起的长兴岛——情系长兴》一书，让我不仅读到美文佳作，更感受到作者的浓浓乡情；不仅看到了老领导、老同志们的人生履痕，也看到了他们对事业的执着追求。这对于弘扬乡土文学，传承民族文化，促进文学进步具有深远的历史价值和重大的现实意义。

文化是一个城市一个地区一个民族的命脉和灵魂。可以想见，这部文集中书写的内容，无疑对社会是赤诚的回报，它带给人们的不仅是深思和奋进，还能触摸到脚下这片热土的风采和梦想；不仅给长兴岛人留下一份宝贵的文化财富，更是给来长兴岛旅游的人打开一扇了解长兴岛文化的窗口。从这一意义来说，《崛起的长兴岛——情系长兴》一书的文字，如珍珠，如浪花，闪烁着睿智的微光，串起一篇篇飘着淡淡清香的美文，必将让人们从中感受到它的品位、档次以及思想性和可读性，为长兴岛的建设提升文化软实力，为长兴岛经济社会的发展注入活力，增强动力。

是为序。

2016 年 3 月

**（作者系上海市房产经济学会副会长、上海市作家协会会员）**

# 前言： 割舍不掉的家乡情缘

徐惠忠

《崛起的长兴岛——情系长兴》在多方的关心下，经过编者和作者的辛勤劳动，历时一年多时间，终于成书，与读者见面了。这是继《崛起的长兴岛——长兴儿女话长兴》《崛起的长兴岛——长兴岛的故事》之后的第三本文集。

编写这第三本文集的目的，旨在对前两部文集进行补充和完善。第一部文集以写长兴岛的历史为主，记录的是长兴岛形成、成长和发展经历；第二部文集以写长兴岛的民风民俗为主，记录的是长兴岛的风土民情；而第三部文集以写对长兴岛的真情实感为主，并用散文和诗歌的形式，抒发对长兴岛的情缘。

挖掘家乡史料，联络乡情民意，传承沙地文化，始终是我们编写《崛起的长兴岛》的宗旨。因此，在编写本书的过程中，尽力做到要求每位作者的思想感情或精神气质移注在笔端，在内容题材的写作中避免某种意向的影响或制约，力求提高散文诗歌的艺术感染力和概括力，以体现作品的真实性和可读性。

然而，由于我们文化不高，又都是种地干活的，要写出达到上述要求的文字实非易事。但是，好在我们这些老同志，都是土生土长的长兴岛人，对于岛上的每一条河，每一条沟，每一座桥，每一条路，乃至每一条田埂，每一条灌渠……都历历可数，乡土的情愫就像是生了根一样，袅袅然牵扯不断。我们与故乡的人民朝夕相处，他们的疾苦、奋斗和梦想，我们真切地体会。乡村工作的风风雨雨艰难困苦培养了我们坚忍的意志、扎实的作风和朴素的百姓情怀。

故乡的风景，故乡的民风，故乡的民俗，故乡的民情，故乡的故事，永远写不完，说不尽。乡村，是我们的皈依，灵魂的栖息地，记录的这些文字都是发自内心的，并用真情实感和真诚的语言写就的，我想，真话、实话，是可以经得起历史检验的。

编完这本文集，在我看来，能为挖掘本土文化，弘扬本土文化出一份力，进而达到一种对过去乡土生活的回忆和反思,那是一种人生的美妙享受。因此,我要感谢长兴这片热土以及这里的人文和江海气质给予我的灵感,让我有机会贡献我的精神追求和探求。同时,通过这本文集,能让岛外人士认识长兴、了解长兴、关注长兴;让岛内的年轻人以及子孙后代不忘历史,为建设长兴、发展长兴,提供一份精神动力,能达到此目的,也就心满意足了。

2016 年 4 月于长兴岛

# 目
## 录 Contents

## 知青篇

# 历 史 篇

　　历史，是自然界和人类社会的发展过程，它记载着流逝的岁月。人类的历史，就是不断地从必然王国向自由王国飞越的历史。长兴岛的历史，分明是一部抗争史、创业史、奋斗史、发展史。以史为鉴，我们可以有更多的思考、感悟、领会、经验、教训等。本篇的四篇文章，以管窥豹，可领略长兴岛的形成和历史变迁，可感受长兴岛的先辈们那种征服自然、改造自然的豪迈气概和坚韧不拔的拼搏精神。

# 长兴沙洲的变迁

傅家驹

辽阔的长江口水域,有一卧蚕形的岛屿,横亘在宝山境内,这就是以橘乡闻名的长兴岛。岛东西长约 35 公里,南北宽约 2～6 公里,总面积近 185 平方公里。全岛葱绿,宛如飘落在水面的一条翠带。这个江口岛屿,有自己生成和变迁的历史。

## (一)

长兴岛是由众多的小沙洲逐步连缀而成。

多少年来,滔滔江水夹带着泥沙顺流而下,每年约有 68 亿吨,其中近 3.8 吨沉积于入海口。加上潮汐顶碰作用,在距今 700 年前,这里已形成水下沙洲,350 年前开始陆续露出水面。光绪年间(1875—1908),计有崇宝沙、金带沙、西新兴沙、东新兴沙、石头沙、小石头沙、鼎兴沙、鸭窝沙、腾沙、圆圆沙、平安沙、瑞丰沙、永安沙、永定沙等十几个沙洲。由于诸多复杂因素相互作用,各沙洲呈此坍彼淤状况。光绪二十六年(1900),长江主泓道南移后,沙洲南坍北涨,西移东升。在石头沙西边有名的崇宝沙(又叫老老沙)在光绪末年坍没,瑞丰沙则在民国二十九年(1940)前后开始发生海坍,至 1963 年基本坍没。

1963 年前的近 50 年间,还坍去鼎兴沙、小石头沙、永安沙、老沙、永定沙全部和小瑞丰沙、石头沙的大部。

## (二)

诸沙洲中较大的鸭窝沙,又名长兴沙,顺治元年(1644)开始露出水面,道光二十四年(1844)崇明蔡纪峰及太仓戴守儒等承管围垦,始筑老圩,据说最早来此居住的是崇明、海门、启东的开垦者。见野鸭成群,便取名鸭窝沙。另一说法是沙洲形如睡鸭而得名。后取名为长兴沙,有永久、兴旺之意。岛上芦苇丛生,水草丰美,是饲鸭的好地方。1858年至1866年,鸭窝沙又先后围垦了二、三、四、五圩沙洲,有东新开港、北新开港、三圩港、老港、马家港等吐纳潮水。马家港外的陈家镇和老镇,在1949年以前已经坍没江中。由于西北方涨滩,逐步与潘家沙接近,民国三十五年(1946)两沙之间的小洪上筑起木桥。1959年又填洪筑坝造桥,与金带沙相连接。

## (三)

潘家沙又名平安沙,位于石头沙东,露出水面年代稍后于鸭窝沙。民国十三年(1924)有苏州潘姓财主、人称潘状元者前来围圩,首先围的是长字圩,面积600亩;次年,围崇老圩、崇二圩、永字圩,得田2 000余亩。因是潘家雇人来此围圩开垦,人们逐渐不再叫它平安沙,而改称潘家沙。

1972年,潘家沙与石头沙、瑞丰沙之间筑坝,将它们连成一个整体。

## (四)

石头沙是最早成陆的一个沙洲,位于潘家沙西,距崇明新开河仅一水相隔,晴朗的日子,村落行人隐约可见。清嘉庆十年(1805)开始围圩,到光绪二十年(1894),已围圩50个,面积有20多平方公里,2万多亩耕地。20世纪初,坍塌严重,原有的马和、顾家、四条、枕江和朝阳镇相继没于江中,整个沙洲日见缩小,由于南涨,沙洲渐渐南移。

民国二十一年(1932),石头沙与东新兴沙淤涨相连,东新兴沙之名渐失。

因是一个孤悬小岛,地势低洼,1962年一次大风大潮中,全石头沙堤岸冲坍,海水汹涌而入,瞬间沉于水中的鸡鸭猪羊,大多淹死,房屋倒塌,一片哭声,潮水数日而退,损失惨重。宋日昌副市长闻讯,即赶来慰问救灾,决定挑筑一土墩,大潮来时,人可避难,以救人命。农民感激政府关怀,称之为"救命墩"。

## (五)

圆圆沙,因地形圆如莲子,故名莲子沙,又名腾沙,位于鸭窝沙东南,本归横沙岛,同属川沙县管辖。1958年划归宝山县,属长兴乡。

该沙在宣统元年(1909)始露出水面,当年开垦老圩,面积720亩。民国二年(1913),又围垦崇明圩480亩,1933年大潮全部坍光。现今的圆圆沙,原名鼎丰沙,1926年有横沙地主黄兆禄筹集十大股东来此开垦,雇来金山、崇明、启东农民挑岸围圩,此沙与前圆圆沙仅一小洪相隔。后围仁字圩时堵洪相连,时间一长,鼎丰沙之名由圆圆沙取代。

1965年,长兴出动万余民工填港筑坝,彩旗招展,逐步相接,没过多长时间,彩虹般的大堤筑成,将圆圆沙、金带沙与长兴相连。

## (六)

1960年起,长兴全面整修海塘,共筑石护坡59.1公里,丁坝74条、8.7公里,投放资金3 421.16万元,从而改变了坍堤挑岸的局面。水利建设保障了农业丰收各业兴旺,乡办工业也有很大发展。

位于金带沙、圆圆沙、鸭窝沙的市属金带沙农场、三高农场、外贸农场、物资局农场、上电农场,以及虹口牧场,于1960年合并成前卫农场,其农、副、工各业发展,与长兴乡并驾齐驱,相互支持。

80年代,岛上建成万亩橘园,列入上海市"星火计划"。

（作者曾任宝山县委宣传部长,现任上海金秋文学
杂志社总编。此文发表于20世纪80年代）

# "长兴沙"名称由来的补充考证

徐 兵

拜读长兴镇原乡镇企业退休干部黄元章近期自费结集出版的《长兴沙往事》，觉得图文并茂，内容丰富，文风也朴实，又便于携带，值得向崇明三岛读者推介。但其中有关长兴岛的前身"长兴沙"名称由来的考证并不全面，兹在此稍作补充。

据该书第8页，民国时期，长兴岛境域，由鸭窝沙、瑞丰沙等五个小沙组成，其中鸭窝沙是政府机关所在地，面积最大，围的圩最多，只是鸭窝沙沙名不雅，于是改以长字圩、兴字圩命名长兴沙。老人们至今仍还记得各圩圩名顺口溜："长兴增福寿，永固庆康庄。门地莲金槐，田园艺稻粮。"后设长兴区，区政府设在凤凰镇河东，今粮管所河边朝东屋。1961年，原属川沙县横沙区管辖的圆圆沙划进宝山县长兴区。随即区政府改为乡政府。同一页另引《宝山县志》记载，在辛酉年(1921)开始使用"长兴"名字。

今据查考，隶属崇明县的长兴岛、长兴镇的"长兴"一名，最早出现在民国《宝山县续志》以及民国《崇明县志》等。

民国十年(1921)版《宝山县续志》，卷首《全县区域图》，标有崇宝沙、石头沙、小石头沙、鼎兴沙、永安沙、东新兴沙、平安沙(即潘家沙)、长兴沙。追溯清光绪《宝山县志》，卷首《宝山县治全境图》，仅标有崇宝沙、石头沙、东新兴沙、西新兴沙，没有长兴沙。不过，光绪《宝山县志》卷首《海塘图》，另有鼎兴沙、鸭窝沙的标识。有关"鸭窝沙"的沙名，民国《宝山县续志》称，"俗以其形如睡鸭故名，后改长兴"。《上海地名志》沿袭此说。

民国十九年(1930)版《崇明县志》卷六《经政制·田制》记载：光绪九年届，新涨"城南洪外之长兴沙"。又光绪二十四年届、光绪二十七年届，新涨"长兴"等沙。又民国《崇明县志》卷七《经政志·海塘》记载："县城南并海，自长兴、满洋、佛寿诸沙于中洪突涨，潮势内侵益亟。"另外，查1925年版《崇明平民常识》"崇明现有沙状图"上的标记,县城南部有满洋沙,该沙的西半部分名长兴沙。

又,民国《上海县续志》卷二十八有"浦东之高桥及崇明之长兴沙、满洋沙,宝山之鸭窝沙、石头沙、横沙等处"的记载。

由此可见,最迟在清光绪至民国初年,"长兴"一名,已经被使用指代在清代后期崇明城南涨起的沙洲,最初专指崇明城南新涨的沙洲,后来才借用指代今天的长兴岛。而且,有关"鸭窝沙"的名称不雅的说法,据民国《宝山县志》称,"俗以其形如睡鸭故名","后改长兴",可见其名称谈不上不雅。所谓"鸭窝沙沙名不雅",其实是由于人们对鸭窝沙沙名的别样解读,以为所指鸭蹬的窝、鸭屙的粪便。

依据上述志书并参考清代几种崇明县志,再加以分析判断,最迟在清光绪初年,在崇明县城之南"洪外"涨起的"长兴沙",显系古代"南沙"坍没后"新涨"之沙,当时周边另有满洋沙、佛寿沙,此两沙涨起的时间则在清初雍正乾隆年间。比满洋沙、佛寿沙更早涨起的是南沙、新兴沙,早在明代万历年间已涨起。据清初康熙《苏州府志》"崇明县全境图"标识,南沙、新兴沙在崇明县城南。数百年间,随着长江主航道江流的激荡,崇明县城南后又续涨起西洋沙、南丰沙、崇宝沙、石头沙等。西洋沙后与佛寿沙合并改称佛寿沙,后又弃佛寿沙、满洋沙名称改称满洋沙。崇宝沙因崇明、宝山争夺,故名,在光绪末年坍没。南丰沙在近现代设有南丰乡行政建置,崇明人称之为南沙、南小沙。到了20世纪六七十年代,南丰沙全部坍没。清末以后,崇明县城南边一度存在的满洋沙、佛寿沙、长兴沙等各沙都陆续坍没,荡然无存,但"长兴沙"的名称不仅被续涨的鸭窝沙更名时沿用,后来还作为统一的名称覆盖了长江入海口续涨的石头沙、瑞丰沙等沙。到1958年,长兴沙又改称长兴岛。

自清道光、光绪至民国年间,"长兴沙"经崇明庙镇蔡霁峰家族等地方豪强势力组织围垦,曾吸引崇明不少因海坍无地或陷于贫困的居民移居于此。估算一下,今长兴岛的前身"长兴沙"土著居民的祖辈约有2/3来自崇明岛,也就是说,他们的根在崇明。崇明《施氏宗谱》《高氏宗谱》《周氏家乘》《顾氏汇集宗谱》等都为我们提供了相关的佐证,施氏家谱中"文六官"(支派名称)的一支后代,施川根、施大郎兄弟,"住长兴沙长字圩内"。高氏家谱中"四房明公支,云鹄后"的一支后代,"住崇明东南重保(崇宝)沙陈家正(镇)西南首"。周氏家谱中"子馣公支"的一支后代,周寿林"住鸭窝沙孙家正(镇)南"。顾氏家谱中"天佑分支,绍杰后"的一支后代,顾吾耆、顾宝明(字伯祥)、顾圣云祖孙三代,居住"瑞丰沙老圩岸上"。顾宝明在日伪统治时期曾任兴亚救国军第二支队长,被家谱谬夸为"立身节俭,处世谦恭,特筹采卖,军界荣荣,存心普济,后福无穷,华门荣誉"。

1938年前后,长兴沙一度隶属崇明。与崇明在民刑等事务方面有着紧密的联系。《崇民报》1938年2月16日报道,1938年年初,韩紫东、崔振东、王怀亮、顾连胜、胡德明、陶其康等6人在长兴沙组织宝山县伪自治会支会,被长兴乡乡长施正钦缉获,并于同年2月15日凌晨5时在崇明西门刑场正法。

今崇明三岛合并后,长兴岛原长兴乡已改设长兴镇。对此地名,追溯其由来,是有必要的。

(作者系崇明县档案局科长)

# 抗战初期长兴地区归属崇明管辖考略

秦志超

最近,长兴岛几位老同志,满腔热情通过徐兵转告,要我为《崛起的长兴岛——情系长兴》撰写一篇文章。我对长兴不甚了解,好在我从沈士兰处借到一本 1990 年版《长兴乡志》,从中获悉长兴地区曾经归属崇明管辖。但似乎又不太明确,对我来说像发现了新大陆,想以此追根究底。

《长兴乡志》1990 年版第 17 页《建置隶属》中:

民国二十六年(1937 年)九月,汪伪政权改县为区,长兴归属于上海特别市浦东北区管辖。

据崇明《新崇报》1938 年 2 月 11 日报道:原属宝山县长兴乡、瑞鼎乡现属崇明县第三区管辖……

抗战胜利后,长兴复归宝山县管辖。

根据以上这段文字记载,我想首先要弄清几个概念:一是民国二十六年九月汪伪政权有没有建立;二是上海特别市建立在什么时候;三是什么时候设立浦东北区。其次要弄清长兴地区究竟什么时候归属崇明县第三区管辖,在什么情况下归属崇明管辖。带着这两个问题,我查阅了《崇明县志》《宝山县志》和《新崇报》以及相关资料。

## 一、关于第一个问题

《长兴乡志》上表述的:"民国二十六年(1937 年)九月,汪伪政权改县为区,长兴归属于上海特别市浦东北区管辖。"这里要弄清：一是民国二十六年九月有没有汪伪政权；二是上海特别市建立在什么时候；三是什么时候设立浦东北区。

第一，1937年9月，那时代表国家的只有国民政府，汪精卫还没有公开叛变投日，他还没有脱离南京的国民政府。汪精卫是1938年12月公开叛变逃往越南河内。"七七"事变、"八一三"事变之后，侵华日军占领了中国华北、华中等处的部分国土。日本为了灭亡中国，在政治上采取"以华制华""分而治之"的政策。日军每侵占一片地区，就搜罗中国的民族败类，扶植出伪政权，作为殖民工具，以加强对中国人民的镇压和掠夺。这些伪政权均直接听命于当地日本占领军。1937年9月，日军在张家口建立了伪察南自治政府，10月，在大同建立了伪晋北自治政府，同月，在归绥建立了伪蒙古联盟自治政府。11月，这三个伪政权又合组成伪蒙疆联合委员会。同年12月，日军在北平建立了伪中华民国临时政府，管辖晋冀鲁豫的占领区及平津两市。在日军操纵下，1938年3月28日举行成立仪式，号称"中华民国维新政府"，1939年12月30日，日汪签订《日支新关系调整要纲》（日汪协定）。维新政府与汪伪政府的关系被确定下来。至于汪伪政权的正式建立应当在1940年3月30日。因此，1937年9月，汪伪政权还没建立。

第二，1937年9月，代表上海市的只有上海市政府。之前，1927年4月18日，南京国民政府成立。5月7日，南京国民党中央政治会议通过《上海特别市暂行条例》，决定设上海为特别市，直隶中央政府，不入省县行政范围，地位与省相等。7月7日，上海特别市政府宣告成立。这是国民政府的上海特别市政府。成立后，1930年5月20日，国民政府公布《上海市组织法》，改特别市为市，直隶于国民政府行政院。7月1日，上海特别市政府改为上海市政府，辖境仍如特别市。1937年11月，上海沦陷，在日本占领军操纵下，12月5日，在浦东成立伪上海市大道政府，公署设于浦东东昌路，1938年3月28日，伪中华民国维新政府在南京成立。伪上海市大道政府改隶维新政府，4月28日改为督办上海市政公署。10月15日，公署从浦东东昌路迁到市中心区（江湾）办公，并改组为伪上海特别市政府。1938年10月16日，伪上海特别市政府成立。1940年3月30日，汪伪国民政府成立后，伪上海特别市政府改隶汪伪行政院直属。因此，1937年9月，伪上海市特别市政府还没成立，长兴地区归属于上海特别市浦东北区管辖的论断也就不能成立。

第三，从《上海通志》第五卷《政府》（上）第三章《民国时期地方政府、基层组织》中我们看到："1937年11月，上海沦陷以后，伪上海市大道政府将原上海特别市地区分为浦东区、南市区、沪西区、闸北区、市中心区和吴淞区，毗邻地区分为北桥、嘉定、宝山、奉贤、南汇、川沙和崇明区。"看来在这时，还没有设立"浦东北区"。

"1941 年 8 月 1 日，《上海特别市政府各区公署暂行规则》发布，规定各区设区公署。区公署分为二等，一等区有宝山区、南汇区、奉贤区、嘉定区、崇明区；二等区有市中心区、沪北区、沪西区、南市区、北桥区、川沙区、浦东南区、浦东北区。"

《宝山县志》表述："1938 年 8 月，伪'督办上海市政公署'调整行政区划：长兴岛各乡归日伪上海市浦东北区。"这一表述与《长兴乡志》表述的"归属于上海特别市浦东北区管辖"是不一致的。此文采用《宝山县志》的表述。

由此可见，上海市浦东北区不是设立在 1937 年 9 月，因为伪"督办上海市政公署"成立于 1938 年 4 月 28 日。至于长兴地区归属浦东北区在 1938 年 8 月还是 1941 年 8 月，笔者目前还没有作深入研究。

## 二、关于第二个问题

《长兴乡志》中表述："据崇明《新崇报》1938 年 2 月 11 日报道：原属宝山县长兴乡、瑞鼎乡现属崇明县第三区管辖……"

经过仔细查阅，其结果如下：

《崇明县志》1989 年版第 952 页作如下表述："1938 年 3 月 11 日 40 余名日军和汉奸侵扰本县长兴乡鸭窝沙，遭到沙上壮丁还击。"这里只在大事记中留下有关长兴的消息，这一消息告诉我们在发生事件时，长兴鸭窝沙是属于"本县"崇明管辖的。但没有涉及长兴在什么时候归属崇明第三区管辖的问题。

《宝山县志》在《建置志》的《行政区划》中（即 1992 年版第 66 页）作如下表述："次年（1938 年，作者注）8 月，伪'督办上海市政公署'调整行政区划：长兴岛各乡归日伪上海市浦东北区。"这里也没有涉及长兴归属崇明第三区管辖的问题，也没有谈及 1937 年 9 月之后至 1938 年 8 月之前长兴岛的归属管辖问题。

本来满希望这两本史志能回答我的问题，但在上述两本最权威的地方志上，并不能解答这个问题。于是，我就开始查阅《新崇报》。苦于崇明档案局没有成套的《新崇报》。按照这时间段，查阅了 1937 年 11—12 月（1937 年 9—10 月没有）至 1938 年 3 月 17 日（崇明 3 月 18 日沦陷后没有）。获取了如下信息资料：

1937 年 12 月 1 日，《新崇报》第二版报道：《日军肆扰鸭窝沙　奸淫掳掠无所不为　登陆二日损失浩大》

兹据鸭窝沙方面来函声称：鸭窝沙自敌军犯沪后，沙南日舰云集。旋宝山县城失守，乃划归崇明所属，三月以来，地方尚安靖，然向仰给淞沪之油糖等物品，均乏接济,价格飞涨,人民生活极感困难。不料自我军退出上海南市后,日军于本月(十一月)廿日上午十一时许。有汽艇六艘,分载日军三百人左右,在西部南口追获民船七只,驶近老增圩西南角港口登陆,搭盖营篷,一面分兵3队,向北东南三部,搜查住宅,占领公安局。一时枪声四起,乡民惊惶失色。有奔避僻处,有匿身海隅芦荡。啼哭之声不绝于耳。先后追捕者四五十人。当纷扰间,但见乡绅父子施百奎、施增庆及王思明代表等下乡捕捉猪、羊、鸡、鸭三百余头,献于日军,状甚欢洽,并闻伊等至司令船上,出其投降结一纸。大意为:鸭窝沙从今始,愿永属大日本帝国,另组自治会,听从指挥,及不愿抗日。下款具名亲日同胞代表施百奎、施增庆、王思明等云云。具结后,日军滋扰如常,年青妇女,遭受污辱者不少。幸当晚大雨,未及远处,翌日(二十一日)雨停,日军天明起,又复四出开枪、搜查、掠劫鸡鸭等财物,街市店面,亦遭掠劫。尤以西沙为烈。只鸡鸭一项,无一幸免,而枪弹横飞,乡民遭其枪杀者,有薛林宰、蔡荣福、黄子雄等三人,受伤者一人。鸡、犬、猪、羊格杀者不计。日军饱掠之后,于三日后纷纷回营,押令乡民与食品同行。骚乡扰民至四时,即拔营乘原汽艇而回,临行并谓以后月来一次云。总计贼军登陆,虽时仅三日,然损失之巨、惊惶之状,为该沙历年以来空前之浩劫也。

1938年2月10日,《新崇报》第四版报道:《鸭窝沙居民纷迁堡镇港》

鸭窝沙自经该地乡长拘获汉奸十二名解县究办后,地方尚甚安谧,但一般稍有资产者,恐有意外,乃相率作他移之思。有西镇、凤凰镇、东镇、汗朴镇、鱼角镇等处商店,纷纷停业。于前昨二日,雇就地帆船六七艘,迁移至堡镇港。经船舶检查处讯明情由,准许进口后,现均赁屋于堡镇港口附近,有四十多家。前后到达者居民约百多名。

1938年2月11日,《新崇报》第四版报道:《乡长剿捕汉奸得力 县府命令记大功一次 瑞鼎乡长失职记过》

县府以现属本县第三区管辖之宝山县属长兴乡乡长施正钦,督率当地壮丁民众,剿捕汉奸,殊为忠勇可嘉,着记大功一次,以昭激励。除注册外,并分令各区长知照,再饬属一体知照。又讯:县当局对于前归本县管辖之瑞鼎乡乡长于汉奸到境时,不予立报县府,又不剿捕,殊被逃逸。实属有愧职守,着记大过一次。

1938 年 2 月 27 日,《新崇报》第二版报道:《宝山长兴乡长施正钦　奋勇锄奸给奖二百元》

划归本县管辖之宝山县属长兴乡长施正钦,率领壮丁捕获汉奸韩紫东等十二名。业经县府讯明法办,并为该乡长记大功一次在案。兹县府以该乡长等奋勇锄奸,义行可嘉。特报请省政府核准拨给奖金二百元,以资奖励。业已令饬该乡长具领分发云。

1938 年 3 月 11 日,《新崇报》第四版报道:《瑞丰沙捕获之汉奸　在监六犯判无期徒刑》

上月四日夜,施正钦在瑞丰沙捕获汉奸十二名,解送来县后,当经县府严加讯问。除六名枪决外,余均收押在监,迄今已届月余。刻县府于前昨提庭复讯。闻庭谕,判决六犯各处无期徒刑。

1938 年 3 月 15 日,《新崇报》第三版报道:《鸭窝沙、永定沙我游击队潜伏活跃,日军进犯痛击退回》

据昨沪报载称:浦东来沪之某君谈:与高桥隔长江对峙的鸭窝沙和永定沙一带,该地虽被贼占领,但中我游击队仍在当地活跃。该处芦苇丛生,农民去年未加割刈,殊适宜干游击队活动。加之沿江均为沙滩,寇前往登陆,殊为困难。该项游击队确实人数虽不可知,但估计当在五百名左右,且携有若干迫击炮与机关枪。本月 11 日日兵四十名,协同"大道市政府"之警察廿名,搭乘小艇渡江前往,当经我游击队予以迎击,寇因势力悬殊,即行退回。十二日,即有大队日兵前往,并有飞机多架,轮流前往侦察,迄今尚在激战中。

从以上的信息中告诉我们这样几个问题:

第一,在什么样的情况下长兴归属崇明管辖。

1937 年 12 月 1 日,《新崇报》第二版报道:《日军肆扰鸭窝沙　奸淫掳掠无所不为　登陆二日损失浩大》兹据鸭窝沙方面来函声称:鸭窝沙自敌军犯沪后,沙南日舰云集。旋宝山县城失守,乃划归崇明所属……

这里清楚地告诉我们:"鸭窝沙自敌军犯沪后,沙南日舰云集。旋宝山县城失守,乃划归崇明所属。"

1937年"七七"卢沟桥事变后,抗日战争在国内全面展开。上海"八一三"淞沪会战爆发。开始国民党军第九集团军在总司令张治中的指挥下,8月13日奉令向日本驻沪海军陆战队虹口基地发起围攻,试图赶敌下海。8月14日,指挥八十七、八十八师等部开始总攻,中国空军也到上海协同作战。但日军依靠坚固工事顽固抵抗,致使中国军队一直无法完成重大突破。

8月23日起,敌第三、第十一师团在舰炮密集火力掩护下,向吴淞口铁路码头、狮子林、川沙口登陆,进攻宝山、月浦、罗店、蕴藻浜中方阵地。

8月31日拂晓,日军以飞机30余架,并以海军舰炮猛击吴淞,强行登陆;日军另一部由市轮渡码头登陆。中国守吴淞的第六十一师的一个团,伤亡过半,不支后退;唯吴淞炮台,仍由上海保安总团固守。张治中将在刘行的第六师调到杨行、吴淞,驱逐登陆之敌。

9月5日,日军集中30余艘军舰,掩护陆军向宝山发起猛攻,宝山城由此陷入重围,中国军队顽强抵抗,奉命坚守宝山的九十八师第五八三团三营500余人在营长姚子青率领下,抱与阵地共存亡之必死决心,一次次打退敌军疯狂进攻。9月6日,日军施放硫磺弹,并以坦克为先导攻入城内,姚子青被炮弹击中,壮烈殉国。姚子青是淞沪战史中的一名重要人物,他身亡之日就是宝山县城陷落之日。

可以肯定,在宝山县城沦陷后,那时,崇明尚未沦陷。崇明是长江口的一个沙岛,长兴也是一个沙岛,且与崇明很近,历史上与崇明有许多割不断的情缘。在这样的情况下,长兴归属崇明第三区管辖,这是比较顺理成章的。

第二,告诉我们在什么时候归属崇明管辖。

1937年12月1日,《新崇报》第二版报道:《日军肆扰鸭窝沙 奸淫掳掠无所不为 登陆二日损失浩大》"……旋宝山县城失守,乃划归崇明所属,三月以来,……"在这里,告诉我们:1937年的12月1日,长兴归属崇明管辖已有3个月。我们向前推算3个月,就是1937年的9月。这与宝山县城沦陷于9月7日是吻合的,也与这篇报道中说的"宝山县城失守,乃划归崇明所属"也是一致的。因此,笔者认为:长兴划归崇明第三区管辖的时间应该是1937年的9月。

第三,长兴岛在归属崇明管辖期间,崇明县政府是履行了管辖职权的。

尽管在两本史志中没有反映这方面内容,但就仅有几个月的《新崇报》中的信息资料反映:当时的县政府对长兴岛是负责的。如:对长兴乡抓到12名汉奸的分别处置;对长兴乡乡长抓捕汉奸报请江苏省政府给予立功表彰;把日军对长兴岛的肆扰及时作了报道等等。

综上所述：在抗日战争初期,长兴地区分为长兴乡和瑞鼎乡归属崇明第三区管辖的时间在 1937 年 9 月至 1938 年 8 月,至少是一年。

**参考资料：**

1.《崇明县志》,上海人民出版社,1989 年版,崇明县县志编纂委员会。

2.《宝山县志》,上海人民出版社,1992 年版,宝山区地方志编纂委员会。

3.《长兴乡志》,1990 年版,上海市宝山区长兴乡政府乡志编写组。

4.《上海通志》,上海人民出版社,2005 年版,上海通志编纂委员会。

5.《中华民国 1911—1949 的上海大事件》。

6.《南京伪维新政府的产生与解体》,原载于《档案与建设》2008 年第 5 期。

（作者系崇明县文史研究会会长）

# 凤凰镇名的传说

柴焘熊

凤凰镇是崇明县长兴镇政府的所在地,也是长兴岛上最大的集镇。地处岛的中部南沿马家港的两边。要想知道这个乡间小镇为何有这样一个美丽动听的镇名吗? 它有着这样的故事传说。

150多年前,现在长兴岛一带的江面上,石头沙、鸭窝沙、宝塘沙、鼎兴沙、腾沙等相继露出水面。刚开始时,这些沙洲上一片荒凉,无人居住,仅有水草飘忽,芦苇摇摇晃晃,水鸟落脚,虾蟹栖息。年年初春暮秋时节,鸭窝沙上更是有成群结队北上南下的大雁、野鸭来驻足歇脚,还有的干脆在此做窝,繁衍生息。可以说这里是候鸟的天堂,水生动物的乐园。人们叫这个小沙洲为鸭窝沙,倒也名副其实。众多的水鸟在此云集,自然也吸引了江南江北一带的狩猎者。年年候鸟集结在这里时,他们也三三两两地登上岛来。有的带上大大的网具张网捕捉,有的拿着裹有山柰等剧毒的诱饵药杀。岛上成片的芦林里和江边宽阔的滩涂水草丛间,到处都可以见到狩猎者忙碌的身影。

这天,有一位叫张二的狩猎者,在南沿芦苇荡里,张起一片大大的猎网。第二天早晨,他走到那里一看,嗬,大网竟网住了一只体型巨大的飞鸟。这鸟长得十分好看,尾巴长长的,浑身羽毛五彩斑斓,比常见的野鸡还要漂亮。张二心里的高兴劲就别提了。他想平时这里只能捕捉到一些野鸭野鸡之类的飞禽,而今天这只鸟不知道从哪里来的,自己还从没有见过。不如把它带回家去,做上一只宽大的笼子,好生饲养起来,一来自己可天天欣赏欣赏,二来可以在亲友面前炫耀炫耀。想罢,他就把那只大鸟轻轻抱回居住之处,用网罩好,欲待过几天回大陆时带走。

这天晚上,张二刚入梦乡不久,就做了一个奇特的梦。梦中,他见自己捕到的大鸟在网内东钻钻西钻钻,想方设法要钻出来。未几,竟真的被它钻了出来。刚想振翅高飞时,无奈有一爪缠上了网线,摆脱不了。大鸟挣扎了一回,网线越缠越紧。无奈之下,它停下来,噙着眼泪向张二开了口。它说自己是东海蓬莱岛上的凤凰鸟,一直在那里栖息居住。昨日趁天气晴朗,飞出来游玩,没想到误了回去的时辰,被芦林中张挂的大网网个正着。现在思家心切,恳求张二放它回去,日后保证这里能成为一块富庶安乐之地。张二听罢,动了恻隐之心。他正欲伸手去解除缚缠凤凰双足的网线,不想一个翻身,从篱笆门上滚落下来,醒来发觉竟是一梦。苏醒过来的张二想起梦中的情景,仍历历在目。他又一眼瞥见到黑暗中的大鸟,双目正闪射着幽幽的清光,不由动开了脑筋。自己如若把这大鸟带回去饲养,既要做好大好大的笼子,又要找方法给它喂料。可这料喂什么,到哪里去找,自己心里没个数,脑中一无所知。天长日久,大鸟一直都郁郁寡欢的话,岂不害了它的性命?与其这样,还不如趁早应了它在梦中向我的诉求,放它回蓬莱仙山去。第二天一早,张二起身后就捧着那只大鸟,来到江边,把它轻轻往空中一抛,说道:"去吧,去吧!回你的家去。"那大鸟扑腾着双翅飞到空中,围着张二转了三圈,然后展翅升天,朝着南方向红日升起的地方飞去。

张二捕到凤凰后又放飞的消息很快在狩猎者中间传了开来。俗话说:"凤凰不落无宝地。"人们都议论着,这块沙洲肯定是块风水宝地,在此安家落户能兴业发家。因此就有人搬来定居。消息一传十,十传百,很快,捉到凤凰之地就热闹起来,变成一个像模像样的集镇,大家都把它称为凤凰镇。

除了上述的故事外,长兴岛的民间对凤凰镇的起始来历,还有另一个故事相传。

讲的是当初有姓马的渔民,他来到长兴岛的一条港口边抛锚停船。见这里水势平缓河汊宽阔,就打定主意在这里定居。人们就将这条河港叫作马家港。这马家港因为有了船只的停靠,便日益兴旺起来,不少渔船出海回来都把这里当作靠岸停泊之处。渔民一多,自就有人来开店设铺。据传,最早马家港边上仅有两家小杂货店。两位店主一姓顾,叫顾卿凤;一姓黄,叫黄朝相。别看这两家店,店小门面不大,因为经营的都是渔民日常生活之必需品,所以生意十分兴隆。那时,一有渔船靠岸,渔民一走上跳板,问起购物何处时,人们都纷纷答到顾卿凤小店去,到黄朝相小店去。日子一久,别处开店做生意的人见到这里人多生意好,买卖有利可图,就纷纷搬来开店设铺,肉台、茶馆、酒店、染坊、药店、米厂、榨油作坊一样不缺,马家港边渐渐成了一个五业齐全、人丁兴旺的热闹集镇。后来的店家为了纪念最先前来开店的两位店主,褒扬他们为建镇立下的功劳,就从他们两人的姓名中各取一个字,合成凤凰镇之名(长兴方言和崇明方言同,"凰"与"黄"为同一个音。)

要说这凤凰镇由来的两个故事，前者我们可以看出，它颇带几分传奇色彩，由民间杜撰而成故事的可能性较大，但它倒也符合我国许多地方都以民间传说故事作为地名命名的方法。而后者呢，似乎比较接近现实生活，也符合旧时有些地名的取名规律。"凤凰镇"地名由此而来，应该没有多大的疑问。正如崇明岛上的新河镇，最早的名称也是以所居的顾、闵、周三户人家之姓连缀而成顾闵周镇。但是，就凤凰镇而言，令人不解的谜团是：起名时虽以最早两家店主之名来连缀，但为什么顾卿凤取的是其名字的末尾的"凤"字，而黄朝相取的却是其姓的谐音呢？一取其尾一取其首的命名，显然有悖常理。不是吗？在长兴岛上，其他诸如马河镇、顾家镇、四条镇、厚朴镇、朝阳镇、陈家镇、长安镇、圆沙镇、潘石镇就见不到如此奇特的命名方法。

（作者系副研究员，中国民间文艺家协会会员、上海市作家协会会员）

# 纪 实 篇

　　被喻为"长江口中的一颗明珠"的长兴岛,在改革开放春风的吹拂下,日益显示出她的妩媚和魅力。清波荡漾的青草沙水库,波光粼粼,熠熠生辉;凌空而起的上海长江大桥,宏伟壮观,气势磅礴;世界级的江南造船基地,夜晚灯火璀璨,焊花飞舞;美丽的动迁小区,高楼林立,绿树红花……到处涌动着欢乐的画面,到处展示着美丽的风景线。

　　具有坚韧不拔的品性和淳朴善良的长兴岛人,以及来自祖国五湖四海的建设者们,怀揣着共筑中国梦的伟大理想,在奋斗中创建了多少光辉的业绩,谱写了多少感人的故事。有的忠诚事业,苦苦追求;有的成了企业家,不忘乡之情,无私奉献;有的为弘扬正义、传承海岛文化,呕心沥血,战斗不止……到处可听到奋进的脚步声,到处可看到美好心灵的闪光。

　　你读了《纪实篇》的一些文章,仿佛来到长兴岛,作了一次观光旅游,不仅看到了她的现在,更看到了她的过去;不仅看到了她的美丽景致,更看到了她的美好心灵……

# 三十年，长兴巨变

徐光明

　　改革开放，是沁人心脾的和煦春风，是滋润万物的阳光雨露。改革开放，是祖国昌盛的强大动力，是百姓幸福的灵丹妙药。改革开放三十年长兴岛的巨大变化，长兴岛的一草一木感觉到了，长兴岛的男女老少体会到了。

　　这三十年的步伐是坚定的，这三十年的经历是坎坷的。

　　让我们用胜利者的微笑，回眸这三十年的路。

　　1978年12月，以党的十一届三中全会为标志的改革开放像一股春风，吹遍了神州大地，到2008年12月，我们长兴地区和全国各地一样，走过了改革开放的光辉历程，长兴岛经历了翻天覆地的巨大变化。以鸭窝沙著称的江中小岛，不但长高了，长大了，而且正在向世界级的海洋装备岛快速迈进。经济从1978年的生产总值1302万元，到2007年年底的12.338亿元。长兴岛当时从经济单一的粮棉岛，逐步发展为柑橘岛、旅游岛、港机岛、海洋装备岛，一步步向富有特色的现代化岛屿迈进。

## 一、粮棉岛建设时期

　　这个时期，从1978年到1985年，持续了7年左右时间。随着动乱时期的结束，1978年12月18日至22日，党中央在北京召开了具有划时代意义的十一届三中全会。这个会议否定了"两个凡是"，重新确立了"解放思想、实事求是"的指导思想，实现了思想路线上的拨乱反正，及时地、果断地把党和国家的工作重点转移到社会主义现代化建设上来。停止了以阶级斗争为纲的错误提法。从当年12月25日开始，各级干部学习党的十一届三中全会的精神，做到"学文件、明方向、转弯子、迈步子"，迎接社会主义建设新时期的到来。

党的十一届三中全会召开之后，在农村的第一件大事，就是实行土地承包责任制。大刀阔斧地开展农村经济体制改革，在坚持土地、大型农具集体所有的基础上实行按户联产承包责任制。根据安徽省凤阳县小岗村联产承包责任制的经验，从1979年起对大田生产恢复了农业合作社时期的"小段包工，定额计酬"的生产责任制。1980年试行"包工到组，联产计酬"的承包责任制，而且取得了明显效果。从1981年起，在全公社普及。原生产队统一经营土地的方式，改为小组经营、两头统、中间包（即收种统一，管理承包）、联产到户计酬等多种形式的生产责任制。从1982年起，学习"大包干"的办法，搞起了家庭联产承包责任制，生产队农户承包口粮田，1983年起，全乡全部普及"大包干"做法，从集体大呼隆劳动生产、评工记分一跃变为各户自主经营管理的新型生产方式。这个历史性的变革，是经历了无数个"是社会主义还是资本主义，是前进还是倒退"的大讨论、大争辩，才使百姓认识到实行土地承包责任制是符合社会主义初级阶段经济发展规律的，是符合农民的根本利益的。农村经济体制的改革，有效地推动了农村经济的飞速发展。随着公社（乡）集体资金的日益雄厚，全乡教育、文化、福利事业得到发展。如：1979年5月，凤凰水厂建成，镇区一带居民吃上自来水。1983年10月，长兴成立改水站，逐步让全岛的老百姓用上干净的、放心的自来水。1987年投资20.3万元，建造长兴乡政府办公大楼。1979年围垦长征圩1 700亩、四化圩400亩，长兴人民再次向海滩要地要粮。1979年1月1日起，乡办企业职工试行养老金制度，凡年满60周岁、女满55周岁的职工，给予一定的生活津贴。1982年，长兴公社成立"社会保障工作委员会"和"福利基金会"，同年9月，成立"长兴公社文化管理站"。1983年10月，在新港村的原部队营房兴建了长兴敬老院，投资2.1万元。这为繁荣海岛文化、改善孤寡老人生活提供了保障。

社办企业开始崛起。1980年3月，长兴公社从农村青年中选拔后经过考试，录用了80名农村青年去上海国毛五厂学习纺织技术。8月，长兴毛纺厂在上海民星路300号建成投产，厂房占地19 140平方米。1981年7月，长兴公社与上海保温瓶公司联办上海保温瓶总厂，地址在江杨南路71号，投资225万元。1982年1月1日，长兴制罐厂建成，把制罐生产项目从长兴农机厂分离出来。11月，为了方便农民购买建材和生活日用品，成立了长兴公社商业公司。

到了1983年，长兴建筑业、社办工业发展迅速。1月，成立建筑劳务管理所，负责管理全公社的建筑劳务工作。长兴公社联办修建队，改为社办企业，更名为长兴公社第二修建队。长兴公社水利站海塘工程队，更名为长兴乡市政工程队。1983

年4月25日，长兴公社成立工业公司；5月，成立长兴公社第三修建队；7月，成立土石方修建队。

紧接着，农村生产大队也有不少变动。1980年，原来的合心4、9、10队，鼎丰的4、9、10队，合并成立了圆东大队；接着，胜利大队改名为潘石大队，光明大队改名为石沙大队，新兴大队改名为新港大队，海星大队改名为长兴渔业大队。

随着社会经济的发展，教育也得到更大的重视。1982年，为适应教育体制改革需要，把长明中学改办为长兴职业技术学校。1984年，为改善幼儿教育办学条件，投资17.5万元，建起幼儿教育大楼一幢，建筑面积为700平方米。

1984年，取消沿用了20多年"公社"的名称，长兴公社改名为长兴乡人民政府，实行党政分设。同年6月26日，长兴乡各村民委员会选举工作结束，大队管理委员会一律改为村民委员会。8月，乡副业公司成立；10月，农业公司成立；11月，乡科普协会成立；12月，运输公司成立。

粮棉岛时期，这七年中，我们清楚地看到，在党的十一届三中全会路线的指引下，经过全面拨乱反正，乡村经济和各项建设都取得了很大成就，并为以后的发展奠定了坚实的基础。

## 二、柑橘岛建设时期

这个时期主要从1985年到1999年，共14年时间。

在社会事业建设方面：1985年5月，长兴乡成立颁发居民身份证办公室，对1969年12月31日之前出生的全乡公民的身份进行登记造册。

1987年5月3日，长兴乡首次召开经济联社第一届社员代表大会，正式成立长兴乡经济联合社。

1992年，先丰村经济超常规发展，成为宝山区第二个亿元村，年收入达1.2亿元。

1993年，长兴乡合作医疗保健制度重新建立。

再从乡办企业发展来看：1985年9月，长兴水利工程队成立。1997年5月24日，上海粤海金鹰船务工程有限公司围堰开工仪式在新港水闸东侧举行。5月28日，沪兴联合油脂厂股份合作制企业成立大会召开，标志着长兴乡镇企业的改革走向股份合作制的形式迈开脚步。随着1997年泰和经济开发区的建设，招商引资的开始，1998年实现引税2526万元。长兴首次实现"实体项目落地"和"招商引税两条腿走路"的经济发展模式。

再从农业发展来看：1985 年 11 月，提出农村种植业的结构调整，开始试种名贵中药西红花成功。32 吨球茎分给 5 个村的 45 户村民以及畜牧场、种子场种植，收到西红花(干)39.522 公斤。

1985 年，农业生产实行结构性调整，在粮食三熟制改为二熟制的同时，减去棉花种植面积 14 267 亩，种植水果 3 446 亩，其中柑橘 3 392 亩，增加粮田面积 7 902 亩。到 1987 年，全乡已经没有棉花种植了。水果种植面积已达到 10 840 亩，其中柑橘 10 373 亩，真正成为万亩柑橘之乡。那时投产面积达 1 360.5 亩，产橘787 300 公斤。1992 年长兴柑橘大丰收，为建设千亩橘园的第一合作果园打下基础。

1988 年，先丰村根据本村的特点，将土地由三级所有变为全村统一管理的二级所有，土地实行规模经营，有许多经验可借鉴。

1999 年 5 月，长兴乡人民政府召开延长土地承包期 30 年不变的工作会议，提出在全乡范围内开展农村土地承包，并与农户签订土地承包合同。

基础设施建设方面：1985 年 4 月，为方便长兴和横沙两岛之间交通，促进经济交流，长兴运输装卸公司在两岛之间增设过江摆渡。1988 年 6 月 30 日，公交凤潘线延伸到海岛西端的石头沙，石沙村的村民高兴地说："我们也乘上公交车了。"

1986 年 11 月，全乡新增 400 门电话自动机，比 1978 年时增加了一倍。1993 年，程控电话全面开通。

1987 年 6 月，长兴乡火化场建成，彻底改变了土葬的旧俗。1989 年，上海宝山长兴冥园获准建办，乡与新港村联办，占地 7 000 平方米。

1990 年，长兴台湾渔民接待站落成，该项目由市委批准立项，总投资 450 万元，由宝山台办筹建，2 月破土动工，12 月正式落成，占地 10 亩，建筑面积 2 757 平方米。1991 年 5 月 30 日开张。

经过 11 个月的建设，长兴文化馆在 1991 年 7 月建成，投资 200 余万元，建筑面积达 1 930 平方米。

同年 7 月，开工的仿古牌楼"凤凰楼"建成，总高 9.7 米，净空高度 5.5 米，总宽 22.9 米，净空宽度 10.5 米，造价 13 万元。

1990 年，由上海公路管理处、乡政府联合投资的潘园公路拓宽工程竣工。

1992 年 6 月，长兴液化气站建立，全乡 200 来户人家用上液化气。

1993 年，凤凰小区初具规模。1994 年 1 月 2 日，长兴税务大楼工程竣工。8 月，长兴岛加油站开业。3 月 27 日，乡经贸中心大楼、会议中心、凤滨路桥、上海特技城、长兴敬老院同时开工奠基。长兴乡船业发展公司和上海市航运公司联合投资1 200万元购置由芬兰制造的千吨级货轮"荣华轮"试航成功。10月13日，投资148万元建成的"长兴乡敬老院"启用。16日，长兴乡旅游公司与长江三角洲客轮公司合资引进俄罗斯豪华高速旅游船"飞翼"号试航成功。投资133.6万元建成的凤滨路桥竣工通行。12月，长兴乡会议中心建成。该中心占地10 660平方米，建筑面积3 820平方米。投资2 000万元建造的先丰度假村27幢别墅竣工并对外营业。总投资2 650万元的长兴乡经贸大楼11月基本完工。该大楼占地25 000平方米，建筑面积6 951平方米。1995年7月28日，长兴乡党政机关干部搬到新址办公。10月25日，长兴乡政府将原办公大楼及辅助设施无偿交给长兴中心小学使用。

1995年3月25日，由新港村迁建到北兴村的天主教达尼老堂举行开堂典礼，上海教区金鲁贤主教出席。4月6日，长兴岛马家港码头改建工程开工。

1996年7月11日，长兴乡青草沙围垦工程基本完成，新增土地240公顷。28日，先丰村投资2 000万元的芦苇荡围堤工程启动，以后共围垦面积114公顷。

1997年1月23日，上海市人民政府副秘书长、市电力建设领导小组副组长韩正在长兴岛主持召开电厂建设现场会，确定建设两台1.2万千瓦燃煤机组。6月4日，长兴岛发电厂扩建工程协调小组成立。8月8日，长兴岛发电厂扩建工程开工。市、区和横沙、长兴两乡100多位代表参加了开工仪式，由市电力局基建处处长王庆恩主持。1998年11月8日，长兴岛第二发电厂1.2万千瓦燃煤发电机组开始发电。

1997年4月20日，长兴乡第一批农民住进凤凰镇区。11月8日，长兴乡圆沙农贸市场开张营业。12月30日，马家港车客渡码头筹建工程启动。

学校建设方面：1998年9月，潘石中学停办，在校学生并入长兴中学。2000年4月7日，宝山区计划委员会批准长兴中学、长兴中心小学改建工程，投资1 500万元，教育硬件实现了标准化。

1989年10月到1998年10月，长兴的旅游业逐步兴起，市内外的人们都把长兴岛看成旅游岛。随着柑橘种植面积的扩大，柑橘产业带来旅游业的兴起。1989年10月，宝山区长兴岛首次举办柑橘节。1990年11月7—8日，市长朱镕基来岛考察，并提出了要把长兴岛建设成为"鱼米之乡、花果胜地、旅游景点"的要求。

1992年2月8日，宝山区党政领导、长兴乡机关干部、企业界人士计200名，参加先丰村"垂珠园"的开幕式。11月6日，宝山区金秋赏橘联谊活动在长兴、横沙举行,历时一周。

1993年10月25日,"'93长兴柑橘节"在先丰"垂珠园"开幕。

1994年10月7日,"'94长兴柑橘节"暨首届经贸洽谈记者招待会在春江宾馆召开。10月25日至11月8日,"'94长兴柑橘节"和经贸洽谈会在长兴乡政府大楼举行,先后接待了655个单位和1 649名来宾。11月10日至21日,又组织"长兴人民看长兴"的"半日游活动",有120个单位、4 100多人参加活动,受到了一次生动的、形象的"热爱家乡、建设家乡、奉献家乡"的教育。

1995年10月28日,"'95上海柑橘节"在宝山吴淞和长兴岛同日开幕,上海市副市长孟建柱等出席了开幕式,并与500多名嘉宾一起登船来到长兴岛。29日,来自美国、法国、加拿大、瑞典等9个国家的17名留学生,来到先丰村高龙官等4户人家,体验当一天农民的生活。11月3日,"'95上海柑橘节"在长兴经贸中心闭幕。

1996年10月18日,"'96上海柑橘节"在长兴开幕,历时半个月结束。11月18日,长兴柑橘首次出口加拿大和俄罗斯。1997年年初,凝聚着众多专家、领导和群众智慧的《长兴岛域旅游发展总体规划》基本确定。

1998年10月8日,由红星村出资250万元兴建的宝山区青少年教育活动基地落成,正式对外开放。

在发展旅游业的同时,从1995年起,长兴乡探索以港兴岛的发展思路。1998年起,长兴乡党委、政府提出发展长兴岛域经济的"八大"规划,其中提出优先发展3.5公里的深水岸线,实施"以港兴岛"带动长兴经济发展的设想,开始将长兴岛旅游规划,向产业岛规划调整。并设想让长兴岛南岸与浦东外高桥港区灯光交相辉映。

1999年9月,上海振华港机领导来到长兴考察,洽谈建设港机生产基地的有关事宜。

## 三、港机岛建设时期

这个时期从2000年11月到2005年7月共5年时间。以上海振华港机长兴基地建设为标志,长兴岛进入港机岛建设时期。

2000年11月28日,上海振华港机股份有限公司长兴基地举行开工典礼。2001年3月,长兴乡劳务所向振华港机长兴基地输送的第一批67名劳务人员,去港机江阴基地参加专业培训。上海振华港口机械(集团)股份有限公司长兴基地在先丰、红星村南岸建成投产,利用岸线3 500米,是我国最大的港机出口生产基地。

振华港机配套生产基地在凤凰工业园区建成投产。8月18日，上海市副市长蒋以任专程来长兴岛参加振华港机长兴基地生产的港机销往巴西的起航仪式。宝山区和长兴乡党政部分领导陪同。12月11日，上海市政协副主席谢丽娟视察振华港机长兴基地。

2001年4月5日，平坟移墓工作在全乡全面展开。2003年2月15日，长兴向上海市第十二届人大第一次会议提交了《关于长兴、横沙两岛享受政策的建议》的提案。

2003年12月，长兴乡实施"阳光工程"，给60岁（含60岁）以上老人发放生活补助金208万元。

关于基础设施建设：2001年8月8日，长兴岛上第一家"二星级"涉外宾馆——长兴岛大酒店举行揭牌仪式。

2002年1月28日，长兴信用社大楼启用，并举行搬迁仪式。

2005年5月1日，海岛亮起了交通"红绿灯"。"五一"长假后上班第一天，岛上的上班族们惊奇地发现，长兴岛也有"红绿灯"了，这是一个时代的跨越！

2001年11月22日，上海市市长徐匡迪率领有关市委、办、局领导来长兴，就长兴深水岸线开发规划进行工作调研。

中国船舶工业集团总公司长兴造船基地，8公里岸线围堰吹填工程于2003年11月18日在长兴岛东南部开工，9.083公里围堰大堤于2004年2月26日合龙，规划占地12平方公里的中船造船基地建成世界上最大的造船基地。该基地一期工程占地5.6平方公里。5月11日，市委常委、副市长周禹鹏在宝山区区长吕民元和乡党政领导的陪同下，来长兴考察中船长兴造船基地工程建设和动迁工作。13日，长兴乡党委、政府在吴淞同济大厦召开中船集团造船基地动迁工作动员大会。这些活动，标志着"江南"落户、百姓动迁工作进入实质性阶段。

2005年3月1日下午，宝山区区长吕民元、副区长斯福民率领房地局、劳动保障局、规划局和罗泾镇等单位到长兴召开动迁专题会议。2005年4月20日，上海长兴供电公司220千伏长兴变电站投入使用，使长兴岛的电力从原来的3万千瓦上升到20万千瓦，解决了振华港机、江南造船厂等大企业入驻长兴岛后面临电力缺口问题。5月18日，长兴动迁房建设全面启动。6月3日上午，中船长兴造船基地开工典礼在长兴岛举行，市长韩正出席开工典礼并致辞，长兴乡党委书记施永根、乡长项明洁也出席了开工典礼。

关于隧桥建设：2001年5月17日，上海隧道设计院设计所所长张毅等6人来长兴对沪崇苏通道长兴段走向作现场勘查。

2004年12月28日，上海长江隧桥工程正式启动。该工程起自浦东五号沟，与郊区环线相接，经过长兴岛，至崇明陈家镇，全长22.5公里，其中穿越长江水域的隧道长8.9公里。长兴至崇明以桥梁方式跨越长江北港水域，长度为10.3公里。

同时，中船长兴造船基地围堰工程7标段9号舾装码头正式启动。码头长406米，宽20米，标高7米，前沿河床10米，采用高桩梁板式结构，并将建成一座长172米、宽10米的引桥连接大堤岸坡。

2003年6月27日，国家发改委领导来长兴考察江南造船厂的选址问题。

为培养江南船厂所需的建设人才，2003年10月，江南造船厂技校与长兴职业学校联合办学。2005年4月2日，在长兴职业学校举行"江南造船集团职业技术学校长兴分部"揭牌仪式。宝山区教育局局长沈子华、江南技校领导黄平、乡党委副书记张未洁等参加了揭牌仪式。

关于三岛联动：2005年3月18日，经国务院批准，崇明、长兴、横沙实行三岛联动。5月，市委、市府宣布长兴、横沙划归崇明管辖。6月8日上午，崇明县委书记孙雷率领接收工作小组来长兴调研。7月11日，崇明县四套班子为长兴乡党委、人大、政府挂牌、授印。21日中午，副市长冯国勤率市委组织部、发改委等部门领导来长兴进行专题调研，冯国勤同志强调"三岛"是上海未来发展的亮点。

在本岛自办企业中，2001年7月16日，新港橡胶厂改制为股份企业，并召开第一次股东大会。8月1日，"上海兴港机械制作有限公司"正式挂牌开业。2002年11月28日，三岛渔业有限公司正式开业。

## 四、海洋装备岛建设时期

这个时期从2005年7月至2008年8月，历时三年。

中船长兴国际船务工程有限公司，自2007年1月26日中船长兴修船基地码头工程开工，到年底码头投入使用，标志着拥有4 651米岸线规划使用权的国内最大的修船基地在长兴岛诞生。

上海振华港机长兴岛基地扩建，于2006年开工，二期工程占地61万平方米。位于振华港机西侧的上海港机长兴制造基地，拥有岸线650米，陆地面积约48.6万平方米，于2007年10月12日建成投产。2008年4月10日，振华港机收购了上海港机机械制造厂的100%股权，买下"上海港机"。

中船长兴造船基地一期工程，于2006年9月26日启动，2008年6月3日建成,具有 143 年历史的江南船厂迁移到长兴岛,年造船能力 450 万载重吨。二期工程于 2007 年 12 月 3 日经国家发改委批准,占地 44 公顷。2008 年 3 月,公布二期工程建设规划。

配套工程建设方面,2007 年 3 月 29 日,长兴海洋装备岛基地开发有限公司成立,投资金额 2 亿元。4 月 12 日,上海港机和长兴乡合资组建的上海港烨机械制造有限公司开业。世博长兴岛市政配套项目的"三厂一路",即污水处理厂、自来水厂、生活垃圾填埋场,于 2007 年全部完成,日产 4 万立方米自来水,处理 2.5 万吨污水。全长 9.235 公里的长兴江南大道,于 2007 年 7 月 18 日建成通车。

青草沙水库,2006 年 9 月开工建设,2010 年 4 月投入运行。有效库容 5.46 亿立方米,日供水 719 万立方米,水库总面积为 72 平方公里。

凤凰新市镇建设的步伐不断加快,2006 年大华佳苑、江南清水苑建成,动迁居民入住。2007 年 2 月 1 日,17 万平方米的凤晨乐苑开工建设,凤凰商城 2008 年 4 月 18 日开工。2008 年 4 月 28 日,长兴派出所开工。先丰菜场(商场)一、二期工程建成使用。凤凰老镇着手重新建设。

在社会事业方面,2007 年上海净达蔬菜专业合作社向社会提供蔬菜及食品配送。

2008 年 1 月 8 日,长兴乡召开创建全国环境优美乡镇的动员大会,把精神文明建设推向一个新的高度。7 月,结合百路千点整治,全乡群众性的环境治理工作,开创了一个新的局面。

随着大企业的进驻和社会事业的发展,动迁工作成为乡的一项突出的任务。由于各种利益的碰撞,矛盾很多,难度很大。乡党委、政府加强对乡村二级干部关于动迁政策的培训,采用典型引路的办法,严格执行动迁政策,耐心、细致地做好宣传教育工作,不断调解各种矛盾,教育农民正确处理国家、集体、个人三者的利益关系,正确处理眼前和长远的关系,并力求做到公开、公平、公正,千方百计维护群众的合法权益。总体上来说,动迁工作节节推进,不断取得胜利。实践告诉我们,群众是最通情达理的,最懂得识大体、顾大局的。

为了更有效地推进长兴海洋装备岛的建设,于 2008 年 5 月 29 日,上海市长兴岛开放建设管理委员会、管委会办公室、开发建设有限公司正式成立,这对长兴岛的全面开发,从规划到实施,有了一个组织机构。

长兴岛的惊人变化,是全国改革开放的一个缩影。我们这一代人是幸运的,因为我们是改革开放的亲历者和受益者,我们由衷地感恩于党,感恩于党的改革开放的决策。让我们伴随着滚滚向前的历史车轮,进入无限美好的梦境吧!让我们怀揣着建设社会主义新农村的伟大抱负,敞开胸怀,拥抱明天。

2008 年 8 月

(作者系长兴海塘所退休干部,曾任长兴公社党委副书记)

# 长江桥隧一路通

郭树清

浮云淡淡，蓝天湛湛，江风徐徐。

今年9月的一天，在上海长江隧桥即将通车的前夕，我应邀提前体验了浦东到崇明的"桥隧一路通"，心中有种异乎寻常的高兴和激动。

那天，我们乘车从上海人民广场出发，经中环线、翔殷路隧道，大约40分钟的时间，便来到了位于浦东五号沟的长江隧桥工程建设指挥部，先由指挥部的同志介绍隧桥工程建设情况，和观看录像短片，随后进行现场参观。当车进入长江隧道，此时，长达8.9公里的隧道内灯火通明，地面干净整洁，工作人员正在为隧道通车作最后的施工，车行几乎畅通无阻，仅10分钟，就到达上海长江大桥。一眼望去，大桥造型优美，形成S型弯道，显得分外雄伟，桥面平坦宽阔，两岸江景尽收眼底，十分壮观，令人神往。

当车行至桥中央，我们一行下车，在指挥部同志的引导下，来到桥面上参观。阵阵轻风拂面而过，像是在温柔地抚摸着每一个人，顿觉心旷神怡。昂首望去，两座高212米的"人"字形桥塔直插云天，整齐排列的斜拉索分列主塔两侧，像一架依天而立的巨大竖琴，仿佛在为上海人民弹奏出奋进的华彩乐章。脚下，长江像一条玉带由西向东从桥下缓缓奔流，在那闪烁着光斑的江面上，一艘艘巨轮都变得那样小巧玲珑，只有那一阵阵高亢的汽笛声随风飘来，像是为海岛崇明人引吭高歌，引以为自豪。自此，"一桥飞架南北"，崇明人千百年来祖祖辈辈过江靠船行的日子一去不复返，"天堑变通途"的梦想在我们这个高速发展的时代终于变成了现实。

一隧潜龙越江，一桥长虹贯日。陪同我们的隧桥工程建设指挥部的同志介绍说，被誉为"万里长江第一隧、第一桥"的上海隧桥已基本建成，经过测试，各项技术参数达到设计要求，具备通车条件。大桥通道全长16.5公里，越江桥梁长约19公里,全线双向 6 车道,时速为每小时 100 公里,达到高速公路的标准。桥面两侧预留了 4.15 米的空间,今后供轨道交通使用,届时将会出现汽车轻轨并驾齐驱的热闹景象。

据称,长江隧桥的建成通车,有几项纪录被刷新:大桥首次在海上连起四节墩身,最高超过 40 米;首次大规模利用江底细沙筑成"砂路基";首次运用预制整跨吊吊装工艺吊装 2 600 吨预制料。此外,大桥的配套设施也是国内最完备的,新装的仪器可以检测车辆间隔、车重、车速、车的数量,超载车将在收费口拦阻,以及防雾、防撞、抗风、抗震、防腐和配套设施等均达到国内最高水平。长江隧道,更以建造截面直径达到创纪录的 15.5 米,一举确立了我国在世界大型隧道施工领域的"领军"地位。

当我们结束了隧桥参观之后,车行到崇明岛的大桥尽头,放眼远眺,一条建设中的高速公路在向北延伸。不久的将来,它将作为环线使长江大桥与通往江苏启东的崇启大桥这两座姐妹桥拉起手来,连接在一起,到那时,上海至启东、南通以及连云港、山东等地的速度将大大加快,也为实现江海连运的南北交通大动脉、加快长三角经济一体化创造了更多的便捷。

此次隧桥之行,使我由衷地感到上海长江隧桥的建成,为上海增添了一道新的动人的光彩和亮丽的景观,这是中华振兴的结果,更是国家昌盛的展示。从此,中国第三大岛,不再"孤悬",长江口、崇明、上海、苏北,乃至整个长三角"经济时速"将被改写。在举国欢庆新中国成立 60 周年之际,我深深地感受到一种民族的自豪感和富国强民的责任感。

# 生命之源青草沙

夏 城

　　青草沙水库位于长江口南北港分流口下方,长兴岛西侧的中央沙、青草沙以及小泓、东北小泓等水域。青草沙水库建设于 2007 年 4 月开始全面启动,于 2010 年 12 月投入运营。

　　青草沙水库总面积近 70 平方公里,其中水域面积 66 平方公里,有效库容 4.35 亿立方米,是目前国内在建最大的江心河口水库。到 2020 年,全面建成后的青草沙水库,日供水能力可达 719 万立方米,供水范围遍及全市 10 个行政区,将超过 1 000 万人能喝上优质自来水。

　　青草沙水源地经过近 10 年的实测观察,并于 2005 年 12 月,由国内 9 个相关学科的 26 位资深专家对青草沙水源地进行评估论证,一致认为,青草沙水源地具有淡水资源充沛、水质优良稳定、可供水量巨大、水源易于保护、抗风险能力强等显著优势,也许这正是一处天工神斧铸造成的理想的水源地。

　　2014 年,上海首片水源地涵养林在青草沙水库开建,到目前为止,在青草沙水源地南岸率先建成 634 亩涵养林,今后建成的整个涵养林面积将达到 4 047 亩,到时,整个青草沙水库周边将被绿树包围而"染绿",形成一条巨大的绿色长廊在陪护堤岸。涵养林的建设,可增强青草沙水源地整体生态性,同时对涵养水源、改善水质、美化环境、防风固堤,以及成就一个珍贵的天然氧吧,达到完美结合的效果。从而,使人们真正体现心旷神怡的大自然景观和天然氧吧,定会让您陶醉其中。

　　夏末初秋,我们选择一个风轻云淡、阳光和煦的好天气,参观长兴岛青草沙水库。当车从市区出发,经长江隧道口出来,行驶在长兴岛的土地时,就被这里的旖旎风光、悠悠野韵、浓浓乡情诱惑着。目极所处,一步一景,红瓦白墙的一栋栋农家小楼矗立在蓝天白云下,周围红花绿树相映,显得幽雅静谧。当走进青草沙水库,这里晴云碧树，芦苇丛生。漫步在树木生机勃勃、枝叶繁茂、绿色簇拥的水库大道上，清凉的风顺着水库轻轻吹来，吹皱了平静的水面，动荡着欢乐的波浪，有节奏地传来阵阵悠悠的涛声，浩瀚广袤，气象万千。我们呼吸着自然的清新空气，顿觉神清气爽。青草沙水源地是一片干净的、纯朴的，不被外界所干扰的湿地。徜徉于无尽的绿，醉心于别致的爽，那种远离喧嚣、远离纷扰的闲静和畅爽极致的轻松油然而生，那种难得的舒坦惬意，可以自由观赏和呼吸，使人恍然进入了桃源世界。

驻足水库堤岸，放眼望去，碧清的水面，水波荡漾，烟波浩渺，熠熠闪光，似一双少女清澈的眼睛，脉脉含情里隐着一丝淡淡的轻愁。水中倒映着蓝天白云和岸边绿树，有成片成片茂密的芦苇、野茭白、丝草随风摇曳，随波曼舞，风景绮丽，宛如神仙游在云间；向东望去，是一排风力发电机，在海风的吹拂下正齐齐转动着，又增添了一番海滨风情；这里有众多的白鹭栖息，不时迈着悠闲的步子在水边觅食，水中则有三五成群的水鸟忽而在波光中悠闲嬉戏，忽而翩翩起舞，亮出歌喉鸣叫着，轻松惬意地在水面上自由飞翔，这一切仿佛画家一幅浓淡相宜的山水画巨作铺展延伸到视野的尽头。此时，沿着水库堤岸行走，更是一番景致，在自然的怀抱里，人在岸上走，水在脚下流，树在身旁立，鸟在耳边吟，深为大自然的无穷魅力所陶醉。

最为诗意的是雾中的水库，那从地上袅袅升起的一阵阵半透明的雾，随着微风，轻轻飘动，影影绰绰，柔媚动人。那缥缥缈缈的雾，忽隐忽现，瞬息万变，气象万千，时而弥漫在水边，缠绕在林间，拥抱着每一位游客；时而缓缓地升腾，慢慢地流淌，使人恍若融进了绵绵不断、现实版的神仙境界。清风吹拂，飘漫的雾气伴着湿湿的泥土香和水腥味，青纱般舒缓，飘散聚合，仿若海市蜃楼般迷离。

登上堤岸的水库闸门平台鸟瞰四周，岛上景色尽览无遗，美不胜收。领略着振华港机和江南船厂的英姿，长江大桥的雄伟，滔滔江水的风采和辽阔海滩的迷人。感受着一块块绿油油的稻田、一片片果实累累的橘园的别样风味和那错落有致、格调鲜明的农家小楼以及一幢幢耸立的高楼建筑，遥相呼应，融为一体，相映成趣，构成一幅生动和谐的精美画面，不禁让人目迷其间，心旷神怡。

不知不觉，已到傍晚时分，放眼青草沙水库，极目蓝天白云，水连天，天连水，波光粼粼，晚风轻轻地吹，衣袂飘飘，生出丝丝凉爽。身临其境，落霞飞金，情约夕阳，岸边野花，飘送晚香。太阳的余晖把天空镀成织锦一般，柔柔地覆盖着如镜的江面，格外祥和、静谧。水中倒映的晚霞，水面游动的鱼虾，林中欢叫的鸟鸣，呈现出一幅蔚然壮丽的景象，散发出独特的魅力，让人心绪宁静，流连忘返……

水是我们的根，水是我们的魂。感受生命之源青草沙，天蓝、地绿、水净，海天一色，自然之景，沉迷在眼目，壮哉、美哉！

# 绽放在"江南"的一朵美丽焊花

## ——记江南造船(集团)有限责任公司氩弧焊接技师朱瑞霞

江 模

　　朱瑞霞是江南造船(集团)有限责任公司的一名优秀的氩弧焊接技师,她钟爱的事业、创建的业绩,如她的名字一样漂亮——如早晨一道红彤彤的朝霞,她是绽放在"江南"的一朵美丽的焊花。

　　朱瑞霞从一名普通的农民成长为氩弧焊接技师、班组技术骨干、技术创新的带头人,实属不易。她勤奋好学,不畏艰苦,勇于创新,先后攻克了镍铜管变形、HDR不锈钢焊接、钛合金焊接、薄膜型 LNG 维护系统模拟舱焊接等一系列高难度技术

难关。在实践的过程中凭借她多年积累的经验,创新研制了特有的工装,在后续系列船的建造过程中得到推广应用,同时得到外国专家的认可。她没有居功自傲,仍然坚守在生产第一线。为提前完成任务给下道工序争取时间,为帮助兄弟部门解决难题,她经常加班加点,连家庭和孩子都无法顾及。她的焊接技术在同行业中达到领先水平。江南技校聘用她为业余带教老师,她精心传授技艺,带出的学生,在市和全国的焊接技术的比赛中屡获佳绩,令人称赞不已。她的辛勤付出,也得到了应有的回报。2008 年、2010 年、2012 年她被评为公司、上船公司、上海市的"三八红旗手";2010 年她光荣地参加了中国共产党。2012 年度荣获公司"先进工作者"和"标兵"的称号;2013 年度又获公司"先进工作者"、"感动江南十佳人物"称号。2010—2014 年度被评为上海市劳动模范。

## 钻研业务　技术攻关

2010 年公司高新产品的首制船开始建造,对大量管子的材质要求很高,需用镍铜。但镍铜线膨胀系数大,在焊接时容易产生变形,这给她们班组带来了难题。技术骨干朱瑞霞根据她平时积累的经验和各种技术数据,进行精心的研究,制定综合运用四道焊接程序进行尝试。这四道程序是:1. 采用对称焊工艺;2. 采用小电流;3. 根据她的经验和她掌握的不同规格、厚薄不一的镍铜管焊接后的收缩率,控制预留量来保证焊接后的尺寸;4. 采用钢性固定法。同时研制了特有的工装配合施工。经过试验,成功地克服了镍铜管焊接的变形问题,出色地完成了该项目的生产任务,也为后续船的建造奠定了基础。工装的创新研制和确定的技术参数得到专家的认可,焊接的质量和进度得到各位领导和军代表的高度评价。

2011 年公司首次承接 LNG 船。该船要在－163℃的低温下运输液化天然气,对焊接技术要求十分苛刻。船方要求先焊接高难度的维护系统舱——该舱采用薄膜型不锈钢纹板不加焊丝焊接——来测试公司是否具备建造资格。这项艰巨的任务落在了朱瑞霞所在的班组。用这种超薄型不锈钢材质的板焊接船舱,还是第一次,没有成熟的焊接工艺和经验借鉴,焊得不好会出现起弧处未焊透、焊穿、正反面氧化、收弧缩空、焊缝宽窄不一、焊厚不一致、咬边、焊接变形等技术方面的问题。班组成员的目光都投向朱瑞霞。她根据自己的技术基础和长期积累的经验,进行了反复的钻研、总结,最终摸索出一套行之有效的方案。她首先创新研制特有的工装,这一工装在后来焊接过程中起到了决定性的作用。然后,再制定五大项技术措施:一、钨棒磨制四个要点;二、严格控制装配间隙;三、控制电弧长度;四、严格控制收弧时的焊接枪位移;五、控制最佳焊枪角度。班组实行了她提出的五大项技术措施、十项施工要求、八个技术参数,成功地完成了该项任务。焊接的质量和进度得到船东和外国专家的认可,公司取得了 LNG 船的建造资格,也为后续船的建造打下了基础。

## 任劳任怨 攻坚克难

2013 年兄弟部门在建造 H2499、2501、2500 等船的钛合金烟囱分段时遇到难题,该分段是用钛合金薄膜型、高强度的板材,且焊成弯圆形筒,焊接过程中会出现很多技术问题,朱瑞霞胸有成竹地接下了这项艰巨的任务。为了给下道工序提供更多的时间,更快更好地完成任务,她每天加班到晚上 10 点,整天焊枪不离手,时而仰躺在船底下面面朝上焊接,自己爬不出来时要请别人帮忙把她拖出来;时而遇到看不到的地方用镜子反照,看着镜子凭着经验进行焊接。7、8 月份的高温季节且在外面工作,那个苦和累常人是无法想象的。汗水湿透了她厚厚的工作服,脖子上挂着擦汗的毛巾经常可拧出水来。她对别人的赞颂,总是微笑着说:"没关系,我已经习惯了。"在她夜以继日的辛劳下,计划一个月的焊接任务,她只用 25 天就完成了。兄弟部门看到她出色地完成了交给的任务,向她所在的单位送来锦旗表示感谢。

## 言传身教 桃李遍江南

朱瑞霞出色的焊接技术、卓越的工作业绩和吃苦耐劳、敢为人先、勇于创新、乐于奉献的精神,在公司里传为美谈。江南职业技术学校聘用她为业余焊工技术带教老师,她将掌握的一整套从初级、中级到高级的焊接技术,精心地、毫无保留地传授给学生。她带教的学生在 2011 年第四届、2013 年第五届上海市"星光计划"职业院校职业技能比赛中,焊接项目都荣获个人第一名和集体第一名。2012 年北京"嘉克杯"国际焊接技能大赛中,她带教的学生获得了焊接项目第一名和第四名的好成绩。2012 年全国电焊比赛中她的学生荣获二等奖。江南技校毕业的学生每年源源不断地分配到公司的各个生产岗位,电焊专业的学生都成为公司里高技能的焊接人才。她没有居功自傲,仍然坚守在生产第一线,默默地为中国的造船工业做出贡献。2014 年公司建造 H2530 系列船、H2509 系列船的奋斗中都留下了她的足迹和汗水。她在岗位上带出的 26 名徒弟,其中 14 名成为高级工,1 名成为技师,2 名当了班组长。她的学生徒弟们为公司"走向深蓝"的发展支撑起一片蓝天。

朱瑞霞在这个被喻为男人天下的重工业单位里，摔打滚爬了 17 年。42 岁的她没有故步自封，仍旧坚持焊枪不离手，不断学习探索新技术，业余时间到技校授课，一心扑在事业上，为振兴民族工业实现海洋强国、中华复兴的中国梦，奉献着自己的青春年华。我们衷心祝愿"江南"的这朵美丽的焊花，越开越艳！

# 一个老共产党员的风采

## ——记黄元章同志自费出书的故事

徐光明

古稀老人学写作，

传承文化意志坚；

出书圆梦苦作乐，

晚霞染红半边天。

《长兴沙往事》作者黄元章同志，是崇明县长兴镇红星村人，中共党员。1942 年随父亲从崇明迁徙到长兴。1957 年光荣入伍，1963 年转入地方工作。1998 年退休。高小文化。曾任职于村和乡镇企业，从事过基层干部工作。

黄元章同志今年已是 78 岁高龄，房屋动迁后，他和 60 多岁的低能弟弟吃住在一起，是一个合格的监护人。退休后，他除尽心照顾弟弟的生活起居外，就是读读书，阅阅报，看看电视节目，关心国家大事。社会的深刻变化和密集的社会信息，以及他积极参加党内生活和有关的社会活动，晚年生活倒也过得很阳光、很充实。

2009 年的一天，一位在中共宝山区委组织部工作的龚生桃同志，顺便送了他一份《上海老年报》，希望他多看看，对丰富老年人的晚年生活，很有益处。谁知，就是这张《上海老年报》，彻底打乱了他平静的生活。报上的"往事版"和"文史版"，把他的思绪带到了他祖父母、父母和他自己半个多世纪的记忆里。

旧社会和建国初的那些往事，虽是过眼云烟，但总是挥之不去。通过回忆，把尘封的历史记录下来，传承给后人，不也是一个老共产党员应尽的责任吗？想到这里，他一口气买了 60 多期《上海老年报》，不停地翻看，不断地琢磨，多次想动笔写点"往事"文章，把长兴地区，乃至崇明地区在历史上发生的点点滴滴有价值的东西,在《上海老年报》上发表,以教育青少年一代,同时自己也可以在这个平台上发挥点余热,这正是一举两得的好事。

虽然想法很美,但入门无道。2012 年的某一天,他写了《"长兴"两字的由来》和《解放圩和解放圩人》两篇短文后,摸着《上海老年报》的地址,找到了负责"往事版"的编辑董昊同志,竟出乎意料地受到热情接待,他的文章受到了董昊的肯定,还鼓励他继续把历史往事写出来。董昊又说:"我们会尊重你的劳动,并将有选择地给予刊登。"董昊同志的接待和指点为他日后的写作注入了极大的动力。从此他一发不可收,全身心投入了写作,最多时候一年刊登了他的八篇短文。在连续撰写"豆腐干"文章的基础上,他又"妄想"以自己个人的名义,自费出一本书,书名为《长兴沙往事》,他那"异想天开"的想法,首先就遭到全家人的反对。正当他集中精力,伏案写作,埋头苦干时,又遭到了社会上一些人的非议,甚至非常难听。有人说:"黄元章这种人能写得出书来?! 真是癞蛤蟆想吃天鹅肉了。"也有人说:"他只有小学文化,能出一本书,那我可以写出十本书!"更有人说:"写书是'文人'做的事,而你黄元章这个'土乡巴佬',七八十岁的年纪真是自讨苦吃!"面对家庭的反对,社会上的冷嘲热讽,他始终我行我素,坚定不移,毫不动摇地搞写作。他想:你们越是议论我,我越要激励自己把书写好,现在只有迎难而上,勇往直前,决不后退! 我要以事实来回答大家对我的怀疑!

黄元章同志出书写书,犹如唐僧取经,一路艰难,但他难中取乐,乐在其中。《长兴沙往事》从写作到出版历经了两年半的时间。两年半来,他花了大量的心血和精力。对于一个将近 80 岁高龄的老年人来说,碰到的困难是难以想象的,书中的许多资料是通过多种渠道和各种途径得来的,真是来之不易。如为考证长兴岛一座桥的桥名,他几次到崇明水利局、崇明档案馆查看资料,请教长者。

现在,我为他两年半的创作实践,作一个归纳,可概括为八个字:看、拍、跑、问、理、查、对、写。

一、看。就是不断地阅读,看报,看电视,获得更多的信息,引起创作的灵感,同时更好地掌握党的路线方针政策,把握好时代的脉膊,写出的文章有时代气息。

二、拍(拍照)。为使文章图文并茂,有色彩,有看头,有身临其境之感,这就要多拍些旧时的实物照片,例如:过去的农耕、农具、纺纱、织布机、航风船之类的现在已经远去了的东西。他从来没有拍过照片,硬是自己学着拍。在《长兴沙往事》中有一组真实亮丽的照片,就是他借用自己孙女的一只照相机拍摄的。

三、跑。不是无目的地"瞎跑"。为搜集资料,他跑了郊区的不少档案馆、图书馆、博物馆。在这过程中,他也遭到了一些部门的冷眼和非礼。有时显得十分尴

**2015 年 7 月 4 日《长兴沙往事》首发聚会假座长兴龙连水产合作社举行**
**前排从左至右：**
黄　琴　作者大女儿　　　　　　黄元章　《长兴沙往事》作者
黄　懿　作者小女儿　　　　　　沈士兰　《新长兴报》主编
秦志超　崇明文史研究会会长
**中排从左至右：**
樊敏章　《乱世厚朴镇》作者　　徐光明　原长兴公社党委副书记
吴玉章　长兴镇领导　　　　　　徐惠忠　《崛起的长兴岛》主编
**后排从左至右：**
董　昊　《上海老年报》编辑　　姚伯祥　宝山区总工会退休干部
徐　兵　崇明县档案局科长　　　龚生桃　中共宝山区委组织部干部

尬。他为了求证原来的解放圩桥，为啥现在改为马家港桥的原因，特地到地名办去问。地名办的一位工作人员，见他是个老头，很不礼貌地对他说："你吃饱了饭，无啥事体做嘞？"为了得到名家的指点，与上海老年报社和出版社联系出版事宜，一年中几十次奔波于长兴岛与上海市区之间。为了要找到一个人，他就在车站或单位门口静等，直到等到为止。

四、问(上门访问)。长兴已有 170 多年的历史，除乡志上有所记载外，更多的历史史实刻印在老年人的记忆之中。为了求证长兴名字的由来，他东奔西跑，走访了许多长兴的原老领导、老教师等，并做好记录，进行分析比对。这种对历史负责任的精神值得敬佩。

五、理。就是分类整理。把搜集到的大量资料逐一归类整理，再从这里提炼出要写的内容。这样做，做到脉络清晰，说话做到有根有据。

六、查。查历史资料。为了获取翔实的内容,他经常到镇、企、村等有关单位查看资料。崇明档案馆,成了他经常走动的"娘家"。档案馆的徐兵科长被他的这种执着精神所感动,不仅给予热情帮助和指点,还特地为他的书作序。黄元章同志每每想到这里总感动不已。

七、对(核对)。除了比对历史记录是否有误之外,更多的是通过查字典、词典等方式,看看出现的方言、俗语是否妥当。有时为了一个俗字,他要在字典上翻几个小时,同时还请有识之士给予校正。

八、写。就是写文章,他写的文章没有半点"洋气",具有乡下人的朴实无华。他的"豆腐干"文章散发出浓浓的乡土气息,是长兴岛人的"本帮菜"。"短、小、实"是他的写作风格。在写作时间安排上,他白天到处"跑"材料,晚上伏案写作。他反复修改,直到自己满意为止。有时他想想写写,有时一气呵成。文稿写成后交出版社,由于要走审稿、编排、出版审批等流程,需要一段时间的等待。他在等待出版的日子里,一发不可收,索性利用"待产"的空隙,又连续写了八篇,要求出版社也编辑进去,弄得出版社十分为难。在他的精神感动下,最后出版社还是满足了他的要求。

经过两年半艰苦奋斗,黄元章同志的《长兴沙往事》一书,终于由中国文联出版社正式出版了。在纪念中国共产党成立 94 周年的喜庆日子里,黄元章同志及其子女邀请了有关方面人士,庆祝新书的问世。黄元章同志作为一个老共产党员,他用坚韧不拔的意志和顽强的毅力,积极挖掘长兴岛的文化资源,不遗余力地倾力写作,写出一本朴实无华、图文并茂的充满乡土气息的好书,为长兴人民送上了一份丰富的精神食粮,也为其他读者提供了一本了解长兴岛过去的珍贵史料。老黄写书,体现了一个共产党人的强烈的历史使命感。

黄元章同志出书,可喜可贺! 祝愿他身体安康、晚年幸福!

2015 年 7 月 26 日

# 梦在舞台　红心依旧

## ——在长兴镇历年文艺骨干联谊活动上的欢迎辞

樊学章

尊敬的各位领导,各位来宾,长兴文艺界的各位老前辈和新朋友:

大家下午好!

"梦在舞台,红心依旧。"长兴镇历年文艺骨干联谊活动,经过两个多月的艰苦筹划,终于在今天隆重举行了。今天,是长兴镇历年文艺骨干的一个盛大节日。我们把一颗颗散落在各地多年的"老明星"请回来了。你们是20世纪60年代以来,活跃在长兴群众文艺舞台上的骨干力量,是你们,点燃了长兴文艺的璀璨火种;是你们,撑起了长兴文艺舞台不同历史时期的绚丽星空;是你们,打下了长兴文艺持续繁荣的那块浑厚而又坚实的基石;是你们,在长兴文艺的历史上竖起了座座丰碑。长兴文艺圈内人士常常说起你们,长兴的老观众们更不会忘记你们。

在此,我谨代表长兴文化馆全体员工以及当年的老观众们对你们的到来,表示热烈的欢迎和衷心的感谢!

忆往昔风华正茂激情似火献才艺,

看今朝头挂银丝红心依旧抒情怀。

想当年,在座的各位老前辈,用群众喜闻乐见的文艺形式,及时宣传党的方针、政策、路线,宣传毛泽东思想,宣传身边发生的好人好事和先进典型,丰富人民群众的文化生活。在各方面条件都非常艰苦的情况下,你们凭借各自的聪明才智和文艺天赋,怀揣着满腔热情,带着一颗热血沸腾的红心,夜以继日地搞创作,走田头、奔谷场,深入生产一线巡回演出。演出结束,还和社员们一起劳动,参加抢收抢种。

长兴镇历年文艺骨干联谊活动留影

当时的表演形式很多，有表演唱、三句半、群口词、快板、相声、浦东说书、独角戏、上海说唱、讲故事、沪剧小戏、现代京剧等。

特别是浦东说书《养猪阿奶》、天津快板《三个老头学毛选》、沪剧小戏《开河之前》、上海说唱《买药》、表演唱《公社姑娘抢种忙》、大型滑稽戏《团团转》、现代京剧《沙家浜》等一批经典节目，至今还让一批老观众记忆犹新，津津乐道。

其中，当年移植苏州滑稽剧团的十场滑稽戏《团团转》，聘请专业剧团导演来排演，后又去上海几个郊县进行巡回演出，反响良好。

1970年，在当时电视机还没有普及，人们只能在田头广播喇叭里听样板戏，却看不到舞台上的精彩演出。为满足群众的渴望，长兴公社《沙家浜》剧组成立了。现代京剧、革命样板戏的全剧演出，在全岛引起了轰动，每场演出总是人山人海，直到今天还会记得谁演阿庆嫂，谁演郭建光，扮演刁德一、胡传魁、刘副官的又是谁，许多人以看过这场演出为荣幸。

金杯银杯，不如观众的口碑。我想，这就是观众们对在座各位老前辈的最好的肯定，也是党和人民对群众文艺工作者的最大褒奖。

"问渠那得清如许？为有源头活水来。"老一辈的群众文艺工作者为我们带了好头，作为我们新时代的长兴群众文艺工作者，一定要传承老一辈的优秀品质，勤奋学习，努力工作，勇于创新，为进一步丰富和活跃海岛人民的文化生活作出我们新的更大的贡献。

谢谢大家！

（作者系长兴镇文广站站长）

# 长兴群众文化工作钩沉

## ——兼记长兴镇历届文艺骨干联谊活动

顾晓雪

2015年9月7日的早上，我接到老友樊敏章来电约稿，要我写一篇关于《梦在舞台　红心依旧——长兴镇历届文艺骨干联谊活动》的纪实文章，用于编入《崛起的长兴岛——情系长兴》一书，九月底前交稿。我没好意思推辞，就爽快地接受了。几天后，正准备下笔时，却又觉得没有多少东西好写。就那次联谊活动而言，一天的活动，拍了一张集体照，一起吃了顿中饭，搞了一场联欢演出，能写些什么呢？每当思路受阻时，我的习惯动作跟很多"烟鬼"一样，一只手下意识地伸向了烟盒，紧随"咔嚓"一下打火机的清脆声响，一缕烟雾腾起，在脑门上方盘旋了一下后便轻盈地散去。说来也灵，大约半支烟的工夫时，我突然想起了一句话："如果你什么时候开始怀旧了，那就说明你开始老了。"

是啊，唠唠叨叨，老在提起小时候一起玩的小伙伴小姐妹；三天两头要翻看老照片；嘴巴上常挂着我以前怎么样怎么样的，不都是些中老年人吗？更有甚者，有些已经患上痴呆的老年人，连自己的子女都已经不认识了，但往往能念叨出早年一起玩耍的好朋友的名字，因为这是深藏在一个人骨子里的信息符号，就好比现在存放在电脑硬盘里的资料不容易丢失差不多的道理。

我与长兴群众文化是有深厚情缘的。从20岁到38岁，我一生中最宝贵的青春年华，都浸泡到了长兴群众文化工作中。

1976年5月的一天，我和长兴公社电影放映队的师弟邱洪邦及吴玉兴、吴学明两位师傅道别后，去了长兴文化站这个新的岗位，其实也是从"大礼堂"的西头调到了东头。长兴文化站就设在大礼堂后台。最里面有一间10平方米左右的办公室，在最中间30平方米左右的化妆间的一角，用书架围了一个简陋的图书室。我被调去文化站,是因为我的前任张中祥(后改名张中韧)要调去跃进大队工作队。他天资聪明,兴趣广泛,待人热情,是长明大队知青,后因考取上海安亭师范而离岛。毕业后当了一名老师,后升任宝山县教育局副局长、上海市教育局普教处副处长,在上海市教育工会副主席岗位上退休。在张中祥移交给我的材料中,有几本32开油印本的《长兴文艺》,这是当时长兴文化站不定期的刊物,我翻阅了全部,其中有一首诗,到现在我还能记得诗名,那就是吴格写的《一只氨水氅》。吴格,是当时先进大队的插队知青,后在1977年的高考中,同时考取了上海戏剧学院戏文系和华东师范大学历史系古籍整理专业,两者只能选择其一,最后他选择了后者,现在是复旦大学的一位资深教授。

记得那段时间,我和张中祥、吴格、董永康(红星大队插队知青,长兴公社机要打字员)、喻平(新兴大队插队知青,后拜上海外滩陈毅雕像的作者、著名雕塑大师张秉尧为师,近年来,在艺术上颇有成就,成为当代中国有影响的百名雕塑家之一)一起搞过一个"地下"活动,那就是利用业余时间用钢板蜡纸刻字,油印了一本《陈亮词选》的小册子。要知道,在那个年代,古诗词是被视作"四旧"而禁读的。

在我刚调入文化站工作这个阶段,正值"三联小分队"活动热火的时候。所谓"三联小分队",就是由先进、长明、红星三个大队联合起来组成的文艺小分队,队长吴鸣晨,是红星大队插队知青,他擅长说唱、表演唱,还能拉二胡,是群众文艺的一把好手。后随知青返城潮回城后,曾多年担任宝山县财政局局长。不幸的是,在他退休后的第三年,即2013年,因患肺癌病逝,享年63岁。三联小分队,是一支强强联手的队伍,其中有顾根娣、徐士民等多位"大牌"骨干。

徐光明是长兴文化站第一任站长,他思维敏捷,能编能说,口才出众。据说一次有人匆匆请他去作报告,他来不及准备,便随手拿出个火柴盒,在上面写了几个字的"提纲",就上台开讲了,这一讲就是两三个小时。正在我酝酿本文这几天,碰巧一次和徐光明儿子的同学秦建良一起吃饭,席间他讲了一个故事,说小时候常到徐家玩。一天好多同学在他家吃饭,徐光明给大家出了个题目,问大家什么东西最好吃?大家猜来猜去,有的说红烧肉,有的说清蒸鱼,有的说白斩鸡……见大家答题的方向不对,很难猜出,徐光明便直截了当地说出答案:"肚子饿最好吃。"大家在恍然大悟后频频点头表示赞赏。

有关徐光明脍炙人口、耳熟能详的口头禅还有很多。当年,他讲的故事为什么动听,就因为他有妙语连珠式的演说功底。

在他任期内,把故事会搞出了大名堂,田头讲,场头讲,会前讲,会后讲,一直讲到市级舞台,为此,当时《解放日报》还专门作过报道。徐光明同志后曾任长兴公社党委副书记多年,分管宣传工作。

在徐光明之后任长兴文化站长的尹文妹,也是一位女知青,可惜我未搜索到有关她的情况。按照时间推算,排演样板戏之事,是在她的任期之内。

1970年,由长兴文艺骨干自行移植排演的革命样板戏、现代京剧《沙家浜》全剧的公演,是长兴群众文艺历史上的一座丰碑。剧中郭建光由刘洪林扮演,阿庆嫂由胡宝娣扮演,沙奶奶由苏元美扮演,胡传魁由倪锡其扮演,刁德一由吴复安扮演,刘副官由袁贤良扮演……任平通过听录音,记录整理出了《沙》剧的总谱。该剧虽然演出场次不多,但其影响力很大,直至今日还被岛上人传为佳话。

前面说到,我是1976年5月被调去文化站的,到了1984年,因"撤社建乡",即撤销人民公社建制,成立乡人民政府,我被调去新成立的长兴乡人民政府任文书(即办公室主任)。两年后的1986年,文化部发了文件,优秀文化站站长可以"列编",即列为全民事业编制。经县文化局与乡党委协商后,又把我要回了长兴文化站,直到1994年年初,我自愿选择了另一条路——下海经商。

回想自己担任长兴文化站站长的18年间,我始终没敢懈怠。搞过群众文化工作的人都知道:"人员、阵地、经费"是开展群文活动的三大棘手问题。据说张中祥当站长期间,有一次到新兴大队去要一个文艺骨干出来参加文艺学习班。因当时通讯落后,费了好大劲才在田头找到了新兴大队党支部书记施志方,他肩上挑了一担粪。张中祥与他打过招呼后,不见他有停下的意思,只好跟在他后面,走了很长一段路,到目的地才停下。施志方面无表情地问:"找我啥事?"其实,他心里有数:你又来要人了。这就是群众文化工作中要人难的一个例子。

到公社参加文艺学习班的文艺骨干,其劳务开支,当年叫作"大寨式评工记分"的"工分",是由公社财政支付的,若要买一点小型乐器之类的开支,都得去公社会计褚祖镐处审批。褚会计是有名的"铁算盘",很难通过。当然,那个年头公社财政确实捉襟见肘。不过有一件事直到今日回想起来还是很感谢他。那是我到文化站工作第二年的1976年,我打了一个预算申请,请购一架照相机,理由是用于摄影创作和各类重要会议和大型活动的摄影报道。在此同时,我私下请当时的政宣组长黄松甫给我敲敲边。申请很快就批准了,额度是120元钱。后来我买了一架"海鸥"120B型方盖照相机,从此也点燃了我学习研究摄影的火花,日后几十年兴趣未变。

有了照相机,虽然档次低了点,但已经十分满足了。那段时间,我与在政宣组工作后专门从事业余教育的姚有为一起,在大礼堂后台的楼梯下,布置了一间不足两平方米的暗房,洗底片、印照片、放大照片都自己搞。那时全是黑白照,还没有彩色照片。虽然照片没有色彩，但这个年代是个"火红的年代"。

我有幸赶上了那个年代的末班车。那些年，很多活动都被冠以"学习班"的头衔，如："三级干部学习班""《毛选》学习班""土记者学习班""备战备荒学习班""文艺学习班""批林批孔学习班"……更有甚者，还有"四类分子学习班"等。其实"学习班"是一种临时性的组织形式，活动开始前把人叫过来，活动结束各自回原单位。牵涉群众文化办得最多的学习班有三个："文艺学习班""故事员学习班"和"美术学习班"。在我的记忆中，经常参加"文艺学习班"和"故事员学习班"的骨干有：吴鸣晨、王银娣、顾根娣、黄锦明、胡菊娣、周梦逸、王伟忠、陈金宝、孙正杰、施亚萍、孙关明、朱松涛、黄度新、刘永林、刘福林、蔡秀娟、施志良、马士豪、徐朔、俞建培、虞培康、陆正国、樊敏章、樊学章、黄跃、徐士民、顾岳兰、顾建兴、宋学明等。

经常参加"美术学习班"的有：喻平、孙玉琴、林江毅、孙燕平、徐忠仕、唐国仁、黄杰等。徐忠仕、唐国仁两人还曾被送去上海轻工业专科学校，专业培训了两个月。每次"美术学习班"都会邀请县文化馆美术教师沈金华或严宗丰来全程指导。其中有一期学习班，专题布置了一个大型图片展览：《长兴岛的昨天、今天和明天》，在原解放圩东侧的棉花收购站仓库内展出，还请了几个故事员为观众讲解。各大队各企事业单位有组织地前往观摩，影响力很大。

那时候有一个传统习惯，去参加文艺学习班的人，必须自带蓝裤子、白衬衫，用作演出服装，如遇演老头老太的角色，就找熟悉的人家去借。演出用的道具、布景一般都是就地取材自己动手制作，原因是没钱。

这要人难，要钱没钱，群众文化活动没有阵地的状况延续了多少年后，到了80年代初终于有了转机。如果用"游击战"来比喻之前的文艺活动的话，那之后就进入了"阵地战"，这年头是一个分水岭。那时正值改革开放初期，各方面的新生事物奇奇怪怪地涌现出来。记得当时县文化局组织各乡镇文化站长去江苏考察，学习人家办"文艺工厂"的经验。所谓"文艺工厂"，就是把文艺骨干集中在一起办成一个工厂，平时在工厂打工，所挣的钱"以文养文"，放下手中的活可以排演节目，人员享受社办企业待遇。

啊呀呀！这是个多妙的做法呀！当时让所有参观的人都惊呆了，一个个着实地眼红了。回来后，我在第一时间兴奋不已地向当时的主管领导黄佳明作了汇报介绍，并提出了我们也要搞"文艺工厂"的愿望。黄佳明当时是长兴公社的政宣组长，原先是党委秘书，与党委书记陶学勤鞍前马后的，多年在领导身边，说得上话。办"长兴文艺工厂"之事，虽几经周折，最后还是在党委会上通过了，并组织选派原团结大队党支部副书记杨士民出任"长兴文艺工厂"第一任厂长。厂址选在当时已面临倒闭的长兴铸钢厂。人是组织起来了,苦于还没找到合适的生产方式。杨士民上任后到处寻找,终于在水利站书记杨文彬的支持下,去北小沙割芦柴,想法是用芦头压成"莲子"卖出去换钱。此举虽属无奈,也苦了那批"大小姐大小伙们"。我自己也亲历了去北小沙的日日夜夜。

想用办工厂的形式达到"以文养文"的目的,几年后也没有取得很好的效果,但不管怎样,这一举措毕竟为日后形成长兴群众文化工作的特色,即留住人、留住队伍奠定了坚实的根基,也为长兴群众文化工作的下一步推进迎来了一缕希望。

这个时期,"文艺工厂"推出了第一个有影响力的大型剧目,移植排演了苏州滑稽剧团以计划生育为主题的十场大型滑稽戏《团团转》,在公社大礼堂上演多场,并破规格地被推荐为宝山县人代会的招待剧目,与宝山沪剧团同台演出,后又去嘉定县徐行等地营业性演出。这是全市群众文化史上难得的一次尝试,得到了圈内人士的高度赞扬。

在这出戏里,扮演男主角的是刘永林。刘永林来自建新大队的一个文艺之家,前面提到的扮演郭建光的刘洪林是他的哥哥,他另外一个大哥刘庆生、弟弟刘福林等都是文艺骨干。刘永林能说会唱,英俊潇洒,是群众文艺舞台上一位难得的"奶油小生"。后被专业剧团——宝山沪剧团借去,这一借再也没还。

长兴岛另外一家有名气的"文艺之家"是新兴大队的樊敏章家庭,兄弟姐妹几个都会弹弹唱唱,连后来嫁进去的媳妇都能歌善舞,为长兴群众文艺增色不少。2013年,樊氏家族在由一批权威专家担任评委的上海市社区家庭才艺大赛上荣获一等奖。

宝剑锋从磨砺出,梅花香自苦寒来。1982年7月1日,长兴公社文化中心管理站成立了,把文化站、电影放映队、广播站合并在一起,成立了党支部,把原合心大队党支部书记胡建昌调来任书记,政宣组长黄佳明兼任站长,我为中心站副站长兼文化站站长。陆庆中为中心站副站长,孙关明为文艺工厂第二任厂长。成立当日,敲锣打鼓、舞龙游行、声势浩大。宝山县委派来了宣传部副部长傅家驹等一行前来揭幕剪彩。著名书法家刘小晴和1966年毕业于浙江美院的画家严宗丰等前来现场书画表演。原机关办公地,当日开始成为长兴文化中心站的新天地,在那个黑瓦白墙,左右两排带有木头立柱的三合院里,张灯结彩、热闹非凡,好一派节日的景象。这一天,我还有一个意外的收获,那就是结识了著名书法家刘小晴先生,后由画家严宗丰陪同,专程去刘府,正式拜刘小晴为师,从此我的很多业余时间都以笔墨为伴、视寂寞为乐。通过名师点拨,书法水平见长。经过多年的苦练,我终于实现了一个梦寐以求的夙愿,加入上海市书法家协会,并于2013年被授予"上海市百名市民书法家"称号。

为了实现长兴群众文化工作更美好的愿望,后几年中,我们一边努力工作,巩固和发展已取得的成绩,另一边,向市县文化部门和全社会呼吁,以争取更多的力量支持群众文化工作。并在《上海文化艺术报》和《文汇报》上刊登文章,直呼《救救海岛文化》。在宝山县文化局王治富、王绵富和《上海文化艺术报》记者袁贤良等人的周旋下,得到了惊人的喜讯,由市县乡三级投资 200 万元建造长兴文化馆,上面为了平衡两个海岛,给横沙也造了一个同样规模的文化馆。为了给新的文化馆有个漂亮的招牌,我专程拜访了当时上海最有名望的老书法家胡问遂先生,请他题写了"长兴文化馆"的馆名。在新馆落成前,我们还做了一个大动作,向全乡发出公开招考通知,招收新馆工作人员,对象是在文艺方面有突出专长的青年男女,报名者有 600 多人,由宝山区文化局谭玉岐、胡建、胡惠良担任主考官,经文化考试和专业考试,最后录取了 20 来人。这些人是具备既能工作又有文艺特长的人。其实就是当年"文艺工厂"的升级版。

1992 年 7 月 1 日,新址在凤凰公路 142 号的长兴文化馆正式落成,上海市文化局局长杨振龙领队前来祝贺,并为落成典礼剪彩。文化馆的工作人员,都穿上了统一定制的服装,尼康照相机、索尼摄像机、舞台灯光音响、各种乐器、舞厅、影剧场、图书馆等一应俱全,鸟枪换炮啦。

1993 年,经上级综合考核后,长兴文化馆被评为"上海市一级文化站";长兴乡被市农委和市文化局评为"上海市群众文化先进单位";我本人也被评为"上海市群众文化工作先进个人"。

我是 1994 年初离开长兴文化馆的,临走的几个月前,我已经向组织推荐了樊学章为我的接班人,得到了领导的同意。

我选樊学章的理由有三:一、他勤奋好学,有所追求,独立完成任务的能力强;二、他天资聪明,勇于担当,为人处事有公心力;三、他痴迷音乐,酷爱艺术,专业上有不可估量的潜力。

从 1994 年算起到今天,樊学章担任长兴文化馆馆长也有 20 多年了,这些年他获得市区县表彰的次数已经不知多少次。他每次获大奖总在第一时间电话告诉我,与我分享;每次大型活动前总爱虚心地听我的建议;他获得的奖状我给他翻拍成照片,存放在我的电脑里,我知道,他本人是没有这份心情的。在眼花缭乱的奖状证书中,有一张证书特别耀眼,那就是他个人发明制作的"管悦",即一种用 PVC 塑料管做成的打击乐器,经申报后获准,得到了国家级发明专利证书。你说,他容易吗?他了得吗?为了学习电子吹管,他可以彻夜不眠;为了二胡演奏的高标准,他会几百遍几千遍地拉；为了演好一个"憨大儿子"，他可以和现实中的"憨大"去玩……我说他是个艺术疯子；著名民歌歌唱家曹燕珍当面夸他是"艺术达人"；90 多岁的中国笛子大王陆春龄老先生去樊学章家里作客时，频频伸出大拇指夸他："你好样的，跟你一起玩，开心！"

近来一段时期，我一直很郁闷，想不通这样一个好人能人，老天爷怎么也不眷顾他一点？因为去年上半年，传来了一个吓人的消息，樊学章得了癌症，且肺部和肾脏同时有两个。庆幸的是肾脏通过手术、肺部经过化疗，现在已向好的方向发展，这段时间恢复得不错。我为他祈祷，祝他早日康复，愿好人一生平安。

以上是我对几十年来长兴群众文化工作中所见、所闻、所遇的一个粗线条的勾勒，其中所涉的人和事，理当载入长兴群众文化的史册。那多年累积的在长兴群众文化工作中所派生出来的人和事，应该还有很多，限于篇幅，不再列举。现今我也迈入怀旧的年龄段，当年那些往事时常在我脑海里浮现，那一个个鲜明活泼的人物形象，一件件令人捧腹的有趣故事，早已在我的心里留下永远的记忆。

这一次一次的文艺活动，涌现出一批又一批的文艺骨干；这一年又一年的岁月，在一个又一个人的脸上留下了不可磨灭的时光印痕。

我好想念他们，好想跟他们在一起，回忆回忆当年的故事……好在有人和我有同样的想法，做着同一个梦，并已向文化馆提出了召集历届文艺骨干搞联谊活动的建议，经过一段时间的准备工作，联谊活动终于如期举行。

那是 2013 年 12 月 16 日，上午时分，天不紧不慢地下着小雨，长兴文化馆剧场里，已经陆陆续续来了很多人，他们四五成群地在交谈着，个个饱含深情，有的在作自我介绍；有的在追忆着当年一起参加排练、演出的故事；有的在叙说这么多年走过来的经历……好一派久别重逢的激动场面。他们都是受邀前来参加联谊活动的长兴镇历届文艺骨干。所谓"历届文艺骨干"，指的就是从 20 世纪五六十年代至 21 世纪初这跨度达 60 多年中，各个时期活跃在长兴群众文艺舞台上的文艺达人，他们中有的擅长说唱、有的擅长舞蹈、有的擅长演奏、有的擅长表演、有的擅长编导……

几十年过去了，当年的姑娘小伙现已两鬓斑白，有的已经白发苍苍。时空的变迁，模样的改变，这么多年你在哪里？都干了些什么？孩子怎么样？家里怎么样？退休了吗？当然有很多好奇且又绕不过的话题。

正当大家问长问短，意犹未尽之际，活动主持人在招呼："请大家去大门口拍集体照！"于是在文化馆大门外的台阶上，大家冒着还不至于淋湿衣服的小雨，拍了一张富有纪念意义的集体照。由于组织方给力，这张集体照赶在当天活动结束前，就抢印出来分发给大家。

为了让大家多一点交谈的机会，组织方安排了共进午餐。席间，很多人表达了对这次活动的拥戴之情，一张张还是当年那纯朴而富有表情的脸，一簇簇多年没有释怀的激情，此时此刻都迸发了出来。

当年的文艺骨干，曾担任过长兴公社党委委员、建新大队党支部书记的钱惠英女士当着大家的面，毫不掩饰地说："晓得要搞这次活动，我是几夜没有睡好觉。"徐光明先生在被好多前来敬酒人围着时，满怀深情地高声说道："今朝是我在2013年里最最开心的一天!"在你来我往的敬酒人群中有一对夫妇，女的是当年的文艺骨干，曾经担任过丰产大队党支部书记的浦士芳，男的是当年的文艺骨干，后去当兵的黄根，他俩是否在文艺小分队期间恋爱，我不知晓，但有一点可以肯定，当年在文艺活动中结交成为终身伴侣的事还真不少。虽说在那个年代，每次活动前领导总是再三强调一个不成文的，现在想起来有点滑稽的规定："在小分队里不许谈恋爱。"但是，你仔细想想：进文艺小分队的人，都是百里挑一、千里挑一的，漂亮姑娘帅小伙，不是能歌就是善舞，这互相的吸引力有多大呀! 你管得住管得了吗?

经过午餐期间充满激情的交流后，相互间似乎变得更加随和融洽起来。宴席散后，大家有说有笑地步入了文化馆剧场。

大幕徐徐拉开了，在强烈的背景灯光照射下，舞台大背景上的主标题显得格外耀眼和亲切："梦在舞台　红心依旧——长兴镇历届文艺骨干联谊活动"。且配有久违的样板戏剧照作辅助图案。联谊活动正式开始，首先由现任长兴文化馆馆长樊学章致欢迎辞；然后由文艺骨干代表虞培康发言；再由老领导徐光明先生做主题发言；最后是由各单位专门为这次活动排演的节目进行交流演出。整个剧场座无虚席，掌声、欢笑声贯穿始终。

这次活动期间，还专门从宝山请来了老摄影家顾鹤忠先生，为整个活动作摄影记录；崇明电视台闻讯后也专门派了一组记者作现场采访报道。

演出结束了，整个联谊活动也结束了，前来"看戏"的观众们都退场了，但是文艺骨干们都还觉得意犹未尽，迟迟不愿离去，甚至有好多人提出下次再多搞搞的请愿。为了满足大家此时此刻的心愿，好多人以村为单位又各自进行了小范围的活动。我想，这大概又是一个欢乐的不眠之夜。

这是一次意味深长的联谊活动，这是一次别具风格的集体怀旧活动。对于参加这次活动的人来说，一定会感慨万千，久久不能忘怀，且成为日后值得唠叨的美好回忆。

这样一次有意义的活动是怎么搞起来的? 在这里我不得不提一下这次活动的

发起人,他们是樊敏章和虞培康,并与后加入的陆正国、陆庆中、孙关明等多次筹划。

陆正国还潜心拟就了一副对联,我想借以此联为本文的结束语:

忆往昔风华正茂激情似火献才艺,看今朝头挂银丝红心依旧抒情怀。

2015 年 9 月 22 日于宝山

(作者曾任长兴文化站站长多年,现任上海翼丰广告有限公司总经理兼艺术总监,上海市书法家协会会员)

# 追梦一万天

张涛渔

十年之前，与癌症病魔鏖战了整整六年的父亲，终于无心恋战，还来不及与家人交代周详，就丢盔弃甲，落荒而逃，最后一直逃到天上去了；十年之后，妻子因身体有恙而遍访全市各类医院，经多方诊断，最终不幸被确诊为恶性肿瘤。经历了短暂的惊恐和慌乱，稍事调整，一家人明知这是一场早就决定了胜负的搏杀，却还是悲壮地、义无反顾地披挂上阵，匆匆应战。

十年之后，已少有往来的医院近来与我关系又密切起来了，从乡镇街道医院起步，次第升级，最后定格于大名鼎鼎的上海肿瘤医院。上海肿瘤医院在上海乃至周边地区都小有名气，进而招得各路患者纷至沓来。细看，有跋山涉水，历尽千辛万苦的布衣，更有前呼后拥，尽显尊贵地位的达人，那真是"群瘤毕至，癌症咸集"。虽然来路各不相同，但他们的诉求却出奇地一致，那就是不想告别这纷扰的尘世！经常穿梭于这个特殊的群体，偶尔还交流一下，不免怅然，尤其是中晚期癌症患者的眼神，那种游弋于天堂门口的，行将远行又怀有诸多眷恋的，那种痛苦的、悲哀的、恐惧的眼神，不免生发许多的感慨，许多的遐想，特别是关于生与死这个古老的话题，长时间地萦绕在心头，挥之不去。是啊，我等来到这世上纯属偶然，用科学术语说是极小概率事件，但最终的走却是必然的，谁也逃不过这个"必死"的命运。这虽是一个很纠结、很沉重的话题，但这又是每一个活着的人永远绕不过的话题。于是，近些日，在一个人的时候，在夜深人静的时候，我悄悄地开始考量自己，进而作认真地打算。

鉴于本人目前的健康状况，参照上海男性存活的平均水平，考虑到各种可预测的因素，当然，还要舍去最后的苟延残喘，假如，没有种种意外的话，估计，本人还能活二三十年，以"天"为计算单位，累计起来，也就大概一万来天吧！

就这么最后这一万天,怎么过?怎么科学而合理地把它用完?是否要分几个阶段?这一系列问题,毫无疑问要放到我的议事日程上来了。要知道,凡夫俗子的我,被簇拥着抬进火葬场,一旦钻进那大铁炉,就不可能浴火再重生,更遑论凤凰般地涅槃了。穿戴整齐还能去哪里?那是一去不复返!岂能奢望来一个华丽的转身,三十年后还是条好汉!就这么最后一万天,过去了,它再也不会回来了。我这条贱命,岂止是"千年等一回",您说,我还能不小心翼翼地算计着过吗?

仔细斟酌,后面的一段人生旅程,按照我的黄金分割理论,且把它一分为三,三千多天为一个段落,这样阶段性主题可以更加明确和突出,以期物尽所用。

第一个"三千多天",在我整个生命的过程中还算重要,它好比我们头顶的太阳,刚过"如日中天",但光照还算强烈。我想,首先,单位是我赖以生存的衣食父母,岗位是我实现价值的平台。作为一名资深工商人士,作为一名中层干部,这一阶段,我要怀着一颗敬畏的心,战战兢兢,如履薄冰地做好本职工作。当前,从外部来说,长兴地区由于海洋装备岛建设和农村城市化进程的迅速推进,无照经营面广量大,食品安全形势仍然严峻,各类社会矛盾尤为突出;从内部来看,随着这两年新同志的不断加盟,干部队伍日益壮大,同时也带来了一系列的问题,诸如新手过多,业务不熟。这个群体迫切需要打造,需要更多的磨炼,而且成员因来自全国八个省市,个体差异大,矛盾多,真正磨合好,还要假以时日。一句话概括:内忧外患!怎么办?团结班子成员,紧紧依靠全体干部,在分局的坚强领导下,立足长兴实际,对外,依托政府各职能部门,继续抓好无证无照的整治,坚决遏制增量,有效解决存量;同时,持续加大食品安全的监管力度,采取一切有效措施,确保辖区不发生因监管不力而引发的群体性食品安全和公共安全事件。对内,在落实、完善各项管理措施的同时,努力去营造一个包容、和谐的人文环境。其实,我们的每一位同志,不管年龄的大小,走到今天这一步,都有他的故事,都有他引以为自豪的亮点,都有他值得我们尊重的地方。古人说:闻道有先后,术业有专攻,是故无贵、无贱、无长、无少,道之所存,师之所存也。我要倾力去打造一支谦让、包容、互补,拉得出、打得响,让领导放心,让群众满意的基层团队。

当然,家庭也不能忽视。娇妻、爱子,还有"硕果仅存"的老母,一个也不能缺,一个也不能落下,他们是我人生中每一个阶段重要的组成部分。对于妻子而言,连哄带骗,执子之手,与之偕老,足矣;对于年迈的老母,一定谨遵父亲的遗训,百依百顺,百般呵护,百般阻挠其衰老的进程,使其不能轻易地脱身;至于那孽障,只要有一个稳定的工作,同时拥有健康的生理和心理,行了!

第二个"三千多天",是一个调整期,调整这根主线贯穿于整个过程的始终。首先是心理调整。早已由主角变为配角,从正房沦落到偏房,还没从一言九鼎中缓过神来,突然发现什么都落伍了,形势也跟不上了,就像江中的一叶扁舟,不知不觉逐渐游离主流,慢慢被边缘化,并悄悄淡出大家的视野。其实这是一个必然的过程,也是一个必然的结果,既然是必然的,那么就应该坦然面对并努力适应。其实,第二阶段重头戏是刚退休的几个年头。我想,在心理调整的同时,生理也需要调整。已然没有从前的精力和体力,不可能像以前那样天天做俯卧撑和仰卧起坐,不可能再回到从前,老夫聊发少年狂,硬撑着和小家伙们比谁跳得高跳得远。当然,为了人生这个句号不要过早地画上,我会视身体状况适当进行体育锻炼。到那时,我想我的孙辈也应该有了,最好是个丫头,是我最期盼的。大手牵着小手,徜徉在和煦的春风里,宠辱不惊望天上云卷云舒;漫步在自家小院内,去留无意看庭前花开花落,何等的惬意。我神往了!

第三个"三千多天",我是有思想准备的,估计应该是落寞多于欢快,病痛或许就像老鼠爱上大米,死命地追逐。世界是大同的,是有规律可循的,因为思想落伍了,思维滞后了,行动缓慢了,不管你过去怎样,辉煌也好,平淡也罢,晚景终究有点凄凉,我想,这是宿命。到那时,太阳还是照样升起,好戏天天上演,可我已无力登上舞台,就是观看,也被挤得远远的,囿于老眼昏花,已什么都看不明白了。届时,病痛也会频频造访,在我身上攻城略地,或许还会占领主要高地与我对峙,不时地拷打我的肉体与灵魂。不抱怨命运捉弄,不奢望灵丹妙药,向天上的父亲学习,从容、淡定,因为一切的一切,再正常不过了。再说,公饷也白吃了那么多年,该落幕了,该收场了,不是说世上没有不散的筵席吗?应该是这样的。

一万天,好歹就这么过了。当然目前还只能算是个计划,是纸上谈兵,倘真能实现,那也算精彩、成功、难忘。不过我知道,现实往往计划跟不上变化,但只要围绕中心思想,适时再作合理地调整,一路前行,直至抵达不能不去的彼岸,也就没有太多的遗憾。

(作者系长兴镇市场监督管理所所长)

# 长兴"珍奥"店里的"小棉袄"们

魏 然

　　因为购买保健产品的缘故,我认识了长兴"珍奥"店里的几位"小棉袄"。经过几次交往,我深深地被她们那种热情服务、献身"大爱文化"的精神所感动。我很想写一首诗,表达对她们的钦佩和感激,赞美她们为顾客亲人的幸福健康而无私奉献的精神。大家都亲切地叫她们为"小棉袄",我觉得这称呼再贴切不过。因为"小棉袄"贴心,把顾客当作自己的家人、亲人,问寒问暖,关怀备至。因为"小棉袄"温暖,用她们的微笑服务和真情付出,给顾客带来许多慰藉,顾客来到店里就好像回到家里一样,心中总洋溢着一种暖暖的感觉。因为"小棉袄"处处流露出大爱的情怀,她们对老人,不管是男是女,无论是常客还是稀客,不论购买物品数量多少,服务都一样周到、细致、热情。她们还不时地组织老年人听健康知识讲座,邀请学者、名家来岛讲学,使大家受益匪浅。总之,她们一声声亲切的招呼,一回回爱抚的搀扶,一条条祝福的短信,一次次节日的上门看望,都会给顾客带来喜悦和感动,感到她们不是女儿胜似女儿,不是亲人胜似亲人。

　　我已是古稀之人。随着年岁的增高,各种疾患自会找上门来,如耳鸣、头晕、腿痛,腰、颈脊椎增生,"三高"等。经友人介绍,说长兴"珍奥"店里的一些保健产品,对老年人的健康很有好处。我抱着试试看的态度,于2014年7月,参加了珍奥举行的"浦江之行"的宣传、介绍保健产品的大型活动。小车停在长兴"珍奥"店的门口,天蒙蒙亮我就赶到那里。出来接待的是杨飞燕姑娘,一听说我姓魏,像见了亲人一般,爷叔长爷叔短的,十分热情,还搀扶着我坐到车上去,一股暖流顿时流遍我的全身。在以后两天的活动中,她教我们学健身操,我既不会,也有点怕羞,她就耐心地指导我,终于让我动了起来。在用餐的时候,她们为我们端菜盛饭,忙得不亦乐乎。桌子旁明明空着位子,"小棉袄"们一个也不坐,待我们都吃好后,她们才盛了一点饭,吃着我们吃剩下的菜。对此,我们感到很过意不去,心中充满感动,但更多的是沉重,觉得她们这样做,太不公平了。她们只是笑笑说:"只要你们玩得快乐、吃得开心,我们就感到莫大的幸福。"

"浦江之旅"中,通过介绍和观看录像,我知道珍奥集团是一家国内领先的生产高科技保健品的企业,在国内外都享有很高的声誉。珍奥集团多次获评国家行业信用等级评价最高级的 AAA 级的信用企业,在大连生物谷有一个规模很大的保健品生产基地,有九名世界诺贝尔奖获得者参与科研开发,生产的高科技保健产品有"珍奥核酸"和"托玛琳被子"等,全国已拥有珍奥家人 400 多万人。"珍奥核酸"还成为世界许多国家举重运动员的保健产品。董事长陈玉松先生精心打造为老年人健康服务的大爱文化,积极推行全新的办企业观念,18 年风雨兼程,闯出了一个崭新的新天地。因成绩显著,曾受到党和国家领导人的亲切接见。

回岛后不久,她们又组织我们到大连生物谷实地考察。百闻不如一见,我信了,我服了。回沪后,我当即购买了一箱"珍奥核酸"和一床"托玛琳被子"。飞燕和杨婕两位热情的"小棉袄"开着小车把东西送到我家里,还抢着要为我铺被子,被我爱人婉言谢绝了。经过一年半的使用,我觉得效果的确不错,睡眠好了,人变得轻松了,头脑变得更听使唤了,常常凌晨四五点钟起来写作,也不觉得疲劳,许多社会工作压在身上,也不感到吃力。过去一些头昏眼花、腰酸背痛,也逐渐被赶跑了。当然我知道保健品不是药,但它的作用也不能低估。这还有一个原因,就是珍奥人的那种献身于大爱文化的精神,激励着我在生命的旅途中努力抗争,为谱写出绚丽的晚霞之歌与时间赛跑。

健康就是财富,健康就是幸福,这是千真万确的至理名言。习近平总书记提出共筑中国梦,就是要实现"国家富强、民族振兴、人民幸福"的中华民族伟大复兴的宏伟蓝图。人民幸福又是实现中国梦最为深刻的内涵。幸福又是建立在健康基础之上的,没有健康,何谈幸福。习近平主席又反复强调:"人民健康是全面建成小康社会的重要内涵,是每一个人成长和实现幸福生活的重要基础……个人的健康是立身之本,人民的健康是立国之本,必须全民健康促进全面小康。"珍奥集团就是在这样的思想支配下,发奋图强、攻坚克难,勇于创新,为顾客家人的健康幸福,努力开发高科技的保健产品,赢得了殊荣。

长兴"珍奥"店里的"小棉袄"们,默默地、勤奋地战斗在长兴岛这块神奇的土地上,为长兴老人的健康奉献青春和满腔的爱。她们来自祖国的五湖四海,钟爱着自己神圣的事业——为老年人的健康幸福而献身。她们的收入很微薄,甚至不能解决个人的日常开销,据我所知,还不如一位来岛"打工妹"的收入。飞燕还没结婚,来岛几年一心扑在工作上，她经营的业绩，却在全市同行业中遥遥领先。杨婕，已是两岁孩子的妈妈，她把孩子留在安徽老家，独自在海岛打拼，其精神、其觉悟、其追求，可谓伟大。现在长兴的"珍奥"家人已有数以百计，都是"小棉袄"的亲人和朋友。每当我看到长兴"珍奥"店里"小棉袄"们忙碌的身影，老人们快乐的洗脚或聊天或观看保健录像时的情景，一股敬佩之情油然而生，是"小棉袄"们给大家带来了温暖和幸福。可人们哪里知道，在其他时间里，她们又有多少的付出：敬老节来临的时候，忙着发送祝福的短信；中秋节的时候，要去看望一些珍奥的家人；深夜里，或许还在撰写明天健康讲座的内容，或许制作明天要用的录像短片，或许在思考着明天的发展蓝图……

"小棉袄"们永远是我们长兴岛人的亲人，我们永远不会忘记她们。我们衷心祝愿她们钟爱的大爱文化和保健事业，如彩虹一样美丽，似海涛一样充满活力！

（作者系退休教师）

# 长兴岛上的乡村医生

## ——长兴岛乡村医生聚会有感

李茂生

2015年6月26日，海岛上的14名乡村医生相约在一起，以他们特有的形式，纪念毛泽东主席"六·二六指示"发表50周年。这一指示的核心内容是：把医疗卫生的重点放到农村去，预防为主，防治结合，走中西医结合的道路。重温这一指示，仍然具有十分重要的现实意义。

"六·二六指示"发表后，海岛迎来了由宝山、江湾、大场医院组织的第一支下乡巡回医疗队。在以后的几年中，又相继迎来了上海结核病医院、曙光医院、普陀区中心医院、利群医院组织的下乡医疗队，他们的任务是：体验生活、巡回医疗、培训赤脚医生。于是，全公社各大队选送了20名赤脚医生接受业务培训。据统计，全岛先后共培训了130名赤脚医生，这些自幼听红歌、读红书长大的青年，不仅如饥似渴地学习医药卫生和救死扶伤的知识，而且还接受全心全意为人民服务的思想教育。以后，有25名赤脚医生推上了领导岗位，30名光荣地参加了中国共产党，有两名出席全国和上海市先进赤脚医生代表会议，还有许多赤脚医生被评为先进党员和三八红旗手。现在职的50名乡村医生中，从未发生过医疗事故和医患纠纷。

50年弹指一挥间。当年这些十六七岁、二十来岁的小伙子小姑娘们，如今都成了爷爷奶奶。今天相聚在一起，除了互诉家常、互道祝福外，更多的是对往事的回忆，畅谈起乡村医生中许多感人的故事。他们是家乡建设的亲历者和参与者，那些战天斗地、祛除病魔的情景仍历历在目。尽管他们中有的早已退休，有的从事其他工作，有的成了领导、老板、企业家，有的移居上海市区，但对乡村医生工作的那段艰苦岁月，却难以忘怀。正是那段工作经历，培养和锻炼了他们，才造就了他们今天的成功,而他们都以不同的方式回报社会,感恩家乡。

长兴赤脚医生诞生在三年自然灾害后的 1965 年 7 月。那时,家乡还很穷,住的是草房、芦笆房,根本没有楼房,许多家庭温饱都不能保证。岛上又缺医少药,疾病肆虐,四害横行,卫生环境脏乱差。当时农村合作医疗制度还没建立,再加上农民对卫生知识的缺乏,不懂什么叫卫生,什么叫病从口入,怎样防病,单靠一家医院十几个医务人员根本无法满足群众就医看病的需要,更谈不上卫生知识的普及。乡亲们一年到头从事单一的繁重的农业劳动,一旦患病,小的忍,大的拖,想到医院去看,又没有钱。有的乞求上天、祖宗保佑,求神拜佛,迷信起来。特别是子女多的家庭,只好听天由命。有些因患高热抽搐的婴儿,得不到及时地救治,得了聋、哑、呆等残疾。

那时,农村的卫生条件很差,什么河水、海水捧起来就喝,瓜果不洗就吃的现象十分普遍,还说什么"吃得邋遢,长得宝塔"等违背科学的话语。社员宅前屋后,杂草丛生,各种垃圾乱扔乱堆,散发着臭气,吸引着众多的苍蝇蚊子;各种盆盆罐罐随意放在露天,里面积满了臭水;臭水浜不填平,成了苍蝇、蚊子的滋生地;荒郊野外,或河道里,不时看见死去的猫狗在那里腐烂发臭,招引着野狗的争抢尸肉,污染着水源环境。每当夜幕降临,成群的蚊子满天飞舞,人走在路上常被叮得要命。晚上"嗡嗡"的蚊子声常闹得人们难以入睡,即使蚊帐严实,第二天早晨还会有被蚊子叮咬的痕迹。害人的苍蝇,到处飞蹿,桌子上、器皿上、食物上都留下它们的排泄物,特别是茅坑里,成千上万的红头绿蝇和蠕动着的蛆虫,令人望而却步,不敢去方便。晚上老鼠常在家里跳来跳去,不时听到"吱吱"的叫声,有的甚至从梁上跌落到床上,把人从睡梦中惊醒。还有一种叫臭黑老鼠的,总是尾巴咬着尾巴一长串地游走在宅前屋后。蟑螂、臭虫就更多了,灭也灭不光。这些都是病原体的宿主,更是许多传染病的传染源,如疟疾、乙脑、鼠疫、肝炎、肠道疾病、寄生虫病等。

那时人活到 60 岁已属高龄,死去时如不足 60 岁要借天借地才能写上红牌位,以示长寿。

赤脚医生经过短期培训,回到各大队。在各级领导的重视下,很快成立了卫生室,购置了必要的医疗器材和药品。大队还成立了爱国卫生领导小组,由赤脚医生具体负责宣传、动员、检查、督促。接着又落实了生产队卫生员和粪坑下药员,赤脚医生指导他们消毒、注射、缸水消毒和粪坑下药等工作,这样做到了组织、人员、工作的落实。为了进一步做好饮水卫生和减少蚊蝇密度,大力开展深挖灶边井和改建厕所的工作,在此过程中发明了浮吊式消毒器、泵压式吸水器和三缸式无害化厕所。赤脚医生也积极主动地做好大队的卫生参谋,针对脏乱差的环境,每年都要发动群众搞几次爱国卫生运动,清除三棚,把杂草垃圾集中堆放,然后涂上泥巴,填平积水潭,疏通臭水浜,翻缸倒罐,消灭蚊蝇滋生地,铲除卫生死角。事后还进行队与队、户与户之间的评比,把卫生、不卫生之家的牌子分别贴到各家各户的门上,以此培养大家讲卫生、爱清洁的良好习惯。为了杜绝食物中毒,对操办酒席的都要登记签约,并指导、检查食品安全。为了防止有机磷农药中毒,赤脚医生常到田头检查喷药的方法,并指导预防中毒的有关事项。为了有效控制和消灭一些传染病,每年都要进行几次全民性的预防接种,为实现95％的接种率,他们带领生产队的卫生员挨家挨户进行接种,碰到对接种有害怕心理,或有偏见的人,就苦口婆心地做他们的思想工作,直到接受注射为止。

1986年,家乡突发急性传染性甲型肝炎,短短几天内,个别生产队被查出十几个甲肝病人,人数之多,传播之快,历史上少见。公社卫生院无法容纳几百个传染病人,部分病人要在家里隔离治疗,赤脚医生紧急动员起来,立即投入一场防治甲肝的战斗。他们迅速到车站、码头、菜场、集市等地方,查找毛蚶,宣传禁止食用毛蚶。同时,又冒着被感染的风险深入到患者的家中,帮助、指导患者和家属对日用品、餐具、衣物和排泄物进行消毒处理,对密切接触者、易感人群,进行医学观察,控制疫源,封锁疫区,切实做好切断传染源的工作,有效地控制了甲肝的蔓延,也为后来2003年预防非典和今后可能发生的医源性特发事件作了演习。事实证明,赤脚医生是一支特别能战斗的队伍。针对许多家庭无节制生育的状况,他们配合妇女干部做好计划生育和破除老法接生的宣传教育。特别是女赤脚医生,不但要登记造册,调查摸底,还要按时把避孕药、器具发送到育龄妇女的手上,杜绝计划外生育,她们既是宣传员,又是接生员。据统计,60年代中期到80年代后期,家乡出生的人口50％是经她们接生的。

为了传承发扬祖国医学,他们认真学习中医基础知识,掌握推拿技术,熟悉经络穴位,在实践中分别施治。那时,各大队卫生室都种有百草园,他们走遍海岛,甚至结队骑车到松江佘山采集草药,把多余的中草药出售给中药房,筹集资金,用于购买药品、器材,以减轻集体的负担。

合作医疗制度是在70年代出现的新生事物,为赤脚医生的成长提供了广阔的发展空间。为了巩固和发展合作医疗制度,他们严格执行合作医疗制度的各项规章,切实把好病员的转诊、收费和报销关。他们合理用药,不像有些医院的医生乱开贵方、大方,为片面追求奖金和提成,病员怨声载道,害得病人不敢到医院去看病。赤脚医生为巩固合作医疗做了大量的工作。

那时的赤脚医生大多吃住在卫生室,没有休息时间,都能做到随到随看,随叫随到。白天他们不是坐等病人,大多时间背着药箱走村串户,到田头港口宣传饮水、饮食卫生,检查粪坑下药情况,或采集港口水样送防疫部门分析疫情。许多急性传染病都有一定的季节性,如麻疹、流脑、乙脑、急性肠道疾病、中毒性菌痢等。有些高热抽搐,常发生在夜间,有时一家出诊还没回到家,第二家叫出诊的已等在门口了。一个夜里,出诊两三次是常有的事。可乡亲们对待赤脚医生像当作久别的亲人一样,关怀备至。夏天,药箱还没放下,就给你递来扇子、冷毛巾;冷天,给你倒一杯红糖茶,煮一碗水潽蛋;夜里出诊回家,病人家属陪护你到家。赤脚医生有时碰到自己不能处理的病人,会同病员家属一起把病人送到上级医疗机构后才放心。那时的医患关系是多么的真诚、信赖、热情。赤脚医生回忆时经常谈道:"赤脚医生的本领虽然不大,但凭着对病人的热情、体贴和关怀,病人的毛病已经好了三分。"经过几年、十几年的理论学习和实践锻炼,赤脚医生的业务水平有了很大的提高,知识面也比较宽广。他们不分科别,对某些常见病、多发病,一看就能判断出病情的轻重缓急。许多卫生室都能做到常见病、多发病及小伤小病不出卫生室。对危急病人能做到就地抢救和安全转送。每个大队的卫生室都有两张以上的病床,用于观察治疗和补液用。赤脚医生还经常上门为病人服务,极大地方便了病人,合作医疗的门诊量约占全岛的 60% 以上。赤脚医生虽然没经过深造,没有高、精、深的医学知识,但凭他们对事业的忠诚和对人民群众的热爱,也做到能中能西,能防能治,能医能护,百姓能就近看病,又省时省钱,深受老百姓的欢迎,尊称他们为全科医生。这正如卫生部部长陈竺在 2013 年中央电视台播出的一次谈话中说:"我国有两百万乡村医生,他们在农村三级医疗保健网中做出了不可磨灭的成绩……"

医生不忘赤脚,是他们特有的时代特征,也是维系与乡亲们情感的途径。为此,他们经常自觉地参加生产队的集体劳动,在筑石沙大坝、金带沙大坝的战斗中,在抗击台风侵袭的堵缺口、抗灾抢险中,都留下了他们奋战的身影。土地承包后,工作之余忙着各自的农活,但他们的心中时刻不忘的是"我是一个乡村医生"。

也许那时他们还很年轻,身强力壮,又毫无牵挂;也许是受到全心全意为人民服务的思想教育,懂得自己身上的责任,懂得感恩,懂得人生的意义;也许怀着对家乡的热爱,一定要把自己的青春和生命奉献给这块神奇的土地;也许受到乡亲们的深情厚谊的感动,一定要用自己的真诚回报社会。就这样,他们把自己的青春和满腔热忱都献给海岛的合作医疗卫生事业,长兴人民是不会忘记他们的,长兴的发展史上也会记上他们绚丽的一笔。

在党的领导下,特别是改革开放以后,长兴的面貌发生了翻天覆地的变化。这个昔日贫穷的小岛,如今高楼林立、车水马龙,一派繁荣的景象。海岛约有 50% 的农户被动迁住进了居民小区,就是没动迁的,也盖上了楼房,有的建起别墅,过去的草房、芦笆房已进入历史的博物馆。人们的生活、就业、医保都有了保障。吃、穿都上了等级,讲营养、讲健康、讲时尚。医疗事业更是蓬勃发展,有公立,有民营,也有私人诊所,岛上在编医务人员 400 人左右,担负着本地 4 万多人口、外来人口 10 万多人的防病治病任务。交通方面,过去狭小的高低不平的泥泞小路,已被平坦的水泥马路替代,两边还种上花草树木,很是美观。贯穿东西的潘园公路和江南大道,有的六车道,有的四车道,车流如梭,人流如织,一派现代化的气息。无论农村还是小区,都设有垃圾筒,每天有专人集中处理,再也看不到脏乱差的现象,苍蝇、蚊子几乎绝迹。

过去因大风或大雾轮渡停航,危急病人因此而断送性命。现在隧道直通市区,急诊病人要不了多少时间就能到达上海市区各大医院。

随着社会的进步,人们的健康理念也有了很大的变化。跑步、打太极拳、跳舞等健身活动随处可见,小区的广场舞成了一道独特的风景线。

随着物质生活水平的提高,人们的精神生活也发生了很大的变化。对健康的概念也充实了许多新的内容,健康与社会、环境、精神融合在一起。现在家乡是个空气新鲜、环境优美、人民生活幸福的美丽乡村,是一个长寿之乡,八十、九十多来兮,百岁老人不稀奇。

看着家乡的巨大变化,医疗卫生事业的蓬勃发展,我们这些经历过时代风雨的赤脚医生真是感慨万千。长兴的发展变化,我们也付出了智慧、汗水和心血。如今,不再叫赤脚医生了,叫乡村医生。名称变了,但医生的使命不能变,责任不能丢,热爱家乡、热爱乡亲的那份真情不能忘!让我们在共筑中华民族伟大复兴的中国梦中做出更大的贡献!

（作者系长兴镇原跃进村赤脚医生）

# 正确把握历史机遇　扎实推进美丽农村建设

## ——记上海为中集团公司董事长樊为中

苏　文

## 引　子

　　长兴岛自 1844 年开始围垦以来,已有 170 多年的历史。特别是新中国成立以后,在党和政府的英明领导下,长兴岛发生了翻天覆地的变化。原先的石头沙、潘家沙、鸭窝沙、金带沙、圆圆沙等几个小岛连成一体。昔日"潮来一片白茫茫,潮落处处芦苇荡"的凄凉景象,一去不复返。长兴岛人的豪迈气概和顽强精神,征服自然,改造社会,创造着新的生活。尤其在党的改革开放春风的吹拂下,长兴岛在一日千里的前进着,如今,长兴岛真正成为长江口中的一颗璀璨的明珠,放射着熠熠的光辉。岛上高楼林立,车流如梭,人流如织,葱绿的橘园,"振华港机"升向云天的座座塔吊,江南集团的造船基地,晚上,小区广场上舞蹈者欢快地舞姿……一切都是一幅幅精美的图画。

　　人们在改造世界的同时,也在改造着自己。人们在创造新生活的同时,也在创造着自己新的思想观念。上海为中集团有限公司的董事长樊为中先生,原是一位土生土长的极其普通的长兴岛人,是改革开放浪潮中的一名弄潮儿。事业有成后,满腔热忱地投入到家乡大开发建设的宏伟事业中去,谱写了许多奉献爱心的热情诗篇,但他淳朴、低调、不张扬,这正如他的名字一样,不花哨,不含蓄,实实在在的叫"为中",为中国的繁荣昌盛,为中华民族的美好未来,去拼搏,去战斗。

## 建设篇

上海把长兴岛定位成环境优美和谐、资源集约利用、经济社会协调发展的现代化生态岛区。在这千年轮一回的历史机遇面前，身为长兴子弟的樊为中，意气风发、踌躇满志，集一身的智慧和财力为改变家乡的落后面貌勇于担当、乐于奉献。

农业丰则基础强，农民富则国家盛，农村稳则社会安。2002年伊始，长兴岛掀起了前所未有的改革发展的大浪潮。樊为中预感到家乡将要发生深刻的变化，他怀着对家乡的一片深情，决定在家乡大开发、农村城市化建设中大显身手。他先是全身心的投到长兴岛外滩涂围堰项目中去。随后，又紧紧围绕新农村建设的发展蓝图，精心制定自己企业的发展规划，建码头、造仓储，办起了一个像模像样的具有较大规模的混凝土搅拌站，彻底改变了长兴建筑材料供应落后的陈旧局面，创造了长兴岛上第一条搅拌混凝土的生产流水线，快捷提供给施工场所，满足其对混凝土的需求，大大推进了基建速度，同时，也为大量失地农民工子女提供了再就业的机会。

百舸争流千帆竞，借海扬帆奋者先。在2005年国家确定了把长兴岛定位为国家海洋装备生产基地之后，樊为中准确地把握了发展机遇，敢当新农村建设的排头兵，自觉执行"三岛联动"的发展战略，举集团之力，积极参与了岛上一系列政府投资的重大基础性民生工程的建设，如：青草沙水库工程、长江隧道工程、中船长兴造船基地工程、上海振华港口机械工程等。

秉承"与长兴同呼吸共命运"的理念，樊为中先生还踊跃投入到长兴岛的房地产开发中去，努力践行"倾力为民办实事"的愿望。2007年，举集团之力，参建了有长兴镇政府招标的农民动迁安置房——长兴18万平方米凤辰乐苑住宅小区工程，让百姓住有所居，得到实惠。2010年，樊为中先生通过市场竞拍购得长兴第二块房地产项目的用地，立足绿色长兴、生态岛长兴的特色定位，脑海中勾勒出一幅具有"高起点规划、高水平设计、高质量施工、高标准管理"的"四高"小区的蓝图。在规划设计过程中，他始终站在时代的前沿，引入"居家养老，医养结合"的创新理念，以前瞻性的眼光倾心打造，完成了高水准、高品位的优质住宅项目的建设，"御岛财富公馆"的落成，标志着"为中"顺应时代潮流、紧抓发展契机、加快企业转型、打造长兴品牌的一大成果。樊为中先生为长兴未来的发展作出了有益的尝试和重大的突破，这一品牌应当成为长兴大开发建设的一根标杆，引领着长兴城市化建设的未来。

## 服务篇

长兴岛是扎实推进社会主义新农村建设大有可为的舞台。在国家大发展战略的调整中,樊为中先生紧紧抓住发展契机,统筹优势资源,推动了为中集团多元化产业的发展,使之成为长兴岛服务业的中流砥柱。

2009 年,成立为中小额贷款股份有限公司,坚持"小额、分散"的原则,为崇明地区的"三农"企业提供了强有力地资金保障和服务支持,盘活了市场资源,繁荣了区域经济,推动了城乡的发展,取得了"促发展、保稳定、惠民生"的经济和社会效益。

2010 年,在樊为中打造的"四高小区"超前理念引导下,御岛财富公馆从一纸构想变成现实。他又以构建起崇明首个医养为基础的精品社区为出发点,走出了一条民营企业与公立医院协同发展的新路子,筹办优质、特色的中西医养门诊部,打造居家养老的品牌社区,是促进长兴医疗发展、推动社会和谐、文明的重大举措。

樊为中先生不仅在物质文明建设中极尽其能,更在长兴精神文明建设方面努力践行。2012 年,他举集团之力,全新装点了集团旗下的御岛大酒店和御岛娱乐会所,为长兴动迁居民提供了一个举办婚礼、朋友聚会的场所。欧式典雅的环境,美轮美奂的装饰,现代化的设施,超一流的服务,无不让长兴居民眼前一亮。在满足了家乡父老乡亲、农民子弟多层次、多方面的精神文化需求的同时,还会潜移默化地改变他们不守礼仪、不讲文明的陋习。因为优美的环境会熏陶人,教育人,可逐步塑造新型的农民,发挥文化产业为物质文明建设"锦上添花"的作用。

## 回馈社会篇

饮水不忘思源,致富不忘家乡。樊为中先生关爱着家乡的老人福利事业和教育事业,赞助长兴敬老院的建设,逢年过节一一慰问村里的老人,积极参与镇政府的扶贫帮困工作,支持长兴的教育事业,自 2007 年起一直担任长兴中心小学的名誉校长,与品学兼优的贫困学生结对给予长期资助。樊为中先生说,企业生存于社会,应当回报社会;企业家不但要会赚钱,会经营企业,更需要有社会的责任感。有良心的财富才有意义。他扎根长兴的 20 多年里,以开拓创新的闯劲,锲而不舍的韧劲,全身心投入,努力奋斗,创造了多少物质财富和精神财富,在造福于一方百姓的同时,也为其他扎根长兴的企业家树立了榜样。

## 参政议政篇

真抓实干办企业的同时，樊为中先生还担负着许多社会性工作，努力贡献自己的聪明才智，不断发挥自己的力量。在长兴岛划归崇明管辖之前，任宝山区第5、6届政协委员。自长兴划归崇明县后，任崇明县14、15届人民代表和长兴镇17届人大代表，任崇明县企业重合同守信用协会会长，长兴镇商会会长。任职期间，他心系长兴发展，关注社会民生，积极参政议政，多建利民之言，多谋富民之举，积极为各项社会事业的发展出谋划策，摇旗呐喊，为建设现代化的新长兴贡献了全部的智慧和力量。

## 结　语

实业兴邦，这是中华民族伟大复兴的一个中国梦；造福于民，这是樊为中先生报答长兴百姓的一种感恩。他的根在长兴，发展在长兴，他将一路感恩前行，勇于担当社会责任和公益责任。

他说，昨天的成绩，是一种荣誉，是一种鼓舞，但更是鞭策，更是使命。樊为中先生在长兴大开发的洪流中，摔打滚爬，实现了事业的成功。他也见证了长兴岛日新月异发展的历史。他决心再接再厉，以一个土生土长的长兴人的身份，为长兴人民谋取更多的福祉，为长兴大开发建设再立新功。文中没有提及他赞助、奉献等方面的金额数字，这是樊为中先生反复关照而特地隐去的，从中更可以体会到他做人的谦虚和低调，为人的高尚和淳朴。愿樊为中先生在未来的事业中创建更大的辉煌！

（作者系为中集团有限公司办公室干部）

# 他们在这里安家置业

## ——访在长兴岛的上海人力车工人和舢板船民

苏应奎

在一个天气晴朗的下午,我拿了照相机,来到吴淞口外的宝山县长兴岛采访。机帆船驶进岛上的凤凰乡,上了岸,和当地区委会联系了一下,就到我要采访的目的地——解放圩去了。这个圩里住着从上海市区来的 605 户的 1 721 个人力车工人、舢板船民和其他三轮车、马车工人。

我走上圩堤,站在圩上瞭望:一排排新盖的草屋,在仲秋的阳光下,闪耀着金色的光芒;河边,妇女们正在洗衣谈笑,一群孩子正在学校的操场上嬉戏;圩里抽穗的晚稻,沉甸甸的,随着阵阵秋风,波浪样的起伏着。远处,那望不到边的富饶的海滩草原,连着茫茫的大海,芦苇丛中,羊群正在吃草,鸭子互相追逐,真是一派繁荣景象。

向哪里走呢? 我正在踌躇,一个名叫陈美华的小朋友走来问我:"叔叔,上哪去呀?"我说:"到工作组办公室。""来,我领你去吧。"说罢,就拉着我的手,走进领导这个圩里的人们生产的工作组办公室。

## 深切地关怀

来自上海市区的这批人力车工人、舢板船民,过去都过着牛马不如的生活。在旧社会,他们没有土地,没有房屋,为着吃饭,他们干着被看作"最下贱"的苦力,流浪在上海街头、黄浦江中,受尽了国民党反动派的压迫和虐待。在老年车工中,就有 70% 以上终身没有娶过老婆,现在还过着单身汉的生活。

"到这里就来了一个光棍儿。"84 岁的沈士章对我说。的确,他们来的时候,什么也没有带,事实上也没有什么可以带来。政府在这里为他们安排了一切:盖了515间新草屋,添置了必要的农具家具,甚至连台凳、碗筷、水缸、油灯、床铺都给安排好了。一来就分发了500顶帐子,300套夏衣。

日子该怎么过呢?开荒,用劳动来建立新的生活。但是,这还是比较长远的打算,秋收还有很长一段时间呢。政府拨出了大批款子,支持他们的生活和生产,从来时的3月至9月,已拨款19万元作为救济。

长年累月的苦力和生活条件低贱的结果,使得他们的健康情况很坏,80%以上的人患有胃病、气管炎、囊肿、角膜溃疡等疾病。到现在,他们都享受着公费医疗的待遇。区卫生所在那里设立了分诊所,派医生常驻在那里诊病,据统计,从3月至8月,就诊了1582人次,支付医药费3216元。车工赵凤国的妻子潘三宝子宫外孕,病情非常严重,有生命危险,当地无法治疗,马上送到上海江湾医院,经输血抢救,现已痊愈。青年鞠家瑞发现肺病,也送到上海的医院诊治,现在单医药费就付了200多元。他母亲感动地流出了眼泪,说:"要在旧社会,只得抵命了。"

他们衷心感谢党和政府深情的关怀和照顾。77岁的车工季士元说:"我从17岁开始拉黄包车,拉了近60年,头发也拉白了,尝尽了辛酸苦辣,到头来只剩下一件破棉袄。现在毛主席给我安乐家,使我能过一个称心的晚年,虽然我年纪大了,但我还要争取多参加劳动,尽量减轻些政府的负担。"

## 忘我的劳动

是的,他们深深懂得党和政府对他们的关怀。劳动人民爱的是劳动。这里有大片大片肥沃的荒地,等待着人们去唤醒。土地,对于从来没有过分寸土地的人们,是多么吸引人啊!

开始的时候,真困难呀!他们大多没有参加过农业生产,缺乏经验,不懂技术。肩上磨起了泡,脚在芦苇根上戳出了血。有的人也曾经动摇过。当地凤凰乡的农业社,派了70个社员来传授技术,80头老牛帮助耕地。经过一段时间的锻炼,劳动能力一天天提高了。车工陈伯祥开始挑百把斤土觉得肩膀酸痛,现在挑150斤也不感到吃力。我访问了一个原在上海启新中学读书的青年徐成林,他说:"说实话,当时可真泄了气,埋怨父母亲为啥到这里来受苦。""后来呢?"我问。他笑着说:"越干越有味,越干越有劲,现在,我真爱煞了劳动,闲着倒不好受,我爱这个地方。"这里有9个高小毕业生,14个读过初中的学生,都和徐成林同学一样,安心地、愉快地劳动着、生活着,并大多担任了夜校教师、小队长、记工员等职务。

人勤地不懒,土地不亏勤劳人。经过 3 个多月的辛勤劳动,1 726 亩荒地变成了良田。7 月,在这块原先荒芜的土地上,破天荒第一次播种了 1 414 亩水稻和其他农作物。在各家门口的菜园田里,也长出了鲜嫩的青菜。

## 新的生活

现在,他们虽主要靠政府的救济过日子,但是,由于他们勤俭节约,当地政府大力发动他们开展了副业生产,生活一天天好起来。整个圩自养了鸡1 700 只,鸭500 只,羊 190 只。柴草遍地皆是,随手可得,不要花钱;蔬菜都自己种植,并有余出卖,不少人家中了番薯、南瓜,现在已经收获了。我去访问舢板船民谢根宝家的时候,他们全家四口人,祖母、母亲和他新婚的爱人正在吃饭,饭是白米饭,菜也很丰富,一只燉酱、一只青菜、一只萝卜,还有一只是工余自捉的小鱼。

从 3 月份以来,这里已增加了 7 个新生婴儿,更可喜的是,有四对青年在劳动中建立了爱情,现在都已经登记结婚。圩里还流传着单身汉王瑞庆和寡妇谢阿虎结婚的故事。谢阿虎自丈夫死后,带着三个孩子,日担夜忧,看到生产队里的王瑞庆为人热情,劳动强,却还是个单身汉,鞋袜破了也没人补,早想成一家,但不好意思开口;而王瑞庆呢,看到谢阿虎带着三个孩子,里里外外忙不过来,就主动帮助她解决了不少困难,看到水缸里没有水了,就不声不响地给挑满了;看到她家屋里的地势低,一下雨就潮湿,马上挑了泥填高。一有空,就去帮助她哄小孩,几个孩子也亲热地叫他"叔叔"。一天,王瑞庆鼓足勇气对谢阿虎说:"你看我能行吗?"谢阿虎早就等着他说出这句话,忙说:"你太好了,我心满意足。"第二天,两人就上当地乡政府登记结了婚。我去访问他家的时候,王瑞庆已外出,我要谢阿虎谈谈他俩的结合,谢阿虎带着幸福的笑容,拍着孩子的肩膀,说:"都是这些小鬼不行好,叔叔、叔叔叫得我也软心了。"

为了让圩里的孩子都有上学的机会,政府在这里开办了一所解放圩完小,现在在这里念书的有 312 个孩子,圩里的学龄儿童,绝大部分都上了学。而在这批老年车工和船民中,却有 90％以上是文盲。舢板船民忻全熬一家三代都是文盲。现在他的小儿子才上了这所小学。

午饭后,我还到他们阅览室看了一番,那里坐满了聚精会神觅取知识的青年人。据图书管理员告诉我,这个阅览室有各种通俗书报 2 240 本,从 6 月份开放以来,到 9 月底已出借了 630 本。他还说,除了连环画,最受欢迎的是文艺作品和农业知识书籍。我在书架上翻阅了一本《水稻栽培经验》,已经破烂不堪,一查,原来已被借过 35 次了。

秋收秋种马上就要开始,当地供销社已运来大批镰刀、锄头和 15 000 斤麦种,人们正以紧张的准备,迎接第一次丰收,迎接第一次秋播。估计第一季晚稻可以收获粮食 56 万 8 千斤。今年秋播面积 1 786 亩,并再开荒 600 亩。从这以后,他们将自力更生,用自己的双手和劳动建立新的生活。在一个会议室里,人们正在酝酿成立高级社和秋收秋种规划,从他们充满着喜悦的脸上,我们看到了新生活在向他们招手。

在解放圩小学,我无意中翻阅了几个六年级小朋友的作文簿,在"我的家乡"题目中,他们充满感情,赞美家乡的未来。夏根福同学写着:"我要当个拖拉机手,使我们的生活更幸福,更美满。"徐美珍同学写着:"要把我们的家乡建设得像苏联一样。"

夜幕渐渐降临了,笼罩着整个原野。我结束访问以后,又一次走上圩堤,这时,家家户户屋里射出点点灯光,伴着天上闪烁的繁星。教室里汽灯亮了,夜校开始上课了。一阵嘹亮的歌声,使我精神焕发,我舍不得离开这个地方,我轻轻地说:多美好的生活呵!

本文发表于 1956 年 11 月 21 日《解放日报》

(作者曾任《新民晚报》记者、编委、新闻编辑部主任、专刊编辑部主任等职,主任记者、散文作家)

# 我们是"解放圩人"

胡银娣

解放圩,是在建国初期由中国人民解放军驻岛官兵在长兴岛现北兴村境内的荒滩上围垦起来的一只圩,为纪念解放和感恩解放军的功绩,取其名。"解放圩人",是指1956年响应市政府的号召,迁到解放圩落户的那些人力车工人、摇舢板船民、马车工人等人们。当时计605户,总人数为1721人。本乡本土的长兴岛人,总喜欢把他们称作"解放圩人",其实,也是"新农民"的代称。

1956年,我才13岁。我家和后来成为我丈夫的陆金龙家共十多口人,为减轻国家的负担,减轻城市人口的压力,双方父母坚决响应党的号召,首批举家从上海市区迁到长兴岛的解放圩落户。屈指算来,已经整整60个春秋了。60年来,解放圩里的新农民,已经完全融入全岛的各村各组,已成为名副其实的长兴岛人。我们和老农民一样,自食其力,艰苦奋斗,为长兴岛的建设贡献力量。

我们的个人成长史、家庭发展史,和长兴岛的社会发展紧紧地连接在一起。我们作为开发、建设长兴岛的一支重要劳动大军,始终活跃在海岛建设的各个领域。我们既是积极的参与者,又是社会发展的见证者。我们走过的足迹和做出的贡献,理所当然地应载入长兴发展的史册。回忆走过的历程,喜看长兴今天的大发展,一番"酸甜苦辣"在心田,真是感慨万千,万语千言!

长兴岛确实是一块原生态的宝地。它四面环海,空气新鲜,日光充足,气候宜人,它相对于人口密集、交通拥挤的城市来说,倒是一处别样的"世外桃源"。但是,50年代的长兴岛,是个有名的"赤脚鸭窝沙",交通不便,灾害连连,再加上单一经济结构,尽是"三麦油菜老来青",老百姓除微薄的工分收入外,没有其他的经济来源,生活相当困苦。我刚来落户时,大家聚居在狭窄的解放圩内,600多户人家,户挨户、屋挨屋地造在一起,且是草房,一旦引发火灾,后果不堪设想。环境卫生更是糟糕,因地势低洼,一下起雨来,小水沟里污水横流,蚊蝇飞舞,臭气冲天。就这样,我们在那个地方苦苦熬了六七年。1963年,当时的公社领导就决定撤销"新农大队"这个管理模式,把我们"解放圩人"安排到全公社的各生产队去,我们进行了第二次搬迁。从此以后,我们和长兴人民大融合,在新的环境里,开始谱写各自的奋斗历史。

一个在城市里生活过的人,要做一个新长兴人,这个角色的转变要经过许多难以想象的意志磨砺和刻苦的劳动锻炼。

首先,要过好环境适应关。城里人的生活习惯和农村里人的生活习惯有很大差异。要想做一个新长兴人,必须入乡随俗,彻底改变自己的思想观念、生活观念以及生活方式。刚来长兴岛时,我们就碰到了语言交流、民情风俗、辈分称呼以及生产劳动中的许多问题,但随着时间的推移,我们慢慢地懂得了、适应了,潜移默化地和当地农民打成一片。

其次,要度过一个生产劳动关。我们"解放圩人",初到长兴,对于农业生产劳动,可以说是一窍不通,农活做不来,重活做不动,技术活不会做。但在那个"做工分"的年代,形势逼着你去学,生活逼着你去做。第二次搬家后我们住在先进12队。队干部和农民们都是手把手地教我们,经过一段时间的劳动锻炼,农村一般的农活都能学会,有的年轻人还成了劳动生产的骨干。

第三,要度过生活困难关。在长兴岛落户初期,本来生活就很艰难,再加上连续不断地政治运动,又遇到严重的三年自然灾害,我们和当地的老农民一样,过着十分艰辛的日子。尽管政府一年给我们每人50元的补贴,但也解决不了什么问题。父母和兄妹几人只得节衣缩食,勒紧裤带苦度春秋。俗话说,"屋漏偏逢连夜雨",在父母年老做不动的情况下,我的小妹患上了慢性脑膜炎,因为缺医少药,无钱医治,终于离开人间。三年自然灾害期间,因人多口粮不够吃,父母只得到外面割些野菜,煮些糊粥充饥。随着时间的推移,我们兄妹都长大了,到了读书上学的年龄。父母忍受着家庭的沉重负担,一个个把我们送到学校读书。当时因搬迁的缘故,我荒废了一年的学业,待生活稳定后,我继续到解放圩小学就读,一直到初中毕业。

四、要解决工作就业关。我们刚到长兴岛时,因为穷,总有点被人看不起,甚至遭到歧视。但我们两家人发誓勤奋好学,积极工作,彻底改变了社会上对我们的偏见。60年代后期,我们到谈婚论嫁的时候,在党和政府的关怀下,先后都成了家,立了业。我们年轻的一代中都入了团、入了党,其中共产党员就有8个,是名副其实的"党员之家"。

　　我自己在党的关怀和培养下,担任了小学教师,继而变成国家干部,担任公社妇联主任、乡民政助理、公社广播站站长和教育助理等职。而且在这些战斗岗位上都取得了一定的成绩,曾被评为长兴乡人民政府记功助理、长兴乡优秀党员、长兴乡工会积极分子、宝山区青少年保护工作先进个人、宝山区成人教育先进工作者。

　　我丈夫陆金龙,从宝山调到长兴后,分别担任野马电机厂、扬子江建材厂党政主要领导,直到光荣退休。

　　我和陆金龙结婚后,生有两个女儿,如今两个女儿都已成家立业,且都是基层干部。

　　我大哥胡金生原是"上粮"的中层干部,80年代调回长兴,担任长兴粮管所党支部书记。退休后,为支持子女的工作,一人担负起照顾卧床不起的老伴的全部家务,被周边的村民称之"模范丈夫"。

　　我的两个侄子,胡坤和胡均,都是共产党员。哥哥胡坤,担任过先进大队党支部书记。弟弟胡均,农村基层干部做了20多年,现是先进村党支部书记,多次被评为优秀共产党员、市先进党务工作者、上海市劳动模范,今年又被评为全国劳动模范。

　　我的几个妹妹,也都好学上进,是远近小有名气的文艺积极分子。大妹胡金娣,在2013年赴香港、澳门和新加坡等地交流演出中,获得金奖,为祖国和家人赢得了荣誉。小妹胡宝娣,她在当时公社排演的京剧《沙家浜》中扮演"阿庆嫂",演唱到位,表演出色,受到广大群众的一致好评。

　　我丈夫陆金龙的一家,在岛上也是小有名气的。大哥陆金才思想上进,知识丰富,组织能力强,他先后担任过新农大队党支部书记、光荣大队党支部书记、公社党委委员、工业公司负责人等职。他对三个孩子的教育十分严格,三个孩子都很争气,现都是国家的建设人才。他的大儿子陆春林早年在日本留学,现在是日本某公司的中国代理。小儿子陆春明,在党的教育培养下,成长很快,现担任长兴镇副镇长,分管农口方面的工作。

　　我们胡、陆两大家族的第三四代,他们都成长得很好,有的在岛上工作,有的在国外留学,他们自小都有为国争光的思想,为建设美丽的长兴岛做出贡献。

　　经过60年的艰苦奋斗,在建设长兴岛的过程中,改变了家庭,也改变了自己。如今,长兴岛在党的改革开放的春风吹拂下,一派莺歌燕舞的喜人景象。全岛人民斗志昂扬、意气风发地为把长兴建设成为"海洋装备岛、景观旅游岛、生态水源岛"而努力奋斗。来自全国各地的建设者、打工者、干部、教师、公安战士、企业家等,在这块神奇而又美妙的土地上，挥洒青春的活力，为实现中国的伟大复兴，共圆美丽的中国梦追求着、拼搏着、奋斗着。"大融合"书写着生气勃勃的发展景象，"大融合"展示着长兴光明灿烂的前程。我们"解放圩人"融合长兴岛，不就是一首高亢的时代进行曲吗？

（作者系机关退休干部，曾任长兴乡妇联主任）

# 托起希望之翼 共筑美丽凤辰

施唯一

近年来,为配合国家重大战略的实施和产业发展的需要,崇明县长兴镇许多农民动迁安置住进现代化小区。但由于农村生活方式的惯性和物业配套管理的滞后,许多动迁安置小区脏乱差现象严重,甚至出现"失管"状态,因种种原因导致小区综合治理工作陷入困境。2015年以来,长兴镇深入开展动迁居住社区综合治理工作,通过加强组织建设,理顺管理体制,建立"四维一体"的联动模式。在长兴镇凤辰乐苑居住区先行试点居民自治管理,物业公司在选聘过程中充分听取业主意见,并将业主评价作为对物业公司奖惩考核的重要依据。通过试点先行,不断完善机制,总结经验,实现从管变治的转变。长兴镇在动迁居住小区物业管理和基层社会综合治理上迈出了重要一步,不仅解决了长期困扰政府和居民的物业管理混乱的难题,也改善了居民的生活环境,为推进区、镇文明系列创建工作奠定了坚实的基础。同时,通过广泛地宣传、发动群众积极参加小区治理,有效地提高了群众参与和自我管理的意识和能力,也为基层政府在城镇化快速推进中如何搞好社会治理和加强基层建设提供了经验。

## 一、基本情况

崇明县长兴镇凤辰乐苑居住区始建于2006年6月,2009年3月,安置了十个村4 000多名动迁居民入住。小区总建筑面积186 021平方米,住宅面积达153 961平方米,公共绿化面积达67 897平方米。整个小区以长橘路为界,划分南、北两块区域,含有145个门栋的1 814套住房。小区居民大多来自农村,由于动迁标准不同而产生分配待遇的差异,以及陈旧的生活习惯和观念的作用,再加上大量外来务工人员的居住,存在着居住人员复杂、卫生意识差、文化层次参差不齐的情况。因为各种矛盾聚合在一起,管理难度大,又收不到物业费,无法开展正常的物业管理工作。2013 年 4 月成立的物业公司,被迫撤出。在一个没有管理的小区,脏、乱、差的情况十分突出,安全隐患不断发生,整体面貌破坏严重。具体表现在以下三个方面:

一是乱堆乱放。由于原有生活方式和习惯的惯性运动,居民喜欢把各种破烂东西堆放在房屋周边的公共部位,实是大煞风景。房前堆放的东西真可谓五花八门:有木材木板,有破沙发、破罐子等,严重影响环境的整洁。甚至发现把柴油桶放在楼道内,真是险象环生。另外,违章装修时有发生,装修的建筑垃圾到处乱扔。

二是乱搭乱建。违章搭建各种设施,如乱设晾晒衣架,底层住户私自破墙开店(既成事实,也无法解决),私自在天井里乱搭各种棚栏,有的甚至超过自己范围,侵占公共用地。

三是毁绿种菜。在自家屋前绿化草坪上零星种植蔬菜,破坏绿化的现象时有发生。

## 二、工作措施

2014 年,凤辰乐苑被列为崇明县综合治理试点小区。于是,我们决心通过"典型引领,规范服务"的总体要求,探究适用于崇明现状的动迁安置小区管理示范模式。

### (一)整治前的工作

在物业缺失的 21 个月内,针对存在的问题,凤辰党支部积极行动,建立多支志愿者队伍。一是环境清洁队伍,主要开展清除小区杂草,打扫卫生等工作。二是平安志愿者队伍,由党员楼道负责人、居民代表每天一组在小区内巡逻,维持治安。三是开展青少年清洁卫生活动,从小树立保护环境的意识。

由于未成立业委会,以及物业缺失,全靠居住区党支部独自承担小区综合治理工作,毕竟开展范围有限,再加上资金不足,办事甚难,真有点"巧妇难为无米之炊"之感。

### (二)整治中的办法

1. 成立业委会。在镇党委、政府的大力支持下,2013 年 12 月 31 日,凤辰小区业委会成立了。在县住房保障房屋管理局、镇房管中心和凤辰党支部的指导下,业主委员会逐步进入角色,开始发挥自己的职能,顺利开通了维修基金账户,依规使用小区维修基金进行公用部分的修缮。

**凤辰小区新貌**

2. 引进新物业。自原物业撤离后,给小区综合治理及平安建设工作的开展带来了前所未有的困难。县委常委、政法委书记梅云平、副县长顾军等领导多次来小区实地查看,并提出整治意见。长兴镇党委、政府高度重视。镇党委书记邱水华、镇长沈利等领导屡次来到凤辰,分析小区存在的问题,商讨对策和措施,明确整改方向。经过各方努力,2015 年 1 月上海汇红物业管理有限公司正式入驻凤辰小区,该公司的凤辰管理处配有保安 10 人,保洁 14 人,保修 3 人,保绿 4 人,正积极发挥职能部门的作用。

3. "三驾马车"联动。居委会、业委会、物业公司群策群力,大刀阔斧地开展了全面整治。

一是居委会牵头加强环境整治工作的宣传、教育力度,划分四个网格化小组,建立多支志愿者队伍。如组织"小手牵大手"青少年环境卫生保洁为特色的志愿者服务队伍,以提高大家的卫生意识。

二是业委会积极履行职责,严格按规定,合理安排好维修基金,并且切实做好管理和使用,加强对小区公用部位的维修养护,努力使小区硬件设施得到完善。截至 2015 年 10 月底,主要维修资金项目包括:防盗门维修 37.5 万元;消防器材更换 42 944 元;围墙防盗网修复 21 726 元;窨井、广场砖填补 5.5 万元;车位画线 10 205 元;电梯维修 30 023 元;路灯、修理 15 300 元等,共计使用维修资金 586 768.25 元。

三是物业公司夯实队伍建设。结合小区实际,从人防、物防、技防各层面,落实了一支尽职尽责,高效有序的安保队伍,设立流动巡逻岗和中心值班岗,门卫登记齐全,整治了一批违规、危险、有碍景观的乱堆物、毁绿种菜现象,恢复了门岗门禁系统使用功能,配备了一套全覆盖的视频监控系统(包含了 52 个探头),修缮了路灯、移动、电力、电信等设备箱,增设、改建了一批便民、利民的设施设备(如新配 68 个垃圾筒、新建筑垃圾倾倒处、重新规划机动车非机动车停车位)。

四是多做实事,凝聚民心,培养小区居民共建自治意识。居委会、业委会,物业公司牢固树立"服务、成就、满意"的理念,以扶贫帮困、节庆慰问来温暖人心;加强精神文明建设,不断丰富居民文化、体育、娱乐生活,以治安联防联控、强化安保队伍及整改安全漏洞安定人心;以展示整治效果,培育自治意识,用共治机制来凝聚人心,坚持为民服务的宗旨,增强小区居民的归属感,从而提高居民对"三驾马车"的满意度和支持率。

五是搭建党建联建委员会平台,落实好党员公益活动项目。我们与长兴幼儿园党支部、长兴市政容环境事务所党支部、长兴文化体育广播电视站党支部、上海汇红物业管理有限责任公司凤辰管理处结成了区域化党建联建团队,为小区各项事业的开展带来便利。另外,开展党员到社区,人人做公益活动,提供 12 个公益岗位,供在职报到的党员认领后服务于民。

六是镇政府全力支持小区文明创建工作,竭尽所能提供财政支出,如为小区新装 102 副晾衣架和两块电子显示屏。

**(三)整治后的效果**

通过各方共同的努力,小区环境整治成效明显。缺失的消防设备得到补齐;楼道内乱堆放的杂物不见了;外墙的违章搭建物被清除了;天井里的棚栏少了;垃圾筒设置率提高了;居民生活垃圾得到了及时清运;建筑装修垃圾也有了指定的倾倒处;增加的晾衣架使乱晒现象得到了控制;新铺的草坪绿意盎然。整个凤辰小区环境变得清洁、美观、有序,得到了居民的好评。

正是得益于生化环境的改善,小区内部逐渐形成了互相监督和宣传的良好氛围,姐妹们普遍提高了文明意识,纷纷表示要共同维护好如今优美和谐的社区环境。小区居委和物业的工作干劲也更足了,将对新发生的乱堆、乱搭及毁绿现象,切实做到发现一处,清除一处,保持居民干净整洁的生活环境。

## 三、下阶段工作

### （一）落实长效管理机制，确保整治成果

1. 依托物业高效管理和强烈的责任意识，在做好居民日常保障服务和维护整治成果的基础上，逐渐提升楼道内部管理工作水平。

2. 在技防、物防整修到位的前提下，不断增强保安流动岗位巡逻及对可疑车辆和人员的排摸登记工作，势必对违法分子具有震慑作用，确保小区安全。

### （二）未雨绸缪，化解矛盾

党支部、居委会着眼于未雨绸缪，至少要及时化解各类社会矛盾。继续深化大事不出小区，小事化解于萌芽的工作机制。积极发挥平安志愿者队伍作用，维护小区的和谐稳定，为创建平安小区打下基础。

### （三）积极开展居民自治活动，推动社区规范化管理

市委1+6文件关于创新社会治理，加强基层建设的要求，为我们社区基层组织指明了工作方向。因此，管理创新，积极引导居民自治是凤辰党支部的工作目标。

一是引导居民改变陋习，逐渐由农民向市民观念转变，使广大安置居民尽快跟上现代化的社会发展需求，尽早适应现代文明进步的先进理念。

二是以党员骨干为主导，不断引领广大居民参加社区活动，参与社区管理，以主人翁的姿态参与社区建设的方方面面。

三是完善业主委员会的管理职能，潜移默化地引导居民开展自我管理、自我裁决、自我监督行为和维修基金的合理使用和监督职能，做到尽居民的一份责任，还居民一个明白，确保社区和谐稳定。

四是依托服务型党小组建设，开展关爱留守儿童行动；依托老伙伴工作，开展关爱老人行动；依托组建门洞信息员队伍，摸清所有楼道的居住人员和环境情况；依托道德讲堂、假日学校、宣传栏、电子显示屏等软硬件设施，向居民宣传文明创建的意义、要求、做法等，达到"小区是我家，大家爱护她"的目的。

总之，凤辰乐苑居住区将以落实贯彻市委创新社会治理加强基层建设"1+6"文件精神为契机，在前阶段环境整治告一段落的基础上，逐步完善内部整治，不断巩固居民自治意识，规范居委会、业委会、物业公司等基础组织间的相互指导、监督、协作机制，使小区整改成果成为今后的管理常态，夯实文明小区、平安小区创建基础，成为全县动迁安置小区管理的优秀典型，为推进崇明县争创全国县级文明城市，以及长兴镇争创上海市文明镇、平安示范镇、一级卫生镇贡献力量！

# 远去的广播声

王金山　陆振国

　　1958 年,在长兴公社的大地上,出现了一个新生事物——田头广播,从此,拉开了长兴有线广播的帷幕。60 年代初期,家家户户都安装上了小喇叭。这样,党中央的声音,国家大事,迅速地传到老百姓的耳朵里。广播,是宣传党的方针、政策、路线的强有力地舆论工具,是社会主义思想占领农村阵地的重要举措;她也是鼓舞和激励广大农民群众战天斗地的重要法宝;广播,成为广大农民群众的亲密朋友,成为人们生活中不可缺少的一个组成部分。回首往事,真是记忆犹新,思绪万千,感慨不已。

　　长兴的有线广播,从 60 年代到 80 年代初期,是历史的鼎盛时期。在那个时期,每天早晨五点钟,喇叭头里就传来"滴——滴——滴——"准点报时声,紧接着就是"东方红,太阳升,中国出了个毛泽东"的乐曲声,好像解放军吹起的起床号,把大家从梦中唤醒,于是,各家各户准时起床,洗衣煮饭,料理家务,准备好劳动工具,吃好早饭,准时到大田去劳动了。这样,日复一日,年复一年,广播的准点报时声,成了人们生活起居的好帮手。人们经过一个上午的艰苦劳动,到 11 点时,田头喇叭里传来了"大海航行靠舵手,万物生长靠太阳"的乐曲声,好像在告诉大家应该歇工了,吃中饭的时间到了。到傍晚 6 点钟,每家每户的小喇叭又响起来,一直广播到晚上 8 点半,直到中央人民广播电台联播节目结束,此时,雄壮的国际歌"英特纳雄耐尔一定要实现"的乐曲声响起,算是一天的广播结束。忙碌一天的人们,开始上床休息。一天三次,雷打不动。我们这一代人心中,都留下了深深地印象,也算是一种难以忘怀的情结,她陪伴着我们一起劳动、一起生活、一起成长。

　　广播能及时反映时代的脉搏,传达党和政府的声音,向人民群众进行思想教育,引导大家走社会主义道路。广播具有鲜明的时代特点。广播里播放的一些音乐和文艺节目,起到丰富人们的文化生活、陶冶人们情操的重要作用。想当时,一些革命现代京剧《红灯记》《沙家浜》《智取威虎山》等,在广播里播放以后,在社会上引起了强烈的反响,大家既为剧中的英雄人物的爱国主义和革命英雄主义的伟大精神所感动,同时也受到很好的思想熏陶,又感受到我国京剧的韵味和博大精深的艺术造诣。还有在广播里传来的那些朗朗上口、优秀的革命歌曲,沪剧小戏、三句半、表演唱、天津快板等活泼多样的文艺节目,也很受群众的欢迎,极大地丰富了广大群众的文化生活,同时,也推动了全公社文艺创作和文艺演出活动的开展。还有,在中午的广播里,有一个栏目,叫作"阿富根谈生产",真可谓家喻户晓,正是吃中饭的时候,社员们一边吃,一边听。"阿富根"谈的都是种田知识,农民特别喜欢听,真是得益不浅啊。公社广播站还专门安排本地新闻节目,播送本岛的新闻、好人好事,植保农事,甚至紧急通知(如抢救病人、需要献血者,或急需寻找医生等)。特别有趣的是当时分管农业生产的党委副书记陆荣富同志,在三夏、双抢、三秋大忙季节,或在抗灾抢险的关键时刻,总能听到他强有力的指挥的声音。一开头总是亲切地招呼着:"贫下中农同志们,社员同志们,你们辛苦啦!"接着提出生产的要求和希望。他的一句名言"烂铃不烂产",当时在全岛几乎无人不知,无人不晓。棉花收获季节,遇上了连绵不断的秋雨,为战胜灾害,他鼓动社员克服困难,千方百计保证棉花丰产,取得了很好的效果。1974 年 8 月,长兴岛遇到历史上少有的 13 号台风侵袭,大兴圩、四化圩堤岸决口,在这关键时刻,公社党委利用广播发出紧急动员令,动员千军万马,奔赴抗灾第一线,参加堵决口的战斗。两万多人经过十多天的奋战,终于把两个圩的决口堵住。广播起了非常重要的作用。

但是,毋庸讳言,在那个动乱的年代里,"四人帮"及其他们的爪牙们,利用手中的某些权力,借用广播这个舆论工具,把批斗革命干部的大会实况进行转播,混淆视听,造成极其恶劣的影响。还有极"左"思潮的泛滥,广播也起着一定作用。但从总体上来说,作为宣传舆论工具的广播,一直掌握在无产阶级执政党——中国共产党手里,这就决定了她为无产阶级政治服务,为社会主义建设服务。

随着科学技术的进步,电视机的普及,手机的出现,信息网络的突飞猛进,广播早已成为历史,现代的年轻人不知"广播""喇叭"为何物了。我们写上这些文字,因为我们对广播有一种割舍不断的情结,因为她虽已成为历史,但有许多值得我们珍视和探究的地方。时代翻开了新的一页,但远去的广播声好像还在耳边回响……

# 长兴岛金融业回眸

徐学章　李惠忠

有时想想,自己好像是工地上的一位旁观者,看着不断升高的楼层,惊叹不已;有时想想,自己也是这幢大楼的建设者,了解它的升高过程。我们长兴岛的金融业,如今正像一座拔地而起的大厦,高高地耸立在海岛这片崛起的土地上。我们作为长兴岛金融业的亲历者,既为长兴岛飞速发展的金融业感到欣慰,也为长兴金融业发展的艰难曲折产生许多感想。写长兴岛金融业回眸,意在回忆历史,展现长兴金融业蓬勃发展的美好前景。

1949年,对长兴岛人来说,是一个大悲大喜的日子。悲,那年的农历六月二十九大潮没,淹死的人不知其数。每年农历六月二十九,烧羹饭的人家,大多为祭奠那场大潮没中死去的亲人。喜,新中国成立了,海岛人民从苦海中获得了解放,见到了太阳。

共产党来了,长兴人民翻身当主人。在政府的领导下,开始了生产自救,发展经济,有了长兴岛金融业的雏形。

1950年3月,宝山县人民政府除了发放长兴人民救济粮外,还及时地发放种子贷款。一个由中国人民银行江苏省宝山县支行组成的工作组,在黄于中同志带领下来到长兴,和区长李滨新同志一起,把贷款分配给长兴、凤凰、潘石、瑞丰四个乡。要说贷款,其实根本不是款,而是实物,即是稻种。"贷款"的政策是:春借秋还。还贷时,由宝山中粮公司把好质量关。与粮食贷款相配套的,要算是水利贷款了。所谓水利贷款,不是真正意义上的投放海塘建设的资金,而是仅仅为解决堵缺口后必不可少的水利设施——"水楼"(通水用的木制的大型器具)的资金。当时岛上的劳动力是不成问题的,但缺少的主要是物资。做"水楼"就要大量木材,还需到大陆上去采购,这就必须要有钱。这水利贷款,实际是"水楼"贷款。有了"水楼"就解决了农田的灌溉和排水问题。

在党和政府的亲切关怀下,长兴人民从大灾的阴影中走出来。党和政府还号召农民养猪,既可以解决肥料问题,还可以有一定的收入。农民的顺口溜"种田不赚钱,回头看看田",导出了养猪的重要性。于是,猪苗贷款成了农民的迫切需要。

当时,工作组的同志工作十分辛苦。没有固定的办公地点,他们要在四个小乡之间流动服务。1952 年成立中国人民银行长兴服务处,1953 年改称为中国人民银行长兴营业所,黄于中便成了长兴金融业的开创功臣,后成为主任。

1954 年农村实行"三大合作",由农业生产初级社向农业生产高级社过渡。接着成立供销社,与地区经济发展相适应的农村信用合作社也应运而生。每个乡都成立一个信用合作社,长兴主任黄金元,凤凰主任倪友毛,潘石主任陆坤元,瑞丰主任黄小才。当时的信用社没有可能吸收存款,主要是帮助贫困农民解决生产和生活上的困难,发放一些小额贷款,资金依靠银行提供,亏损也由银行吃进。但信用社一个突出的贡献,就是有效地打击了"高利贷"的祸害。如春借一斗米,秋天要还三斗四升,甚至更多,如还不清,还要利上滚利。农民为了摆脱眼下的困境,也只能这样做。有的农民被高利贷逼得家破人亡。有了信用社的贷款,收取的利息又非常少,农民可借钱买米,放高利贷的,很快就没有市场。至于商业单位需要资金,还是要到银行解决。1957—1960 年,全国掀起了社会主义建设高潮,长兴的地理位置也发生了很大变化,瑞丰沙坍入长江。圆圆沙划到长兴,银行业务有了较快的发展。但经历了一场风波。因为公社化初期,长兴营业所一度下放给公社管理,在农贷发放上片面强调"及时"和"主动",对工商业贷款更是敞开供应,造成市场混乱,物价上涨,银行遭受重大损失。

1961 年,国民经济贯彻调整方针,农贷发放贯彻"社队自力更生,国家支援为辅"的原则,才逐步走向正规。1971 年 7 月,信用社与财政局合并,成立长兴财政所,银行的地位、功能、作用人为地被抹杀,违反了它的客观规律。1978 年 1 月,财政局与银行、信用社重新分开。

十一届三中全会以后,社队办企业蓬勃发展,刚开始时,企业一无所有,全靠贷款起家。企业在摸索中前进,银行和信用社也在摸着石子过河。据 1990 年资料反映:长兴信用社吸纳各项存款 2 510 万元,发放各种贷款 1 400 万元,年利润达 15.06 万元。在支持社队办企业发展、盘活资金等方面,功不可没。如 1988 年,长兴的新港中亚橡胶厂因资金搁浅濒临倒闭,信用社主任高学成和信贷员一起,帮助他们清理和推销积压的胶鞋 10 万多双,盘活资金 60 多万元。还有在帮助农业粮食专业承包户陈跃明方面,传为美谈。丰产 12 队的陈跃明,他于 1986 年起,连续三年承包了 210 亩粮田,信用社支持贷款 2.5 万元,累计产量 65 万斤,净收入 8.93 万元。从一个一向过着紧日子的农民家庭,一跃成为万元户,该发生多大的变化呀!他激动地说:"我能致富,全靠信用社的大力帮助啊!"

而银行支持的重点是国营企业和社办企业。据 1998 年资料反映:贷款总额为 14 289 万元,其中乡镇企业贷款 772 万元。各项存款为 18 123 万元,年利润达 462 万元。这与当时的营业所主任范永康的魄力和坚持不懈的努力分不开。在帮助长兴制罐厂的生产和发展中,在支持长兴造纸厂的整顿和改造中,他都发挥了重要作用。

长兴营业所的所有贷款中,前卫农场占了一亿多。在 20 世纪 90 年代的金融危机中,前卫农场许多出口产品受到严重冲击,贷款大量呆滞,信贷资金出现重大危机,影响了宝山支行的总体指标。为了最大限度地盘活资金,当时的副场长成了长兴营业所的常驻代表,在宝山支行的指导下,经过三四年的艰苦奋斗,才渡过了难关,走上正轨。

目前,长兴岛的银行不再是一枝独秀。自从振华港机、江南造船厂落户长兴之后,各大小银行进驻长兴,形成百家争鸣的热闹景象。长兴的金融业,陪伴着长兴的发展而逐步发展起来。她在长兴的崛起中作出不可磨灭的贡献。一个实力强大的中国农业银行长兴支行和一个农商银行长兴支行,巍然耸立在凤滨路的东端,为人民造福,为长兴的腾飞助威!

（作者原系中国农业银行宝山支行长兴营业所工作人员）

# 圆圆沙的今昔

周品其

　　圆圆沙,曾名莲子沙,因其形如莲子而得名。有资料记载,原来的圆圆沙(老圆沙),开始围垦是 1905 年,1909 年围垦了一只老圩、崇明圩、小圩,720 亩地。住有 80 多户农民。他们就是圆圆沙的先民。但在 1933 年 9 月 18 日(农历七月廿九),水位超出地面 2.72 米,被大风大潮一夜冲垮。

　　现在的圆沙,原是一片无名沙滩地。与老圆沙也有一洪之隔。于 1925 年由横沙地主黄兆绿为首筹集了十大股东,雇人围垦第一只圩——天字圩,面积 1 200 亩,报领承管这块沙地,并取名鼎丰沙。

　　1926 年开始,雇用了金山、崇明、启东、海门等地的农民工,围垦了这块沙地上第一个圩,取名叫仁字圩。同时填洪,联通了老圆沙的老圩和崇明圩。不过这两个圩,很快又被海水吞蚀坍光。

　　在仁字圩围垦后,经过多年,至建国初期,相继围垦了以忠、孝、义、信、天、地、平、和为名的 8 个圩和老企农圩、新企农圩等 10 多个圩的几千亩耕地,居住了 1 300 户农民。

　　从圆沙围成的土地上,它的取名连在一起就是,"忠孝仁义信,天地平和"九个字。它的取名充分体现了中华文化的深刻底蕴和良好愿望。加之鼎丰沙的名字,不由笔者联想到长兴六大沙串联一起,西有瑞丰沙,东有鼎丰沙。这两个一头一尾,真可谓鼎瑞双丰的中华文化的经典。它们是巧合? 还是早有定义?

　　圆圆沙的地理环境,它在横沙岛的西面,鸭窝沙的东南,北有金带沙,西南为长江口区的南支航道,四面环水,形如孤岛。岛内有 3 条天然河道。北部是鳗鲤港,中部是镇港,南部有条水洞港,这 3 条河道原来都是贯通东西。镇港有东镇港和西镇港。随着农田水利改造和围垦造田的发展,两条港口的东部都已被圩岸封堵,而在西北建造了两座水闸。鳗鲤港水闸现名跃进港水闸。西镇港水闸现名圆沙水闸。

圆沙原有两个自然集镇,东镇和西镇。东镇原名鼎丰镇,就是现在的圆沙镇。西镇已自然消失。圆沙镇原来的商业市面主要设在镇港河南(即现名圆沙老街),有 10 多家私营商店,供应日常生活用品。河北面只有一家顾正昌酒作坊,即今圆沙供销社原址。由于受了两次火灾和经过工商业对私企改造后,所有私营商店改组称圆沙合作商店,集中在一起,面朝公路和河道。经营范围主要是日常生活用品和一个合作饭店。在河北的圆沙供销合作社,逐步形成了集生产、生活资料为一体的较为完备的商业系统。

圆沙原属川沙县管辖,建国初期,它的行政建制是个乡,全称为川沙县横沙区圆沙乡。下设 10 个行政村,分别为共同、建设、劳动、生产、同心、合心、鼎丰、创造、解放、人民(模范村)。1958 年 8 月圆沙划归宝山后,圆沙乡属灯塔人民公社跃进大队,10 个行政村改组成同心、合心、机械 3 个高级社。1958 年灯塔人民公社改称长兴人民公社后,跃进大队又改称圆沙管理区。3 个高级社改组为同心、合心生产中队。

1961 年 11 月,同心中队划出西部及南部,成立跃进、同心、鼎丰 3 个生产大队。合心中队划分成合心、农建、新建 3 个大队。1965 年海星渔业大队从马家港迁往圆沙。1972 年 3 月,新建、农建、鼎丰、合心、同心、跃进、长明等 7 个大队部分社员迁入大庆圩东半部,组成庆丰大队。1980 年由合心大队 4、9 和 10 队,鼎丰大队 12、13、14 队,6 个生产队组成了圆东大队。1984 年撤社建乡后,原来的 9 个生产大队改为 9 个村,其中 1 个渔业村。

圆沙地区的产业结构。在建国前纯属无计划的自由耕作,一律为旱田作物。一年两熟,春种玉米,冬种麦,少量种有大豆、高粱、赤豆、绿豆及山芋之类的杂粮。由于当时农民大都属佃农(租地耕作者),所以一年收成除了交清租粮后,已所剩无多,家庭副业也只能养 1—2 头猪,羊、鸡、鸭变卖后作为日常生活费用的主要来源。

1949 年新中国诞生后,农村实行了土地改革,农民翻身当了土地的主人。同时,人民政府又及时帮助改进了农业生产计划,把原来的纯粮食生产改进为粮、棉、油生产。就是按当时耕地总面积的 50% 为粮食生产面积。以确保农民口粮、种子能自给自足和保证国家粮食征购计划完成。其余面积引导农民种植棉花,作为农民的主要经济收入来源。冬季换茬种油菜,让农民能食油自给,还能为国家增加油料资源。

在农业生产技术上进行培训指导,对粮棉油种子进行了优化和引进,促使了粮棉油产量全面大提高。农民不但能达到口粮、种子自给自足,家庭副业猪、羊、鸡、鸭六畜兴旺。还能向国家交售余粮,支援缺粮地区和城市建设。

作为农民经济收入的主要来源是棉花、油菜籽。特别是棉花,引进了岱字 2 号、3 号种,产量比原来传统小棉花,增加了两倍以上,而且由于它的纤维长,出衣率高,适合大工业生产,所以国家收购价格也很高。这就使农民的经济收入提高,农民生产积极性空前高涨,农村经济发展形成了良性循环。

农民逐步富裕了,手头的钱也多起来,接着首先考虑的是住房改善。可以概括的说明,50 年代上半期的农民住房是芦芭房子、芦芭门。50 年代后期是木头桁条木头门。60 年代是草舍白墙镶角门。70 年代是青、红平瓦盖屋顶。随着改革开放,农民住房是越来越好,真是节节攀升、步步登高。

圆沙成了粮棉产区后,人们的穿着条件得到大大改善。农民家里有了自留棉,经过加工,自己纺纱,织成了花样繁多的各种土布,如:芦菲花、三格一、蚂蚁布、条子布和红绿相间的大小方格布等等。缝成了男女各式服装,穿起来很吸引眼光,受人欣赏。另外,当时的年轻姑娘出嫁时,嫁妆中必备的陪嫁物:一是从几匹(段)到几十段土布。二是起码 6 条到 8 条,多至 16 条的棉花胎(被絮)。这是表示新娘的勤劳、智慧和能干,同时反映了女方娘家的"精汇"。

圆沙曾是四面环江,出岛交通唯一靠船的孤岛,去横沙开会、办事,必须在东镇港乘小船到横沙新民港,单程一个小时左右。如果潮水、风向不顺,一到两个小时是经常的事。1958 年圆沙划到长兴后,也只能从圆沙北部的跃进小圩,乘船摆渡到鸭窝沙东部的长风圩,两岸相隔 600 米左右,因从西到东中间有 13 根电话线杆,所以就叫圆沙到鸭窝沙必须经过 13 根电话线杆。到金带沙去,也是乘小船摆渡的,航船人叫汤小才、陆灿苟、吴江郎。

但因为小船不能停靠到两岸,中间是一条小洪,100 米左右,其余两边都有一段洪泥烂滩。来往行人都必须走这两边烂泥滩才能到岸。天暖时可以赤脚下水。有的还肩扛自行车走过泥滩。天冷时必须备有高筒靴。正像现在还健在的老船工陆灿苟回忆说:"当年在本地人中还可以,倒苦了这些外来的干部,特别是女同志,她们不会赤脚下水,还有见水头晕的,就只好靠男同志扶着,甚至背着走过这段难忘的烂泥滩。"

1964 年,金带沙小洪开始填洪筑坝,到 1965 年 10 月完成。1968 年潘圆公路贯通长兴全岛,长兴公交车直达圆沙镇,从此,圆沙人们真正和长兴连接在一起了。也让圆沙人出行、办事特别是看病求医方便了一大步。

笔者于 1950 年(15 岁)刚出小学校门,就跟着父亲从瑞丰沙,来到了这块土地上,从看田头,学种田到结婚生育子女,最终把自己定格在这里。

光阴如箭,日月无情,转眼间 65 个春秋。自己从青年、壮年,今已迈入了暮年。在这 60 多年中,亲眼看见了圆圆沙的过去和现在,亲历了旧社会住小沙的困苦生

"长江第一滩"石雕

活,体会了"穷搬沙滩富搬城"这句话的真意。更深刻认识到住小沙的穷困农民,翻身只有依靠中国共产党的结论真谛。

今天圆沙人民生活中,吃的、穿的方面都已城乡难分了。过去圆沙人吃得最厌的玉米稀、麦稀饭,现在却变成人们养生保健、粗细粮搭配的餐中珍品。现在的农民住房,二层楼已普遍,三层楼、别墅房也不鲜见,而且面积大、质量高,独家小院、果树、花木遍布庭间,家庭装潢讲究时代风貌,家具购置更具高、中档次。

自从长江越江隧道和上海长江大桥通车后,交通四通八达,人们出行再也不用担心台风、迷雾,再也感受不到隔海难归欲达难速的痛苦了。现在进市区,比过去到凤凰镇还方便,到南京路步行街、城隍庙,可以用"闲庭信步"来形容了。有人说:我们长兴岛的发展、人民生活的提高是得益于世博会在上海的举办。完整地讲:长兴岛的发展能有今天,归根到底应该说是依靠伟大的中国共产党。

将来的圆圆沙,依托中船一期、二期,上海长兴海洋装备配套产业园区,上海长兴横沙渔港、长江第一滩,再加上,现在围垦的中远船务和闽南船厂,渔港小镇的圆沙社区,必将形成高楼林立、商贸繁华;产业集群、巨轮远航;渔歌唱晚、渔风水岸;鱼人文化、鱼品交易;滨江景观、餐饮娱乐;度假休闲、医疗教育等多功能为一体的产业、旅游和生活空间。

2016 年 1 月 15 日

# 继往开来的长兴卫生事业

张忠琴

　　丰硕度岁月,泰然增年华。新中国成立以来,承载着保护长兴人民健康、促进社区和谐发展的长兴卫生人,在新农村建设的征程中,牢记党的宗旨,心系人民期望,铭记领导嘱托,实践神圣使命,励精图治,锐意进取,增实力、强素质、抓管理、重服务,努力为社区群众提供优质的卫生服务,适应区域经济发展和社区居民对卫生服务的需求。

　　新中国成立前,长兴诸岛有 22 名中医医师。新中国成立后,党和人民政府大力发展医疗事业,先把私人医生组织起来,成立联合诊所,由 1954 年 9 名中医医师、5 张病床起步的小诊所,至今天拥有 150 名职工的卫生服务中心,60 多年栉风沐雨,60 多年春华秋实,凝聚着几代长兴人风雨兼程、艰苦创业的心路。长兴社区卫生服务中心始终坚持"以人的健康为中心"的服务宗旨,诚实守信的职业道德,患者至上的服务理念,精益求精的医疗技术,仁爱互助的团队精神,依靠上级党委政府的正确领导和社会各界的鼎力支持,依靠全体职工的团结奋战,在社区卫生服务、医疗急救、精神文明建设等各方面均有了长足的发展,成为一所集医疗、预防、保健、康复、健康教育和计划生育"六位"一体的一级甲等医疗机构,2003 年通过了上海市卫生局标准化建设验收,是上海市医疗保险和合作医疗基金定点单位、上海市卫生系统文明单位、上海市平安建设示范单位、上海市级诚信建设单位。

　　在为社区群众提供"六位"一体的社区卫生服务基础上,长期以来,由于岛屿特殊的地理环境,中心承担着部分二级医院的医疗急救功能。2008 年完成门急诊171 609 人次,开展健康体检 43 524 人次,全年手术 251 人次。伴随着长兴经济的发展,长兴卫生事业在不断地成长和发展。

　　2009 年,随着长江隧桥的贯通,长兴镇社区中心迎来了服务模式的转换,积极适应区域经济发展对卫生服务的需求,探索新环境下卫生服务的新模式。中心加强了预防保健、康复医疗和健康教育工作,重视公共卫生管理,将社区卫生从大量的医疗护理中转换为以保护人的健康为主的预防保健和康复教育等工作中。

## 一、传统医疗向现代卫生服务的转型

命名沿革:长兴社区第一个卫生机构,为1954年9名中医医生组成的长兴联合诊所;1956年县政府派驻医务人员成立了长兴卫生所;1960年联合诊所与卫生所合并,1962年更名为宝山县长兴卫生院;1987年更名为宝山区长兴卫生院,2005年6月,三岛联动建制划归崇明,更名为崇明县长兴乡卫生院;2007年更名为长兴乡社区卫生服务中心。2010年更名为长兴镇社区卫生服务中心。

机构状况:1954年岛内有一个联合诊所和三个分所;1956年成立长兴卫生所;1960年联合诊所合并成立长兴卫生所,分设元沙、潘石、红星、石沙、东镇五个分所;1962年两所分开;1968年撤销长兴卫生所归长兴卫生院统一管理。长兴卫生院新院建成,建筑面积3 300平方米;1987年迁建至凤南路59号现址,建筑面积4 378平方米;2007年长兴乡社区卫生服务中心建造综合楼,增加业务用房1 622平方米。

仪器设备:1968年配备了简易检验、放射和心电图等设备;1985年增加超声检查仪器等。90年代起,逐步增加急救设备,配备呼吸机、除颤机、心电监护仪、阿洛卡3500彩色B超机、GE黑白B超机、全自动生化检验仪、SOOMAX胃肠摄片机、麻醉机、洗胃机、吸引器等诊断、抢救、治疗仪器。2006年起增加彩超、CR等一系列优于同类同级医疗机构的仪器设备。2012年以来增加了彩色洛普勒超声诊断仪、数字化医用X射线摄影系统、柯达CR、全自动生化仪等检查治疗设备。2014年随着放射中心和心电诊断中心的建立,现中心内放射检查和心电检查均有三级医院做出诊断结果,极大地提高了辅助检查的诊断质量。

人员和科室设置:1954年组建长兴联合诊所有中医医生9名;1976年长兴卫生院有医务人员69人;1985年有医务人员70人;1995年有医务人员68人;2005年有医务人员82人;2009年有医务人员95人。2014年有医务人员120名。1968年长兴卫生院新院建成后,设置了内科、外科、妇产科、中医科、放射、检验、心电图等科室。2003年标准化建设后,长兴乡社区卫生服务中心设置医务科、预防保健科、行政后勤科和办公室四个一级科室。医务科内设内科、外科、妇产科、中医、五官眼科等医疗科室以及B超、放射、检验、心电图等医技科室。现核定床位50张,实际开放床位 50 张。2014 年市政府实事工程建设,在中心内建设舒缓疗护病床 5 张,提高晚期癌症病员的生活质量。

乡村医生队伍:1966 年,长兴各队建立卫生室;1969 年,有保健员 33 人;1970 年,保健员改名为"赤脚医生",共有 64 人;1983 年,赤脚医生 68 人;1985 年赤脚医生更名为乡村医生,全乡有 64 人;2009 年全乡有乡村医生 51 人。2008 年起,崇明县开展了乡村医生定向招生培训,现已毕业的乡村医生有 9 名充实到乡村医生队伍,现有乡村医生 49 名。

## 二、探索实践,逐步完善社区卫生服务

不断拓展服务功能。新中国成立初期,区域内的卫生服务以中医把脉诊疗为主;1968 年长兴卫生院成立后,主要解决社区群众常见病、多发病的诊治。长期以来,长兴社区居民存在缺医少药情状,1988 年起,聘请上级医院医疗顾问上岛开设专家门诊,同时不断增加专家数量和专家门诊科别。从 2 位主任到现在每周 18 位专家、开设 10 个科别专家门诊,实实在在地为社区居民解决慢性病和疑难病例诊治,让社区群众享受家门口连续性的专家服务。

不断增长的社区卫生服务量。从 2001 年振华港机入驻起,中海船务、中船集团等大企业入岛,社区内人口急剧增加,2000 年门急诊 40 980 人次,到 2008 年门急诊人次增加到 171 609 人次,2014 年达到 253 177 人次。为应对不断增长的卫生服务需求,社区卫生服务中心在现有的条件下,挖掘力量,增加医疗仪器设备,引进和录用优秀人才,增加服务窗口,提高整体实力规范服务流程,减少社区群众看病等待时间,2010 年将原住院病区底楼改造成全科门诊区域,并建立了一人一诊室的服务环境,提升服务质量和满意度。随着海洋装备产业建设推进,长兴镇社区中心卫生服务中心接诊的急救病例数在增加,年接诊急救人员约 150 例。按照疾病抢救规范,以保护生命,提高人群生活质量为目标,做好病员的急救处置工作。

不断健全传染病防控措施。新中国成立前,社区人群知识层次较低,对传染病的防治知识缺乏,各类传染病的发病率较高,特别是与人群生活方式有关的疾病如菌痢、肝炎、腮腺炎等发病数较多。随着长兴经济的发展,人民物质生活水平的提高,社区卫生服务的深入,群众健康意识得到增强,社区内人群传染病发病率明显降低。特别是进入 21 世纪以来,传染病防治关口前移,加上自来水的推广、防治知识的普及和防治措施的强化,有效的预防和阻止了传染病的发生和发展。尽管近几年来,社区人群的多样性和复杂性,对传染病的防控工作带来了较大的压力,但

布控措施全面和深化,社区内无特异性传染病及突发性集体性传染病的发生和流行。常见传染病发病数明显减少。以细菌性痢疾为例,1979 年 1 091 例,2008 年降到 6 例。急性肝炎 1982 年 209 例,2008 年降到 19 例。

条块结合的社区预防保健工作。倡导健康生活方式,增长人群的健康知识,促进人的健康素质提高,是社区卫生服务的一个重要内容。随着人们期望寿命的增加,老龄化社会带来的各类慢性病正在危害着人群的健康,健康教育在提高慢性病员的生活质量中尤为显效。从有症状的求医到正常人群的健康检查,人的健康意识和健康投资正发生着根本性的变化。长兴镇社区卫生服务中心对社区内慢性病人、残疾人等建立健康档案,开展疾病防治知识的健康教育,通过 60 岁以上人群健康体检等实事工程,帮助社区人群提高对疾病防治知识的认识,健全人群的健康档案,并对慢性病员按规范跟踪管理。现在社区内患有高血压、糖尿病、结核病等慢性疾病病员正在逐步改变无症状不就诊的思维模式,按照疾病治疗规范就诊服药,促进慢性病员健康意识增强和生活质量的提高。

长兴镇社区卫生服务中心设立妇幼保健工作组,严格实行孕产妇 12 周内建卡制度,全镇孕产妇建卡率在 86% 以上。为提高围产期保健质量和做好高危孕产妇的管理,社区内建立了妇幼保健管理网络,每个村设立妇女儿童保健宣传园地。妇幼组开展妇女生殖保健知识的培训和接受咨询解答,设立专职的儿童保健门诊,开展 0—6 岁婴幼儿的生长发育检查,对阳性病例做好优育指导;配合计生办、派出所等部门,建立流动人口孕产妇管理网络。近年来妇幼保健门诊工作量不断增加。2002 年,儿保门珍 2 829 人次,计划免疫接种 7 165 人次,出生数 114 人,计划生育数 281 人,计划生育服务数 508 人;到 2008 年,儿保门珍 5 805 人次,计划免疫接种 33 193 人次,出生数 250 人,计划生育数 694 人,计划生育服务数 1 756 人。2014 年计划免疫接种 43 486 人次。

健全社区卫生服务网络。1993 年,乡政府成立了合作医疗管理办公室,统一对乡村医生的业务、财务和药品的管理,2003 年起,社区卫生服务中心负责对乡村医生的业务指导。随着社区卫生服务的推进,镇村卫生服务一体化管理模式逐步形成,镇政府成立了长兴镇镇村卫生服务一体化管理办公室,委托社区卫生服务中心负责乡村医生的业务、药品、财务、人员、设施等的统一管理,逐步规范乡村医生的从业行为,提高乡村医生的业务素质。

## 三、和谐发展,奋发向上的长兴卫生事业

强素质,卫生专业技术人员队伍结构组合优化。长兴卫生专业技术人员队伍,

50 年代初中医医生,后由县政府派出的医疗队;60 年代中期,经过一年内临床培养的乡村医生队伍为长兴卫生服务的主要力量;70 年代以医训班培养为主的医务人员,工作在卫生服务的第一线;从 80 年代起,医学院校的毕业生充实到卫生专业技术队伍中来,现已成为长兴卫生专业技术人员队伍的业务骨干。2005 年起,招聘具有本科学历医务人员,改善卫生专业技术人员学历结构和年龄结构,并以上岛专家带教形式,做好医务人员专业知识培训工作。在社区卫生服务功能转换中,对临床医师级职称以上人员开展全科知识培训,让护理人员参加社区护士培训,适应卫生改革和发展的需要。

重形象,不断改善服务环境。2007 年中心综合楼建成,增加业务用房 1 622 平方米;2008 年进行了地面和绿化改造,改变了长期以来雨天积水的状况;2009 年卫生设备改造,优化了就诊和治疗人群的生活环境;2010 年门诊和住院病区改造,建设一人一诊室,在保护病员隐私等方面有了质的改变;2011 年计免门诊的扩建,结束了长期以来提前早起排长队等待的现象;2012 年中医楼建设,为病员创建了一个治未病的环境;2013 年放射、检验科改造,有利于辅助检查科室设备的提升和服务质量的提高;2015 年中心污水和消防设施改造、临时补液室建设、住院病区屋顶维修工程、中心电动门改造等,促进了服务环境的改善。

促健康,探索卫生服务新模式。不断转换卫生服务功能,推进社区卫生服务。根据社区人群卫生服务需求,开展各种形式的健康知识进社区活动。对社区内年老体弱、行动不便的老人、残疾人,开展上门服务;组织医务人员进社区医疗咨询活动;对出院病员开展个案访视;对社区内糖尿病、高血压、结核病、精神病、肿瘤等病员进行上门访视和健康教育。结合爱眼日、爱牙日、肿瘤防治日等主题,在社区内开展慢性病、传染病防治知识讲座;向社区居民传送健康知识和理念,不断探索社区卫生服务新模式。

创思路,医务人员进社区,走进家庭。积极参与社区卫生服务综合改革,建立家庭医生工作小组和家庭医生服务制度。将中心的全科医生纳入家庭医生队伍,每个家庭医生团队有明确的服务范围、服务人群。此项工作正在起步阶段,通过不断的探索和完善,为社区居民的健康提供一个系统性的服务过程。

整资源,形成全社会力量支持社区卫生服务的新气象。为提高社区卫生服务质量,积极探索全社会参与的社区卫生服务思路,争取社区卫生服务得到社区干部群众更多的理解和支持,着力改善医患关系,努力为长兴经济建设提供一个健康稳定的建设和投资环境。

创和谐,为长兴经济发展提供健康的环境。面对长兴经济发展带来的卫生服务量和服务需求变化的严峻考验,卫生服务任务更艰巨、工作更繁重。创建和谐的医疗环境更显重要。

长兴镇社区卫生服务中心,将继续以党的十八大精神为指导,贯彻落实科学发展观,服务和服从于长兴经济建设,适应新形势,争取新突破,用医务人员扎实的专业知识和熟练的服务技能,为社区群众服务的爱心和热情,对事业崇高的责任感和使命感,按照长兴镇党委"树形象、增实力、办实事、创和谐"的总体思路,让长兴人民更好地享受海洋装备岛建设的成果。

# 家乡行

虞培康

## （一）风光独好

　　长兴岛是我可爱的家乡,我生长在你温暖的怀抱中已过了大半个世纪。我对你的一草一木一砖一瓦有着极其深厚情感。在党的阳光照耀下,在改革开放春风的吹拂下,她已经成为长江巨龙口一颗灿烂的明珠。今天我乘着风和日丽的好天气,吃过早饭,去实现我向往已久的梦想——周游家乡。去看看生我养我的地方发生了哪些翻天覆地的变化、去看看教育我引领我健康成长的家乡。于是我骑了电瓶车迎着微微的带有寒意的晨风,朝着明媚而温暖的太阳,向东海滩进发。一路上呼吸着家乡清新的空气,心情格外舒畅,不多一会来到了海岸线上,堤内成片的竹林带散发出竹叶的阵阵幽香,竹笋破土而出茁壮成长。往前又是一番景象:一条林带,各种树木枝壮叶茂,鸟儿在林中尽情地欢唱,忙碌地筑巢繁殖后代;透过林带看见鹅鸭千万,欢快地嬉水玩耍,梳理羽毛,乔装打扮;鱼塘中的鲫鱼白鱼耐不住寂寞争相跳跃出水面翻涌出浪花朵朵。遥望堤外风力发电机,像农历初三的一弯新月构成长长的一排,在空中悠悠旋转,为人们输送着光明温暖。再往前,只见堤外一片芦苇荡,芦苇在微风中向来访者点头致敬,欢迎观赏;放眼远方,在长兴岛和横沙岛中间的江面上,各种机船发出哒哒哒声响,破浪前进,穿梭在江面上;长横渡口,渔港码头,车来人往,各类海鲜源源不断运往祖国的四面八方,一片繁华忙碌景象。再向南就是长兴岛的"天涯海角",俗称"一只东南角",海岸线外是一望无际的东海,碧水蓝天使人心胸豁然开朗。水面平静得像镜子一样,照耀着你脸上的微笑,心中的幸福,微浪轻轻地有节奏地拍打着海塘,像母亲怀抱着孩子,哼着优雅的催眠曲:"宝宝你快快地睡吧、睡吧。"再向西是沪东和江南两大船厂,抬头遥望高高的龙门吊,矗立空中繁忙地起吊;低头俯瞰深不见底的船坞,工人们斗志昂扬挥汗工作,焊接着船体,安装着船台,一切都在紧张有序地进行着。电焊的火花像节日的烟火放射着五彩缤纷的光芒,汗水在工人们身上脸上流淌、流淌,辛勤劳动铸就了一艘艘万吨级巨轮,带着中国人民的深厚友谊从这里起航、驶向世界远方;一艘艘军舰威武雄壮,乘海风破巨浪,巡逻在祖国海疆,保卫着全国人民的幸福安康。

潘圆公路三号桥

穿过船厂驶上了平坦宽广绿树成荫的江南大道,一直向西直达振华港机基地。码头上一排排各种吊机像东方的巨人,不管严寒冰霜的冬季、酷热难忍的夏季、春暖花开的春季、果谷收获的秋季,还是明月高挂的夜晚、天高云淡的白天,你高高地昂首挺立在海岸线上,你为祖国的经济建设创造辉煌,你为家乡的崛起贡献力量,啊……振华港机,你像你的名字一样,名副其实地在"振兴中华"。

时间到了中午时分,电动车用电只够回家的路程,还有很多很多向往的地方……如天上的"彩虹"、地下水中的"蛟龙"——长江隧桥,你是坐落在家乡的一座气势澎湃雄伟壮观的丰碑,又如"碧波荡漾"的青草沙水库,你养育着千千万万人的生命,滋润着上海人民的心房,为家乡增添了光彩。彩虹、蛟龙、碧波……对不起,只有等下一个艳阳天,一定前来拜访你们。

可爱的家乡,你养育了我70多个春秋,我目睹了你历经的巨大变化,你从无到有、从贫穷到富裕、从环筒舍滚筒厅到小洋房高楼群、从泥涂灶八百斤到液化气无烟尘、从出门靠步行到小轿车人人乘、从吃麦粞粥茄脚柄到白米饭鱼肉禽、从穿布条筋、补丁叠补丁到穿名牌高档品、从穿草鞋芦花鞋到穿旅游鞋皮鞋亮晶晶,一桩桩一件件三天三夜说不尽。

可爱的家乡,六弟兄(瑞丰沙、石头沙、潘家沙、阿窝沙、金带沙、圆圆沙)组成一个团结友爱共建的大家庭——长兴岛,是你的诚朴博爱教育了我,做人要诚信善心爱心,才能飞驶在快速向前的轨道上,去追寻梦想,去实现人生的自我价值。家乡,我为你骄傲! 我为你自豪! 你的情,你的爱,我永远铭记在心底。

## (二) 桥的今昔

> 家乡是我根,根深叶茂盛,盛开花万朵,朵朵都传情。
> 情比东海深,深深感恩党,党是指路人,人人要感恩。

天高云淡,微风吹拂,扑面而至,丝丝凉爽。在东方微露金色的霞光中,人们还睡在回笼觉的美梦中,我已兴高采烈地骑车奔驰在宽广清静的马路上,追寻我心中又一个美丽的梦想,寻访她那诱人的风采,呼吸她那清新的芬芳,亲吻家乡在万花丛中,又一朵盛开的鲜花——桥梁。

时间从我人生的长河中,悄悄划过了 70 多个漫长而短暂的春秋。家乡桥梁一步一步变迁的艰难历程,有多少辛酸而有趣的往事,像电视剧中一个个镜头,一幅幅画面在眼前游荡浮现。

记得我很小的时候,母亲告诉我:姑父黄才根,晚上黑灯瞎火回家,走在厚朴镇三圩港,一座很简陋,极原始的,只用两根高低不平的木头,两头搁在松软的土地上,中间还有大小不同的坏洞的桥上,一不留神,一只脚踏空在桥洞中,摔倒在桥上,造成了一只脚终身残疾,他那痛苦的喊叫声仿佛还在我耳边回响。还有人时不时地,从桥上直接掉到河底,弄得一身烂糊泥,成了一只落汤鸡,回想起来真是既好笑又可怜。

有河必有桥,有桥必连路,它们是孪生三兄妹,心心相印,血脉相承,永不离分。桥,是到达彼岸的纽带。桥,在我幼小的心灵深处,烙下了不可磨灭的印痕。记得在 20 世纪 40 年代,家乡的桥,只有三圩港厚朴镇、马家港凤凰镇、庙港西圩角镇上,有双木桥外,其他地方,不是独木桥,便是用两支毛竹,把稻草绳绕在上面的毛竹桥,这种桥走在上面,如同在钢丝绳上跳芭蕾舞手舞足蹈,摇摇晃晃提心吊胆。

随着国民经济的发展壮大,桥也在逐步变化,成了多根长梁,上面铺设横板的,能通行独轮车的小木桥。以后,又发展到钢筋混凝土桥脚,水泥预制板桥面的弓字

**长兴江南大道**

形桥,桥面上小拖拉机能通行,桥下水面上农船能通航。讲到这种桥,小拖拉机过桥时,驾驶员必须技术全面,胆大心细。我曾目睹了一次惊险的车祸:在新开港横河口桥上,一辆小拖拉机,因拖斗装满化肥重量超过了机头,拉足油门,冲上坡度很陡的桥上时,由于桥面太窄,机头歪了一点点,结果掉下去。不幸中的万幸,机头挂在桥中央,拖斗停在桥面上,驾驶员安全脱险,围观者为他长长地吐了一口气,捏了一把汗。这类桥,现在已经废弃不用了,但它作为时代的缩影,还保留在家乡不少的地方,让我们的后代记住家乡过去桥的面貌。

喜看现在,前所未有的辉煌,体现在近十多年来,家乡已拥有比神话故事中,牛郎织女鹊桥相会的喜鹊桥还神奇雄伟的长江口第一桥——上海长江大桥,还有贯穿在母亲怀抱中和大动脉道路连接在一起的坚实美观的桥,它们分布在:

潘圆公路上:三号桥、二号桥、跃进水闸桥、鳗鲡港桥、前卫河桥、金沙河桥、新开港桥(又名一号桥)、先进河桥、马家港桥、南环河桥、庙港桥、潘石河桥、新开河桥、创建河桥、百乐河桥、石沙河桥

江南大道上:西镇港旱桥、农建圩桥、跃进水闸桥、金带沙河桥、金沙河桥、新开港桥、南环河桥、团结河桥、凤东河桥、凤滨桥

长凯路上:金带沙河桥

长涛路上:跃进水闸桥、鳗鲡港桥、前卫河桥、金带沙河桥

长舸路上:金带沙河桥、前卫河桥

金岸路上：新开港河桥

合作路上：农建河桥、横河桥、合作河桥

仁建路上：农建河桥、横河桥

圆芳路上：农建河桥

农家乐路上：北环河桥

渔环路上：北环河桥

兴略路上：农建河桥

兴坤路上：横一河桥

兴能路上：横一河桥

兴鹊路上：横一河桥

兴奔路上：长涛路桥、横一河桥

兴代路上：横二路桥

兴灿路上：横一河桥、横二河桥

兴甘路上：横一河桥、横二河桥

兴冠路上：横一河桥、横二河桥

兴络路上：横一河桥、横二河桥、无名桥

前卫支路上：前卫桥

秋甘路上：横一河桥

凤凰公路上：凤东桥、八圩桥

凤西路上：解放圩北桥、先丰泵站桥

凤凰镇上：凤凰桥

凤卫路上：八圩小桥

凤蓉路上：南环路桥

凤东路上：南环河桥

凤舞路上：无名桥

金滂路上：三条无名桥

金淼路上：无名桥

月牙港路上：无名桥

丰福路上：三圩港桥

凤东闸路上：马家港桥

海舸路上：团结河桥

当我从东向西看望这 78 座桥梁后,天色将晚,只能调转车头,背披晚霞,心潮起伏,踏上回家的路程时,在脑海中还不断地闪现着各式各样的桥:

这些桥,除了凤卫路小桥、凤凰桥、先锋泵站桥、凤东桥、八圩桥之外,其余全部是近十多年和公路同步诞生的新桥,这些桥各有特色,如:鳗鲡港桥,因这条河弯弯曲曲形如鳗鲡而得名。它还有一个别名叫磕头桥。别名的来历,因老潘圆公路,这一段建在小洪霸上,地势高,当你过桥时中间有一段凹形低坡,所以很自然地向桥磕头;又如农建圩桥、解放圩北桥、三圩港桥、八圩桥,它们因建在圩的范围内而得名;再如新开港桥、马家港桥、潘石河桥、创建河桥,因它们坐落在这些河道上而得名。

另外,介绍凤东河桥,在 20 世纪 50 年代,发生了一个故事。

先进村凤东桥,高姓家田头发现了一个会自动从地下冒水的洞穴,被邻居陆姓人家知道了。因他家养的猪生病了,他突发奇想,把地下冒出来的水带回家给猪吃,过了两天,病猪好了。这件事,一传十,十传百,越传越离奇,说水是仙水,能治百病。

因家乡刚解放,人们科学观念很淡薄,很多人迷信思想很浓重,信以为真,一时间闹得沸沸扬扬,很多人拖儿带女,成群结队到凤东桥看热闹,求仙水。其实,这根本不是仙水,而是长兴土话叫"江鳅潭"里冒出来的水,因温度低,猪吃了能降温。为此凤东桥出了名,成了"明星桥、仙水桥"。

讲了凤东桥的故事,再讲凤凰桥上牵手姻缘的故事。先进村有个姓黄的小伙,过凤凰桥时,碰到一个同时过桥的姑娘。这姑娘像越剧《梁山伯与祝英台》"十八里相送"中过独木桥时一样:"心又慌来胆又小",姓黄的小伙牵了她的手一起过桥。事后这姑娘很感激他,后来他们两人喜结良缘,传为佳话。

如此之类的例子,不再一一列举。

还有很多老桥,没有包括在 78 座桥内,如:圆沙镇桥、粮管所桥、北兴 8 队桥、团结村桥、建新村桥等等。我们感谢那些为家乡繁华,为百姓出行方便,还继续为家乡人民服务,立下汗马功劳的老桥。

家乡是母亲,是生我养我的根,是我们的最爱和最亲,我要为你纵情歌唱。歌唱你旧貌换新颜,为你放声欢笑,欢笑到泪流满面,为你热烈欢呼,欢呼到喉咙嘶哑。

一项成就万千幸,换来硕果传后人。

一座桥梁一片情,畅游家乡任我行。

## （三）脚下的路

家乡美景赛西湖，家乡道路多又多。

条条平坦大马路，纵横交错无法数。

家乡行，目睹了家乡改革开放以来，发生的天翻地覆地巨变，并书写了"家乡天蓝、地绿、水清空气新，和谐、安定、美丽风光灵"的文字，我却忽略了最基本、最重要，发展最快、变化最大的，我们出门时刻离不开步步要走的——脚下的路。

世上本来没有现成的路，路，是人走出来的；路，是人千辛万苦筑出来的。当年，家乡的路，洒满了父老乡亲的艰辛汗水、心酸眼泪，深一脚，浅一脚，烙刻着沉重"脚印"的——田埂小路。雨天泥泞路滑，晴天尘土风扬。从 1958 年开始，家乡才建成了第一条柏油马路，全长只有十公里，起名"潘金公路"，以后，经过全岛人民的艰苦奋斗，把各孤立小岛逐步连成一片。公路也逐年延伸延长，直到 1988 年，第一条东起圆沙镇西至石头沙的潘圆公路全线贯通，总长 25 公里。

家乡在飞跃地发展、前进，家乡在梦境中变富、变美。随着大型企业不断地落户到在共和国版图上找不到的小不点——长兴岛上，家乡原有的道路已经完全不适应、跟不上突飞猛进的建设步伐。家乡腾飞需要路，人民致富需要路。在这大好形势的逼迫下，在家乡人民的翘首期盼下，在烟花怒放爆竹震鸣声中，新建的江南大道、扩建、翻建的潘圆公路，相继破土动工。经过筑路员工的披星戴月，奋力苦战，两条崭新宽阔、依山傍水的柏油大马路，贯穿在家乡母亲的怀抱，出现在人民的眼前。路旁排立整整齐齐、郁郁葱葱的林木。树根处，布满了奇花异草，散发出醉人的幽香，路旁边，如公园般的园林，高低起伏的小山坡，上有凉亭人行道，河道内水质清澈见底，河面上微风吹拂，涌动起鱼鳞般的微小波浪，河沿两旁，是混凝土浇灌的站台，它是休闲养心垂钓的好地方。

朝霞映照在蓬勃生机的园林上，茂密的嫩芽、绿叶，释放出大自然绿色的甜美清香，在金秋气爽、谷果飘香的季节里，鸟儿自由自在地在绿树丛中，尽情地愉悦地吟唱，昆虫在花草丛中，绿叶之间，争相跳跃，发出清脆悦耳的啾啾、咽咽，恰如小合唱的优美的音响，身临其境，如在人间天堂，心情无比欢畅。

经过三年多奋战，江南大道和潘圆公路，建成通车。路，是大地的动脉，它与心脏连接一起跳动，希望与失落，衰竭与繁华，全在它脸上荡漾；路，在家乡美丽富饶的大地上，如雨后春笋，争先恐后，欢快地破土而出。

那么家乡到底有多少条路呢？我迎着软绵绵初秋的微风，沐浴着秋日的阳光，

经过半个多月的实地调查核实,把家乡现有长长短短、弯弯曲曲的公路,从东向西逐一向大家介绍:

1. 渔悦路 2. 渔环路 3. 渔歌路 4. 渔翔路 5. 渔傲路 6. 农家乐路 7. 合作路 8. 园芳路 9. 圆瑞路 10. 北圆沙路 11. 南圆沙路 12. 仁建路 13. 兴坤路 14. 兴纳路 15. 兴能路 16. 兴鹊路 17. 兴奔路 18. 兴代路 19. 兴灿路 20. 兴甘路 21. 兴冠路 22. 兴络路 23. 新兴支路 24. 长凯路 25. 长涛路 26. 长舸路 27. 长泉路 28. 前卫支路 29. 丰福路 30. 凤舞路 31. 凤蓉路 32. 凤凰路 33. 凤西路 34. 凤蓉支路 35. 凤翔路 36. 凤环路 37. 凤卫路 38. 海舸路 39. 凤王步行街 40. 月牙港路 41. 凤东路 42. 潘圆公路 43. 江南大道 44. 金岸路 45. 青草沙路 46. 隧桥高架 47. 丰康路 48. 秋柑路 49. 凤闸东路 50. 凤南路 51. 金森路 52. 金滂路 53. 环岛防汛路

家乡历经了前30年(1958—1988)的艰苦磨难,从田埂小路到钢渣灰路,再从潘金公路延伸到潘圆公路全线贯通,26年(1988—2015)后的今天,终于建成了全岛53条有名有姓(村级小水泥路不包括在内)平坦宽阔、绿树成荫的大马路。

家乡行,梦相随;看美景,鼓人心;奔小康,齐奋进。看家乡的路,它们为长兴岛的建设,做出了巨大贡献。例如,潘圆公路贯穿全岛,四通八达,给家乡人民的出行运输带来了便捷安全。江南大道给家乡人民带来了繁荣昌盛,环岛防汛路是家乡人民的保护神、生命路。再看家乡的路名,它们各有特点,最长是环岛防汛路,全长74公里;最短是凤环路;最阔、最美是潘圆公路;最符合圆沙地名的是两条扁圆形的北圆沙路和南圆沙路。凤凰镇周边大部分是凤字头路,渔港码头周边是渔字头路,一号桥以东合作路以西之间,纵向是长字头路,横向是兴字头路,把纵横两向路的第一个字联起来,就成了"长兴"两字。

啊!说起长兴的路,我真感慨万千。

这真是:

长忆家乡巨变迁,
兴旺发达逢盛年。
真心讴歌新时代,
美景如画刚开卷。

# 知 青 篇

　　知识青年上山下乡运动，这是在特殊年代发生的一个特殊事件。虽然这场运动让知青陷入了困境，但有时还会给一些知青以磨炼，以致他们，尤其后来的一些"成功人士"会对这段岁月流露出美好的回忆。从本篇中，我们可以看到这种不少人难以理解的人生感悟。

　　长兴岛上1270多名下乡知识青年，应该说，在长兴岛的发展史上，他们用自己的智慧和才能、生命和热血，为长兴岛的建设和发展作出了不少贡献。他们也是长兴的亲人，历史的命运把他们和长兴人紧紧地联系在一起。

　　后来他们中有些人成了大学教授、文学家、艺术家、著名医生以及各级领导干部……但他们似乎更没有忘记插队落户时那段苦涩而又有点甜美的人生经历，也没有忘记过关爱他们成长的长兴人民，没有忘记过他们人生历练的第二故乡。

　　读这些知青写的文章，既可领略历史的风云变幻，也会感悟到人的复杂和多变。

# 青春纪事　长兴十年

蒋士唐

　　今年的 6 月 27 日，我一早顶着滂沱大雨，来到长兴岛长兴镇政府文化站，参加长兴镇插队落户知识青年座谈会，一路目睹长兴岛的蓬勃发展，内心感到十分欣慰。见到老领导徐光明书记、蔡德忠老师，立刻上前来一个温情大拥抱；见到久未谋面的任平、金陵、吴格、刘立军等许多知青好友，关切的话语连绵不断。当晚辗转不能入眠，长兴老领导以及知青战友的言语不断在耳边响起，插队长兴近十年的青春伴随着记忆在脑海中源源涌现……

**2015 年 6 月 27 日，《崛起的长兴岛》编委会人员暨上海知青联谊会合影**

## 长明 6 队篇

1969 年 1 月 10 日,头发灰白的父亲提着我的日常用品,带着我来到当时的宝山县长兴人民公社长明大队第六生产队下乡插队落户,时年我刚 19 岁。我是第一个来到长明 6 队的插队知青。由于安置住房还未建成,生产队长顾阿火当晚将我临时安排在张金宝、黄三毛夫妇家(这对夫妇俩生育了九个子女:张其明、张叶甫、张小六、张其妹、张芳妹、张妹姐、张小华、张其中,还有一个送了人家)住宿。晚上,张金宝一家人之间的"说话(方言)",父亲和我一句也没听懂,父亲深深地叹了一口气。第二天父亲与我告别时说了一句话:"看来今后我帮不上你了,要完全靠你自己。"当时我真不以为然,若干年后才真正领悟了父亲此话的深意。张金宝夫妇一家人在那个艰难困苦的年代也尽其所有地"招待"我。在他们家,我吃到了长兴岛的第一口"草头盐鸡(咸菜)",也喝到了第一口"盐鸡汤",长兴岛的方言就是从他们家领悟和学起的。

当时的生产队长是顾阿火,副队长沈义团(后任生产队长)、政治队长董德郎兼民兵排长,妇女队长姚玩娣、会计陆士秀。我到生产队的第三天是跟着女社员去挑肥(将"堆肥"挑到田间),这第一天的农活就让我出尽"洋相":肩痛着,腰哈着,身体晃动着。一群妇女在善意地哈哈大笑之后,都热情教我挑担的要领,像对待自家的小弟弟一样呵护我、帮助我。那时候我比较要面子,尽管羞愧难当,但还是硬着头皮挺着,细皮嫩肉的我一天下来肩胛皮红肿,脚底板疼痛。第二天肩胛皮破了。第三天坚持不住了,没出工,在家休息。记得是副队长沈义团来看望我,说:"士唐,肩胛破、脚底板疼只要坚持一个礼拜就好了,半途而废只会更加痛苦,而且还要从头再来。"我想了想,觉得有道理,一个男子汉不及妇女还是蛮坍台的,咬咬牙,第四天又出工了。从此手和肩都开始"长了"老茧。刚下乡时,我的身体比较瘦弱,记得第一年的"三夏"麦子收割期间,快到中午时分,肚子饿了、手没劲了,一镰刀下去划到了小腿背上,长长的口子顿时鲜血淋漓。这时

初到长兴岛,在海堤上

候张小六跑到田埂上,采摘了一片桑树叶贴住我的伤口,再用麦秆扎紧,呃,效果不错,继续干活! 同时也算学到了一项土法护伤技巧。

不久,生产队为我在长兴公路旁的牛棚(芦笆房)靠最西边隔了约十平方米的房屋让我临时居住。夜里牛的咀嚼声、撒尿声声声不断,牛粪味阵阵传来,时间一长,倒成了我劳累一天的催眠曲! 我在这间芦笆房住了约两年时间,这是我人生真正意义上开始的独立生活,"磨炼"就从这里起步:床是芦笆编织的,稻草成铺垫;水要自己穿过公路从河里拎到水缸,用明矾滤清;柴草是队里分的"棉花秆""油菜秆""麦秆"和稻草,还得自己从田间挑回来。记得有一年"三夏"的中午,自己正吃着灶锅烧的"蛋炒饭"(队里分的稻谷根本不够吃,用约三分之一玉米粉搅拌煮成饭的戏称,难下咽,但耐饥),越吃觉得怪味越浓,扒开锅底,看到了一条长长的已经涨"胖"的咖啡色"香烟虫",将虫挑掉后,再将这一锅饭(煮一顿吃两天)用缸里水过滤后继续吃。在那个吃不饱饭的年代是舍不得浪费一丁点粮食的。后来发现是屋顶漏水稻草发霉生虫,被水蒸气冲得掉入锅中。

长兴的农民是淳朴、厚道和善良的,我在长明6队插队期间感受尤为深切。我父亲是家中的顶梁柱,他的退休工资是家庭经济的支撑,他因患胃癌于1971年3月去世,我顿时觉得凄凉和无助,一度感到前途茫茫。4月的一天我满目泪水、孤独悲伤地回到生产队,当晚生产队长顾阿火、副队长沈义团等生产队干部以及不少本队的男女老少都上门来安慰我,让我及时得到了温暖和抚慰,使我坚定了生活的信念。由于母亲的退休工资只有20元零1分,在父亲去世后我没再要母亲给我寄过一分钱,仅靠队里每个月预支的5元钱维持生活。我的一件老棉袄风里来雨里去穿了好多年,缝了近百个补丁,练就的缝补技巧直到现在仍被家人称赞。

当时的长兴岛农业以"三熟制(三麦+早稻+晚稻)"为主,以及玉米、棉花、油菜农作物,田间劳作十分繁重且一年之中几乎无休;中午自己要烧饭,下午又要赶着出工,真是累上加累,苦不甚苦。其中"三夏""三抢""三秋"农忙季节数"三抢"最为艰苦,既要凌晨两三点钟摸黑拔秧,又要挑秧和插秧。腿被蚂蟥叮秧蛆咬是家常便饭,痛苦的是被长时间浸泡在水中的手,发胀、发"嫩"后被秧田的小螺蛳划开,一丝丝口子发炎、溃疡,用橡皮胶不断贴换,坚持到"三抢"结束。有意思的是晚稻必须在"立秋"之前抢种完毕,否则秋收时一定是"瘪谷"。

记得1972年"三抢"的一天,我挑秧下稻田,被玉米根斜着深深地刺入脚底。大队赤脚医生、本队回乡知青董金郎(后改名为董文学)将伤口剖开、清洗并塞进药水棉花,天天为我换药,使得我坚持"轻伤不下火线",直至"三抢"结束,由此我与董金郎结下了兄弟之情。也得到了社员们的认可:侬蛮吃硬咯!

"农闲"时不是开河就是"加岸(加固海塘、海堤)",肩胛、脚底板磨破、腰损伤(至今脊椎病痛仍困扰着我),一干个把月,睡的是"环筒舍(芦柴＋稻草)"。那时候的饭量特别大,九两(十两制)米饭下肚没吃饱。记得生产队里的陈玉珍妈妈(董金郎母亲)、李小妹奶奶在农忙季节经常邀我到她们家吃饭,尽管是一碗米饭加咸瓜或"盐鸡汤",在那个吃不饱饭的年代,那是一件情分很重的事,它不但填饱了我的肠胃,而且温暖着我的心!

"肥是农家宝,种田不可少",尤其是有机肥更为重要。在与农肥打交道中有两件事印象极深:一是,每年的六七月份要将社员家中猪圈里的猪粪挑到水稻田,然后用手将其撒开。在太阳底下经过暴晒的猪粪呈现黑绿色,双手伸进黏滑滚烫且脸几乎"贴"着猪粪,一股股恶臭直冲脑门,恶心的真想呕吐,指甲缝里黑黑的一天也洗不干净,我挺住了,坚持下来也就习惯了。二是,记得1971年9月的一天,我们队男劳力将大队机帆船从上海装运来的人粪挑到岸上的大粪坑里,当快到舱底时,我自告奋勇地赤脚下去,在臭气熏天的舱底将粪桶舀满后由船面上的人拎走。但一不小心粪桶口碰上船板,粪便顿时泼到我的头上,溅到我的眼里和口中,只听到船面上的张小六、董德郎等人与我友善地开玩笑说:"士唐,咪道哪话? 鲜勿鲜?"我也说嬉话:"鲜来唠,是咸鲜。"真的,这是我人生第一次"品尝"到人粪的味道:它是咸的。我把头用河水冲了一下,继续干活直到结束。老实讲,有过这种经历,什么脏活苦活都不在话下。

随着插队务农年复一年的延续,与本队男女老少在日日夜夜的劳作中建立了友情。如张小六兄妹都是淳朴、憨厚的青年农民,他们对我的帮助很多。我刚下乡之时体质弱、力气小,在割麦、插秧、割稻的农活中,张小六常常帮我"带"掉不少"生活(农活)",我俩成为好伙伴。记得有一年的"三夏"在割麦时抓住一条一米多长的"青草蛇",张小六帮助杀好、洗净,当晚在知青安置房我们烧了一锅汤(盐加水,没有油),开了荤、解了馋。这也是我人生第一次吃蛇,当时还有点怕怕的,觉得张小六蛮勇敢的。张小六结婚时我还在长兴,送上5元钱以表心意、以示友情。

张芳妹是张小六的妹妹,由于兄弟姐妹太多,没钱上学读书,但她是一个热情好学、心情开朗的女孩子,常常和我们一起参加"政治学习"、唱歌等活动。特别是她和我领唱的电影《英雄儿女》插曲在大队的歌咏比赛中获得第一名,大家都十分开心。我想如果她能够上学的话,一定是个品学兼优的好学生。

还有吴赛英、陆士芳、徐士英、陈善忠、沈惠兰等本村青年都是心地善良吃苦耐劳的好小伙好姑娘。尤其是吴赛英,个子不高,胖胖的,重活脏活干在前,田间总能听见她的欢声笑语。陆士芳还是大队文艺宣传队队员。她们不但在农活而且在生活上都乐于帮助我们插队知青,是我们的好伙伴,我现在还经常想起他们。生产队历任生产队长顾阿火、沈义囝是我的尊长和老师;还有生产队政治队长民兵排长董德郎、会计陆士秀等都是生产队的青年骨干,也是我的好友。

1973年10月5日,我填写了入党志愿书,入党介绍人是陆士忠(大队党支部副书记)、沈义囝(生产队长)。1973年10月29日,长明大队党支部党员大会一致同意了我的入党申请,1974年2月18日,经公社党委会讨论同意,批准我为中国共产党正式党员。这一天是我终生难忘的日子,也是我人生的一个新起点。

先后来长明6队插队落户的知青有郁培良、查建芳、蔡汉燕、张惠玲、高文彬、姚俊祺等。郁培良,人长得清秀,是个帅哥,个性乐观,整天笑嘻嘻的。他担任大队广播维修员期间,喜爱钻研技术,修理维护大队所管辖广播线路确保畅通,受到生产队好评和大队的表扬。培良还得到不少农村姑娘的青睐,因"眼白"特别白,故不叫其名,直呼绰号"羊白眼",以示亲近。回城进入上海铁路局工作,曾赴日本研修后调至上海铁路局科学研究所任职。查建芳(男),个子不高,话语不多,吃得起苦,与社员打成一片。他是个重情义的插队知青,离开长兴岛若干年后还专程探望和答谢长明6队的乡亲。

## 长明大队篇

我的务农态度和表现得到了长明大队领导的肯定。记得1973年3月的一天,当时的大队党支部书记陈思忠因为我的入党申请,专门找我谈话:肯定成绩、指出不足,给予勉励。陈书记30多岁,是个不苟言笑的人,他不但文字和文章写得好,而且口才出众、领导能力强。也许看到我的字写得比较端正,就安排我做大队"土记者",白天我跟着大队老记者黄云昌跑遍14个生产队进行采访,熬夜撰写稿件、排版、刻蜡纸、油印,按时完成"三夏""三抢""三秋"《战报》的"出版"和发送。我写的稿件多次在公社广播站播出,再苦再累也觉得值了。

1973年4月,我担任了长明大队团支部书记(前任团支部书记、民兵连指导员是董金郎)、民兵连指导员。在董金郎担任大队党支部委员兼民兵连长期间,我配合他一起将青年民兵工作搞得有声有色,曾获得南京军区"'学雷锋''学硬骨头六连''学南京路上好八连'先进民兵连"和上海警备区"民兵工作'三落实'先进民兵连"称号。董金郎1964年从长兴中学毕业后回乡担任大队"赤脚医生",他勤奋好学,字写得漂亮工整,文笔流畅。他刻苦钻研医疗技术,其专长是针灸；白天处理门诊，农忙季节参加抢收抢种，无论是酷暑严冬他都坚持夜晚出诊，再苦再累也毫无怨言（我在大队部夜间值班曾经与他睡一个被窝，常常见他在寒冬凌晨摸黑出诊）；他多次将生命垂危的病人半夜紧急送往公社卫生院（其中就有9队知青张中祥和王曼健的弟弟）救治转危为安，受到普遍好评。董金郎为人豪爽，乐于帮助知识青年，我们都喜欢和他交往。尤其对我倍加关照，经常邀我去家中吃饭，他爱人施云宝热情好客，常常拿出好吃的招待我（我却没有什么回报他俩），至今不能忘怀！董金郎的人生经历相当丰富，改革开放后又担任了长明大队党支部书记，现任长兴机械有限公司（福利企业）董事长总经理，为长兴的经济发展继续做贡献。董金郎是我以及长明大队插队知青一致公认的老大哥。

在长明大队担任团支部和民兵连干部工作期间，组织团员青年开展"农业试验田""政治学习""民兵训练"，还组织青年民兵利用晚上业余时间通宵达旦为驻岛解放军浇筑战备工事等等，回想起那股"干劲"，至今感慨不已。

赤脚医生董金郎

我插队前期的长明大队领导班子是党支部书记陈思忠（后担任过长兴公社工业公司党总支书记）、副书记陆士忠（负责农业生产）、支部委员张富英（妇女主任）、顾永才、周永其（兼任民兵连长，后任上海南巡出租汽车公司总经理），他们都重视知识青年工作，发挥知青特长，积极安排合适工作。他们都对我给予十分的关照和支持，使得我铆足了劲加倍努力工作，以回报大队党支部的信任和培养。陈思忠书记还在长兴公社知识青年工作会议上介绍了经验，受到了公社的表扬。

在长明大队我结识不少插队知青：曹斌（曾任潘石中学老师）、董守疆（曾是大队文艺宣传队队员）、胡伟晴（曾任大队民兵连副连长）、杨云芳（曾任生产队卫生员、东兴小学代课老师）、王曼健（曾任东兴小学代课老师）、张蓓（曾是大队文艺宣传队队员）、邵秋萍（曾任公社广播站播音员）、戈士新（曾是大队文艺宣传队队员）、徐国平（著名"大力士"，后调入公社工业组工作，在技术上是行家里手。）、应松贤（长兴公社插队知青中第一个手扶拖拉机手，后调入公社农机厂金工车间任副主任）等。

## 长兴公社篇

　　1973 年 10 月,我被调到长兴公社上山下乡知识青年办公室工作,办公室负责人是蔡德忠老师。蔡老师脸面肤色黑黝黝的,平时少有笑容,严肃得很。表面给人冷冷的感觉,其实他对下乡知青有一颗火热的心,对知青工作一丝不苟。公社专款下拨建造知青安置房,他顶烈日冒严寒骑着"老坦克(破旧自行车)"走访大队生产队,查看落实情况督促进度,他的这种顶真劲儿深深感染了我,跟着他工作使我真正明白了"认真"二字的含义;蔡老师不断发掘下乡知青的先进典型,积极向大队、公社及有关部门推荐,使得一批知青受表彰的同时在新的岗位上发挥了作用;蔡老师文笔出众,其字体别具一格,我们都尊称为"蔡体"。蔡德忠老师在改革开放后担任了长兴中心小学党支部书记、校长,并荣获上海市"优秀园丁"等奖。

　　长兴公社插队知青中涌现了不少先进典型:汪可芬是少云中学老三届知青,她插队落户到新建大队。认识她时只觉得瘦瘦的身材显得比较柔弱,话语简洁不喜张扬;她性格顽强,脏活重活抢在前,与社员打成一片,得到大家的喜爱,受到生产队和大队的好评;入党后担任了新建大队党支部副书记,并且充分施展了自己的才能,成为长兴公社插队知青的模范人物。她还作为宝山县知识青年先进典型,出席了上海市上山下乡知识青年先进代表大会。金陵是先进大队插队知青,在艰苦的农业生产中得到磨炼,受到农民的认可和欢迎,入党后不久担任了大队党支部副书记。他篮球打得好,是长兴公社体育运动的活跃分子。改革开放后,他还担任了宝山区党校、行知学院副校长。还有许多优秀人物,不一一列举。

　　1975 年 10 月,我担任了公社机关党支部委员。1975 年 11 月,经公社党委批准,我担任了公社团委书记,副书记有陈美琴、张士忠、朱雅芳等。在当时的历史条件下,开展了形式多样的青年活动,例如:青年试验田(三麦、棉花、油菜、水稻)、青年学习小组、文艺会演和体育运动比赛,还配合武装部门开展民兵训练活动等,特别是在抗击自然灾害如台风侵袭中发挥了青年突击队的主力作用。

　　在长兴公社机关工作期间,许多领

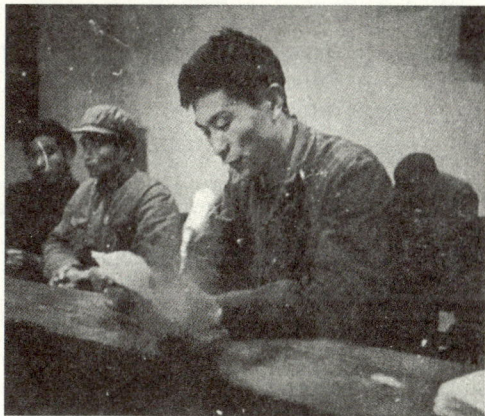

1976 年在长兴公社三级干部大会上发言

导脚踏实地艰苦朴素的工作作风给我留下难忘的印象：

时任公社党委书记的陶学勤，瘦瘦高高的身材，平时表情严肃，穿着敞开怀的青灰色中山装，手指夹着香烟，走路总是在凝神思考问题。陶书记经常下基层深入大队生产队，调查研究了解情况，他作风正派、为政清廉，令人敬佩，为我们做出了榜样。有一次，他参加在先进大队党支部召开的支委会，由于会期长，只能在大队干部家中就餐，会后他坚持支付饭钱，一时传为佳话。改革开放后，老陶担任了宝山县副县长，我想这也是他多年在长兴艰苦奋斗，为政、做人、处事的结果和体现。

陆荣富是公社农业生产召集人，个子不高，身体结实，田间管理常见他的身影。大忙季节生产队的田头岸边和家家户户的广播喇叭里总是传来他洪亮的声音："烂铃不烂产""抢收抢种不脱时节""现在吃点苦，秋后多收成"等。老陆是当时长兴公社农业生产的当家人，也是家家户户的"明星"人物，后来老陆担任了宝山县粮食局局长。

徐光明是党委副书记分管思想宣传工作，是长兴本乡本土成长的干部，他不但观察事物能力强，而且口才超群。每次听他作报告总感觉是一种享受，绘声绘色的演讲让我们在哈哈大笑中受到启迪。老徐为丰富长兴农村农民的文化生活贡献了自己的才华。

还有党委副书记王光升、马连兴等。

经公社党委决定，我于1977年10月，担任合心大队党支部书记，当时就住在长兴公社最东部"元沙片"的办公室内。根据公社规定，大队干部必须每年参加生产劳动200天，我基本上白天轮流到各队边劳动边了解情况，晚上召开支委会处理问题往往到深更半夜。虽然做了不到一年，却让我在"班长"的岗位上得到了锻炼。

当时公社机关的职能部门负责人苏允奎、顾文章、施宝兴、黄松甫、胡林周、徐国辉、叶志刚、胡银娣、宗洪根、陆永康等，他们对我工作等诸多方面给予了无私的支持和帮助，我也从他们那里学到不少宝贵的知识、经验和良好的人品。

在长兴公社机关工作期间，张中祥（后改名为张中韧）、朱雅芳成为我的挚友。张中祥是长明9队插队知青，他的国字脸配上宽宽的额头，皮肤白净，身板结实；他字好、口才佳且多才多艺，为人活跃开朗；他拉二胡、演对口词相当出色，是大队文艺宣传队的台柱子，受到全大队社员群众好评。他爱好学习且文化基础扎实，曾任长明大队民兵连专职副指导员，后调到公社担任文化站负责人、公社团委委员，其间成绩突出多次受到上级嘉奖。张中祥后来担任了吴淞（宝山）区教育局副局长、上海市教育工会副主席。朱雅芳是长明8队本地知青，她1972年长兴中学毕业回队务农，1973年担任大队团支部委员和民兵连副指导员。初次见面，给我的印象是

**1976 年 5 月 4 日,长兴公社团干部及先进团员青年代表参观一大会址**

个朴实的农村小妹妹,在以后的工作相处中,又实实在在地感受到她的才华。她文字功底扎实且吃苦耐劳,常常通宵达旦为大队书写文章,材料又快又好,受到大队以及公社的表扬和重视。1975 年,被公社推荐到宝山县委写作班子学习,1976 年,回公社任团委副书记。无论在大队还是在公社,工作极其认真负责,我们在工作上互相配合支持,十分到位,做出了成绩。朱雅芳 21 岁入党,在公社先后担任过财务、组织和统计等工作,1990 年,调入宝山县政府工作,直至担任宝山区政府发展和改革委员会主任。朱雅芳是农村知识青年自强不息的典范。

还有同事沈学明(总会计)、袁贤良(体育老师)、张林顺(广播站干事)、董荣康(插队知青,公社水利站干事,用毛笔写小篆十分漂亮)等,我们互相支持帮助、团结融洽、相处甚欢。

下乡长兴十年期间,长兴农民和干部质朴厚道、吃苦耐劳的优良品质以及农村艰难困苦的磨炼给我留下了深深的烙印,在我以后的出版发行职业生涯中起到了潜移默化的促进作用,使我从营业员做起直到新华发行集团公司高层任职的进程中受益匪浅。

插队长兴近十载,往事并不如烟。据记载,先后有 1 274 位知识青年来到长兴公社插队落户。由此我常常感想联翩:一个人的青春生理期也只有 15 至 20 年,这应该是长身体、读书求学和实践理想的最佳时期;我们有的至今积劳成疾、病痛在

前排：张士忠　陈美琴　张林顺
后排：张中祥　沈学明　蒋士唐　董荣康

身,有的在单位转型时下岗如今生活窘迫,有的未能实现自己的青春梦想而至今抱憾不已;但是我们却把最宝贵的青春年华奉献给了长兴,插队落户知青为长兴的建设做出了不可磨灭的贡献,在长兴岛的发展史上留下了浓重的一笔!

离开长兴岛已有 37 年,插队落户的情景始终魂牵梦绕。90 年代起,我多次参加过长兴乡政府组织的"长兴乡老同志联谊会",我们长明大队插队知青和本地知青还自发组成"长明大队知青联谊会",由董金郎为"会长"、应松贤为"秘书长"。我们时常相聚在长兴,回顾插队之艰辛、畅谈人生之感悟、延续知青之友情。

长兴岛——我的第二个故乡,您给我留下了永远铭刻在心的印记。

（作者系长兴下乡知青,曾任上海新华发行集团公司副总理）

# 长明插队往事

王曼健

1968年10月，年仅17岁的我就离开父母，一个人来到长兴岛长兴公社长明大队9队插队落户，开始了农村独立生活。

从来没有经历过农村的生活，什么都是陌生和艰难的。雨天泥路走一步滑两跤，"泥涂灶"烧焦饭是常事；女孩子上厕所就更难受了：芦笆夹稻草架在粪坑上，前面用稻草扎个"屏风"，两边通透行人看得见。17岁的城市女孩（我当时的体重只有95斤），面对这一切，都得从头来。更不要说干农活，天天与大家一起出工了。

当时生产队长是姚生财、副队长黄来生、政治队长武小龙、妇女队长周来妹。队长姚生财为人淳朴厚道，对插队知青十分关心照顾。记得刚到9队插队，临时住处是生产队稍作整修的羊棚改成的，芦苇编扎的"墙"、稻草铺的顶，简陋极了，逢雨必漏。有一次下雨，队长姚生财的女儿姚林妹叫我到她家一起睡，让我内心感到十分温暖，就此我与姚林妹建立了姐妹情分。后来新建了砖瓦结构的知青安置房，我们9队的三个女孩子集中居住，才有了自己的"家"。但是自己烧饭做菜，谈何容易！"泥涂灶"与城里"煤球炉"烧饭完全不一样。我记得刚学习用灶头烧饭时，柴草没烧着，却是满屋呛人的烟雾。生产队长姚生财特地赶来，教我们不能用湿柴点火，他边帮助边教我们如何用灶头生火烧饭。别看这一件小事，却让我一辈子不能忘记。要吃菜，就得自己种。在队长姚生财和本队农民的指导帮助下，我们在住房周边的宅基地上学着种蔬菜和其他作物，看到自己种植的农作物长得十分茂盛，我们的劳动有了收获，打心眼里有说不出的高兴和成就感。

农活不会做，我就学着干，肩胛皮磨破，手掌磨出血泡，坚持干。每年3月下旬赤脚"踏秧田"，真是冰冷如刀割啊！生产队的农活数"三抢"农忙季节拔秧插秧最辛苦：整天烈日当头晒着，双手双脚长时间浸泡在水中，脚肿了手指溃烂了，仍然坚持出工,尤其是妇女例假时就更艰难了! 天要变了,就是天黑了也得抢在下雨前把稻子收回来,以免造成粮食减产和浪费。记得将庆丰圩收割的水稻挑回生产队,需要走整整三公里路,脊椎受伤坚持干,至今伤痛在身。那时我真正体会到靠天吃饭的艰难。抢收抢种,是在和天公"抢"粮食啊!

记得后来生产队安排我在饲养场干活,一开始从害怕猪,养猪的活什么也不会,到逐步熟练掌握了铡猪草、烧猪食、喂猪食、清洗猪圈。在与猪打交道的过程中,使我体会到了从小猪崽到猪肉上市的过程是多么的艰辛和不易。

渐渐地从第一年的透支,到后来有了"分红"。这一切都离不开队干部和本队农民的指导和帮助。1971 年 9 月我加入了共青团。

特别令人难忘的是在插队期间,弟弟来长兴探望我时突发菌痢,腹泻不止,高烧不退,十分凶险。是在大队党支部委员赤脚医生董金郎的看护陪同下,被拖拉机一路送到公社卫生院急救,才不致发生意外。当时我感动得只想哭,在举目无亲的长兴,生产队和大队的领导就是我的亲人,是他们让我在身处险境的时候得到及时的关怀和救助。这是我终生难忘的,也是我一个女知青的幸运。现在我们有一个"长明大队知青联谊会",我们知青经常与董金郎、朱雅芳等聚会在长兴岛,回顾插队的艰辛,叙述下乡时建立的友谊,其情浓浓,开心无比。

当时的"文革"对农村、对基层生产队的影响主要是多开几次会,听取几次老农民的忆苦思甜报告,这是我们知青所经历的教育,但总觉得插队时的农村也是很苦的。现在随着经济的发展,时代的变迁,长兴岛原先一色的草屋变成了瓦房、楼房和新洋房。现在的长明村已经发生了翻天覆地的变化,完全没了当年贫苦的景象,是一个全新的"社会主义新农村"了。

经过年复一年的锻炼,我逐渐地熟悉了农村的劳动和生活,也能应付自如了。我还十分感激本队妇女队长周来妹等农村青年对我的爱护、照顾和帮助,让我平稳度过刚下乡插队务农的艰难岁月,为我以后新的工作打下了基础。

1972 年年底,我被派去长明小学当代课教师。因为我亲身经历了农村农活的艰苦,在做代课老师期间,我常常抽空帮助自己队里女知青种"小菜田"和烧饭,以减轻她们的劳作辛苦,与知青顾月琴等建立了姐妹友情。代课教师虽然下田干活少了,但我仍用做农活的干劲去解决和克服一个个教育和教学方面的新矛盾、新问题,尽我所能帮助和教育农家子女,受到好评。

我们长明 9 队先后来插队的知青有顾月琴、张蓓、张中祥、高丽丽、朱桃明、陆伯良。

回想在长明 9 队和长明大队的十年,我将青春和生命与当地农民生活在一起融合在一起,懂得了农民的思想和愿望。农民最讲实际,最不喜欢空话,最务实。农村的磨炼渗透到了我以后的教师职业生涯中,如果说有所长进,就数在长明十年得到的收获和感悟最多。

(作者系长兴下乡知青,后任八一电影制片厂厂办幼儿教师)

# 永远的记忆

## ——长兴插队十年

应松贤

　　记得 1969 年 3 月 5 日是一个"向雷锋同志学习"的纪念日,我独自一人拿着"插队落户通知书"直接来到当时的长兴人民公社长明大队大队部报到,被安排到第 14 生产队。记得是生产队副队长唐小才推着自行车将我接到生产队,被临时安置在新开港河边朝东的芦笆房内(生产队插队知青点),就这样开始了我人生最重要、最艰苦、最难忘的插队落户生涯。

　　在农村插队的日子是异常的艰苦,吃不饱肚子是常有的事,一年中的"三夏""三抢""三秋",还有海塘海堤的加固让我累得半死,也让我得到了磨炼。在与生产队农民朝夕相处的岁月里,与他们建立了深厚的感情!

　　特别难忘的是本队农村青年宋小忠,在当时是所谓的"四类分子"子女,家中排行老二。他和我年龄相仿,一身土布衣服,中等身材,平时沉默寡言,不声不响,农田生活却是个好手。也许是兄弟缘分吧,我并没有因为家庭出身而歧视他,他也对我特别的关照。记得刚下乡的时候,我干农活体力不行,"三夏"季节的割麦,我速度慢,他总是不顾自身的劳累,默默地帮我割完剩下的麦子。在刚下乡的第一二年里的"三抢""三秋"中,宋小忠一如既往地帮助我。他还常常拿自家做的咸菜、咸瓜给我,让我的身心感受到了特别的温暖。宋小中当时因为"出身问题",谈女朋友想成个家也很困难。但是好人总有好报,他也得到了上天的眷顾。由于他不但为人淳朴厚道,而且还是种田能手,得到了长兴前卫农场的上海女知识青年的青睐,他们相好、相恋、结婚成家立业生子,家庭幸福。

　　1972 年 4 月,生产队购置了一台手扶拖拉机,先由本队丁伯祥驾驶。他开了一周后发生翻车事故造成骨折,没有人再提出开这台拖拉机。当时正值春耕农忙,我就自告奋勇地向生产队长金友祥提出"由我来操作拖拉机",由此我当起了生产队的手扶拖拉机手。我刻苦学习、潜心钻研、精心操作,很快掌握了操控和维修技术,将手扶拖拉机操作得得心应手。无论是农忙耕田,还是农闲运输,我都能完成本队和大队安排的各项繁重的任务,受到了生产队和大队的表扬。在当时,手扶拖拉机还是重要的交通工具,我还乐意为农民兄弟服务,经常为他们的婚嫁喜事或者病人就医提供帮助,当地村民都夸我是好兄弟。据我所知,当时我还是长兴公社知青中第一个手扶拖拉机手。

我队先后有四位插队落户知识青年。曹冠一:1968年插队落户,1973年到长明大队种子站工作,后到宝山县税务局长兴税务所工作;他是一个有情有义的知识青年,插队期间与长明大队12队的农村姑娘顾祥英相恋相爱,于1978年在长兴结婚。周德福:1968年插队,后来参加解放军,退伍后进入上钢一厂工作。还有一位是沈荣惠。

由于我在生产队开手扶拖拉机的技能和吃苦耐劳的良好表现得到了生产队社员的充分肯定,经大队推荐,我于1973年8月被调往长兴公社农机厂工作。农机厂是社办企业,下设农机站、金工车间、电工车间、农改组、冷轧车间。当时的农机厂党支部书记是姚伯祥、厂长盛士明、副厂长陈士祥(我刚进农机厂时他是金工车间主任),农机站站长陈友祥、金工车间主任陆新岐、电工车间主任张惠兴、农改组组长马春华、冷轧车间主任张士忠。

我被分配在金工车间工作,我们是农忙时开大拖拉机耕田、运输,农闲时搞机修、车床加工,主要是为上海江南造船厂加工辅助配件。在金工车间我拜赵兰芳为师,这是我踏上社会拜的第一位师傅。她是一位40多岁的女性,是长兴本地人,家在长明7队。她是一位技术优良的老师傅,她将所掌握的技术毫无保留的传教给我,她的无私、豁达、开朗深深地印记在我的心中!

我非常珍惜金工车间的工作,努力学习车间里的各门技术,不计较工作时间。我很快地熟悉了各项技术,超额完成生产任务指标,并圆满完成领导安排的其他工作,得到了厂部领导对我的信任和很好的评价。1974年6月我被提拔为金工车间副主任,我不但以身作则干在前,还主动配合主任合力做好车间管理工作。在此期间使我得到了锻炼,在实际工作中增长了管理知识和才干。

体育运动(中长跑、游泳、篮球等)是我的爱好。在农机厂工作的业余时间我坚持体育锻炼。中长跑是我的强项,我坚持每天跑5 000—10 000米(5—10公里)。我记得当时的长兴人民公社是全国农村体育先进单位,每年举行体育运动会和一年一度的体育迎春长跑,每届长跑比赛我都得第一名。1974年至1978年的连续四年,我代表长兴公社赴宝山县参加长跑比赛,都是获得第一名。在长兴插队落户期间的1978年,我还获得宝山县体委举行的男子成年组1 500米第一名,同年6月,我代表宝山县参加上海市马拉松长跑比赛,取得2小时47分33秒的优良成绩,并且获得上海市二级运动员称号证书。

**应松贤参加上海市马拉松长跑比赛**

**左起**:应松贤、蒋小林(海星退伍军人)、沈星华(红星大队知青)、
小汤(先进大队知青)、陈渊明(长兴修建队知青)

离开长兴一转眼已经 37 年,我与长兴的联系从没有断过!

1996 年,长兴乡政府召开下乡插队落户知识青年座谈会,长兴乡领导与我们一起回顾那些艰难岁月的经历,畅谈长兴的发展前景,共祝长兴越来越好!

1996 年 7 月,受原长明大队老领导周永其(时任上海南巡出租汽车公司总经理)的邀请,我们长明大队插队知青欢聚一堂,说不尽的往事,道不完的友情,使得我们的感情越来越深!

第一排:王扣女、顾欲琴、钱亚龙、邵秋萍、曹　斌、杨云芳、张　蓓、王曼健
中　排:胡伟晴、戈士新、张中祥、周永其、郁培良、郁志祥、丁金山
后　排:徐国平、丁小平、董守疆、应松贤、黄晴重、郁汉祥

为了延续我们下乡插队知青和长兴、长明的友情,经过充分的酝酿,根据志愿参加的原则,我们组成了长明大队插队知青联谊会,联谊会的成员是长明插队知青和原长明本地知青,"会长"由原长明大队青年干部(本地知青)董金郎担任,承蒙大家信任(当然我也非常乐意为大家服务)让我担任"秘书长",我们经常聚会共叙友谊。

长兴是我的第二故乡,是长兴下乡插队落户的艰难岁月磨炼了我的青春,长兴给我留下了永远的记忆。

(作者系长兴岛下乡知青,曾任宝山区交警支队宣传科科长,现任中化 216 站站长)

# 青春无悔

## ——忆长兴岛插队二三事

徐国平

1968 年 11 月 14 日,这是 47 年前的秋天,我和来自宝山县各中学的男女学生扛着行李、拎着网袋,从吴淞口码头登上了开往长兴岛的"友谊号"轮渡船,劈风斩浪一直驶向长兴岛马家港码头。轮船尚未靠上码头,岸上已经热闹非凡胜似赶集。只见红旗飘扬鼓声阵阵,迎接知青的公社领导和农民代表,早已向我们招手致意。我按照通知书来到集合点,长明大队 12 队政治队长黄卫强,一名身强力壮的海军转业干部,已推着长兴岛典型的运输工具——独轮车,一见如故地与我们打招呼,边把行李放车上边介绍长明大队及 12 队的情况。约 40 分钟的路程到了住地,还没有进门,队长蒋凤祥就带着队里的骨干帮我们搬下行李,让我们坐下,并拿出早已准备好的瓜子、花生(这些是当时的紧俏食品,只有过年过节才能享受)和茶水招待我们。还有队里的黄希德、蒋和尚、顾财元、周伯勤等人十分热心地介绍农村情况。当天队里派人专门烧好饭菜,教我们日常生活常识,让我们来到生产队第一天就有一种到家的感觉。尽管当时生产队很贫穷,但是农村人给我留下了淳朴可亲的感觉,使我难以忘怀。

下乡插队务农独立生活的磨炼是从过"三关"(生活关、劳动关、学习关)开始。由于从学生一下子变成农民,对开门七件事一窍不通,特别是既要出工干好农业技术体力活,又要学会洗衣种菜烧饭,对每一个知青是极大的考验。这种磨炼是痛苦和长期的。是退却还是坚持,当时的思想斗争是十分激烈的。在十分关键的时候我得到了生产队长蒋凤祥和队里乡亲们的支持和关心,使我咬紧牙关度过了肩胛皮、手掌心、脚底板磨破的难关,很快熟悉了长兴岛方言,掌握了农活技术,与本队农民打成了一片。

由于在学校时就喜欢体育运动,再加上农村体力活的锻炼,我的体魄与力量不断得到增强。无论是"三夏"麦田、"三抢"秧田、"三秋"稻田的抢收抢种,还是冬天的开沟挖河,我都是干在前抢在先。我从一个手不能提肩不能扛的文弱学生迅速成为生产队青年中的生产骨干:一麻袋稻谷手一拎上肩,"加岸(加固海堤)"一肩八百斤。在田间劳动或"加岸"的间歇,由于好胜心强加上年少气盛,常常在力量比拼的比赛中获得第一名。我凭着不怕苦不服输精神,练就了一副好身体和铁脚板,长兴岛东南西北的海堤留下了我的身影,加固海堤从不拉下:掘块泥二三百斤,挑担泥六七百斤,令人惊叹。由此我在全大队获得了"大力士"的称号,受得了赞扬和好评。由于我插队务农的表现,得到了生产队社员的信任,让我先后担任了队里的记工员、工分评议组长、政治干事等职务。同时生产队安排我的"外出工"也越来越多,"外出工"就是外派劳务工,都是繁重、危险、强劳力的活。队里的青年人一般都不愿意去,我毅然服从分配参加了诸如扛石板加固海堤、扛粮袋上粮仓、赴月浦开运河、挖埋长兴电缆等艰苦繁重的"外出工"。由于我每天坚持出工且踏踏实实地干活,第二年(1969)开始我就有了生产队的"分红(年终分配)",以后年年有余,年年增长,自给自足。

1969年至1970年,公社开始对大庆、庆丰圩围海造田,在大堤合龙之际恰逢大潮汐即将来临。工程指挥部为了抢在汐期到来之前,防止江水倒灌,迅速组成了青年突击队,我首当其冲毫不犹豫地冲入水中。碎冰似玻璃一般锋利将我的小腿割出多条口子,血染红了裤腿,我也全然不顾,饥寒疲劳丢在脑后,只有一个念头:争分夺秒确保大坝抢先合龙。终于缺口被堵住,咆哮的江水被挡住。我们受到了公社的通报表扬,也为生产队和长明大队争了光。作为下乡知青能为长兴岛围海造田宏伟工程做出贡献,我感到非常自豪。

记得1970年的7月初,在挑油菜梗到仓库时突然左脚剧烈疼痛,倒在地上脱鞋一看,脚底心中裂开的口子里面有粒异物。周伯勤急忙将我扶起,我拿起扁担当拐棍一拐一拐到大队医务室。赤脚医生董金郎不顾臭味,立即清洗伤口实施麻醉,全神贯注一丝不苟,顾不上擦去满脸的汗水,将半粒黄豆大的玻璃碴取出,一下子解除了我两年来的病痛(两年前脚踩上碎瓶玻璃,当时伤口里的玻璃没能彻底清理留下了后遗症。曾经去过上海第一、四人民医院检查,都未能清除治愈。两年来疼痛缠绕,影响工作和生活)。此事让我从内心对大队赤脚医生董金郎的医德和医术充满感激和敬佩,让我真真切切地感受到他对插队知青关爱,真是"赤脚医生医术高,'南家'医院无奈何;一刀断疾两年恨,妙手回春名声扬"。

1971年,当时为了战备需要,在长兴岛腹地建造一座地下值班中心,我奉命参加。回想这个工程简直就是一个"搏命"的过程!我们第一天搬运石块就发生了危险。我和搭档扛起了500多斤一箩筐的石头,从驳船踏上十几米长的跳板(木板),

一摇三晃地走向岸边,由于两人没能把握好跳板的弹跳性,结果我连人带筐从三米高的跳板摔进河里。幸亏水性好,我游上岸,擦干水再干。当时为了赶工程进度,有一天同时有四条驳船待卸下石头,这个重担就落在我们装卸工身上。从早上7点钟左右开始直到下午3点,由我们六人卸下了约60吨大石块。上了岸后,我们都瘫痪在地上,有两位同伴口鼻都出了血,我的手腕经络也受了伤。经过7个月的艰苦奋斗,终于迎来了结构封顶,顶部须用上百吨的混凝土浇筑。当时没有像样的搅拌机,只能靠人工来搅拌,从地面搭起人工天桥,共由100多人分为一半拌料一半推着翻斗车送上顶部。记得那是12月31日,正值寒冬腊月,一天下来内衣全部湿透了,一阵寒风吹来冷噤不止,再也没有了刚开始的欢声笑语。我们忍受着饥饿、寒冷和疲劳,默默地坚持着,怀着为国防事业做贡献的心情,拧成一股绳,终于在第二天,也就是1972年的元旦完成了结构封顶。受到了部队和建筑部门的表扬,我们插队知青为国防工程所作的奉献是不可磨灭的。工程结束后,我在家整整睡了两天还起不来,回想起那个场景、那种干劲,至今感慨不已。

1969年,长明大队党支部委员民兵连长周永其让我挑起了军民联防队武装民兵排排长的担子,多次参加协同守卫海防的军民联防活动,让我与解放军一起站岗放哨、出勤学习,真正体验了部队团结紧张严肃活泼的军营生活,至今印象深刻。

1970年11月,在大队党支部书记陈思忠的推荐下,我参加了长兴公社举办的内燃机使用速成培训班,为我今后成为这方面的专家奠定了基础。

由于我表现突出,1972年起我被公社推选为下乡知青先进代表,先后三次参加了宝山县上山下乡知识青年代表大会,并加入了共青团,多次在学雷锋活动中受到表彰。

1972年4月我被调入公社拖拉机站工作,直至1979年2月离开长兴岛。

长兴岛艰难困苦的农村生活,磨炼了我不屈不挠顽强拼搏的意志力,为我以后漫长的人生道路打下了坚实的基石,使我成为一名掌握多项专业技术的复合型人才。

长兴岛是我的第二个故乡,有培养我、帮助我、照顾我的父老乡亲,我常常想起并感谢他们;对当年的老前辈、老领导、青年伙伴,我常常祝福他们健康长寿。如今我已经退休有了更多的时间关心长兴岛,看到一个新型的现代化工业装备基地已经形成,我们这些当年的插队知青尤其感到无比欣慰和自豪。

回顾插队务农的11个年头,我的足迹遍布长兴岛,我把最美好的青春献给了长兴岛的建设,问心无愧,青春无悔。

（作者系长兴下乡知青,1993年参与组建中意合资
上海CAMOZZI公司,任进出口货物报关员等职）

# 椴木"银花"开了

曹　斌

　　我是1967届高中毕业的知识青年,1968年10月5日来到当时的宝山县长兴人民公社长明大队第一生产队插队务农。在那艰难困苦的岁月里,队里的社员不分男女老少对我的关心、照顾和帮助使我内心充满感激。我常常在想,应该用自己的文化知识为农村和农民做点有意义的事,来回馈他们。

　　1971年的下半年,我被调入长兴公社农科所工作,当时的积极性特别高涨,我总觉得长兴的经济作物太单一,应该有所突破。经过仔细比较,我对种植银耳产生了浓厚的兴趣和向往。70年代初普通老百姓要想喝到一碗美味的银耳羹是极其困难的,因为它价钱昂贵,一般人买不起更吃不到,但是它的营养价值极高,是珍贵的滋补佳品。一是银耳的营养价值高:饱含丰富的维生素、蛋白质、脂肪和17种氨基酸以及多种碳水化合物、矿物质,如钙、镁、磷、铁、钾、钠、硫,其中钙铁含量更高。二是银耳的功效作用好:1. 除食用外尚有很好的药用效果,味甘、性平、无毒,能强精补肾润肺、生津、止咳、降火、润肠、养胃、补气、活血、补脑、提神等;2. 用于治肺热、咳嗽、久咳喉痒、咳疾止血,对老年慢性气管炎、肺源性心脏病有一定疗效;3. 能提高肝脏解毒能力,起保肝作用,防止钙的流失,对生长发育十分有利,增强机体免疫能力。

　　银耳又称白木耳,是一种生长于枯木上的胶质真菌。子实体半透明纯白至乳白色,柔软富有弹性,像是一朵洁白的牡丹花,美丽极了。正因为如此,为了能改善农村农民的生活水平,喝上一碗滋补羹,强健身心,走致富之道,我想利用在长兴农科所的有利条件:有简单的接种箱、菌类培养室和消毒设备。设想进行人工栽培白木耳。我将我的构思想法大胆地报告给公社党委分管农业生产的领导陆荣富,他大力支持并积极鼓励我:"发挥你知识青年的作用,勇敢地去尝试一下有关农业方面的新技术、新技能,多学习,学会科学种田,不要守旧,停留在什么'920''5406'这些农药上。知识要不断地更新,农科所就要提倡搞科研活动,为长兴农业多做贡献……"老领导的一番知心话,深深地打动了我,我暗暗下定决心,一定要成功。在农科所负责同志的支持和帮助下,我们发挥团队协作精神,分工合作、分兵几路、连续奋战,迅速开展了"战斗"式的工作。我赴上海农科所学习取资料和原种,其余同志和公社养路队、修建队打交道,采集砍伐悬铃木枝条(该树木质地疏松,树皮厚度适中,不易脱落)。

2至3月份培养二级木块菌种,将从上海普善路家具厂取回的青刚栎木屑与麸皮、石膏粉、糖按一定比例和切成2厘米长的悬铃木枝条加水混合装瓶→消毒→接种→入菌种培养室,控制好温度(22℃—25℃)和湿度(85％左右),注意通风换气,防止其他霉菌的产生。大约一个月后,长出黄色突起的子实体。二级栽培木块菌种培养成功后,4至5月份将木块菌种种入事先已打成梅花形的椴木上,将小孔填满至椴木表面平整为宜,让菌种与接种穴底充分接触敲平压紧。最后将接种好的椴木成"井"字形堆好,控制温度28℃,外盖塑料纸,随时注意观察温度的变化,保持通风和含水量,每周浇水翻动一次。一个多月以后,椴木上小孔的子实体,逐渐发育成乳白色的菊花型银耳了。椴木"银花"开花了,全所人员心花怒放,高兴地呼叫:"我们成功了。"连续的采集→洗净→晒干→销售。辛勤劳动科研结果吸引了宝山县各公社农科人员络绎不绝的参观、请教,我也大出"风头",成为大忙人,到处巡回演讲交流经验,为我们长兴公社赢得了荣誉;为上海医药公司做出了贡献;也满足了长兴部分老农民的需要,价廉味美地喝上了一碗美味的银耳羹,也圆了我的梦想,理想成现实!

1976年,我毅然选择了去上海华东师范大学生物系培训充电,直至拿到大学文凭,成为一名光荣的人民教师。我始终牢记:我是长兴公社长明1队的知青,我要一辈子为民做好事,教育培养好我的学生,成为社会有用的"四有"人才。近30年的从教工作,我坚持发挥自己的专业特长,不辞辛劳地带领同学们利用课余时间和暑期栽种培养白木耳,将胜利品作为礼物献给教师节,师生共饮红枣银耳羹,心情特别感慨激动,再次实现了我的愿望,多次赢得师生们的一片掌声和称赞:"你真行,真能干。"在我的教师教学生涯中,我带领学生参加区、市的各类竞赛,为学校获得了许多荣誉证书和奖状。如:区中青年教师生物教学大奖赛二等奖、全国教学论文二等奖……所有的一切成绩,都归功于在长兴插队务农和农业生产实践的结果。

我感谢长兴这块沃土,培养教育了我,怎样做人、怎样学习、怎样工作、怎样劳动、怎样待人、怎样为人师表。我爱我的第二故乡——长兴！更爱我的母亲——
长兴！

（作者系长兴下乡知识青年，后在上海市闸北区
华灵学校任教，中学一级教师，现退休）

# "赤脚医生"散记

## ——我的插队知青生活侧记

杨云芳

在我家的书柜里，虽经多次清理，但一本已经泛黄的《赤脚医生手册》始终钟爱珍藏，这本书已经伴随我 46 个年头。我儿子小时候看到这本书，总是说："妈妈，医生有赤脚的吗？我去医院从来没有看到赤脚医生。"是啊，因为在他眼里，白衣、白帽、白大褂是现今医护人员外表的统一标志，怎么会有"赤脚"的呢？为让儿子明白母亲那段峥嵘的艰苦岁月，也更让当今年轻人懂得他们父母辈的那段上山下乡插队落户艰难困苦的生活经历，我就从"赤脚医生"的这个名称说起吧！

20 世纪六七十年代，虽说世界正在蓬勃向前发展，但我们的国家经历了一场史无前例的"文化大革命"，一切经济建设都在这场运动中停滞不前。那时农村的医疗条件非常简陋，医护人员极度缺乏。"赤脚医生"就应运而生。农村的三级行政单位：生产队，生产大队，人民公社，缺医少药的情况异常严重。一个生产队有一个卫生员，一个生产大队设一个卫生室，一个公社只有一个卫生院。这些卫生机构，人员少，设备差，很多人员是赶着鸭子上架。地处上海的长兴岛，情况亦是如此。

## 培训学习

我于 1969 年初来到长兴公社长明 8 队插队落户，参加农业生产劳动。没过多久，"贫下中农"社员同志，看到我劳动表现不错。在他们眼里，我是"知识青年"，有文化，就让我担任生产队的卫生员，负责全生产队医疗卫生工作。我们生产队虽不大，也有 300 多人，七八十户家庭。那时所谓"知识青年"的我还少不更事，医疗知识是十分缺乏的。但治病救人、救死扶伤的使命突然降临到我头上，既感到幸运高兴，又感到忐忑不安，就怕挑不起这个重担。队长刘小毛看出了我的顾虑，语重心长地说："小杨，路是人走出来的，你就大胆地做吧，我们会支持帮助你的。"老队长的一番话，加上生产队社员们的一番真情厚意，增强了我做好卫生员的信心。

大队不久举办了卫生员培训班，我下定决心，一定要好好学习，绝不能辜负社员们的厚望。来到大队卫生室，我遇到我人生的恩师——长明大队"赤脚医生"董金郎。他健壮的身体，黑黝黝的皮肤，热情待人的态度，朴实厚道的性格，一口地道崇明土话加上丰富的医药卫生知识，给我留下了非常亲切的印象。他给我们讲述了农村病的现象，又讲了常见病的诊疗知识并介绍了很多种草药治病的方法，让我受益匪浅。他写得一手端正秀气的钢笔字，人品又好，真是出乎我的意料，由此对他肃然起敬。从他那里，我学会打针用药的基本医疗知识，也认识了许多不知名的中草药，以及学会用针灸治疗腰腿痛的技法，觉得"赤脚医生"董金郎医生是我为农村农民服务的领路人。

## 抓好卫生

回到生产队，我出工除了应带的生产劳动工具以外，每天背着那心爱的医疗箱，无论刮风下雨、严寒酷暑，时刻不离肩。有一次出工，天正下着雨，我们要跨沟去插秧。由于路沟泥泞，虽纵身一跃，我仍仰天一滑掉进沟渠。沟渠很深，我拼命挣扎，手里就是抱住医疗箱不放。当乡亲们把我救后，我还急忙说："我的药箱呢？"社员们都笑了："你不是自己抱着吗？"就因为如此，他们感觉到我把医疗箱看得比我的生命还重要，相信我一定会把卫生员做好。我从他们亲切的目光中，看到了信任，得到了力量。就此也进一步得到了队长的表扬和支持。

为了搞好生产队的卫生工作，我首先向老队长提出改善队里各家各户的卫生状况，营造一个整洁卫生的居住环境。老队长十分赞同，让我在社员大会上提要求。我做了精心的准备，提出每家的茅坑要远离水源，并要上盖；猪圈羊棚的粪便应及时清理，避免臭气熏天；农药物品应放在高处，不要让孩子接触；场院屋里应做到清爽整洁。并且公布了奖励制度：通过验收的，每家贴一张"清洁户"的大红标志，并且作为"大寨式"评分的一个条件。我的建议和方法，得到了全体社员的响应。不久，我就逐家逐户进行检查，几乎家家户户都做到场院清洁整齐，不合格的茅坑猪圈羊棚做了改造，有些几乎看不到一点杂草，闻不到一点异味。检查完毕，几乎所有的家庭都贴上了"清洁户"的大红标志。我把这些情况向老队长作了具体汇报，老队长十分热情地肯定了我的工作并说："做得好，你真是小天使。但你要有思想准备，现在干净了，不等于一年到头都干净，还要反复做工作。"果然，随着农忙的展开，有不少农户基本上又回到过去杂乱的原样。面对这种情况,我想:农活这么忙,每个人都累得筋疲力尽,回家后吃了饭就要休息睡觉,谁还有心思关心卫生啊。与其责备他们,还不如我趁打药水时,顺便帮助他们干一点就行了。因此,我背着药水箱,拿着镰刀,遇到农家宅边杂草我就动手除掉;碰到杂乱,我重新摆放收拾一下。行动胜过说理,农民们看到如此举动,一个个不好意思说:"小杨,对不起,你辛苦了。"我非常客气热情地说:"你们每天这样辛苦,年纪大了,身体要紧,我年轻,没关系的。"一番话,说得乡亲们非常感动,纷纷行动起来,家家户户的环境卫生又恢复干干净净的样子。事情传到了老队长那里,他在大会上特地表扬了我。辛勤的工作,一定会结出丰硕的果实。在全大队卫生检查会议上,又获得大队领导和"赤脚医生"董金郎的特别表扬。在我任卫生员的那几年里,长明8队的卫生工作一直名列全大队前茅。

## 行医治病

我们农村的"赤脚医生",还有一项很重要的工作,就是行医治病,做到小毛小病能及时得到治疗,大毛病能及时提出治疗的办法和方向。一个小小的卫生员,在那时的农村,却是一个非常重要的角色。因为忙于农活,离大队卫生室远,去公社卫生院更不方便,我就成了生产队的"白衣天使"。那时的农村农民缺乏对健康卫生应有的认识,例如喝生水,上茅房不用纸,不洗澡,不洗头,内衣不勤换洗,吃饭不洗手等坏习惯习以为常。面对此种情况,我就利用社场仓库(那里是社员们每天出工劳动的集中地)墙壁上的黑板作为卫生健康知识的宣传阵地,每周更新一篇,简明扼要,宣传个人卫生和疾病治疗的小知识。为此,我针对性地从《赤脚医生手册》和报纸上摘录了卫生常识等文章刊登出来,立即受到社员的欢迎。好的宣传,会有好的效果。社员中许多不良习惯慢慢地有了很大改观,人也显得精神焕发,而且也防范了各种疾病的发生。就这样我在社员们的眼里,真成了一位名副其实的"赤脚医生"。他们有点头痛脑热不舒服的,首先想到的是找我治疗。每次,我总是热情接待他们,尽自己所能。一遇到问题,就请教《赤脚医生手册》,活学活用。虽说有时有纸上谈兵之嫌,但总算还是平平安安,顺顺当当。

那时的农村缺医少药情况非常严重,我就利用劳动之余采集中草药,对病人进行治疗。我还向有经验老农请教治疗农村常见病的"秘方",许多小毛小病竟然被我那些草药、金针治好了。不知道是上天的眷顾,还是这些土法确有奇效,或者是我的心诚,总之,我让农民祛除了小病,恢复了健康。那时每治好一个人,我别提有多高兴了,卫生员工作给了我生活上的满足和精神上的慰藉。

## 出诊救人

我经常出诊为农民兄弟姐妹看病打针。每听到有人生病不舒服时,不管是白天还是黑夜、大雨天还是风雪天,我都义不容辞地赶到病人家进行医治。记得有一天深夜,下着大雨,突然一阵急促的敲门声把我从梦中惊醒:"我妈妈生病了,浑身发烫,还说胡话。"我赶忙起身,二话没说,冒雨带着药箱赶往病人家。乡间的小路又窄又滑,我又是近视眼,在漆黑的深夜真像是来到溜冰场上,一路上跌跌撞撞,不知摔了多少个跟头。每当跌跤时,我的双手紧紧抱住药箱,宁肯自己跌伤,也不能让药箱受损,因为我把它看成是我的命根子,战斗的武器。来到农民家,顾不得浑身上下的汗水和泥水,就去看望病人。一看状况,我马上诊断他母亲是急性肺炎。这在当时,生产队根本没有什么药来处理,无法为她治疗。我说:"快!马上送公社卫生院!晚了,怕有生命危险!"同时,我给她打了退烧针,并且用冷敷法迅速为她降温退烧。并带着她的家人,用拖车连夜赶往卫生院。她的家人看着我浑身上下的泥水,连连劝我不要去,他们自己送。我坚决地婉拒了他们的好意,冒着风雨,连夜赶往公社卫生院。卫生院医生听了我的病情介绍后,经过观察诊断,结论是急性肺炎。那个主治医生对着病人家属说:"这位小杨医生做得非常及时,非常有效果,为我们抢救赢得了时间,否则后果不堪设想。"医院医生的一番话,让我如释重负,更让我感到无比高兴:居然能帮病人解决了大问题。等我走出医院,朝霞的光辉把路照得红红的,我走在长兴公路上,虽说是筋疲力尽,但感觉到心也是火红火红的……

## 永远的记忆

火红的年代,火红的青春,火红的插队生活,火红的"赤脚医生"经历,那一切的一切,真是如火如荼!我后来上大学,当了老师,却总觉得在长兴农村活得精彩、快乐和富有激情!

我现已退休在家安享晚年,但长兴岛插队落户的生活对我是刻骨铭心的。那些朴实的脸庞,魁梧的身躯,热情的语言,浓浓的乡音,几十年过去却总在我眼前闪现!

啊,长兴岛,我的第二故乡,我终生难忘!

(作者系长兴下乡知青,曾在长兴中学、泗塘中学任教,现退休)

# 长兴在我心中永远那么美

张中韧

　　46年前，我过完16岁生日不久，于1969年1月乘船来到地处吴淞口外长兴岛金带沙上的长兴公社长明大队第九生产队插队落户，在长江下游的那座冲积沙岛上劳动、工作、生活了整整九年。

　　忆往昔感慨万千——我心中的长兴岛和长兴人永远是那么美……

　　**赞叹长兴的自然美：**繁重的劳动之后，乘农闲时光，约几位知青好友在高高的堤岸上向长江中放眼望去，"上下天光，一碧万顷；沙鸥翔集，锦鳞游泳，岸芷汀兰，郁郁青青"。如果是晴朗的月夜，更可以观赏到"长烟一空，皓月千里，浮光耀金，静影沉璧"。当年的长兴岛，春绽菜花、满地金黄，夏放荷菱、蛙声回荡，秋扬稻花、色白气香，冬飘芦絮、银蝶飞扬，农闲时的晨风里偶尔会飘来一声声崇明田歌，绚丽的晚霞中牧童和老牛犹如剪影。当年农民生活虽然艰辛，但远离政治中心的长兴人和大自然相处得还算和谐，俨然一幅明清时期的江南水乡图……时间虽然过去了47个春秋，但如同《岳阳楼记》中描述的风光却仿佛就在眼前。

　　**妙哉长兴的语言美：**长兴人80％来自崇明，长兴方言与崇明方言差异甚小，属吴方言中的一支，但是与上海郊区其他方言迥异。来自长江两岸乃至全国各地的开拓者们在这座封闭的江心岛上生活，先民们为交流生活经验、提高生产技术、交融思想文化，从而形成了独树一帜的方言，其中保留着许多古音节、古语素，如"思量""罢"等，长兴连骂人也不粗野，只是一声"消灭郎"而已。尤其是那些农谚、民谣，更是充满了聪慧和哲理，如"笃悠悠二石九，急吼吼三石缺一斗"，嘲讽了当年违背客观规律的盲目求快；"雷打惊蛰前，四十五日不见天"则被1973年和2009年两次连绵阴雨所证实。长兴方言的美充分展示了长兴人的纯朴、幽默和智慧。

　　**可贵长兴的人性美：**天下人农民最好，农民中长兴最好，长兴农民在那黑白颠倒的年代里仍然保持着人性中的善的本色。原公社党委书记姚尚斌、团委书记武培航当年被"发配"到长明9队劳动,但是全队没有人对他们出言不逊,更没有人作弄、迫害他们;他们虽然身处逆境,但仍然乐观开朗,还时常与我谈思想谈人生。那年麦收季节,全队男劳力去十几里路外的大庆圩挑麦子,平时我挑100多斤走远路不在话下,可那天不巧扭了脚踝,渐渐拉在了队伍后面,武培航自己肩上虽已"满载",但仍然放慢脚步陪着我,歇担时他给我讲了很多,使我领悟到:"人生之路不会平坦,坚持到底必定成功。"在他鼓励下,我终于带伤将麦子挑进了9队晒场。

知青们远离亲人来长兴插队落户,农民们不论你出身"红"与"黑",一律给予真诚地关心和帮助。我是投亲插队的知青,随堂叔张杰一家(一夜之间变成了农民户口)寄住在东兴小学宿舍。一年后政策纠偏:堂叔恢复居民身份,调到别处任教。眼看我无亲可投、无处可居,队长姚生才慷慨解难,让我住进了生产队仓库旁的值班草棚。有几年春节因演出任务回不了家,我就成为队里每一家的特邀嘉宾,酒肉糕团盛情招待,我就为乡亲们写春联、拉二胡,真是亲如一家、乐不思蜀。我曾多次被长兴人从死神手中夺回生命:尤其难忘的是在一个暴风骤雨的夜晚,我突然上吐下泻、腹如刀绞,长明9队老会计施锡培连忙去大队卫生室求援。赤脚医生董文学(金郎)借了手扶拖拉机,但因通往长明9队的泥路滑而窄,拖拉机无法开进。当年体重不满100斤的金郎毅然背起150多斤的我冲进瓢泼的雨夜中,天黑路滑,我浑身瘫软在金郎的背上,只听得他"呼哧、呼哧"地喘气声,几次险些滑倒,就这样冒雨背我走了几百米终于上了拖拉机,立马连夜送往十几里外的公社卫生院。由于抢救及时,挽回了我的生命(同样是菌痢、同样在农村,我的表兄就因严重脱水而命丧边疆)。1976年夏天,我在跃进河里游泳,未注意跃进水闸开始放水,但又呈半开半闭状态,一旦卷入闸中,后果将不堪设想,是朱雅芳机敏地通知闸管员老沈迅速开闸,使悬挂在闸门上的我脱离了险境。董文学(金郎)、武培航、姚生才、施锡培、朱雅芳、老沈都是普通的长兴人,但他们身上闪耀着长兴人的人性光芒,尤其是两次将我从"奈何桥"边拉回,这大恩大德重如山、深似海,几十年来时时萦绕在我的心头……

**难忘知青的青春美:**上山下乡的岁月是艰辛的,知青们天天浑身热汗,有时还会流下热血和热泪;人人身上晒褪过皮,磨破过肩,受过腰腿踝腕等部位的伤痛,农具割破手脚更是司空见惯;有时劳累一天,骨头像散了架,没精力做饭菜,只能喝"玻璃汤"(生水中放点盐)。除了小喇叭,没有电视,没有图书馆,连看电影也成为奢侈,偶尔到凤凰镇参加全公社知青大会,赛过节日。现实尽管窘迫,但绝大多数的知青是勤奋的、向上的,"近朱者赤,近墨者黑",长兴人民的质朴、勤劳、智慧、团结、互助,深深感染了广大知青,当年全公社知青中优秀者不断涌现:先后担任公社团委书记和大队党支部书记的蒋士唐,宝山县上山下乡的先进典型汪可芬,土法研制成功"920"生物肥料的王惠明,吹拉弹唱皆精、能讲善写会谱的吴鸣晨,运动场上的全能好手金陵、艺术兄弟——音乐任平、美术喻平,思想敏锐、笔锋隽健的土记者张国宝,浓眉大眼、一身正气的刘立军,精通古诗文的吴格在1977年高考面试中几乎背下《离骚》全文,同时收到华师大古籍整理硕士专业和戏剧学院戏文系的录取通知书⋯⋯我们长明大队的知青也"出色来——奥去话伊":全公社第一位知青党员蒋士唐,文武兼备胡伟晴,银耳高手曹斌,赤脚医生杨云芳,五好社员王曼健,回乡才女朱雅芳,海塘力士徐国平,马拉松健将应松贤,潇洒笛手董守疆,拖拉机"骑士"戈士新⋯⋯本人也不甘沉沦,农活上能与农村青年一样挑起200多斤走跳板,带领民兵排在棉花试验田里夺高产,经常灯下苦读《史记》《古代散文选》、收听日语广播讲座,自编自演的方言相声《斗天歌》被选送参加了宝山县群众文艺会演、登上了复旦大学"相辉堂"的舞台。1973年秋,有幸与蒋士唐同一天被选送到公社机关,党委陶学勤书记亲自找我们谈话。在党委副书记徐光明、政宣组长黄松甫、副组长姚有为的领导下,我具体负责文化站工作。

**展望长兴的前程美:**宝岛长兴已今非昔比,成为祖国东海岸、长江入海口的一颗璀璨明珠,我和老领导、老农民、老知青们一样,衷心地期盼:"三净"资源依旧,现代产业(海洋装备、绿色生态、旅游)壮美;纯朴民风依旧,文化交融互美;新人奋发有为,长兴明天更美!

想当年,我们1 000多名知青在长兴流汗、流血,还流泪,但我们不只是付出,更有了收获:因为我们得到了正气、睿智、充满爱心的老领导和全岛3万多名勤劳、淳朴、忠厚、又不乏幽默的老农民的关心、爱护和帮助,难忘的长兴9年经历已成为我们人生的宝贵财富——学会了农活,更学会了生存;学会了交往,更学会了包容;减少了娇气,更增加了志气;减少了稚气,更增加了骨气。我们虽然离开了课堂,但领悟了社会这部"大书",我们虽然失去了9年青春,但逐步认识了社会和人生。离开长兴近50年来,我们已经成长为各行各业的骨干:吴格作为复旦大学教授、博导,正主持着一批国家级古籍整理重大项目,王惠明成为第56高级中学的校长,吴鸣晨连任15年宝山区(县)财政局长,金陵任宝山区党校、行知学院的副校长,张国宝作为"评标"专家活跃在"985"院校同济大学,刘立军荣膺全国公安部一等功、上海市劳模,任平担任张江的第一上海投资工程总监,喻平的雕塑作品享誉美术界,汪可芬是宝钢职工体协积极分子经常劈波泳池⋯⋯我们长明大队知青同样"勿推板":担任新华发行集团副总裁的蒋士唐曾参与管理几十亿国有资产、勤政廉政,市级机关事务管理局胡伟晴担任住房处长、服务有方,朱雅芳成为宝山区政府发展与改革委员会主任、运筹帷幄,徐国平参与组建了中意合资高新企业 Camozzi、敢吃螃蟹,戈士新担任上海国旅业务部经理,应松贤成为中石化 216 站"油库掌门人",董守疆是上海电缆厂消防队指导员,曹斌、杨云芳、王曼健分别成为社会尊重、受人尊敬的中学生物、中学物理、学前教育的骨干女老师,本人安亭师范毕业后任普通小学老师,两次在吴淞区青年教师比武中折桂,指导学生分别在市、区作文大赛中获奖,此后先后担任吴淞(宝山)区教育局副科长、副局长、副书记,我时时想起当年长兴老领导、老农民、老知青的为人处事,自觉做到"肯吃苦、肯吃亏,敢探索、敢创新",我分管的青年教师培养、养成教育实验、管理体制改革等多项成果在全市乃至全国获得表彰奖励,1991 年起先后在上海市教育局、上海市教育工会工作,连任三届中国教育工会上海市委员会副主席……当然,还有更多的知青,也始终"正派为人、踏实做事、利国利民、尽忠尽职、自强不息、自食其力",同样为长兴争光争气!

今天我们大都从岗位上退休,但思乡之情日益浓烈、感恩之心片刻未泯,我们要发自内心地说一声:谢谢您老领导,谢谢您长兴岛!

如今长兴的新一轮发展,更需要"大智慧""大文化",让我们同心协力、建言献策,虽然生命有限、时空有限,但是情义无限、未来无限,为了长兴美好的明天,我们应当再次呈上一份绵薄之力!

长兴、长兴——永远是我们每一位老知青"人生交响乐"中难忘的乐章!

*(作者系长兴下乡知青,曾任宝山区教育局副局长,*
*市普教处副处长市教育工会副主席等职,现退休)*

# 岁月的长河悄悄地流

戈士新

  岁月在时间的长河里悄悄地流着。一天,有位不太年轻的路人来到了村口:"请问这里是——"当被询者转身,四目以对:"你是——"此时两人已是热泪盈眶。时间流着,一天有位中年人来到村头,碰见了他的老队长,两人无言以对,紧紧地拥抱在一起。此时,话语已显得多余。

  时间悄悄地流着。一天来了位老者,他在田埂地头时走时停,若有所思,似乎在寻找着什么……我,曾经这里的知青,在这次征文活动中要我谈谈下乡时的经历,竟一时激动得无从下笔,几次返乡的情景一幕幕出现在眼前,遥远的记忆越来越清晰:

  我是1969年春节前下乡的,当日已晚,住宿公社,晚饭后宣布了落户大队的名单,我和另一位"有问题"的同学分配到了石头沙,并被告知第二天还需乘小木船摆渡去另一小岛。当时送我同去的父亲听后十分愤慨,因为被分配去石头沙的两个学生是这批知青中长得最弱的,让最困难的人去没有交通、条件又是最差的地方,有失公允。父亲认为学校分配存有歧视,要求第二天重返上海。当时公社的领导听取了我们的倾诉,决定根据实际情况重新将我们分配在长明大队。听了这个好消息,父亲和我都十分感动,我们看到了当地领导实事求是、体恤民情的一身正气,我们倍感温暖,也看到了希望。第二天,乡亲们用板车把我们接到了生产队。当时的农村还是十分贫困,没有空余的屋子供知青居住,队长把我们安排进了文化室。乍一看:文化室是一间屋内望见天、四面都漏风的房子,队长和许多社员一起给破旧的屋顶盖上了稻草,屋内支起了新灶头。看着架在柳树桩上崭新的芦笆床,上面铺了厚厚的一层新稻草,坐上一试,还真有点棕棚床的味道。闻着清新的稻草香,听着乡亲们的嘘寒问暖,我们有了家的感觉。7年的时间里,乡亲们的关怀真是无微不至。那些大妈们会帮你缝补被子、衣服,收工回来,时不时有篮子挂在门口,里面装了许多蔬菜,偶尔也有几个鸡蛋,会让你惊喜不已。队长有时也会关照社员,让我们去老乡家挑菜,饲养场的蔬菜就如我们种的,当知道我们揭不开锅时,乡亲们会叫你去家里吃上几顿饱饭。其实那时的他们过得也十分艰辛,现在想想你吃饱了,他们不就饿了吗!他们的爱是那样博大、深沉,弥足珍贵。

《桃花源记》记载:"忽逢桃花林,夹岸数百步,中无杂树,芳草鲜美,落英缤纷,有良田美池桑竹之属。阡陌交通,鸡犬相闻。"那时长兴农村景色分外纯净,蓝天白云、清水潺潺,家家桃花、竹林、美池围绕其间。虽然还在"文革"期间,其他地方极"左"思潮甚嚣尘上,岛上虽设有政治队长负责读报、政治学习,但政治气氛十分宽松,没有高帽子,没有大棍子,农村生活虽很艰辛,精神却很愉悦,生活也很安宁,真有"问今是何世,乃不知有汉,无论魏晋"的洒脱。陶渊明描述的桃花源人由于闭塞而可爱,然而长兴岛除了她的美丽景色外,还有善良和淳朴的民风。

成长的过程是艰辛和曲折的。下乡前因受到过极"左"思潮的伤害,下乡后总心有余悸、战战兢兢,唯恐再碰到是是非非。数年过去了,有了上调的机会,但上报后总是由于"政审"而不能通过。有段时间,我思想波动很大,甚至自暴自弃;老乡们总是好言相劝,从不嫌弃,最多诙谐地骂上一句:"乌小蟹、乌来唠!"老队长曾语重心长地对我说:"凡事三思而行,万一不慎酿祸,叫我哪能跟你父母交代啊?"老连长的一声"民兵集合",常常使我心中满怀感激。老领导和老乡们情深意切的谆谆教诲就是因为是把你当成他们的亲人啊!和风细雨、辛勤灌溉,知青们渐渐长大了,在我们成长的关键时期,得到了你们的呵护和培养。

在返回市区后的36年工作中,长兴乡亲们对人诚恳、明辨是非、吃苦耐劳、坚韧不拔的优秀品质一直影响着我、伴随着我去努力工作:在上海外事和外宾接待工作最繁忙、最紧张的时期,我始终在最前沿,不论是最重要的外事接待还是其他接待工作,都能顺利完成。在原单位转制成企业后,还曾完成过一项引资工作,上海国旅的老总表扬我说:"建社以来未曾有过的大项目!"

我自豪,自豪我务农的经历;我赞美,赞美美丽的长兴岛——我日夜思念的地方;我感恩,深深地感谢你们——长兴岛长明11队的父老乡亲!

(作者系长兴下乡知青,1978年进市外交办、

国旅上海分社工作,曾任旅游业务部经理)

# 追　牛

董守疆

　　当年老人家一声令下,千百万知识青年就如潮涌般的到农村,接受贫下中农再教育去了,我这 69 届初中毕业生也有幸成为其中一员。

　　刚下农村的时候,觉得样样新鲜、好奇。农民们说话都和上海人不一样,比如下乡当天,老乡建议我买一只"烧鸡",说是马上要派用场,我妈马上表示:"我孩子是来锻炼的,接受贫下中农再教育,不是来享受吃烧鸡的——不能买!"好在当时农民没听懂,事后,我才知道"烧鸡"其实是"筲箕",就是淘米箩! 心里偷偷地笑了好几天。

　　记得夏日炎炎的一天,田间休息的时候,队里的老牛忽然跳进了河里,它大概也觉得天太热,找凉快去了。河很宽,牛凫在河中间,有人想把它牵上岸,根本够不着。有几个农家小年轻自告奋勇下河了,老牛见有人下水,马上逃开,小伙子们就在后面追。他们游泳的架势很大,水花也不小,就是前进的速度还没牛快,反而越追越远,因为小伙子们采用的是当地特有的泳姿——"狗刨式","扑通通……扑通通……"煞是有趣。我一时没忍住,笑出声来,身旁的小伙子,也许与河里追牛的人关系不错,脸上挂不住了,冷冷地说:"你不要笑别人,有本事自己下去!"我暗自想:嗬! 跟我叫板?! 田里的活计,肯定比不过你们,要说游泳,嘿嘿……不让你们开开眼界,不知道马王爷三只眼! 我当年 20 岁不到,正血气方刚、年轻气盛,再加上一时技痒,决定露一手! 我忽地脱了上衣,在河边舒展一下手脚,深吸一口气,一个漂亮的动作跃入河中,一下子蹿出老远,我还憋着气,紧接着一连串水下动作,如全速前进的潜艇,当我露头换气的时候,只听见岸上都在叫"勒伽吭(在那边)! 勒伽吭!"听口气大大出乎他们的意料。我以漂亮的自由泳姿三下两下就追上了老牛,老牛被我一把牵住缰绳,乖乖地回到了岸上,周围顿时响起了一片赞扬声:"害厉……害厉!"我心里好笑,怎么厉害到他们嘴里变"害厉"了? 呵呵……

在勤快人比比皆是的长明 2 队,我属于懒散人,而且不爱多动脑子,什么时候该种什么,根本就没往心里去,反正有人招呼干啥,就跟着干呗! 几年下来,最大的变化就是身体强壮了,以前每年都会闹点小毛小病,插队后几乎没找过医生。再一个变化就是能吃苦,由于自己懒,自留地荒废了,没有蔬菜吃,每天就嚼酱菜打发日子。农闲时吹吹笛子,不算有什么大作为,辜负了老人家的希望,对此,心里总有点内疚。要说克服懒散,还得数参加大队文艺宣传队的日子:在文艺宣传队长老张(其实是只比我大一岁的 68 届知青)的"威逼利诱"之下,我在不识简谱(更遑论五线谱)的情况下,就凭着听广播"喇叭头",竟然准确地吹出了高难度的《扬鞭催马运粮忙》,在解放军长兴营部大礼堂全岛小分队会演时,我的笛子独奏真是为长明大队与六连军民联防文艺宣传队露了脸。老张在用扬琴为我伴奏时,彼此不时会意地微笑致意,他深知我为此起早又熬夜,尽力又尽心。

上山下乡的岁月虽然艰辛,但也有得益之处:在以后的工作、学习中,吃苦耐劳成为我们老知青们共同的优点。我得益最多的就是:强壮了身体,学会了吃苦,变懒为勤。能有这些收益,也不算白忙三年。这正是:

> 当初年少即下乡,举目无亲显迷茫;
> 田间劳作多吃苦,自力更生赚口粮;
> 几年躬耕身强壮,更有老农热情帮;
> 农村经历终身宝,长兴长明是故乡!

(作者系长兴下乡知青,当兵复员后在上海电缆厂任消防队指导员)

# 难忘长兴

张庭柱

1968年的秋天,正好满18岁的我到长兴岛海星渔业大队报到,开始了漫长的插队落户生活。

我被分配到205号机帆船上,第二天安排到吴淞口码头装货。当时吴淞口的水产码头非常简陋,几块木板搭成的人桥,两边停靠木质渔船,把捕获的鱼虾卸到街对面的水产收购站。当然也可以把岸上的货物装到船上,运到岛上和长江沿岸。205号机帆船的承载量45吨,装40吨货物没有一点问题。10辆四吨重的解放牌汽车满载着各种管道、阀门、钢材倾倒在码头两边,205号船上的9名船员全都变成了装卸工,肩扛手提,或者两个人挑货上船。尽管我是第一次当装卸工,但是那个年代学校学工学农,经常参加各种劳动锻炼,这种力气活用不着学习,很快就熟门熟路了。从早上干到中午,吃完饭接着干,肩膀肿了,手磨破了,无所谓,轻伤不下火线。到了傍晚,终于把40吨货物全部搬到船上。用油布盖好,再用缆绳捆扎好。船儿驶出吴淞口,不到半个时辰就到达崇明岛堡镇港。我们在港外抛锚。天已经黑了。船老大让人到镇上买来崇明老白酒,船上有备好的鱼鲜、海蟹。累了一天的船员围坐在甲板上尽情地喝酒,大声聊天。一轮明月高挂在空中,清风徐来,水波不兴。美酒,美景,美食,兴甚至也。人生得意须尽欢,莫使金樽空对月。人生的道路不会是一帆风顺的,总有悲欢离合,种种坎坷。我走出舱外,深深地呼吸了一口湿润的长江上的空气,心里暗暗地下了决心,无论前面的道路如何曲折,大风大浪,我一定要往前看,向前走,这才是生活,才是我要的人生!

第二天涨潮时205号船经过水闸进入内河,河边上就是上海市崇明渔船修造厂。我们的船将在这里维修保养。诸事自有队里的船老大负责,我作为刚来的知青只能帮帮手,记个账,做些杂活。船底需要涂上柏油防止海生物附着。这也不是个技术活，拿个大桶把烧热的柏油倒进去，找把刷子，沾了柏油往船底刷来刷去。底下刷好然后刷上面，人要站在地上仰起头来朝上面刷，虽然累了点，年纪轻也算不了什么。那个时候哪有什么劳保防护用品。我穿着破旧的解放鞋，两手沾满了乌黑的柏油，仰着头起劲地刷。没有想到的事发生了，一滴热热的柏油掉进我的左眼，突然一下剧痛，左眼看不见了，疼痛从眼睛传到头脑。我当场跳将起来，扔了刷子就往工厂的医务室跑。用我还能看见的右眼，跑在工厂的道路上，工人向我投来询问的眼光，不知道究竟发生了什么事。我飞快跑到医务室，门口有几个人排队等着就诊，我含着眼泪恳求医生。医生冷漠地看了我一眼，我穿着破衣，两手沾满柏油，他知道我不是工厂员工，冷冷地对我说看病要到后面排队，然后就不理睬我。痛苦而又无助的我只能排到最后一位。一个刚出校门的毛孩子开始体会了人间的冷暖。疼痛虽然减轻了一些，左眼流着眼泪和柏油的混合物。医生还是无动于衷地坐在那里慢条斯理的开药方。对于医生的冷漠连在场的病人都看不下去，轮到看病的患者对医生说：你先给他看！我等一下没有关系。医生这才不情愿地站起来。让我走到水池边，沾满两手的柏油发出冲鼻子的味道，医生皱着眉头板着脸，打开自来水龙头，让我自己在水底下冲洗左眼。我歪着头，摊开两只肮脏的手，张着大嘴，真不知道有多狼狈。冷水冲洗过后，眼睛好过多了，我喘了口气，向医生道谢之后，挣扎着走回船边，继续完成我的工作。

那么多年过去了，我始终没有忘记医生冷漠的面孔。我对他至今还怀着既感激又愤恨的矛盾心理。我感激他给我的左眼三分钟的冲洗，没有那三分钟，也许我的左眼会报废。尽管现在我的左眼视力比右眼差，还时不时地闹点眼疾。我怨恨他的世态炎凉，歧视一个外来人员。我始终认为医生的天职是救死扶伤，减轻病人的痛苦。如果我是个医生，我绝不看病人的身份行医。我还要感谢他，他给一个刚出茅庐的小伙子上了一课，这个世界就是这样，人情冷暖皆世故，良心高低见寻常。

海星大队是岛上唯一的渔业捕捞队，有 10 艘机帆船，70 多艘帆船。机帆船每年要出海捕捞带鱼和黄鱼，帆船则在长江里捕捞江鲜和打捞长江里的杂物。我在海星大队工作了近 5 年，还是有很多鲜活快乐的回忆。渔民四海为家，风里来，浪里去，渔场犹如战场，船老大的令旗就是战场上的冲锋号，一艘艘机帆船如同一匹匹战马，驰骋在大海的草原。当时我也和渔民一样，赤裸的双臂，古铜色的脸庞，每天撒网，起网，顶风穿浪，大碗吃鱼，大盆吃虾。一个鱼汛大约 100 天，在海上飘荡惯了，进了港口反而不习惯。大海汹涌澎湃，无限宽广，陆地反而显得狭小，静止。我常常望着惊涛骇浪的大海，咏诵古人的诗篇：

### 观沧海——[魏] 曹操

东临碣石，以观沧海。水何澹澹，山岛竦峙。

树木丛生，百草丰茂。秋风萧瑟，洪波涌起。

日月之行，若出其中；星汉灿烂，若出其里。

幸甚至哉，歌以咏志。

　　记得是 1971 年的带鱼汛期，我们的船刚行驶到舟山群岛花鸟岛附近，只听见一声闷响，渔船大舵突然折断。我们知道大海航行靠舵手，舵手就是船老大，就是掌舵的人。船的大舵相当于汽车的方向盘，船没有舵，就像汽车没有方向盘。顿时船失去了控制，在大海里随浪漂流。船老大急忙和指挥船联系，队里的其他船只已经进入渔场作业，且相隔数十海里，远水救不了近火。不仅我是第一次遇到这种紧急情况，就是老船员也束手无策。眼看着失控的船只飘向花鸟岛，风越来越急，浪也越来越高。船上的女眷已经祈祷，胆小的已经开始哭泣，这时候如果船只碰上岛边的礁石，就会船毁人亡。已经到了危在旦夕的时刻。突然我看见浪尖里出现了一艘海军战舰，原来是岛上的海军观察哨兵发现了我们船只的异样，通知在港湾抛锚的 205 号护卫舰前来营救我们。遇救那一刻我们无比激动，感谢人民子弟兵，把我们的船只安全地拖回港湾。第二天，我们特地到岛上买了红纸和毛笔，由我起草了一封感谢信送到舰艇上和海军官兵握手致谢，顺便和官兵一起联欢，我还唱了样板戏片段《打虎上山》。至今难以忘却。

　　1972 年初，我们大队来了两名干部模样的人，先找到大队书记和队长，原来他们是从上海人民出版社来的两个编辑，意图编写一本关于建国前上海渔民生活和斗争的故事书。书记带他们来找我，当初我是公社广播站的土记者，大队希望我能牵头组织，调访和撰写这本书。此后我被安排脱产专门做调查访问，收集素材，开始写作。这本小书有 11 万字，里面分了十个故事，反映了部分建国前的渔民生活，于 1975 年正式出版。正是这本书的写作使我在公社里稍有了点名气，才得以 1973 年被选拔上了大学。

　　离开长兴岛以前，我代表被选拔去读大学的幸运儿写了临别赠言，在公社广播站连夜播出。

　　此后多年，我还是常常想起岛上的插友。

　　五年的农村生活不算短，和我一起插队的同学在岛上奋斗了 8 年以后才抽调到小型工矿企业就职，后来又碰上调整下岗，年老病痛，种种困苦，也难备述。我算是幸运的，在海星几年，书记和队长都对我不错。记得有一次在船上受了一点伤痛,李永祥书记特地托人把云南白药带到渔场给我。黄连根队长还主动让我学习轮船技师,在船上学到的柴油机修理技术,让我在以后的工作和生活上受益匪浅。去年我还去了海星大队,黄队长已经离开人世,我在他的遗像前磕了几个响头,祝他一路走好。我也去看望了当时还健在的李书记,身体不错,还能喝几两我带去的白酒,祝他健康长寿。

今年4月份,我又去了长兴岛,去了海星大队。令我大吃一惊,原来的渔村已经人去楼空,满目疮痍,元沙港已经被上海大船厂征用。我真不知道当喜还是当悲,就是有一种若有所失的惆怅。

我知道这是发展的需要,但是能不能保留一些过去的东西。年纪大了,只有回忆才是我们唯一的不可剥夺的权利。

撰写此文时,我远在南美洲的厄瓜多尔,陪同武汉大学的专家,培训当地水电专业人员。谁叫我学的外语,至今还歇息不下来!

*（作者系长兴下乡知青,上海外国语大学西班牙语毕业后,长期担任驻外翻译,退休后仍从事外资引进工作）*

# 难忘那一次挑担

陈金娣

当！当！当……出工的钟声响了。我和同宿舍的柏妹两人狼吞虎咽地把最后几口饭塞进嘴。只听到妇女队长在分配任务："青年组的小娘们到农建圩收黄豆。"我拿起崭新的扁担和腰绳，像"金箍棒"似的扛在肩上，打开门和柏妹两人冲了出去。走进青年组出工的队伍。

这是我第一次远道挑担。插队半年多来，队里的社员都非常照顾我俩，好多次怜悯地看着我俩说："怎么搞的？我们的孩子还养在家里，她们小小年纪来干啥呀！"同心 10 队规定 18 岁可以下地挣工分，我俩才 17 岁。半年多里数不清的第一次伴随着汗水和眼泪慢慢地成长。

青年组有 10 个姑娘，最大的 25 岁，我是最小的，大家穿着都非常时尚，五颜六色的花布衣裳，每人各色的一块方巾包头，除个别外都留长辫子，随着步伐两条辫子在背后甩来甩去。在组长秀珍的带领下精神抖擞，一路小碎步经过丁丰 2 队，穿过热闹的园沙镇，走在农建大队的堤岸上，眼望着头顶上那蔚蓝色的天空和堤岸下那缓缓流动的江水，呼吸着清新的空气，好一道亮丽的风景线。

经过 50 分钟的急走来到田头，每人一垄黄豆拔好挑回家，正好十垄，我站最后一垄。今年的黄豆长势特好，豆其高过腰，豆角粒粒饱满。姐妹们毫不迟疑，手套一戴就大干起来。半年来的劳动，手经过几次的血泡磨炼，掌皮已经很厚了，拔黄豆其这种生活，用长兴岛方言来讲是"三只手指捏田螺——稳拿"。

一个多小时的劳动，在我面前放着两堆比我人还高的黄豆其。我傻了！怎么挑回家？怎么这垄黄豆这么多啊！我拿腰绳捆了又捆，用腿拼命压，这捆豆其不要说重量，高度仍和肩差不多。姐妹们都已经准备好马上可以上路了，我看着她们捆好的黄豆其也都很高啊！不听话的眼泪又在眼眶里打转了。姐妹素英二话没说把捆好的黄豆其拆开,捆了一捆大的,一捆小的,把小的一捆往我身边一放,然后把我这垄的黄豆其也捆成一大一小,大的一捆拿到她自己身旁,小的一捆留给我,轻松地说:"行了,大家可以走了。"我的眼泪唰地流了下来,这回是感激的眼泪。我挑起很沉的担子走进回村的队伍。我又一次体会到了她们给我的温暖和力量。

组长秀珍宣布今天的担子比较重,走公路,平坦好走。可对我来说是一次超难度的考试。从农建圩到公路要过一条运河,十多米宽,上面架着一尺多宽的独木桥。这真是一道难题。大家知道我害怕,不停地安慰我。转眼来到独木桥边,我把担子停在桥头,大口喘气,心急如火。那天水闸没放水,桥面离水面很高,我感觉河特别宽。她们一个个大步走上独木桥,桥一起一伏伴着咯吱咯吱的担子声轻轻松松地过了桥。我好没用哦!同室柏妹也过了桥,可我只能孤零零站在桥头。桥上过来了荷方、素英、玉英三人,其中一个毫不犹豫地挑起我的担子,一个拉着我的手,另一个在我后面大声地说:"看前面,不要低头,稳步往前走。"我的腿好像被糨糊黏住了,有千斤重,颤巍巍抬起腿,在她们的护送下走上了独木桥,还没回过神来,河已经在我的身后。姐妹们讪讪地说:"不怕吧!以后会好的。"我晓得我是吓傻了。

走在平坦的公路上,担子越来越重,我用上了吃奶的力,我想不能落后,有这些关心我、爱护我的姐妹,我一定能成功。突然想起《社员挑河泥》这首歌。于是哼着我自己改编的歌词"社员挑豆其唉,心里真欢喜唉,扁担接扁担,脚步一崭齐哎……"哼着唱着,渐渐地感到轻松了许多。

"小娘们回来了!"妇女队长高兴地说。终于到了仓库场,放下担子,好轻松啊!走起路来轻飘飘的。看着一场地黄豆其,队长表扬了我们,我好高兴这里有我的一份苦劳。今年是个丰收年,这几天社员反复说着一句话:"这两个上海姑娘有福气,今年收成好!"

同室柏妹碰了我一下,知道了!回家,快回家!别的姐妹们家里等着她们吃饭,我们早饭的碗还在台子上,我们的中饭——米还没淘呢!

这是我46年后的回忆。那第一次挑担,挑起了我的生活的重担,也挑着我明天的希望,更负荷我以后从医的责任。

(作者系长兴下乡知青,1993年任麻醉主治医师,在复旦大学附属中山医院任职)

# 情系长兴

## ——1968 年至 1976 年的回忆

任 平

2015 年 3 月 9 日上午,接老友樊敏章电话,他正在组稿"情系长兴"的征文,让我也写一篇。欣然答应后,脑子里就像放电影一般,1968 年下乡时的情景就一幕又一幕地在眼前浮现出来。毕竟我不是搞文字工作的,思潮如涌,却难就华章,只好像素描那样,把一个又一个的场景,粗略地描述下来。

1968 年 11 月 2 日,我来到宝山县长兴人民公社插队。上岛第一天

## 一、初到长兴

对我来说,长兴岛是第二个故乡。1976 年离开后,快 40 年了,魂牵梦绕,常会

想起当年情景。人到老年,更是怀念青年时代,尽管很艰苦,回味时反倒觉得是一种甘甜。1966、1967、1968连续三年,我们都到横沙参加"双抢"和"三秋",当时想法,插队也不过就和去横沙劳动一样。跟王鼎元老师及一群学生到了长兴公社革委会办公室,知青办的蔡德忠简短介绍后,各个生产队的队长就把人带回去。大多数队长们是推独轮车来的,知青行李一装,就带人走了。我和我表弟喻平一起下的乡,等到最后,一男一女上来认我们了,男的是新兴13队的队长黄文明,女的是政治队长王金芳。我正犹豫怎么没有独轮车时,黄文明已用扁担和担绳把我们行李捆好,挑上肩,金芳在前,我们跟着,走了约40分钟,看到一座铁塔,金芳说,到了。随后就安排我们先在仓库住下。右边是周兰芳家,左边是张永法家,先期已到的知青是少云中学的,叫江海平,一问,家在复旦附中边上,离我们复旦宿舍很近。我们三人,任平,喻平,江海平,成了新兴13队的新社员。

下午,跟队长去镇上买农具。在凤凰镇农具厂,碰到了谭其骧的女儿谭德慧,她在农具厂工作。锄头、铁搭、扁担、泥箩、矮锹,办齐了,回到队里,蔡友根伯伯又帮我们绞担绳,一切就绪,第二天就出工了,我们开始了扎根农村的征途。

11月2日到长兴,3日出工,记得是收稻。收工时,记工员来记工分,一听三个都叫平,笑起来,油瓶、醋瓶、酱油瓶都有了,大家都笑了。我才知道,记工员叫宋七妹,大名宋柳琴,宝山中学六六届高中的,她还有一个妹妹,宋小妹,大名宋柳霞,罗店中学六八届高中毕业的。当年农村能读到高中的少而又少,整个新兴大队,宋家的小孩教育程度最高,当时就对宋家肃然起敬。一天又一天地出工、收工,终于到了评工分的那一天。我们满心期望能评个九分,结果三个人分别是

新兴大队当年小分队成员,45年前的少男少女,如今的老头老太

七分四,七分一,六分八。我算最高,七分四,一群小孩乱叫,吃粪水,七分四,我狼狈不堪。心想一定要把工分提上去,以后就拼命干,什么都学,推独轮车,摇水泥船……第二个月的大寨式评工分时,评到九分一,虽算不上十分工,但也算强劳力了。

1968年的长兴岛还没用电,晚上点煤油灯,秋收脱粒用的是双人脚踏的稻车,闲时,家家女的纺纱织布,男的海滩上放钩捕鱼。1969年大队开始装电灯,开始实行农村电气化,脚踏稻车变成了电动稻车,一根铁丝加搭地的有线广播喇叭进了屋,电灯也有了,按灯头收费。我认识了大队电工王惠堂,他负责一家家在灯泡插口上贴封条,防换大支光的灯泡偷电。他们是1960年从上海市区迁移下来的上海人,其实是骑三轮车、拉黄包车、划舯板、拉老虎车的底层居民,被安置在解放圩,后又拆散开分到各个生产大队。很快我和惠堂成了好朋友,他管机口(排灌站)时,我把内间封起来做暗室,带他一起冲胶卷,印照片。每次上海市区回来,带一些纸包装的显影粉、定影粉,和一些相纸。被农村认为神秘的拍小照,从拍照到印成照片的全过程,都展现在惠堂面前。不幸的是,惠堂在一次稻田水泵漏电的事故中触电身亡。

长兴是海岛,每年冬天要挑岸和开河,那是知青最辛苦又最开心的一段时间。挑岸和开河劳动量大,很辛苦,但又搭甩洞沙,大家住在一起,有专人烧饭,逢下雨不能做的时候,大家挤在一起,有打牌的,也有讲故事的,这时大家好开心。我第一次挑岸就是长丰圩,把园沙和鸭窝沙用大坝连起来。再南北挑岸,修坝筑海塘,一下子围出7 000亩地。天天挑泥,肩膀压得又红又肿又痛,忍不住摸,却在肩膀上长成一边一个肉馒头。贫下中农说,担子骨练出了,以后挑担就不痛了。真的,以后再累,肩膀倒并不觉得痛了。长兴岛是粮棉区,水田是双季稻加小麦,桁田是棉花加油菜,农民口粮是稻和麦,有时还有玉米。我们三个知青刚下来,以为不再像城里那样定量,可以放开肚皮敞开吃。干活很累,饭量也大,每次淘米总是三斤多,恨不得一顿要吃一斤米一个人,新轧的米像拌了猪油,咸菜下饭,两大碗呼呼地就吃光了。结果,半年分的口粮,三个月就没了,反映到大队,那时马士达是粮管员,给我们讲了一通计划用粮后,写条子让跟生产队借粮。仓库里只剩麦子,我们就借200斤,以后就天天吃麦粉,那一段苦日子足足熬了三个月。

勤艺沪剧团下放到我们生产队,杨飞飞、赵春芳、黄国顺,每天和我们一起劳动。杨飞飞是上海本地沪剧名家,沙腔哑调,更是无人能及的特色,她抽烟很凶,讲话就更沙;赵春芳不太讲话,是编剧本的;跟知青最谈得来的是黄国顺,他是作曲、二胡、扬琴、手风琴,都很拿手,田间休息时,就讲些沪剧曲调,如娃娃调之类,以前一点也不懂的沪剧,总算也能哼一点了。粉碎"四人帮"后,在宝山工业局组织的宣传队时,在化工厂又见到杨飞飞。以后剧团恢复,杨飞飞又重登舞台,这就是后话了。

## 二、样板戏《沙家浜》

刚下乡时,"文革"正浓,每次都有毛主席最新指示,大队里都要敲锣打鼓逐队宣传。农村里有一种"扁担调",高昂有力,在挑泥时,不时有人高歌,听上去好像在叫"阿姐来啊",我问社员是不是,他们笑道:"正是。"我就尝试用简谱把调子记下来,几天后,也会唱,而且有腔有调。农村里有人过世,要哭死人,那调子我也用简谱记下来,在挑泥休息时哼给社员听,大家哈哈大笑。一晃就到了1970年,全国普及样板戏,公社里也要排样板戏《沙家浜》。开始在农村知青和下乡插队知青中选人。新兴大队书记宋学明在公社里说,队里有个知青能把各种调子用谱记下来,而且吹笛子吹得不错。就这样,我被公社调去集中起来排练《沙家浜》,由政工组的黄佳铭带队。小分队是一群十七八岁的男女青年,又是能歌善舞,充满活力,排练驻地在一个空置的解放军八五炮连旧营房,那时叫四营房,在金带沙靠农场的边上。公社里要求两个月将全场戏排下来,然后全岛巡演,跟上全国普及样板戏的潮流。

两个月是很短的,而且全是戏盲。最关键的既是京戏,就必然要有京胡。在场没一个人会,会二胡的好几个,毕竟两者完全不是一回事。黄佳铭就到农场求助,借来小孙,孙仲华。小孙自小迷戏,拉一手好京胡,西皮,二黄,行板流水,就像京剧团的琴师一样。主要问题解决了,要着手排了。可没总谱,又没戏文。还好青年人有的是活力,立马分成演员组和器乐组,公社里把磁带录音机(好像是钟声601的大盘机,广播站的)拿给大家,大家围着机器反复听,演员组把全部戏文记下来,器乐组把全部器乐包括打击乐的乐谱都记下了。公社服装厂做戏服,我们到上海市区去买乐器。我正好有一把李振麟先生送的老京胡,小孙一试,是二黄用的,又买了一把西皮用的,其他扬琴,三弦,唢呐,搭鼓,锣钹,二胡,各买一件,低音胡太贵,就自己做,反正不是主力乐器。笛子我本来就有全套,好像没过千元,全置齐了。所有这一切,均在一周内完成的。排戏可是个难事,导演由袁贤良和施正辉兼,场记由朱旦做,唯一能用的就是录音机。

现在回想,当时大家的聪明才智都发挥到极致。每个演员,每件乐器,按时长和语速音速,拷贝到位,每一场的站位,转换,道白,唱腔,竟也像模像样地搞出来了。戏装一上,化妆彩排时,因不懂灯光色温与油彩浓妆的关系,个个面色惨白。以后在灯下化妆,互相看,终于过了这一关。器乐组搞出的全戏简谱,到样板戏主旋律谱出版发行,我们买来一对,还基本全对,定调也一点不错,打击乐谱有一点错,急急风的节奏有点不像。徐光明书记几次来鼓励大家,我们长兴公社的样板戏没有依靠专业指导,土法上马,是宝山县最棒的。在领导关心和同志们的努力下,长兴版的京剧《沙家浜》终于登场并开始了巡回演出。

按如今眼光,那时只是群众文艺活动而已,但在当时农村毫无文化生活而言的条件下,公社能自力更生,少花钱,多办事,为贫下中农送样板戏,很受群众欢迎,确实也是件了不起的事。苏元美演的沙奶奶,宝娣演的阿庆嫂,施正辉演的郭建光,袁贤良演的刘副官,倪锡其演的胡司令,小胡演的刁德一,至今五六十岁以上的人,都还能津津乐道。

我至今记得大家的名字:袁贤良、施正辉、胡宝娣、杨士芳、韩菊英、苏元美、周柏妹、刘永兴、钱小瑛、陈小金、黄水彬、黄亚彬、王根、陈聪明、俞建培、孙仲华、倪锡其,如今大家都是奔七的老人了。去年文化站组织聚会,看到长兴的群众文化活动已上了好几个层次,专业化水平越来越高,多次市里获奖,新老几代文化站站长共聚一堂,当年的小分队和各大队的文艺骨干们一起畅谈几十年的变迁。其间碰到杨士芳、韩菊英、吴龙兴、张玲妹、姚站长、徐光明老书记、黄佳明、施正辉、倪培康,大家老远一见,就高喊对方的名字,50年后的重逢,心里真是激动不已。瞬时又回到青春年少的时代。可惜的是,陈昌明和陈小金两人已过

2013年12月16日,40多年后,长兴岛当年文艺骨干们欢聚一堂

世,真像《冰山上的来客》里的歌,"亲爱的战友,再也不能看见你可爱的面庞,再也不能听你歌唱"。半个世纪,岁月就这样无情地逝去,再多的事,也水流云卷,过眼无痕。只有脑海中还会经常想起他们,其实,几十年后,好友还是会天堂相会的。

## 三、在跃进水闸的日子

长兴岛四面环江海,内有运河,就少不了水闸,正经八百能通船的水闸从西向东,有潘石水闸、马家港水闸、新开港水闸、园沙水闸。鸭窝沙和园沙连接后,就要建一座新的跃进水闸。公社从知青中选人,到跃进水闸参加建设,跟师父,学手艺,将来成为岛上的水利后备人才。我被选上后,宗洪根(水利站书记)与我谈话,好好学,扎根农村的话,水利站是个好工作。分配我跟的师父是清华大学水利系毕业的陆叶凯。在一起还有一个小师妹,叫张妙华。我们吃住都在园沙的跃进水闸工地上,具体项目负责人是原红星大队的书记王文昌。先跟陆伯兴(测量队队长)学习测高程,算土方,每天找着水准仪、六分仪在野外跑,后又跟陆叶凯学钢筋混凝土的施工,每天在工地上拿着图到处核对。当时钢材紧张,水闸的闸门是用钢丝网挂抹环氧水泥工艺做成薄壳型的,开始配比不对,一边抹一边就固化了,后来减少固化剂配比,让固化周期长至 6 小时,再集中人力抹环氧水泥,终于漂亮的闸门就造出来了。

工地上管理人员就四五个,陆叶凯很会安排,让管仓库的老沈再把边上地都种上菜,还养羊,水泥袋拆线,一个个袋收好,回收四角一只。工地成了欢乐的世界,闲下来,陆叶凯讲他在黄河三门峡工程上的事,也给我讲些测量学上的知识和如何保证施工质量的措施。到底是清华的,他那年是崇明唯一考上清华的,学习功底扎实,做什么事都有板有眼,想清一步做一步。农村里条件好的要起楼房请他画图,不出两小时,就能把完整的图画好,大致的材料和造价也都列清。在我眼里,真是个神人。

宗洪根是我们整个水利站的领导,为人既和气又严厉,谈工作是商量的口气把任务布置下去的。他原来的资历,在长兴岛上无人能及。1958 年,他就是东风公社的第一书记,现时刘行、罗南、罗店三个乡的范围。1958 年是"大跃进"的年代,人有多大胆,地有多大产,到处放卫星,粮食亩产上万斤。老宗家是罗泾的,农村里实际情况最清楚,他主持工作时,极力抵制浮夸风、虚报风,别地方亩产过万斤,他说我们最好只有 800 斤。结果,被柯庆施拔白旗,撤职,降级,到长兴岛做一个比公社书记还低一级的水利站书记。始终说真话，老老实实做事的人，官场难混，那时报纸在宣传要提前进入共产主义呢。在我心中，老宗是一个正直善良、不虚妄言的好干部。

老宗对我说，成分出身这东西害人，你上调困难比别人大，不如在长兴好好扎根吧，人只要勤奋，哪里都能做出成绩来的。我牢记了这些话，我深信，因出身成分的包袱，我必须更努力。我离开水利站后，董永康进了水利站。董也是知青，六八届高中，他确是扎根了，在老宗和陆永富的撮合下，与惠堂的妹妹惠珍结婚，成了长兴水利站的骨干，后调到宝山水利局。老宗"文革"后调回宝山，任水利局书记，陆叶凯也到宝山，做了水利局的局长。长兴岛历任的党委的主要领导，有赵志明、姚尚彬、陶学勤、马连兴，以后的就不知道了。新兴大队的历任书记宋学明、施志方、王毛苟、马士达、王石其，以上领导的身影，常在我脑海中浮现，恍恍然如昨日一般。

## 四、土记者的经历

当年广播站是姚站长和胡银娣（宝娣的姐姐，好像还有一个叫金娣）。每逢农忙，喇叭里总是陆永富书记的战天斗地的号召声，再就是本岛新闻，如军民联防，拥军爱民，移风易俗，好人好事，但这些新闻要有稿件，各大队都有农村知青或插队知青负责写稿，这就是"土记者"。

**新兴插队知青和农场来队知青合影**

每年都有两次公社培训,教各种题材文章的写法,并互相交流。我和交大附中的郑世贤一起作为新兴大队的"土记者"参加了 1969 年秋收的公社培训,团委书记武培航还来讲话,还有上海《解放日报》的记者沈焕章也来辅导。长兴的知名人物如侯尚斌、沈关铭、陈小金、钱丽丽,都在一起。郑世贤是个出口成章、才华横溢的人,打油诗随口能像下蛋似的滚出来,而我会摄影,冲片、印相、放大都做过,这引起沈记者的注意。那时照相机是稀罕物,胶卷也贵,135 的 36 张,120 的 8 张或 16 张。沈记者对我说,多拍些农村的相片,以后就是资料,有好的,寄给我,我可能会用上。这样,我不仅写稿,也拍些照片,还真拿了照片去《解放日报》找沈焕章。他见到我很高兴,给我看了他的工作室,他的作品,讲了构图要素和目标达成,临走,送我一铝盒(34 米)比利时三角牌的全色 135 胶卷。这相当于正规的 20 卷胶卷,我一下子成了富翁,能拍好多照片呀。

"土记者"是业余的,也没工分补贴,但我和郑世贤也很起劲,每当听到银娣清脆的声音在播我的稿子时,心里就有一种自我欣赏的高兴。平时也拍照片,冲片后贮藏起来。那时都是手动对焦,自己冲片无恒温罐,又无蒸馏水配显影定影,冲片出来不是厚就是薄。40 年后的今天,看着这些照片,质量再差也可贵,因为那是无法复制的历史。

## 五、代课教师

样板戏结束后,大家各自回原大队,我重新开始每天出工收工的生活。我们每人有一分四的自留地,懒汉种法就是黄豆蚕豆轮来种。我也想织些土布,就种棉花、施肥、打药水、摘尖头、摘棉花,送镇上弹出皮棉来,再请人纺纱、织布,也攒下好几匹四夹一条子土布,还弹了两条棉花胎,带回上海,让周围邻居好生羡慕。一天,长兴小学倪善才校长找我,说有一教师要生小孩,问我愿不愿当代课教师?那时能当上代课教师是美差,我哪有不愿意,几天后,就到长兴小学去当代课教师了。

长兴小学离我们知青房 100 米不到,最大的好处是有唐家妈妈烧饭,我和喻平三顿饭都在小学里搭伙。农村小孩也很机灵,上课时会问很多为什么,很多不是课本知识能回答的。电灯为什么亮? 马达为什么转? 为什么人触电会死? 人的影子怎么钻到照相机里的? 这些问题我倒好讲,可是为什么猪英语叫"pig"之类,我只好说,人家外国人的语言,几千年就这么叫的,就像你为什么叫这个名字一样,你是爷娘起的,人家是老祖宗传的。然后大家哄笑一阵。聪明的学生,如陆桂兰、陶琴、金秀,至今仍记得他们当年的样子。长兴小学有好几位上海来的教师,仇志云、李松韵、丁慧蓉、陈英华,还有本地的施安达、吴龙兴、沈阿六、杨小章。很快,休产假的老师要回来了,长兴中学又叫我去代课。小学进到中学,教学内容变了,但对我这样的老高中生来说,各种课程基本没有太大困难。倒是要上音乐课有点头大,王焕青老师就说,不要怕,一上来先吊嗓练声,再教一首简单的歌就行了,要不就讲讲乐理知识,很快一堂课就会过去的。照章行事,还真灵,一个星期下来,上音乐课的反应还不错。以后主要是上语文,语文大组长金景成,丹阳人,对知青特别友好,备课和教案都帮我们看过,还讲明板书的写法,要形成条理,学生好听好记。荣占军又是我高中同学,沈志华、葛元妹、张月英、唐月华,都是年纪相仿,插队两年就上调师资培训分到长兴中学的。长兴中学师资除一部分老师范生,半数是知青。这所学校充满青春活力,各项活动都有声有色。李书记走后就是邵全元做书记,他更是知青的贴心人,不论正式教师还是代课教师,他都一视同仁。知青课上得好,就组织上公开大课,还不断和教卫组商量,再有师资培训名额,一定要先把代课的知青送出去。以后很多知青是从长兴中学代课后送出去的。邵全元、施安达、蔡德忠,他们几次帮我,均因出身成分(父亲右派)而刷下来。当我心灰意冷时,邵全元就说,你就一直代课吧,轮到转正,也是一样的。我在长兴岛上的几所学校转来转去地代课,语文、物理、英语、音乐,什么课都上。先后在长兴小学、长兴中学、长明中学、潘石中学,现在回想,长兴岛上我教过的学生还真不少哩。1973 年,我还做过一届高中毕业班的班主任,那时是五年制,初中三年,高中两年,潘石中学第一次办高中,我和黄欣路把这个班带到毕业。

**欢迎应征青年入伍**

1976 年,我是在潘石中学上调的。那天海星大队的书记李承祥驾船去吴淞,船在潘石港,我就搭船离开长兴,去宝山工业局报到。船出闸进入长江,长兴岛越来越远,但那一刻的心情,五味杂陈,至今还常会回味。

（作者系宝隆宾馆工程部经理,第一上海投资工程经理）

# 阿钎与泥箩

仇　峰

　　长兴岛是长江口泥沙沉积形成的沙洲，岛民所用的劳动工具很奇特，显然是为了最大限度地适应这种土质特性。最有意思的当属阿钎与泥箩。

　　阿钎属铲或锹一类挖泥的工具。木柄短且粗，有把。铁制部分厚实而窄，但特长，约50厘米。岛上沙土不会有黏滞或硬物阻挡，所以没有也无须踏脚之处。它的下端开口尖利，全凭臂力加它的自重，可深深插入土层。泥箩制作极简单，用柳条弯成U型，前段用直条连接封口，中间有规律的穿几条稀疏的细麻绳。由于沙土含水有黏结性，泥块靠几根绳便能兜住不会散落。两只泥箩各用三股麻绳悬挂在扁担两端，这就是挑泥的工具。

　　长兴岛虽不大但岸线很长。长江水流缓急不同，江口洲岛多南塌北长，南岸须加固，北岸外不断长成的沙洲要在外沿建起大坝围出大片土地。其实现在的长兴岛就是由许多沙洲围垦而成的。当年岛上水利工程量很大，且全赖人力，除了河道沟渠的开挖整治，百里江堤每在冬季农闲时就是上述两样东西大展身手的地方。

　　工作模式是这样的：两人并排用阿钎掘泥，须整齐的一排排次第开挖泥层，用阿钎在上一块泥取走后留下的直角处贴着边竖直下钎一插到底，抖动一下，松开点缝，然后拔出阿钎接着缝的下沿再次插入，抖一下，拔出。最后与缝成直角下钎使劲一扳，一块长方形平平整整的泥块随钎而起。你要快速端平（动作稍慢泥块滑下去就麻烦了），侧转身，上面一排土层上一只泥箩已经等在那里了。你用钎将泥块送入，随即侧手一翻，使泥块躺在泥箩的左侧，再回身重复上述动作，将第二块泥放在泥箩右侧与前一块并排。两个阿钎手整齐划一，泥块同时翻飞入箩，挑泥人立即起身而去。你无暇歇息，继续下钎，因为你知道，此时下一位挑泥人的泥箩已经悄然放在你身后了。

与两个阿钎手组合的挑泥人有四五个到七八个不等。随着大坝增高,挖泥取土形成的方池也越来越深,挑泥人会不断调整增加,鱼贯穿梭,保证阿钎手泥块送上来时你可以及时赶到。你刚放下泥箩,第一块泥恰好送了进来,阿钎手转身挖泥时你有片刻间歇,第二块泥进箩后就要立马扁担上肩,左手牵住身后的泥箩绳防止晃动,右手扶扁担,然后迈着坚毅的步伐有节奏地扭动身躯,爬上小山样高的大坝。卸担的动作是很讲究的,上面的泥块要整齐竖着排放。你先将前箩对准位置落地,翘高身后的泥箩,左手拎起泥箩绳将后两块泥块竖在上一层,右手顺势牵绳将前两块泥块竖在下层。每人依次摆放,万不可使泥块歪斜垮塌。农民非常纯朴,有时也会露出些狡黠,泥块摆放时在确保能立稳的条件下尽可能多留空隙,争取最短的时间完成土方量。因为大坝完成工程验收时只是简单测量每个小队这段坝体外廓的高度和宽度。

挑泥是重活,一担 4 块泥总重 400 多斤(有人打赌时掘出的一块泥可达 300 斤)。踏着泥泞挑担爬坡是很费劲的,每走一步都要咬着牙坚持挺住,我后来发现颈椎有压缩性骨折旧痕便是当年的战果。挑泥和掘泥干一段时间可以互换,改变一下用力的部位。阿钎手也不轻松,手臂和手腕都要用很大的劲。有次来寒流结了很厚的冰,我长时间掘泥热的直冒汗,最后赤膊上阵,成为一景。与长兴岛相邻的横沙,劳动工具相似,但它们使用阿钎时侧面仅插一钎,泥块是扁的,一个泥箩里装三块,显然是为减轻掘泥时使用过大的臂力,可见工具的使用方法是与长兴人吃苦耐劳的精神相互匹配的。

同属宝山但陆地上的工具有很大不同。普通铁锹入土费力,一般先拿钉耙把土翻松,再拿铁锹铲到筐里。泥箩是用竹篾编成,怕土碎掉落。每次倾倒完毕要敲两下尽量抖干净,可是黏着的稀泥总是残留很多,自重占了不少分量。不像我们岛上泥箩不带泥块,拎起来几乎没有什么感觉。我参加过他们的劳动,工作效率相差至少三倍。不得不佩服这阿钎与泥箩,它们把人力所释放出的能量利用到了极致。

随着社会理念和科技的进步,机械逐渐取代了人力,当年在人海战术中发挥了极大作用的阿钎与泥箩已经显示不出它曾经的优越了,将来你可能会在博物馆看到它们的身影,但以后看到的人肯定无法想象这样奇特的东西究竟是如何使用的,也可能不会知道他站着的这块土地,正是靠这样的东西和前人的汗水打造而成的。

# 铁　塔

我插队所在的丰产 12 队在长兴岛的南岸,江边耸立着一座铁塔,在一马平川的沉积沙洲上显得很突兀。此塔荒废已久，无人管理，不知何时何人为何所建，连住在塔下的队长陈来发也对此茫然无知。那时年少轻狂，缘梯登塔，极目千里。长江西来，遇岛分流。南支开阔，有巨轮通航。对岸陆地依稀，那是家乡所在。北望隔江即别称仙岛瀛洲的崇明，田亩平缓，不见际涯。大江东去汇入东海，水光接天，渔帆点点。长兴岛东西横贯 70 里，但见小舍美池星散田间，连绵不绝。几十年过去，记忆犹存：

何来一铁塔，耸峙大江边。
仰观挂日月，突兀孤岛悬。
壮心逞猿技，天梯可攀援。
四望皆平阔，江风似登仙。

（作者系长兴下乡知青，后在同济中学任教，中学高级教师，现已退休）

# 知青年代的回忆

曹景参

　　我坐在去长兴岛的船上,极目眺望着远去的吴淞码头,眺望着长江口那陌生的浪花,心里一片迷茫。这是 1969 年 2 月 7 日,我同弟弟一起带着刚丧父的悲伤,告别母亲和兄长姐妹,踏上了去长兴岛插队落户的征程。下了码头,同心大队派来接知青的牛车已停在路旁。牛车载着我们兄弟俩,慢悠悠地向园沙方向驶去,我的心潮像车轮一样在翻滚,许久不能平静。

　　我出生在一个教师家庭,父亲在大学任教,母亲在中学教书,算来也是书香门第吧。然而,在那动乱年代,老师是"臭老九",他们的子女可想而知。

　　我们这一代,生在新社会,长在红旗下。我们从小读的书是我爱新中国,我爱天安门,我们从小唱的歌是听话要听党的话。现在,党和毛主席叫我们到农村去,接受再教育,能不听吗? 能不去吗?

　　牛车终于到了同心 4 队,在一间草房前停了下来。两个小时的车程,使我又累又渴。社员们已经帮我们烧好了饭,一大碗青菜,一大碗"盐鸡"(咸菜),这是我在登岛后,第一顿大米饭,真香呀! 至今难忘。

　　鲁迅先生说过,世上本没有路,走的人多了,也便成了路。

　　知青这条路,前无人走过,后面恐怕也不会有人去走。

　　当时生产队的社员收入很低,一个强劳力一年下来能分到 100 多元已很不错了。拿同心 4 队来说,全队 28 户,透支达 20 户,整个园沙镇,瓦房没几家,绝大多数是草房。

　　出工的钟声响了,社员们总是无精打采,出工不出力的比比皆是。

　　知青更不要说了,在残酷的现实面前,许多知青退却了,有人因犯法入狱,有人因苦闷嫁给了当地人,有人因一时冲动娶了当地人。哈! 这就是知青,这就是知青之路。

　　自 1972 年起,我在园沙中学当代课教师,直至 1976 年上调为止。那时,园沙中学的学生主要是渔民、前卫农场子弟以及附近各大队的贫下中农子女。在那个年代读书无用论思想泛滥,许多农民子弟普遍认为能读报、写申请就可以了,认真读书上学的没几个。

在这几年里,我从一个肩不能挑、手不能提的城市少年,练就能挑百斤健步行走的一等工分获取者。多次被评为五好社员、五好民兵。这真是接受贫下中农再教育的成果呀!

2008年初春的一天,我因单位同事去前卫农场办理工龄事宜,陪同他再次登上长兴岛。32年间,因工作繁忙,无暇光顾。今日得空,一帮朋友,再访昔时农村朋友,心里别有一番滋味。我驾驶小车飞驶在长兴岛江南大道上,宽宽的水泥大道,令人神往的海岛风光,不由人心旷神怡,心潮澎湃。

天堑变了通途,从五角场开车,通过翔殷路隧道,穿越全国闻名的长江隧道,半小时即到了长兴岛。

驱车向东,望着江边塔吊如林,细蒙蒙的烟雾中闪烁着电弧蓝光,江南造船厂一派繁忙景象。大道两旁,一人多高的橘树一片连一片,金黄色的橘子沉甸甸地挂在树枝上,好一派丰收景象呵!

到了长兴岛,我曾经插队的地方是一定要去的。到了同心4队,远远就听到人们的嬉笑声。张关民,我们原先的政治队长,紧紧地拉住我的手,连声说:"见到你,太高兴了,快到我家去。"张队长家在原先的宅基地翻起了两上两下的楼房,高檐飞棱,瓦沿上装饰着一对吉祥鸟,这是崇明人所喜爱的。75岁的张队长告诉我:"80年代我们这里开始种橘子,原先的稻麦都不种了,靠橘子,我每年有近10万元的收入,我儿子秋生在船厂上班,月收入近4000,儿媳帮我打理橘园,孙子也读四年级了。"

一路上,我注意到,全生产队家家都是楼房,有的门前还放上石狮以镇家宅。真是旧貌换新颜,鸟枪换大炮了。真为他们高兴。

我们这一代55至70岁的人,在那特殊年代,踏出的坎坷之路,给后人留下了宝贵的遗产。至少,这史无前例的上山下乡,应该到我们为止吧!

知青插队落户,是我们人生一段重要的里程。悠悠岁月,永远记载着我们的酸甜苦辣。我们应在这里找到自己,看清自己。

和农民们同吃同住同劳动这七年,我深深体会到了农民中蕴藏着的许多优点,他们坦诚、直率、善良、朴实,给我留下了一个永不磨灭的烙印。

(作者系长兴下乡知青,上调后在上海气门厂工作,现已退休)

# 知青的诗歌

曹瑞熊

## 那 一 根 扁 担

那一根扁担,犹如一副重担,
压我孱弱的肩膀,负荷着生活的艰难。

那一根扁担,如同一支大笔,
纵横在田间地头,书写着人生的辉煌。

那一根扁担,常年汗水浸渍,
充满厚实的积淀,记录着人生的沧桑。

**在摩洛哥与外交部部长李肇星合影**

那一根扁担,伴我学习工作,
心中满怀着感恩,承载着救死与扶伤。

### 那 一 片 天 空

那一片天空,是我青春的梦想,
蓝蓝的天空,放飞着我的希望。

那一片天空,是我插队的地方,
两年的岁月,汗水在那里流淌。

那一片天空,是我如今的念想,
无情的岁月,染就我两鬓苍苍。

那一片天空,就在那长江口外,
长兴石沙村,我的第二个故乡。

### 六 十 回 顾

荷锄小岛地球修,
橘井悬壶技术求。
花甲光阴一刹过,
人生辛卯两浮游。
防洪抗震施神技,
救死扶伤治恶瘤。
尔后等闲俗上事,
如今书画喜同舟。

注:1. 1968 年 12 月,到上海市宝山县长兴岛石沙村下乡插队。
　　2. 1976 年,大学毕业后一直从事外科医疗工作。
　　3. 1976 年,赴唐山抗震救灾。
　　4. 退休后热心于书画艺术。

# 从长兴开始的艺术之路

喻 平

我自幼热爱美术,小时候每本课本的空白处都被我涂满各式涂鸦,"文革"中也到处乱画,什么漫画、版画、巨幅宣传画等等都画过。

1968 年 11 月,我和表哥任平一起到长兴插队落户,劳动间隙,也常以绘画自娱,加上长兴岛上美景如画,令人陶醉,更让人兴致盎然。

记得下乡第一天,我便爬上新兴 13 队附近的"铁塔",在上面刻下自己的名字。在塔上俯瞰长兴大地,远方雾气迷濛,场面蔚为壮观。在长兴岛劳作时,也常被江景夕阳等美丽景观所迷醉,这些对我日后在美术发展上有所熏陶。

在 70 年代初的一天,新兴 3 队一户人家有个小孩不幸溺亡,那户人家将我请至家中,对小孩遗容画遗像。他们怕我看不清,在方桌上加上凳子,让我居高临下俯视作画。那时很少有人拥有照相机,人画人是这里常用的方法。这件事我记忆深刻。

另有一次,原大队支书施志芳请我为他母亲画过一幅油画,还有长兴岛驻军八五炮连请我为他们画一组油画风景。绘画期间,每逢吃饭我都和据称了不起的神枪手沈连长同桌。我们一桌是沈连长、穆副指导员、顾鼎华排长,我四人吃小灶,嫉妒得吃大锅饭的普通士兵眼放绿光。在长兴插队时,我常蒙文化站张中韧(当时叫张中祥)召至公社文化站画一些宣传画。后来,县文化馆沈金华老师也下来,组织了一个美术小组,由农民画家孙玉芹,我和一批插队知青以及几位农村青年共同参加,我也常常接到通知,被调到县文化馆参加集训和创作。那时上海的金山农民画正风行全国,宝山县也紧追,我就有了机会参与。

1974 年,13 号台风袭岛,将长兴岛北大堤冲出 108 个缺口。当时我正在县里集训,便跟随县慰问团一起回岛,在抗洪现场画了大量速写,以后又由公社美术组集体创作了一组农民画组画《抗洪图》。1974 年,我还被宝山县人民武装部调去搞创作,我创作了雕塑作品《东海女民兵》并被选上了当年举办的"上海市民兵画展"。只可惜当时我还不会翻模,当年又崇尚"在战争中学习战争",我便纸上谈兵,根据只言片语听来的东西硬翻,结果可想而知,我的"处女作"变成了一堆石膏渣渣,所以作品虽已入选市美展却无缘参展。

我在县里共创作过 3 件雕塑作品,另两件是《喜开镰》和《拖拉机手》,前者参加县美展,后者原打算参加 1975 年度"上海知青展",仍因不会翻模而作罢。当年学技术可不像现在这样容易,师傅既不肯教又很难找,所以当年翻石膏确是我大感头痛的问题。

1980 年,我调回上海市区,在县少年宫担任美术教员。正逢"上海油画雕塑室"开设训练班,我加入该班,在班里不仅大大提高雕塑技巧且终于学会了翻模。这以后我更加紧了学习和创作,先后参加过各种学科的学习,每天睡眠时间严重不足,但有了在长兴岛插队八年的经历,这点小小劳累根本不在话下。

这样一直到 1986 年,经多年努力,获得了上海市美术作品一等奖。这就像打了强心针,创作活动愈发不可收,到 1988 年我就读上大美院雕塑系后,更是年年参加画展,其中较重要的作品是 1989 年上海大展中展出的《大嘴巴》《大眼睛》,1992 年上海大展二等奖的《月儿圆》,参展作品《渔人鱼鹰》,1993 年度第三届全国体育美展作品《桩功》(已被海外人士收藏),1994 年第八届全国美展作品《淑女》以及 1998 年第四届全国体育美展作品《角力》。

2000 年,我应耶鲁大学邀请赴美参展。《破脸》等就是其中作品。该展在美国四大华文报刊"社区版"头条上刊出,同年还应邀参加了纽约州立大学举办的"亚洲艺术年中国画家联展",共有 20 余位中国大陆、香港地区画家参展。在美期间,我

1998 年第四届全国体育美展作品《角力》

多次参观了"大都会""惠特尼双年展""现代艺术馆""古根海姆美术馆"等著名美术馆,馆内无数艺术大师的真迹精品令我大开眼界,受益匪浅。回国后,我虽不再参加官方画展,但雕塑创作却继续进行。

近年来,我创作了《七彩长虹》《金头像》《比基尼》等由铸铜与喷漆或珐琅结合而成的"色彩系列",其中"七彩长虹"已完成了《赤》《橙》《黄》《绿》《青》《蓝》六件作品,仅剩《紫》尚未完成;"比基尼"系列也已完成了《红帽子》五件组雕。

七彩霓裳羽衣舞

漫无目的的人

轻歌曼舞

现在,我虽已退休多年,仍热衷于雕塑创作,长兴岛的旧日情景亦常环绕心头,给我无限感慨。总之,我的艺术成长之路,很大因素取决于长兴岛的经历,对此,我深怀感激。

(作者系长兴下乡知青,1976年进师大美术系,专攻雕塑,宝山少年宫美术教师,入围中国百名有影响的雕塑家,作品被国内外收藏)

# 一个泥水匠的遐想

胡志荣

长兴,因水而长,因水而兴。我站在长兴江南造船厂门前,凝视着这片蒸蒸日上的热土,一幅幅魂牵梦萦的画面油然而生。前半生农村插队,天天和泥土打交道;后半生搞水文,天天和长江水、黄浦江水打交道,我自嘲是一个不折不扣的"泥水匠"。

远方,曾经的长凤圩南岸有我的家,在那儿我摸爬滚打整整十年,我青春的热血曾与这块土地相融,梦想和企盼时时在这里彷徨。

## 一、和泥土打交道的十年

1969年2月23日,农历正月初七,是我母亲的生日,也是我青春起航的第一天。背起行囊告别家乡,开始了人生独立生活的第一次远行。这也是我第一次享受组织分配,开始人生第一堂课——接受贫下中农再教育。

从那一天起,我在这块土地上与泥土结交整整十年。在与长兴岛父老乡亲共同劳动生活的岁月里,我深深地感到生活在这块土地上的农民是多么纯朴、善良、顽强、智慧和艰辛。

刚到长兴,映入眼帘的村宅到处是星星点点的稻草房,入夜,煤油灯似萤火虫在户户闪烁。随处可见用树枝、水缸、草帘支起的茅坑,高低不平的乡村路上推着独轮车的农民和吱吱作响的牛车在行走。家家基本上吃的是玉米粉和元麦粉糊的杂粮饭。"盐鸡汤"是家家必备的辅饭汤。电灯电话,楼上楼下,是大队书记为他们描绘的远景和愿望。但正是在这样艰苦的生活条件下,我看到他们依然保持着乐观和开朗的性格,年复一年、日复一日地辛勤耕耘着这片土地,一步一步地改善着自己的生活。在他们身上，我学到了自我生存的能力，适应和改造自然的能力。他们利用天然资源，因地制宜，制作生活用品和生产工具，用毛竹、芦芭、稻草为我们盖房，用树枝、芦芭稻草垫做床。在他们的特制工具中也体现了他们的智慧与创造。劳动创造美，是我切身的体会。

华锹，窄长的身段，微微弯弓的锹肩，蕴含着杠杆原理；

泥络，树枝与麻绳做的网络，简洁轻便不沾泥；

扁担，用榆树或桃树心材做成的两头翘的扁担。

这三件组合是长兴人民保卫家园、开创家园的最佳工具。而由此组成的大堤和劳动大军，整齐划一的大堤如城墙一样，挑着泥担一张一弛的节奏，行走在大堤上，展现出一道劳动创造世界的美丽的风景线。

铁搭，也是集开沟、除草、垒堤、翻土、扒田等多种农活的神器。从中我体会到"欲善其工，必先利其器"的真谛。要用心做事，在我脑中留下深深印记。他们在看似简单的劳动中、生活中享受着创造家园带来的美。

原始的、纯朴的简单生活，智慧勤奋的艰苦劳动，那是长兴人最纯朴的美，给人启发，赐人留恋。在他们身上让我看到基层干部身先士卒、吃苦在前、享乐在后的精神。火车跑得快，全靠车头带，是农村干部的必备条件。民主选举，自报公议，大寨式评工分，更是体现当时农村公开公平公正的民主议事方式和当家做主的精神。他们教我干农活，种蔬菜，送自家的蔬菜和鸡蛋给我，送捞来的鱼虾给我，帮我们做农具，修房子，设身处地想方设法安排我们做力所能及的农活，使我感到虽处异乡，仍有亲人在旁的温暖。一次脚受伤，大队干部背我回家，并叫来赤脚医生帮我治，使我很快恢复，让我深深铭记。

十年来，我结识了很多相濡以沫的知青朋友和农村青年，在艰苦岁月里建立起的友谊绵延至今。十年中，我第一次体会独立生活的艰辛；第一次遭受病痛折磨，与大难擦肩而过；第一次摇着水泥船去镇上买农药；第一次作为"土记者"采访农村新闻；第一次为16岁以下少年扫盲；第一次被选为生产队政治队长；第一次被选为宝山县人民代表……我生命中的无数个第一次在这里开始。

长兴，在我青春年华的年代，接纳了我，哺育了我；从这里，我从幼稚懵懂逐渐走向成熟。长兴，我的第二个故乡，我深深地怀念您。

1978年，改革的春风吹遍大地，我收到了人生第二张通知书，一份转业证。十年了，一个可以改造好的知识青年，终于完成了再教育的课程，步入而立之年。

农村十年，培养了我真诚务实的为人处世的性格，练就了吃苦耐劳的工作作风，充满青春活力的体格和经历为我打下应对人生风雨的坚实基础。

当年刚下乡时的合影（右起：任平、施安达、胡志荣）

## 二、和江水打交道的日子

12月18日，我的人生第二堂课开始了。从此与水相伴30年，对专业知识的渴求，使我重拾儿时的梦想，完成大学的学业，并圆满完成其间的各项任务和工作。

青草沙水源地是万里长江赠给长兴的一块宝地，是世界上最大的河口江心水库，也是长兴人民献给2000万上海人民的厚礼。我有幸参加了前期的勘查、调研和监测。作为曾在长兴插队十年的老知青，我能为第二故乡的开发和发展，贡献一份绵薄之力，感到非常荣幸和光荣。

1989年7月，时任市水利局局长的朱家玺、王总、赵总、市局围垦处、设计院、工程管理处、市水文总站及宝山县水利局一行人，踏上青草沙，正式开始实地勘查。

当时制定的方案是：先搞清水文详细情况，水位，流速，泥沙，底沙，颗分，水洁，含氯度，建立与时间相关的综合坐标函数资料。这一段工作，主要由市水文总站来执行。

我们在主港汊设三重线，由抛船定点施测，另设滩地点，在滩地汇流点，架印刷海流计监测。首次作业是1989年8月2—12日，由总站贾瑞华带队，部分区县参与，7月31日出发至8月13日结束，其间遇上13号台风，这样资料就更有代表性。所有资料收集齐，再投入到实验室工作，终于将计算复核的完整资料，提交水利院。

1990年，市水利设计院在"青草沙促淤工程可行性研究报告"中提出，青草沙滩涂"促淤可行，圈水可行"。我们水利工作者实事求是的科学论证，为上海确立优质水源地的立项开发提供了可靠依据。我们水文工作者提供的第一手资料,为市政府下决心起了关键作用。在市府的要求下,我们又开始了长达 15 年的全面的青草沙水文资料跟踪调查,并开始深入开展水下地形的测绘,为上海人民谋福利的重大工程的前期准备正式开始了。

2006 年后,市水文总站再次组织青草沙水源地的大规模调查,为青草沙水库的建设提供了坚实的保障。如今,水库建成,源源不断的优质水通过地下巨型管泵输向市区,黄浦江上游取水逐步减少直至停用。而我们仍坚守在水情监测的第一线。

如今,水文的十三五规划正在编制,长江口一网 47 站的规划正在筹划,长江口开发的前期站网建设及水文资料的收集正在有序地展开。长兴,这颗长江入海口上的明珠,将伴随长江口的大规模开发,创造更多辉煌。

长兴,海洋装备基地已逐步建成,强军强国之梦,有长兴的贡献。在新开港东面堤外,大型船坞上可见巨舰身影,我作为青春年华融入长兴的老知青,衷心祝愿长兴永远奋发向上,永远朝气蓬勃,永远淳朴善良,长兴永远是我心中的圣地。

（作者系长兴下乡知青,1978 年后,在上海水文总站工作,退休前为水文总站高级工程师兼总会计师）

# 人民利益放首位　群众冷暖记心间

刘立军

1969年3月,我到长兴公社插队锻炼,经风雨,见世面。战天斗地9年之后,当时的宝山县公安局招警,要从当地知青中选一些人,领导找我谈话,要求仍在岛上工作。我热爱长兴,愿意留在长兴,终于在1978年5月上调公安机关,继续留在长兴岛,在派出所当了一名户籍警。

和我搭档的是一个叫曹建的新民警,我俩的责任区在离派出所30里远的元沙片,共有8个大队、79个生产队,一个渔业大队,一个集镇和一所中学、七所小学,两个社办企业,共2700余户,近万名人口。我当年插队就在元沙,对元沙情况非常清楚。当时,岛上的条件十分艰苦,为熟悉业务、摸清情况,我俩吃住在元沙,除每周一留一人申报户口,周六回所学习和汇报工作外,其余时间全部下段走访了解情况。学雷锋,为群众做好事,我们结对照顾孤寡老人,打扫清洁,挑柴担水,送粮送菜,驻岛八年,一天假没请过,连结婚也是利用国庆假日,被群众称为"海岛上的热心人"。其间,我入了党,被评为县市公安系统先进个人,并荣立一等功,到北京受到中央领导的接见。

那时,没有电脑、没有打印机。为了为现实斗争服务,我足足花了3年多的时间,书写了近200万字,才按户建立了基本情况登记表,按大队为单位装订成册,汇编成了成年人口资料。我俩结合日常工作和户口迁移变动等情况,及时更新完善资料。这些资料帮助破获了各类刑事案件和治安案件百余起,追回被窃手榴弹、工业铜、木材、钢筋等大批赃物,价值近万元,有力地打击了违法犯罪活动,并教育挽救了一批失足者。

在长兴岛,我插队9年,当民警8年,农村艰苦生活磨炼了我,从警的生涯造就了我,我始终把群众的利益、国家的利益放在首位,把营造良好的治安环境当作自己的最高职责,把群众的冷暖放心上。我们打盗窃追赃物,挖团伙刹赌风;我们抗台风护堤坝,抢救群众财产;我们把群众当亲人,主动调解邻里纠纷、化解家庭矛盾,无怨无悔竭尽全力,长兴岛是我成长和成熟的地方,是我经常魂牵梦绕的地方,是我永远难忘的地方。

在岛上工作的那些日日夜夜,我从未因家事请过一天事假、耽误过一天工作。有人问过我,在那么艰苦的环境里是什么精神让你坚守海岛、勤奋工作? 我想应该是 20 多年如一日扎根海岛默默奉献的老同志们的榜样力量,应该是家人的理解和支持。

我把最美好的时光与青春奉献给了海岛,尽了一个民警应尽的职责。海岛艰苦的生活给了我滋养和磨炼,党和人民给了我很高的荣誉和关爱。离开海岛后,我先后担任过派出所所长、指导员、巡警大队大队长、指挥处值班室主任、督察队队长、民警保护办副主任等多个职务,在工作中也遇到过许许多多的困难,但海岛工作的经历,给了我战胜困难的勇气。

现如今,我已从自己热爱的公安岗位退休了。心中感慨万千: 没有共产党就没有新中国,没有共产党就没有新中国公安事业的辉煌。

让我们继续努力,尽我所能,传递党和政府的温暖,永远为人民服务,为人民鞠躬尽瘁。

(作者系长兴下乡知青,1978 年参加公安工作,曾获上海市劳动模范等殊荣)

# 长兴岛上的知青们

蔡德忠

读了岛上知识青年写的文章,我非常感动。他们真实地记录了那个激情岁月的斑斓画面,生动地描述了在农村锻炼的人生感悟。这犹如一根神奇的魔棒,打开了我记忆的闸门,源源不断地流淌出许许多多关于下乡知青的故事。

因为我当时是公社里负责下乡知青工作的,所以对知青中的许多往事,还记忆犹新。全岛自1968年至1974年,6年间先后来岛插队落户的知青有1 274名,至今我还能记得起他们中的许多人的名字,甚至他有什么兴趣爱好,有什么性格特点,有什么传奇故事,一一深藏在我的记忆深处。全公社220多个生产队,各生产队的田径小路上几乎都留有我踩过的脚印。当时我只有20多岁年纪,比下乡的知青们大不了几岁,他们都是我的弟弟妹妹。我尽到了一个大哥哥的责任,为他们排忧解难,让他们在生活上安逸一些,在思想上上进一些,在人生的道路上走得稳健一些。

他们刚来时,有的安排在生产队的仓库里居住,有的借住在农民家里,生活上有诸多不便。后来受到党中央的重视,专门拨款为知青建造房屋。按照当时知青人数和实际情况,全公社共造了近500间小瓦房。造房实在不是一件容易的事,从购买木材,锯成椽子、搁瓦条、门板料等,我精心安排,力求达到最大的利用率。一间房子安排几张瓦片、多少卷油毛毡、几根桁料、多少块砖头、多少平方米屋面板、多少斤石灰等都烂熟于心。房子造好后,还去验收。有的队偷工减料,或没有到位的,找大队负责知青工作的干部和生产队队长,督促做好。说心里话,造知青房子,比我家里造房还费心思呢。

说也奇怪,各大队负责知青工作的,都是清一色的女同志,她们对工作的热情和负责,让我十分佩服。开会没有迟到的,布置的任务都能很好完成。如知识青年来岛落户,各生产队派出手扶拖拉机,早早来到长兴轮渡码头,像迎接亲人一般地等待着。几十辆拖拉机整齐地排列着，像一列将要奔驶远方的火车。拖拉机的栏板上用红纸写着大队名称和队别，有的拖拉机上面还插着红旗，实在是一番热闹景象，至今还在我眼前晃动。女性，也许具有母爱的本能，具有温柔和细心的特点，在关爱知识青年成长方面做得很到位。

时间过去将近半个世纪了，但许多知识青年的故事还在我心中荡漾，他们的音容笑貌时时在我眼前浮现，对他们，我有着一种割舍不断的情结。

插队在东海前哨的新建5队的汪可芬，白白的面孔，瘦弱的身体，一副标准的城市姑娘的模样。她告别了亲人，来到农村，不怕苦、不怕累，虚心向贫下中农学习，成为一个地地道道的新农民。想当年，她在挑泥筑岸的劳动中肩膀磨破了不哼一声，咬咬牙关再上，双抢季节插秧手都糜烂了，狠狠心再干。由于她吃苦耐劳，把农村当作是一个锻炼人的大熔炉，受到了贫下中农的热烈称赞。后来被评选为上海市活学活用毛泽东思想积极分子。

插队在创建大队的知识青年周萍，干一行爱一行，干什么事都喜欢动脑筋，爱钻研。她当饲养员时，把猪养得白白胖胖的，许多养猪能手都自叹不如，可是谁能知道她付出的汗水和心血有多少呢。由于她的付出和业绩，成为全公社知青的学习榜样。

那个安排在公社文化站的知青张中祥，凭他聪明的智慧和出众的才艺，在普及文化、活跃群众文艺生活方面做出了很大贡献。一年春天，刚播下的谷子遇到倒春寒，农民千方百计保护秧苗，创造出许多战胜灾害的办法。他及时编写、排演相声《斗天歌》，巡回演出，极大地鼓舞了农民战天斗地的热情。后来他当了教师，担任了宝山区教育局副局长、上海市教育局工会主席等职务。但他不忘故乡之情，他说，是长兴岛人的品格和精神熏陶了我，是长兴岛的父老乡亲教育了我，培养了我。如果没有那时的磨炼，也许就不会有我今天的成就。

1974年8月17日，长兴岛上遇到了百年不遇的13号台风，有几个圩堤决口，岛上的知青们日夜奋战在抗台风第一线。尤为令人感动的是，大兴大队的一些知青，插队落户不久，又处于重灾区，他们没有临阵逃脱，而是坚守在阵地，和贫下中农一起，抗灾抢险。为此，我感慨万分地写了一首小诗《小燕》，发表在《宝山文艺》上，至今还能背得出其中的一些词句："下乡知识青年小燕，刚来到农村插队锻炼，正遇上十三号台风侵袭，经历了一场人生的严峻考验。查险情、排隐患，全然不顾生命危险，挑烂泥、堵缺口，奋战在抗灾第一线。三天三夜啊，你没有合上一下眼……你是暴风雨中锻炼的一只小燕，待明天，你展翅在祖国的蓝天，翅膀将是何等的矫健！"

在那个动乱的岁月，凭着自己的正义感和一个共产党员的责任，为知青们做了一些"护短"的事情。比如红星 15 队的知青江之根，他人非常聪明，无师自通地学会了木匠工艺，制作的木器家具十分漂亮，许多老木匠都啧啧称赞。他把自己的一手好手艺用来为农民服务。他利用下雨天或农闲时间上门为农民们制作家具。一天，公社市场管理所的容某，下乡去看见小江在农民家做木匠，把他的斧头、推刨、锯子、墨斗、凿子都没收了。我知道这个情况后，就到市管所去找容某。他说："这个知识青年不好好接受贫下中农再教育，搞小生产，走资本主义道路，收了他的木匠家什就是割资本主义尾巴。"我就同他说理："这算什么资本主义尾巴？他用农闲时间和下雨天，为农民制作家具有什么过错？他究竟犯了什么罪，你要没收他的木匠工具？你快把木匠工具还给他去。"他说不过我，终于退却了，对我说："那你通知他到市管所来拿好了。"他要保持他的那份"面子"或者"尊严"，不肯亲自送还。那好，我骑着破自行车赶了十几里路，通知小江去拿被没收的木匠工具。小江去拿时，还被容大人啰唆了几句，后来，江之根当了多年的长兴粮管所所长，一直到退休。他碰见我，总喜欢谈起这件事。其实，这件小事，我早已忘记得干干净净。

还有先进大队的知青吴格，下乡后患病小便出血，在家休息。大队的一位干部看到他没有出工，狠狠地批评他说："你这个知青怎么搞的，好天好色躲在家里不去出工，干什么呀，快挑泥去！"大队负责知青的同志告诉我后，我一面向这位干部说明了知青患病的情况，一面安排他到圆沙中学去代课。因为我知道代课要比干农活省力些。因为他的文学功底很好，能胜任教师工作。此时，我在公社教卫组负责中小学人事工作，有那么一点小权力可利用。不久前，在长兴岛的文化馆里见面，高兴得两人拥抱起来。他现在是复旦大学博士生导师。

丰产 4 队的那个知青褚萍安，患上哮喘病，一天到晚靠一个喷液的瓶子过日子，晚上根本不能躺着睡觉。见此情况，我多次跑县上山下乡办公室，帮她解决了病退的问题，后被安排在里弄办的小工厂里工作。

每年春节快要来临的时候，我冒着严寒去城里看望那些患病的特困的知青，送上 30、50 元的补助款。知青的家长们高兴得像见了久别的亲人一般，要留我吃饭，我一天要走十几家人家，哪有时间吃饭呢。

知青中每年都有招工、招生、参军、上调的机会，但名额分配到大队后，几乎没有人到我身边来说情求助的，那时风气也好，听从组织安排、接受考验好像是天经地义的事情。但那时，极"左"思潮泛滥，那些出身不好的，或父母有什么"政治问题"的，要想跳出农门简直比登天还难。虽然在宣传上讲要"重在表现""不唯成分论"，但真正落到实处却很难。招生、招工、上调等工作，我一般都在招工领导小组内,确实暗地里帮了一些知青的忙,有的表现的确不差,且有某些方面的才能。我虽然尽力了,但材料送上去后,上面通不过的也不少。我只能安慰他们以后再争取。真的,他们都是我的弟弟妹妹,对他们一个也不偏心。

粉碎"四人帮"之后,特别在党的改革开放春风的吹拂下,知青们的命运和前途遇上了第二个春天。本岛除了一些结婚成家的以外,一般都安排了工作,有的还考上大专院校或中专。在长兴岛的知青中,真是不乏人才,有的成了大学教授,有的成了文艺家、翻译家、画家、著名医生和中小学教师,有的成了企业的总裁,有的成了优秀的公安干警、科技战线的重要骨干,有不少还当了局长、处长等领导干部,有的在国外发展。可以说,他们的人生经历,都可以写成一部精彩的小说。

如今,他们都是老人了,但他们从没有忘记曾在这个海岛上战斗过的青春岁月,从没有忘记曾奋斗过的第二故乡,从没有忘记过关心他们成长的长兴的父老乡亲。每当国庆长假或新春佳节之际,我看到他们来岛看望长兴故乡的父老乡亲的热烈场面,我心中总充满着感动和感慨。也许,这种风雨中结识的情谊是经得起时间考验的;也许,感恩——美好心灵绽放的奇葩永远是绚丽多彩的。前天,我到市里去开会,公共汽车上听两位岛上农民在交谈,说一位曾在他家居住过的知青,已经瘫痪在床了,他念念不忘故乡情,一定要他的儿子开车去长兴看望看望他们,还拿了许多礼物,真是好感动啊!……他们谈得动情,我也听得分外仔细。

最后,我要告诉亲爱的知青朋友们,你们曾经战斗过的地方,如今真正成为长江口中一颗璀璨的明珠,放射着熠熠的光辉。海洋装备岛、生态水源岛、观光旅游岛的伟大蓝图,不久将成为现实。昔日贫穷落后的小岛,现在到处高楼林立,车流如梭,人流如织,飞架南北的上海长江大桥,碧波荡漾的青草沙水库,穿越江底的长江隧道,举世瞩目的江南造船基地,呈现出一派繁荣兴旺的景象。长兴的发展史上有着你们光辉的一笔,长兴的人民永远不会忘记你们所作出的贡献!我们热烈欢迎你们来故乡作客旅游,重温旧时的梦想,喜看今日的飞翔。

写于 2016 年 1 月 18 日

# 育 人 篇

教育,传播文明的摇篮,是播种希望的园地。教育事业是人类文明得以继承和发展的一项永恒的事业。教育状况如何是评价一个地区经济、文化的尺度。国家把"科教兴国"列为国策,可见对待科学技术和教育的高度重视。历史告诉我们,没有教育,就没有人类的文明,就没有社会的进步。

长兴岛的教育事业,在党和政府领导和亲切的关怀下,发生了天翻地覆的变化。如今,岛上有中学2所,小学4所,幼儿园5所。最美的地方应该是学校,在长兴已经成为现实。优美的教育环境、一流的教育设施,再加上高素质的师资队伍,在为培养社会主义事业的有用人才不断做出贡献。

你读了本篇目中的一些文章,一定会被教师们的那种敬业精神、奉献精神、创业精神、拼搏精神、攀登精神所感动。他们追求教师的职业,就是追求崇高;他们选择教师的职业,就是选择奉献。教师,天底下最光辉的职业,我们从文章的字里行间更加深刻地领悟到她的真谛。是他们,为长兴的教育史谱写了一篇篇绚丽的乐章……

# 岁月如诗 光阴似歌

## ——"长小"十年发展感悟

罗永灵

 

2005年春天,经国务院批准,崇明、长兴、横沙三岛实行联动,长兴、横沙划归崇明县管辖。此时,老校长退休,我接任了长兴小学校长和书记的职务,到今年正好十年。十年来,学校发生了深刻的变化,取得了令人瞩目的成就,从一所名不见经传的普通乡村小学,发展成为县里乃至市里小有名气的先进学校。十年间,办学质量跃上崇明县的前茅,学校多次获得崇明县教育系统年终考核优秀奖、崇明县体育传统项目(手球)特色学校、崇明县体育先进学校等荣誉。此外,学校还被评为上海市教育系统先进集体、上海市依法治校示范学校、上海市世博安保先进集体、上海市体育先进集体等。教育科研在全国也榜上有名。2011年4月,学校又被评为上海市文明单位。特别感到欣慰的是,2013年9月,上海市庆祝教师节活动中,我校作为市普教系统小学唯一一家代表,参加在上海东方艺术中心隆重举行的"梦开始的地方"的节目访谈,谈梦想、谈追求、谈奋斗,令我至今还记忆犹新。本人也曾获得多种荣誉,两次获得崇明县教育局记功奖;2014年1月,被评为"上海市教育年度新闻人物提名奖";2014年9月,被评为"崇明县最美教育工作者"。回忆学校和自己十年走过的路程,有多少感触,有多少感慨,有多少感悟。但成绩和荣誉,只能说明过去,不能说明将来,而更加伟大的战斗还在后头。总结过去的经验和教训,乃是为了明天的事业更加辉煌。现将我十年来的人生和工作感悟,记录下来,以催我自新,催我奋进!

"长小"的十年,是顽强拼搏的十年;"长小"的十年,是迅速发展的十年;"长小"的十年,是业绩辉煌的十年。十年的发展历程中,我觉得是攀登精神熔铸了我们的灵魂,才焕发出巨大的精神力量,铸就了成功;是攀登精神鼓舞着我们从一个胜利走向一个胜利。回顾这十年间，让我不禁想起攀登精神的由来。人是需要有一种精神的。人有了精神就有了脊梁骨，就能担当得起历史的责任。我刚接任时，学校面临着许多困境，多么需要有一种精神去鼓舞士气，凝聚人心，团结奋斗。记得毛主席曾经讲过这样一段话：辽西战役的时候，正是秋天，老百姓家里摆满了苹果，我们的战士一个都不去拿。在他们看来，吃了是卑鄙的，不吃才是最高尚的。人是需要有一点精神的，人的精神就是从这里头出来的。我们是从事教育工作的，是教师，是为人师表者，应该有高尚的师德，应该具有吃苦精神、奋斗精神、奉献精神、牺牲精神。教书5年，应该为孩子们想50年，为民族想500年。怎样培育教师具备这种精神呢？我知道空喊是不能解决问题的，说教也无济于事。我想起一个人，潘多——她是我国著名的登山运动员，登上了世界最高峰——珠穆朗玛峰，为祖国和人民赢得了荣誉。她退休后又闲不住，献身于育人事业，担任起宝山区同州模范学校名誉校长的职务。此前，有人利用她的身价要她拍广告，她不干；私人企业老板高薪聘她做顾问，她不去；也有单位请她办事，答应用车接送她上下班，还许诺送她一辆轿车，她不要。她唯独接受了学校的聘请，做没有待遇的育人工作。

因为她深知孩子是祖国的花朵，是民族的希望和未来。她崇高的思想境界和撼人的人格魅力，令人折服。我多想聘请她担任我校的顾问或名誉校长，指导我们的育人工作。说来也巧，因为我校原是同州模范学校手球联盟的成员学校，经常有机会接触到潘多女士，于是我们怀着求贤若渴的心情，找了潘多女士，向她敞开胸怀，介绍了我校的情况，说出我们想请她做顾问的强烈愿望。让人意想不到的是她想也没想欣然答应了我们的请求。接着，她雷厉风行，说干就干，不顾年迈体弱的身体，多次到我校向师生们介绍她征服高山、刻苦攀登的故事，讲她和她的战友们为国争光、顽强拼搏的事迹。她结合自己的人生经历和体会对攀登精神用朴素的语言作了概括——"苦字面前不摇头，难字面前不低头，死字面前不回头"的梦想追求和大无畏精神。她初次来到我们学校，就为我校题写了"勇攀高峰"四个大字，寄托着她老人家的殷切期望和良苦用心。我们也领悟了她的意思：一个单位也好，一个人也好，要想成就某种事业，一定要有攀登精神。攀登精神的内涵又是那样的深刻和丰富。我们学校领导班子多次开会研究，终于领悟到攀登精神的实质：攀登精神是对美好梦想的执着追求，攀登精神是对认定目标的顽强拼搏，攀登精神应有科学的态度去对待，攀登精神应由团队的积极配合和共同奋斗！说到底，攀登精神是拼搏精神、奉献精神、牺牲精神的综合体现！于是，我们决定把攀登精神作为学校文化建设的内涵，并贯彻到学校的一切工作中去，不断修正目标，不断提出新的任务，不断打造团队，不断明确新的要求；在奋斗中凝聚人心，将攀登精神融化到全体师生的灵魂中去，人人思进，个个想上，为实现美好的理想——把学校办成县的窗口学校、品牌学校、人民满意的学校而努力奋斗！

首先，我们在学校文化建设的表层次上，构建催人奋进的校园环境，在学校中央广场的左侧的墙面上建起一座"勇攀高峰精神"的浮雕，图案精美、含义深刻。浮雕下斜卧着一块巨石，上面刻着"勇攀高峰"四个字。新生入学后的第一堂课，就在浮雕下举行。环境育人，潜移默化地把攀登精神逐步地融化到师生的灵魂中去。

其次，编写拓展性校本课程教材——《勇攀高峰——养成学习好习惯》，根据儿童的年龄特点和认知基础，深入浅出地、较为系统地介绍攀登精神，使攀登精神成为实现梦想的强大的动力，并通过多种形式的操练，从而培养学生良好的学习习惯。

第三，不间断地提出不同时期的奋斗目标。如2009年，在具备较好条件的基础上，提出了创建上海市文明单位的要求。经过大家的共同努力，2011年春终于实现了这一目标。2012年，结合学校百年华诞，以庆典活动为契机，发动全体教职员工参与，认真总结办学经验，认真挖掘学校优良传统，把"真情回眸话百年，携手攀登创未来"的主题引向深入，取得了令人满意的、空前绝后的效果。为进一步推进学校的发展，树立了具有深远意义的学校发展的里程碑。总之，每提出一个目标，都能成为大家共同努力的方向，齐心协力，众志成城，结果都得到如期的实现。

第四，深入持久地开展"树长兴教师新形象、创海岛教师新业绩"的活动，把教师紧密地团结在自己的身边，心往一处想，劲往一处使，同舟共济，为实现学校的梦想共同奋斗。"长小"十年发展之所以这样迅速，取得的业绩又这样显著，我觉得攀登精神是一股巨大的动力，她催发着大家顽强拼搏，永不懈怠、奋勇攀登，我们才看到了今天的"无限风光"的美好景致。

我刚接任时，学校面临着许多困难：一是人心浮动，不少教师对三岛联动的发展新形势认识不足，认为划到崇明后待遇要受到影响，因为宝山的财政收入在全市是数一数二的，而崇明在全市倒数第一，因而干劲不足，存在着观望态度；二是人才留不住，骨干教师纷纷"孔雀东南飞"，通过各种理由和关系，要求调离海岛，寻找自己的发展空间；三是生源差，随着改革的深化，许多大中型企业在长兴落户，大量的外地民工涌入海岛，民工子弟学生占了极大的比例。他们的学习习惯、卫生习惯等一般都比较差，加上流动性大，家教不到位，要提高办学质量非常困难；四是我们还拖着几艘拖驳——"村校"，在管理上必须付出时间和精力。在这样的氛围下，我挑起了这副沉甸甸的担子，真可谓"奉命于危难之际，接任于艰难困苦之中"。刚上任，爱人又突患重病，住进医院，甚至开出了病危通知书。此时此刻，真令我焦急万分,爱人需要我照顾,学校需要我去掌舵。严峻的现实在考验着我,在事业和家庭的天平上究竟如何定夺？我不得不奔走于学校和医院两点一线之间,早晨6点钟我离开医院,下午6点钟我离开学校。整整39天啊,爱人的病情终于有了转机。

同时,我的工作也步入正轨。我怀着"新官上任三把火"的激情、"热爱家乡、热爱教育"的深情、"改变学校落后面貌"的热情,振作起精神,开始勾勒起心中的蓝图。我知道办法总比困难多,一切应从零开始。我分析了学校现状,觉得也有许多有利的因素,比如：我校也有许多优良传统,也积累了不少好的办学经验;海岛上也有不少师德高尚、教艺出色的教师;还有党和政府对教育的重视和关怀;民工子弟学生虽有其弱点,但也具有独立性强、吃得起苦、不娇生惯养等优点;再说,薄弱的学校,容易找到突破口,往往也容易出成绩。作为一个"班长"的我,只要怀有强烈的历史使命感和责任感,有一颗忠诚于党的教育事业的火热的心,有一股百折不挠的拼搏精神,紧密地团结同志,以身作则,身先士卒,一定会开创出一个崭新的天地。

首先,用攀登精神鼓舞士气,发展正能量。

其次,在继承和发扬学校优良传统的基础上,确立了办学总目标——坚持以人为本,构建和谐校园;确定了办学新思路：依法治校、以德立校、质量强校、科研兴校、特色活校;重申了"勤奋好学、文明礼貌、求实创新、开拓进取"的校训和学校过去一贯倡导和培育的校风,即"勤奋的学风、严谨的教风、求实的作风、奉献的新风"。我觉得学校的制度建设是十分重要的,是促进学生得到全面发展的根本保证。这些内容比较全面地体现了社会主义的办学方向,且具有鲜明的时代特点和办学特色。我们紧紧围绕校训、校风、办学总目标和办学新思路,建章立制,全面推进。

第三,打出"事业留人、感情留人、待遇留人"的三张王牌。我们始终把崇高的师德作为教师的职业道德规范,奉献育人事业作为自己崇高的历史使命,通过形式多样、行之有效的各种评优活动,把"树海岛教师新形象、创长兴教师新业绩"系列活动不断引向深入,树立了不少先进典型,成为大家学习的榜样。在感情上,我力求做到平易近人,有事和群众商量,虚心听取大家的意见和建议,从不摆什么架子。我把"尊重人、理解人、关心人"作为自己服务的信条,注意落实到日常的一切工作中去。我常常勉励自己,要低调做人,高品位办事。古话说"士为知己者死",教师们与我同甘共苦,虽苦犹乐,虽累犹幸。学校像一个和谐而又温馨的大家庭,每年春节,短信像雪片似的飞向我的手机,有祝福的,有倾吐心声的,有议共展宏图的,字字真切,句句动情。在待遇留人方面,我们做得也特别到位。我校极大部分教师来自祖国的五湖四海,是引进的大学生,他们需要有一个温馨的港湾。我们对他们的生活十分关心。起初给他们安排十套一流的基本免费的标准式公寓,配套的电脑、电视机、办公桌、崭新的床被等应有尽有,卫浴设备和小食堂也一应俱全。有的家长送孩子报到时看到后惊讶不已,连声称赞学校对他们的关怀备至。上海世博会期间,我们还特地邀请他们的家长参观世博会,参观后他们很受感动,千叮万嘱要子女在长兴好好工作,为海岛教育事业增光添彩。之后,我们又千方百计争取当地政府的支持,为引进教师争取到了8套廉租房。现在,这些教师有的已在长兴结婚成家,成为名副其实的长兴岛人。为让教师真切感受到温馨家园的幸福,每位教师的生日,学校都会送上精美礼物;每年组织教师体检,教师患病,总亲临探望;每年还对外地引进教师的家长送感谢信和慰问品,两次学校出资邀请所有外地教师的父母来沪体检疗休养。"世间自有真情在",真情换来了共识。

第四,我们十分注重打造团队的工作。我们深知团队在战斗中的作用,竭尽全力精心打造一支"师德高尚、知识渊博、教艺精湛"的教师队伍、打造一支"心灵美、行为美"的班主任队伍、打造一支"拉得出、打得响"的体育教师队伍、打造一支"业务精良"的教科研队伍、打造一支冲锋在前的党团员队伍,在打造中建立有目标、有要求、有评价的机制。团队的力量是巨大的,他们在办县窗口学校、品牌学校、人民满意学校中发挥了巨大的作用。比如,为了树立榜样,开展了系列评比活动:2009学年度学校组织评比"感动'长小'十大人物",树立起身边的师德楷模;2010年度学校组织评比"'长小'十大攀登之星",树立起在攀登中永不懈怠、顽强拼搏的先进人物;2011年度学校组织评比"'长小'十大教学之星",树立起身边的教学能手;2012年度学校组织评比"'长小'十大教学新星",激励青年教师建功立业。比如,为弘扬高尚师德,学校采用行之有效的演讲会形式,先后开展了"我与学校共奋进""爱学校,从我自己做起""攀登,点亮梦想"等系列主题活动。每次演讲,我总率先登台,倾吐心声,畅谈理想和追求,从而带动教职工抒发"爱岗敬业、乐于奉献、追求卓越"的情怀,引领大家勇攀高峰。比如,为提高干部队伍的素养,提出"三走进"——走进课堂,走进教师,走进学习。自己工作再忙,每学期能坚持写学习札记40篇,找教师谈心40人次,听课40节。在选拔干部中实行民主推荐、竞争上岗,这样产生的干部有群众基础,有业务专长、有使命感和责任感。实践证明,新选拔的干部,都能独当一面,出色地完成组织交给的任务。

第五,特别值得一提的是在精心打造师资队伍方面,舍得花大力气。因为我们深深知道教师是学校最重要的资源,最宝贵的财富。所以我们十分重视专业引领,精心制定培训计划,物色师德好、业务能力强的优秀教师,担任新教师的师傅。因此,每年的模拟课上得有板有眼,汇报课上得有声有色。新教师的上岗培训课,总是安排得头头是道。第一堂校内培训课都是校长亲自授课,鼓励新教师们勤于学习,善于研究,敢于探索,勇于冒尖,还十分强调教师应有高尚的情操;同时,还积极搭建展示平台,鼓励他们创先争优,展示老师们的亮丽风采。学校多管齐下努力提升教师队伍的学识水平和业务能力,十年间成绩显著。虚心好学的青年英语教师印燕俊获得"中国教育实践与研究论坛"论文大赛一等奖、上海市英语青年教师新教材展评二等奖、上海市英语教师技能比赛二等奖;勇于探索的数学教师邱锦颖注重激发学生的学习兴趣,形成了"实、新、活"的课堂教学特色,成为崇明县小学数学学科教学标兵,在市小学数学录像课评比中获得二等奖。优良的师资使学校的教学质量一直处于崇明县的领先地位。

总之,学校在十年的发展中,我有十点体会:1. 确立了"攀登精神"作为学校文化建设的内涵,融入学校的各项工作中去,取得了风起水涌的良好效果。2. 确立了学校发展总目标和办学新思路,促进了学校的全面发展,取得了显著的业绩。3. 以"人文关怀"为管理方式,实行人性化管理,学校变成温暖如春的家园,齐心协力,共创辉煌。4. 学校努力建设一支高素质的干部队伍,以他们的良好行为在教师中树立榜样,教师们同舟共济,不令而行。5. 学校注重师资队伍的打造,为学校的快速发展、稳定发展提供了保证。6. 注重师德建设,一以贯之地用"攀登精神"铸造教师的灵魂,形成一个顽强拼搏、永不懈怠、永不言败的战斗集体,在办学中屡创佳绩。7. 坚持"质量强校"的思路,扎扎实实地提高教学质量,产生良好的社会影响力,显示出学校蓬蓬勃勃的发展生命力。8. 狠抓科研,坚持走科研兴校之路,使办学水准不断提升。9. 狠抓体育特色项目的创建,成绩斐然,手球在市的比赛中屡获冠亚军,既体现了学校全面发展的方向,又创设了一个生气勃勃的校园氛围。10. 校长的思路、决策、觉悟、水平、人品等,在学校的发展中也起着至关重要的作用。人们常说,有了一个好校长,就会有一所好学校,不过我觉得并不尽然。办学校是一个综合工程,需要各方面的配合,校长不过扮演了一个总指挥的角色。如果没有良好的办学条件,没有高素质的师资队伍,没有社会方方面面的配合,也演奏不出一曲美妙的"育人之歌"。

2014年9月,我校搬迁到了丰福路的799号,这是动迁房的配套建筑,欧式的,建造得十分漂亮,办学条件堪称全市一流。新校区现在规模很大,教师有112人,学生有1 276人,一下子就从外地引进25名新教师,且因学校声名鹊起,学校还挂起了"国家级青少年手球特色学校""国家级乡村少年宫""崇明县以招收农民工同住子女为主的民办小学教师教育基地学校""崇明县信息化推进基地学校""崇明县规范化见习教师培训基地学校"等牌子。要把这所规模巨大的学校办好,会碰到许多新的问题,必须进行新的探索。

十年,我没有虚度光阴;十年,我没有辜负长兴父老乡亲的期望;十年,我对得起莘莘学子;十年,我没有忘记自己身上肩负的历史使命。一切都已经过去了,更加伟大的战斗还在后头。在攀登精神鼓舞下,永不懈怠,永不言败,顽强拼搏,开创更加美好的未来,书写出更加灿烂的育人篇章。最后,我用屈原的话作文章的结尾:"路漫漫其修远兮,吾将上下而求索!"

（作者系崇明县长兴小学校长、党支部书记）

# 勇攀高峰的排头兵

## ——记"最美崇明教育工作者"罗永灵

茅兴昌

罗永灵，长兴小学校长兼党支部书记。2005年"三岛联动"时恰逢老校长退休，他响应召唤毅然从乡政府机关回到学校再次成为"孩儿王"。9年多来，党政重担一肩挑的他倡导到最薄弱的班上课，坚持集体备课、以老带新、义务家教，身先士卒走遍田间船坞家访……勤勉踏实又富有开拓创新意识的他以勇吃螃蟹的改革精神和扎实举措，不断推动学校发展；事业为重的他放弃了出国培训、学历进修、重返政府机关等机会，坚守乡村教坛，一以贯之地遵循"以德立校、依法治校、质量强校、科研兴校、特色活校"的办学思路，积极弘扬、践行"勇攀高峰"的学校精神，在全体师生共同努力下办学水平不断上新台阶，演绎了一个个百年老校气象万千的美丽故事。近年先后获得上海市园丁奖、上海市教育年度新闻人物提名奖、崇明县最美教育工作者、崇明县优秀党员等荣誉。

2013年9月8日晚，在上海东方艺术中心隆重举行的上海市庆祝第29届教师节大会上，罗永灵率领师生代表登上大舞台，在接受著名节目主持人施琰的采访中侃侃而谈……

一所名不见经传的海岛学校，为什么能成为全市17个区县中唯一的也是全市所有中小幼成职学校中唯一的代表，在这号称全市教育界"春晚"的大型庆典上展现全校2 000多师生寻梦、筑梦、追梦、圆梦的精神风貌？

获如此殊荣还得从9年前说起——因为交通不便、信息闭塞、骨干教师大量流失等原因，长兴中心校处于宝山区教育的"下只角"。新世纪初随着海洋装备岛的崛起，外地生源的大量涌入，师资队伍青黄不接，学校面临的困难越来越多。然而，有谁能想到，短短几年间这所薄弱学校以迅猛的势头大步向前，大多学科成绩在全县名列前茅,先后被评为市安全文明校园、市依法治校示范校、市教育系统先进集体、市手球特色学校、市学生行为规范示范校,连续八年获县年度考核优秀奖,精神文明建设更是实现了惊人的县级、市教卫党委系统级和市级连续的三级跳,师生在县以上获奖1 000多项……

偏僻薄弱的乡村学校是如何神奇般华丽转身唱响翻身道情的?

长兴岛凤凰街头"凤凰涅槃"的佳话是怎么演绎的?有目共睹的知情者有口皆碑:群雁高飞头雁领,是励精图治的校长兼党支部书记罗永灵以一马当先引领万马奔腾!

## 一、以德修身,用言传身教为人师表

2014年9月19日下午,在县委宣传部、县文明办举行的第二届最美崇明人颁奖大会上,年近七旬的老校长蔡德忠难掩激动之情,向全体与会者妙语连珠般如数家珍,夸赞率领着教职工创造百年"长小"新辉煌的接班人罗永灵:学校的起点低、困难多,但是永灵穷则思变奋发图强,使得学校发展快、变化大,一年一个样,三年大变样,天翻地覆实在使人不敢想象。青出于蓝而胜于蓝,我对永灵相当买账,十分佩服,非常骄傲。永灵,真灵,老灵咯……

是的,往事或许不堪回首:2005年春,老校长的退休与崇明三岛的联动几乎同时。在这人心浮动的非常时期,35岁的罗永灵受命从相对轻松的乡政府回到了小学。面对历史遗留问题和忧心忡忡的教职工,他敏锐地感到:当务之急是凝心聚力,而喊破嗓子不如做出样子。于是,他以"向我看齐、跟我向前"的勇气和担当,以时时处处走在前、干在先的作为,影响和带动着师生……

上任伊始,新校长没烧"三把火",而是大力倡导并带头做到"三走进"——班子成员扎扎实实地走进学习、教师和课堂,走群众路线接地气。几年来,工作再忙、时间再紧、杂务再多,每学期撰写学习札记40篇、与教职工谈心40人次、听课40节的指标不折不扣。那一本本读书、谈心、听课的笔记本上工工整整、密密麻麻的记录,是心血凝成,是汗水结晶,是为人、为师、为学的缩影。

良好的开端是成功的一半。可就在踌躇满志的罗永灵准备大展宏图时,晴天霹雳:爱人病情危重!他当晚赶到中山医院,手捧病危通知书,七尺男儿泪湿襟。他舍不得离开日渐消瘦的爱人,可正百废待兴的学校同样令他割舍不下啊!第二天,妻子稍有起色,他就归心似箭回学校。就这样,他清晨赶学校、傍晚奔医院,穿梭往来,马不停蹄,直到整整39天后妻子转危为安……

干事创业是罗永灵的执着追求,他把个人置于群体之中,他把事业置于家庭之上。妻子身体虚弱,女儿正上高中,可这根顶梁柱轻小家重大家,为了学校的发展,他多年来工作日早出晚归,节假日加班加点,把主要的时间、精力投放于学校,把绵绵的柔情、温情倾注给师生。千头万绪,劳累过度,肾结石再次发作,可疼痛难忍还得忍,他小车不倒只管推,率先垂范全身心投入,无论刮风下雨还是严寒酷暑,每天早晨 6 点 50 分准时到岗位,拉开学校生活新一天的序幕……凭借强烈的事业心和责任感,罗永灵以人格魅力感召着全校师生勇往直前,以孜孜不倦引发更多教职工的积极进取,换来校园的日新月异。

罗永灵好学不倦,也踏实践行,亲力亲为,亦群策群力。他心中有法、目中有人,严于律己,模范执行规章制度,充分发挥工会、教代会作用,重大事项都发扬民主集体讨论、阳光操作,用不懈追求坚守着共产党人的精神家园。在学校干部选拔制度上坚持任人唯才,出台《行政干部竞聘办法》,参选者必须在推荐或自荐后,通过笔试再由校党政工和教师代表等在内的 19 人面试团共同定夺。"我充其量只是十九分之一,起不了决定性作用。"因此,即使长时期囿于同一岛域内,即使从儿时始低头不见抬头见,即使三亲六眷世代相传,但无论是同学、亲戚和朋友,都在公平公正下照章办事。这把火烧掉了暗箱操作,却烧旺了整个学校。

三所村校分布广,到县城路途远,罗永灵磨破嘴皮向镇政府争取到购车专款,可他不为行政班子方便工作添置小车,而为教师们的学习、培训、活动购买了面包车,从而"怠慢"了领导的好意,却暖了教师的心。评优记功等他总是竭力推让并尽力成人之美,唯有一次成为"孤掌难鸣"的"孤家寡人":学校隆重举行"感动长小"十大人物评比,尽管他一再推辞,可上上下下、反反复复几个回合,他的得票数始终名列前茅。人心所向、众望所归。群众的眼睛是雪亮的,教职工心头都有一杆秤!

## 二、以人为本,用校园文化凝心聚力

2014 年 1 月 25 日晚,在上海教育电视台演播厅隆重举行的"教育,有你而精彩"上海市 2013 年教育年度人物颁奖大会上,英俊帅气的罗永灵赫然在 20 个获奖者行列中。尽管因不可抗拒的偶发因素而屈居提名奖,但长兴中心校再次名扬大江南北,勇攀高峰的精神再次为市内外教育界瞩目……

熟谙管理之道的罗永灵深深懂得校园文化是学校的精髓、师生的灵魂。为进一步形成良好的校风、教风和学风,他想方设法凝心聚力,多管齐下攻坚克难,特别是通过多种途径丰富校园文化,利用各种契机培育学校精神,带领着和衷共济的教职工共同营造和谐、打造优质、锻造精品、铸造辉煌。

为确立激励师生长期团结奋进的精神依托,2005年11月18日,罗永灵邀请世界上第一个从北坡登上珠穆朗玛峰的女登山运动员潘多,来学校向师生讲述披荆斩棘历尽艰辛登顶的故事,这个举世闻名的女登山家还当场欣然挥毫泼墨作"勇攀高峰"的题词。从此后,学校每个学期都邀请她来校作报告深化教育,还以课题引领、课程开发、课堂落实等为抓手,不断丰富深化其精神内涵。又先后组织开展了"我与学校共奋进""爱学校,从我自己做起""攀登,点亮梦想""仰望星空,超越梦想"等为主题的征文、演讲系列活动,罗永灵总是率先发言,带动大家争先恐后抒发爱岗敬业、追求卓越的志向与豪情,引领全校教职工用实际行动树海岛教师新形象,创长兴教育新佳绩。

如今,"勇攀高峰"四个大字悬挂在校长办公室墙头,镌刻在校碑巨大的石头,以极高频率呈现在师生口头、笔头,更作为校园文化的精髓和学校精神的核心,熔铸在全校师生心头。

罗永灵深知:有了全体教职工的心齐劲足气顺,才有本校分校齐头并进,教育教学亮点纷呈。因此,在勇攀高峰进程中他注重通过多种途径弘扬先进、表彰优秀、带动整体,特别是借助一轮轮公正、规范的评选,树立真实、鲜活的攀登典范。如:2009学年度评选"感动'长小'十大人物"——展现身边师德楷模的形象;2010学年度评选"十大攀登之星"——树立身边奋发有为的榜样;2011学年度评选"十大教学之星"——呈现身边教学能手的风采;2012学年度评选"十大教学新星"——激励才俊们后来者居上;2013学年度评选"十大育德之星"——深化人人都是德育工作者理念;2014学年度评选"十大最美教师"——引导全体教师立足岗位、奉献教育、超越自我。持之以恒中将勇攀高峰的主题不断赋予新的内涵,引领全体"长小"人向学向美向善向上,攀登之火燃烧越旺,校园里好人好事层出不穷……

榜样的力量是无穷的。系列评比活动进一步弘扬了"勇攀高峰"的精神,营造了和谐温馨的人文环境,形成了奋发向上的良好氛围。身边的楷模看得见、摸得着、学得会,激励着党员干部以身作则,骨干教师积极主动地示范辐射,资深教师老当益壮、精益求精,青年教师刻苦好学加快成才,从而你追我赶、争创佳绩,共同推动学校工作不断迈上新台阶。

罗永灵在建章立制规范化管理的同时,注重人文关怀,对全体教职工体贴入微且一视同仁:资历深浅、年龄大小、本地他乡一个样,中心校的、各分校的,手心手背都是肉。他明白教师是特别重视感情和价值观的人,因此,他想大事、做实事,也重小事,如既为教职工的福利待遇等切身利益奔走呼号,又费尽心思两次进行食堂改革,价廉物美让大家吃得心情舒畅。罗永灵说:"如果教师吃饭都成问题了,还怎么安心工作?!"而当教职工遭难遇困有烦恼,他总及时伸援手,想尽办法帮一把,第一时间看望慰问送温暖,并千方百计动用人脉资源排忧解难助一臂之力。

老教师袁祥明曾噙着泪诉衷肠:"当我不幸遭受车祸时,校长和工会主席等心急火燎直奔长海医院,以后多次特地来医院探望雪中送炭,永灵的心灵慰藉使我伤痛解除一半……而父亲去世后,校长他们又赶来慰问,他还亲自帮助联系,为办后事解决交通工具等后顾之忧……"

是的,罗永灵他们对教职工的关怀渗透在细枝末节。在他的力挺下,几年来每位教职工的生日学校都会送上一份精美礼物;每年组织外出体检总让教工带上家属共同参加,费用由学校承担;岁末年终,校长总率领一班人逐家登门慰问市内教职工;每年都对外地引进教师的家长寄送感谢信和慰问品;每当期末外地教师回家乡,特别是一票难求的春运期间,学校都派专人守候,千方百计购到票,而且来回车票全报销;世博会期间,学校出资盛情邀请每个外省市教师的家长游上海观世博;后又出资请所有外地教师的父母来上海体检看孩子……

类似事例不胜枚举,浓浓的人情关爱感人肺腑,成为爱岗敬业勇攀高峰的强大且持久的动力。学校不少教工的家在宝山或中心市区,爱人工作、孩子读书也在那边;很多昔日同事在那边工作得风生水起,生活得活色生香。然而,因为留恋和谐的团队、温馨的集体才没有东南飞的"孔雀"也不少。是那份深深的情结、情志、情愫,使他们心甘情愿于周五傍晚匆匆去、周日下午急急回的奔波,并且取得了教育教学的不凡成绩:印燕俊近年先后获得了"中国教育实践与研究论坛"论文大赛一等奖、上海市英语青年教师新教材展评二等奖、上海市英语教师技能比赛二等奖等佳绩;邱锦颖注重激发学生的学习兴趣,形成了"实、新、活"的课堂教学特色,在市小学数学录像课评比中获得二等奖,并获上海市园丁奖,成为县学科教学标兵;形成了"亲和、灵动"的教学风格、执教的课分别在县市乃至华东地区获一等奖的青年教师杨宇说:家里早就为我去宝山工作铺好路,但之所以心甘情愿扎下根潜下心是因为遇到了一位好校长,使我有强烈的归属感……台上一次次闪亮发光的是我,但我知道所有的赞美荣誉都离不开那坚强的后盾! 校长的热心扶植始终萦绕心头挥之不去……

罗永灵用倾情付出引领着、激励着教职工齐心协力、你追我赶,以"勇攀高峰"的精神点亮师生梦想。学校为老师们的成长保驾护航,他们为学校的发展推波助澜。教职工对学校的深厚情感汇聚成强大的进取力量,共同谱写百年老校新篇章。

## 三、以情感人，用人文关爱提携成长

2013年9月8日晚的上海市庆祝第29届教师节大会上，众多聚光灯和上千与会者的聚焦下，新崇明人方方老师落落大方地倾吐心声，表达对学校、对校长、对事业的一往情深……

长兴中心校181名教师中109名是近年从14个省市引进的。罗永灵坚信教师是学校最重要的资源、最宝贵的财富。他识才、爱才、惜才、用才，全方位悉心呵护，特别是把青年教师看作是学校的希望和未来，悉心引导、细心关爱、热心激励、真心扶助……

安居才能乐业，学校积极筑巢引凤：几年来，罗永灵宁愿其他方面节衣缩食，也要千方百计保障引进教师生活起居：投放40万元改建了10间空调、电视、电脑、淋浴房等一应俱全的标房式公寓房；磨破嘴皮争取到8套全装修廉租房后投资几万元重新改造太阳能等系统；寒潮来临前，当习惯了北方暖气的引进教师下班回宿舍，看到每张床上都添加了一条厚毛毯和一床新褥子，喜出望外，暖流涌遍全身……罗永灵还特别关照后勤组：凡是引进教师生活设施中的维修等问题，必须有求即应、有难必助，第一时间完美解决……精心打造使学校成为温馨的港湾。新崇明人欣喜不已地说："我们每天都享有宾馆的舒适、家庭的温馨。"

罗永灵把促进青年教师向德艺双馨发展作为自己的天职，在加强师德师风建设与职业精神培育的同时重视专业引领。万丈高楼平地起，他们一年年精心拟订周密计划，一次次精细组织专题培训，校长总是义不容辞上《怎样当一名称职小学教师》的第一课，强调海岛乡村小学教师也可大有作为，勉励来自各地的才俊勤于学习、敢于探索、善于研究、勇于冒尖……温馨感人、先声夺人。学校别出心裁地为每位新教师配备3位师傅：及时物色好校内教学业务和班主任各一位，另请一位教研员或外校骨干教师带教；学校每年组织安排拜师会，每学年末的拜师结对总结会上都有"夸夸我的师傅，夸夸我的徒弟"这一其乐融融的环节……

罗永灵他们又积极创设时机、搭建施展才华的平台，每年的模拟课堂有板有眼，汇报展示有声有色，上岗培训有滋有味；每学期组织评优活动，又积极鼓励参加县市竞赛。每次参赛都有以带教师傅为首的智囊团给予指导、帮助，以利尽情展现亮丽风采……一系列扎实举措有效提升学识水平和业务能力，佼佼者脱颖而出，后起之秀如雨后春笋，"80后"乃至"90后"的"嫩竹扁担"挑千斤，进校5年内的新教师半数以上开过公开课、获过奖，小荷已露尖尖角。

对相继引进的外地才俊,罗永灵经常与他们促膝谈心,及时做好了解、排解和化解工作,鼓励、引领他们树立正确的人生观,积极进取、奋发有为。首批引进的小汤老师随着时间的推移踌躇满志的热情逐渐消退,把辞职报告交到了刚上任的新校长手中。面对如此"见面礼",爱才心切的罗永灵一次次地与他交谈交流、宽慰劝慰,有时推心置腹到深夜,兄弟俩泡包方便面继续交心交底……精诚所至、金石为开,铁了心远走高飞的小汤发誓扎下根,并以屡屡佳绩报答校长的知遇之恩,又作为志愿者持续不断帮助本岛农民工子弟学校组建、辅导合唱团,被中央和上海的电视台以及《人民日报》《文汇报》等媒体宣传报道。小汤又以亲身实践和真切感受,一次次给后续引进的大学生们现身说法,真情实感,振聋发聩。他以不用扬鞭自奋蹄的行动,向人们诠释了何谓"士为知己者死"。而使人匪夷所思的是,当得悉这个如日中天的骨干教师家庭实际困难时,罗永灵毫不犹豫地为他的调动大开绿灯。一所争创一流的海岛学校,正当年的能够撑市面的品牌教师多多益善,可一校之长殚精竭虑苦口婆心竭力挽留下来后精心培育并使其快速成长的专业教师,节骨眼上却又心甘情愿拱手相送。何为管理者的远见、胸襟、情怀?何为人文关爱、凝聚力工程?罗永灵用行动上了生动一课!而人情味、亲和力引发的凝聚力、向心力、穿透力无与伦比!

作为"大家长",罗永灵尽力让每一名新成员都感受到家的温暖温馨。学校多次组织与振华港机等大企业开展联谊活动,为未婚青年牵红绳;节假日组织引进教师联欢,在岛内外游览、考察,让远离父母的大孩子在异地他乡的美丽风光中体会到友情、亲情、温情……被无微不至的厚爱善待提高了幸福指数的来自五湖四海的新崇明人如沐春风,很快被点燃了激情,释放了能量,更坚定了扎根海岛、奉献"长小"的信念,鼓起了勇往直前的风帆,争相为学校的发展建功立业,也形成了招得进、留得住、更用得好的良性循环。

也正是青年教师的熠熠生辉,使得这所百年老校焕发了勃勃生机。放眼今日"长小"校园,这一所几乎是"面向全国招生"的准农民工子女学校,富有朝气,充满活力,所属的各个校区各有特色,手球运动是又一块金字招牌,多次获得市级比赛冠军……

## 四、以诚相待,用睿智大度创先争优

2014年10月30日下午,去新落成的气势恢宏的长兴小学新校区采访,在分头召开的几个座谈会上,与会者畅所欲言,纷纷由衷地讲述校长的桩桩件件,使笔者对罗永灵的感知更为立体、更加丰满。

副校长施兴、黄凤祥,老校长蔡德忠等娓娓道来:永灵最大的特点是不折不扣的心系事业,全身心用在学校发展上。他真心实意尊重人,善于调动每个人的积极性,使教职工的精神面貌焕然一新,潜能发挥到极致。聪慧的他具有前瞻性的办学思路,善于继承,重视创新,以"树、创"活动为载体引领师德师风建设,9年前上任提出"以德立校、依法治校、科研兴校、质量强校、特色活校"的20字办学方针时,老师们觉得朗朗上口很有新意,但没往深层次思考,总以为纸上谈兵贴标签,一阵风过去会成过眼云烟。实在想不到回顾9年来的足迹,在整整18个学期的开学典礼上,他总会根据社会变化、时代发展和学校中心工作,一以贯之,持之以恒,明确一个学年、学期的奋斗目标和重点工作,带领大家一步一个脚印前行,使各项工作快马加鞭。本学年又把"依法治校"作为办学侧重点,与党的十八届四中全会精神完全吻合。永灵认准大目标,阔步向前跑,使学校不断走上可持续发展快车道。如此咬定青山不放松,使人不得不佩服至极。

说到校长的以诚待人,杨宇老师绘声绘色介绍了刻骨铭心的感人一幕:清晰地记得潘多奶奶在座谈会上介绍恶劣环境中舍生忘死攀珠峰的往事,要给大家看自己的脚时,校长阻止了她艰难地脱鞋的动作,俯下身"卑躬屈膝"小心翼翼地帮奶奶脱去鞋袜,双手轻轻地托举起奶奶那双征服世界屋脊的神奇的双脚,让我们看到了那被冰天雪地严重冻坏变形的脚,然后又细心地给奶奶穿好鞋袜……大男人的这一连串细小动作如此温暖贴心,仿佛能把珠峰上的积雪融化!此时此刻被深深感染的我们涌动着又一感动:原来,心意可以不用语言来描述,借助行动的表情达意更温馨感人!

几个青年教师说:"长小"是个追梦的攀登的重情感的集体,而这些都是因为有位有梦的校长带领大家登上一座座梦想之巅。这位有爱的校长不仅让人感受到他对麾下每一位的深情厚谊,他的真诚待人还体现在对外来务工人员及子女无微不至的关爱,时时事事无处不在,点点滴滴俯拾皆是。就拿新学期招生来说,校长半夜到校查看家长排队情况,清早尽量多开窗口方便报名……重情重义、至善至美、大音希声、大爱无垠!

今年中考,笔者再次到长兴中学服务,午间去静悄悄的隔壁小学"微服私访",门卫师傅闲聊中骄傲地说:"我们的校长就是有气魄、有腔调:新'平安'需要人才,想去的决不留!他说到做到,不放空炮……""道听途说"很快得到证实:采访中,海艳、方方等几个妩媚典雅的老师,伶牙俐齿,异口同声:曾是"长小"大家庭一员的平安小学旧貌换新颜后即将独立,罗校长有欣喜,有惆怅,有不舍,更有扶上马再送一程的雅量、气度。你听：新"平安"需要大量优秀教师，想要去的我决不挽留——果真，一手培养的一起为"长小"发展壮大艰苦打拼的徐立新、施春宝等左膀右臂走马上任去独当一面，还"釜底抽薪"带走了精兵强将。再听：任何一位不想去而那边需要的，我也决不会轻易送过去——掷地有声、情义无价！人文情怀得到了最好的诠释。6月底的那个星期一教职工政治学习后，校长饱含深情的宣布：今天又是为即将奔赴"平安"的兄弟姐妹的送别会。他的简短开场白情真意切，只见叱咤风云的他儿女情长，离愁别绪写满脸上，憋红了双眼，强忍泪水，可又怎能忍得住呢？手中的纸巾很快湿透了，铮铮铁汉的柔情蜜意在无声流淌的泪水中再次升腾、蔓延，却让大家心更暖。老师们纷纷上台掏心掏肺，有的憋红了双颊，有的声音颤抖时断时续，有的哽咽着千言万语无法表述……台上台下、走的留的，至真至纯、难舍难分……罗校长慷慨激昂的"总结陈词"是希望，是憧憬，是祝福："长小""平小"兄弟情深，携手并肩同攀高峰！大教育、大局观、大视野、大胸襟……这个迄今唯一的崇明县"最美教育工作者"之"美"可见一斑！

竞聘为学校中层干部9个年头的人事干部邱锦颖是校长办学理念的实践者和见证者，评价校长也颇有专业的目光：都说"宰相肚里能撑船"，我们"长小"人由衷赞叹"校长肚里能撑船"。校长专门开设信箱，对教职工真知灼见定期进行归纳汇总和研讨肯定，采纳合理化建议，上善若水才共谋学校发展、共创文明校园。善良、睿智与大度是教职工对超脱、洒脱校长的又一评价，校长的真诚热情全体教职工看在眼里，记在心里，感动在行动中。青年教师工作有欠缺、生活遇挫折、思想有起伏，他总是满腔热情地引导他们走出阴霾，告别困境；用人不疑的他对行政人员更是响鼓重敲，从严要求，又热情扶助，给予充分的展示舞台，一旦有纰漏，他总是主动揽责并安慰鼓励，使人工作起来心情舒畅、无拘无束，力争好上加好。在这样的校长带领下，"长小"人心往一处想、劲往一处使，向着更为辉煌的明天努力着、辛劳着、攀登着、幸福着。

是的，管理是科学，是艺术，也是创造；教师是金石，又是矿工，情感是可以传递与辐射的。罗永灵或许没有壮志凌云、豪气干云，但热情热忱感染人，真心真情激励人，热情执着鼓舞人，源源不断的爱汇聚成一股势不可挡的力量，教职工捏成拳、抱成团，共同谱写百年老校新篇章。

锐意进取的罗永灵深有感触地说：有了教师的出彩，才有学生的精彩、学校的华彩。而看着罗永灵成长、学校巨变的老校长抚今追昔感慨万千：长江后浪推前浪，一个好校长就是一所好学校……欣喜之情溢于言表。

# 凝心聚力攀高峰
## ——崇明县长兴中心校教师团队简介

茅兴昌

## 一组闪光的报道

1. 2009年8月29日，《文汇报》刊登姚要武撰写的《给学生智慧点拨》一文，介绍施兴老师悉心教书育人的事迹。

2. 2011年6月29日，"上海教育新闻网"发表崇明县教育局推荐的长篇通讯《殚精竭虑谋发展，筚路蓝缕创大业》，介绍罗永灵老师无私奉献的故事，在读者中引起较大反响，连续一个月在人气榜上名列前茅。

3. 2011年9月10日，《解放日报》第一版刊登李爱铭撰写的《岛上的小路她走了16年》，介绍优秀班主任吴春花老师爱岗敬业的事迹。

4. 2011年5月29日，《文汇报》刊登了王星撰写的《长兴岛上办起"放牛班"》，介绍汤连海老师为农民工子女学校的孩子们志愿服务的精神。

近年被市及以上主流媒体宣传的这些教育工作者有老有少，有男有女，有本地出生，也有外地引进，共同点是出自同一单位——崇明县长兴中心校。

## 一所进取的学校

创办于1912年的长兴中心校整整百年来创过辉煌，也历经坎坷。舍远求近：7年前，因为交通不便、信息闭塞、近百名年轻有为的骨干教师几年间先后流失等原因，使学校成为宝山区边远薄弱学校。7年来，随着长兴海洋装备岛的崛起，外地生源不断增加，目前1 613个学生中，来沪务工人员子女占62.9％，几乎是一所"面向全国招生"的准农民工子女学校;现有166个教职工中,有77位是2005年以来从新疆、吉林等13个省市和本地引进的;作为目前全市唯一由本校和3所分校组成的中心小学,这所崇明三岛规模最大小学的众多工作,特别是语、数、英主要学科教学的重担,不得不由嫩竹扁担们挑……

然而,自2005年5月区域划分后的7年来,这所起点低下的海岛乡村小学举步维艰,却阔步向前,不利因素很多,但办学成果累累:师生个体、团队在县以上获各类奖近千项,2006年起,先后被评为市安全文明校园、市依法治校示范校、市教育系统先进集体、市世博会安保稳定工作先进集体、市手球特色学校、县五好基层党组织、县绿色学校、县体育工作先进集体,连续六年获县教育教学工作优秀奖、县年度考核优秀奖……精神文明建设更是实现了惊人的六年三级(县级、市教卫系统级、市级)跳。

凤凰涅槃、一飞冲天,成功因素不少,最关键是学校领导以人为本、多管齐下,锻造起了一支师德高尚、教艺精湛、积极进取、奋发有为的师资队伍。

## 一系列感人的举措

长兴中心校领导深知:有了全体教职员工的心齐劲足气顺,才有本校分校齐头并进,教育教学亮点纷呈。因此,热心引导、激励、扶助……打造一流团队。

1. 构建温馨家园,关爱外地才俊

学校对大量引入的新教师(特别是外地引进的)给予无微不至的关爱,解除后顾之忧,从而招得进、留得住、更用得好,充分挖掘潜能、发挥作用。

安居才能乐业,学校积极筑巢引凤:2006年,投放40万元改建了10多间空调、电视、电脑、淋浴房、床上用品等一应俱全的标房式公寓房,外地新教师喜不自禁;2007年,从乡政府争取到8套全装修、各种设施齐全的廉租房,结婚的外地新教师每户一套;2008年,寒潮来临前,学校在每位外地教师的床上加上崭新的羽绒被和毛毯,喜出望外的他们再次倍感温暖。校长还特别关照后勤组:凡是引进教师生活设施中的维修等问题,必须有求即应、有难即助,第一时间完美解决……新崇明人欣喜不已地说:"我们每天都享有宾馆的舒适、家庭的温馨。"

学校多次组织未婚青年教师与岛上的振华港机等大企业的未婚青年开展联谊活动,为他们牵红绳;逢年过节与引进教师一起联欢,组织他们在岛内外游览、考察,让远离父母的大孩子在美丽的风光中开阔眼界、增长见识、愉悦身心,在异地他乡体会到友情、亲情、温情……

几年来,每位教职工生日都送上一份精美礼物,每年组织体检旅游总让教工带上家属共同参加,校长年终总率领一班人逐家慰问市内教职工家庭……与此同时,更把特别的爱献给来自五湖四海的俊男靓女们:每年都对外地引进教师的家长寄送感谢信和慰问品;每当期末引进教师回故乡,特别是一票难求的春运期间,都派专人千方百计购到票,且是来回票全报销;世博会期间,学校出资盛情邀请每个外省市教师的家长前来游上海、观世博;看学校、望孩子;2011年学校再次出资请所有外地教师的父母来上海体检、疗休养;2012年秋,邀请家长们来上海观摩百年校庆……如此关怀备至能不感人肺腑?

对新教师最大的关爱是促进他们向德艺双馨发展。为提高职业素养和专业水平,学校制订周密计划,组织专题培训。校长义不容辞地上《怎样当一名称职小学教师》的第一堂课,强调海岛乡村小学教师也可大有作为,勉励新教师勤于学习、敢于探索、善于研究、勇于冒尖;学校还请上几年的新教师现身说法,富有针对性、说服力……

为使新教师加快实现从天之骄子到称职教师的华丽转身,学校别出心裁地为每位新教师配备3位师傅:校内教学业务和班主任各一位、另请一位教研员或外校的县级骨干教师。每年拜师结对后的拜师酒由学校组织,徒弟恭恭敬敬地向师傅敬一杯;每学年度末的拜师结对总结会上都有"夸夸我的师傅,夸夸我的徒弟"这一程序,不少徒弟常边夸边流泪,衷心感激之情难以言表……

学校积极创设时机、搭建展示平台,以利脱颖而出:每学期组织课堂教学评优活动,又积极鼓励新教师参加县的各种竞赛活动。每次参赛都有以带教师傅为首的智囊团给予指导、帮助,以利他们尽快提高专业水平,展现亮丽风采,努力成为反思型、智慧型、创新型的教师。

学校的厚爱善待,领导的真心真情,提高了教工及全家的幸福指数,更使青年教师坚定了扎根海岛、奉献"长小"教育事业的信念,争先恐后为学校发展建功立业。也正是青年教师的熠熠生辉,使得这所百年老校焕发了勃勃生机。

2. 凝练学校精神,引领群体提升

加强文化建设,注重精神激励。长兴中心校重视校园文化建设和教师团队的思想道德建设,并努力使之相辅相成、相得益彰。2005年11月18日,学校邀请世界上第一个从北坡登上珠穆朗玛峰的女登山运动员潘多来学校作报告,还当场挥毫泼墨写下"勇攀高峰"的题词,以后每年都邀请她来校讲学。如今,"勇攀高峰"精神已经成为校园文化的精髓,"长小人"把她熔铸在心头,更落实在行动。

开展系列活动,凝聚团队力量。近年,学校先后举行了以"我与学校共奋进"

"爱学校,从我做起""攀登,点亮梦想""仰望星空,超越梦想"……为主题的征文、演讲等众多活动,进一步凝心聚力,规范教师行为,引领全校教职工用点点滴滴的行动"树海岛教师新形象,创长兴教育新业绩"。

注重评比表彰,树立攀登典型。近年来,校园内在平凡岗位上作出不平凡业绩的优秀人物、典型事例时有涌现。为发扬先进、带动整体,学校通过一轮轮公正、规范的评选,树立真实、鲜活的典范。如:2009 学年度评选"感动'长小'十大人物"——展现身边师德楷模的形象;2010 学年度评选"'长小'十大攀登之星"——树立身边奋发有为的榜样;2011 学年度评选"'长小'十大教学之星"——呈现身边教学能手的风采;2012 学年度将评选"'长小'十大教学新星"——激励青年教师成为教育教学的先锋。

榜样的力量是无穷的。系列评比活动进一步弘扬了"勇攀高峰"精神,营造了和谐温馨的人文环境,形成了奋发向上的良好氛围。身边的楷模看得见、摸得着、学得会,激励着党员干部身先士卒、冲锋陷阵,骨干教师积极主动地示范、辐射,青年教师刻苦好学、脱颖而出,老教师老当益壮、精益求精。全体教职工志存高远、脚踏实地,你追我赶、争创佳绩,共同推动学校工作不断迈上新的台阶。

## 一群勤勉的园丁

近年来,长兴中心校这个和谐进取的教师团队中爱岗敬业、教书育人的先进人物辈出、典型事例不少。例如:

1. 1985 年就担任中心校副校长的施兴老师,是学校第一位有本科文凭的教师、第一位研究生、第一位中学高级教师。尽管青春勃发时就声名远播,但他扎根海岛、甘当配角、热心服务;尽管已过知天命之年的他常受糖尿病、冠心病等病魔折磨,但他身体不佳却意气风发,年过半百却老当益壮:勤奋好学、刻苦钻研的上进心始终如一,开拓创新、力争上游的进取心始终如一,以身作则、为人师表的责任心始终如一,勤勉踏实、严谨认真的作风始终如一,抢挑重担、永不懈怠的干劲始终如一,真诚帮助、热忱提携青年教师的奉献精神始终如一。胸有全局的他年复一年上毕业班英语,还主动调上基础薄弱班级,科学训练后很快旧貌换新颜。他为一届届学生成长竭尽全力,在不停地追梦中实现人生价值;他以自己的模范行为影响、带动、提升教师团队,那身教重于言教的举动感人至深。上海市优秀少先队辅导员、上海市优秀小学校长、上海市农村学校优秀教师标兵等荣誉实至名归。

2. "教学之星"获得者印燕俊老师进入教坛的时间虽然不长,但细致严谨、谦虚好学的她已崭露头角,上海市英语新教材展评二等奖、上海市英语教师技能比赛二等奖、长三角"黄浦杯"征文鼓励奖等奖项接踵而至。

3. 汤连海老师是学校首批引进的大学生,他曾经铁了心要远走高飞,因为受到罗校长人格魅力的感染,发誓扎下根、定下心,为学校的争上游、攀高峰添砖加瓦,为乡村学生艺术素养的提升推波助澜,成绩喜人。特别是从 2006 年起,他作为志愿者坚持不懈地利用业余时间帮助本岛农民工子弟学校组建、辅导合唱团,被中央和上海的电视台以及《人民日报》《文汇报》等媒体多次宣传报道。

4. 被由衷敬佩的校长和教职工亲昵地称为"超女"的孙志琴老师,执教几十春秋一直勤勤恳恳、兢兢业业,党叫干啥就干啥,领导指向哪里就奔向哪里。人到中年仍然常年超负荷工作,透支了很多体力精力,积劳成疾仍然挑重担、出大力;爱人病重、家庭变故,仍然一门心思教书育人。前卫分校 2008 届两个毕业班数学在整个辅导片垫底,大局观、事业心使她主动请缨,接下"烫手山芋"。尽管常因班级基础实在薄弱,民工子女的习惯差而焦虑、失眠,可每当她注视着纯真、可爱的同学们时,强烈的责任心驱使她想方设法提高他们,多少次喉咙沙哑发炎,多少次废寝忘食,多少次披星戴月……换来的是不负众望的脱胎换骨。

连续两年她任教的班级双双在全县小学生毕业考试中位居第一,本想连续教完三届毕业班后调整一下,教其他年级可以适当轻松一点,可中心校两个毕业班数学存在一些问题,领导要求火线支援。这个"救火队长"再次毅然接受任务,半年后毕业会考两个班都进入全县前十名……一次次化腐朽为神奇,是因为她忠诚事业,对父老乡亲和农民工子女怀有深厚感情;是因为她要用行动报答知人善任领导的知遇之恩;是因为她懂得浇树先浇根,教人先教心,于是循循善诱、攻心为上,善于调动积极因素,激发内在动因,因势利导才水到渠成;是因为她有高超的课堂教学技能,深入浅出、化繁为简……于是,四两拨千斤、铁杵磨成针。

5. 上海市农村班主任工作"君远奖"最佳特色奖获得者吴春花,作为语文教师,她在日积月累中教学技能与日俱增,从教 16 年中的 32 次全岛统考,所教班级拿了30 次全乡第一名、两次第二名。作为班主任,她富有爱心,经常利用双休日对学生家访,利用休息时间为学生补课,深得家长赞誉。小李同学性格内向基础差,吴老师每天下午把他留下来免费补课,傍晚穿过长长的巷子把孩子送回家。更难能可贵的是即便在人心浮动的日子里,即便女儿也想到市中心去上更好的学校,春花却依然选择了坚守,一如既往地为农家子女和农民工孩子的成长倾心尽力。

6. 来到花团锦簇、窗明几净的长兴中心校,赏心悦目的感觉油然而生。生活在美化、绿化、净化环境中的教职工,对任劳任怨的总务主任黄学华赞不绝口。

尽管后勤工作十分烦琐，又要兼管 3 所分校，还要上一个班级的主课，工作量之大常人难以想象。但他坚持后勤为前勤、为一线服务，尽最大可能为老师们工作提供方便。无论春夏秋冬，不管刮风下雨，一年到头每天早晨七点前到校，每晚六七点钟离校回家，有时晚上到家了还赶十几里路回校为远离家乡和父母的引进老师排忧解难，使他们感受到集体的温暖、学校的关心。

他不辞劳苦、不厌其烦、不计得失，不管分内分外，无论本校分校，心中装着学校的发展大计，把为师生服务作为一种快乐和享受。设备坏了马上修理，有故障尽快去排除，切实做好保障工作。节假日加班是常有的事，仅 2010 年暑假就在烈日下加班 40 多天，有一段时间坐骨神经发炎，疼痛难熬，但即使走两步坐一下也坚守施工现场，使学校维修工程保质保量。校园大修后需要清理，他一天到晚一身汗、一身泥，冒着酷暑圆满完成任务。

看到他终日风风火火、忙忙碌碌，或许谁也想不到敬业尽职的他即将光荣退休、告老还乡——老骥伏枥，矢志不渝！

7. 校长助理黄凤祥是长兴中心校又一头名副其实的老黄牛。他以良好的品德修养、深厚的专业底蕴、严谨求实的工作态度、锐意进取的创新精神，赢得了领导同事的好评、学生们的爱戴和家长的赞许。

他工作负责，每天总是很早到校，督导体温检测，检查安全隐患，巡视班级开窗通风情况，处理日常事务……事无巨细、细致入微。

他严格要求自己，热心帮助他人，是一位知冷知热更知心的师长和朋友。教职工生活工作上遇到困惑总会找他，因为他耐心、热情、坦诚。

他热爱学生，对全体学生一视同仁；不管教哪一个班都注重科学管理，尤其对特殊学生给予特别关爱。孩子们团结、自信、向上，凝聚力强，一个个班级面貌很快就有显著改观。

对事业执着追求的他治学严谨，尤为重视教学研究，善于调动积极性，非常注重学生的自主学习，千方百计让每一位学生动脑思考、动口表达、动手练笔。科学的方法、实干的精神，使他任教班级的学科成绩全都在全县前列。

一花独放不是春。作为数学学科负责人，他时时处处以身作则，又经常组织数学组教师学习研究，讨论评析，自己义不容辞地和盘托出、启发点拨，使同事们深受启迪鼓舞；他对新教师更是关怀备至，常在百忙中抽出时间解析指导、研磨教案，使每一节县市级展示课都圆满成功，使全组教师同舟共济也水涨船高，齐头并进又创先争优；使全校数学成绩连续多年在全县名列前茅甚至独占鳌头，如此满园春色来之不易，却也顺理成章。

8. 长兴中心校不少教工的家在宝山或中心市区,爱人工作、孩子读书在那边,家人们是多么希望他们去团聚呀;很多昔日的同事在那边工作得风生水起,生活得有滋有味,也确实具有相当诱惑力。然而,是那份深深的情结、情志、情愫,使他们心甘情愿于周五傍晚匆匆去、周日下午急急回的奔波。

杨宇老师就是其中的一位。"那边"有宽敞舒适的"宫殿",夫君、父母、爱女均在那等待着她回去享受天伦之乐,"那边"颇有名气的学校为这个小有名气的海岛教师保留着岗位……然而,她却日复一日坚守海岛,年复一年来回穿梭。因为,她忘不掉农民工孩子那一双双渴求的眼睛;因为,她忘不掉学校领导掏心掏肺的真切挽留;因为,她忘不掉所带教的新教师们那依恋的目光;因为,她忘不掉自己之所以能够一次次在县的、市的和代表上海参加华东六省一市优质课比赛中摘金夺银,是因为学校领导再三鼓励并尽最大可能提供最佳资源,是因为教研员多次点拨指导,全校学科同仁同心同德、献计献策……她深知校长为首的强大后援团,是自己一次次过关斩将夺佳绩坚强的支柱、智慧和力量的源泉。

人情味、亲和力引发出凝聚力、向心力。像杨宇老师这样因为留恋和谐的团队、温馨的集体才没有东南飞的"孔雀"还有不少。他们在这一片沃土上踏实工作、辛勤耕耘,守望相助、团结拼搏,付出了艰辛的劳动,也收获着丰硕的成果。学校为他们的成长保驾护航,他们为学校的发展推波助澜。

9. 长兴中心校群星璀璨。当然,有了一马当先才有万马奔腾,毋庸置疑,励精图治的校长兼党支部书记罗永灵是优秀团队的领头雁,是最亮的那颗星。

2005年春,老校长的退休与崇明三岛的联动几乎同时。在这人心浮动的非常时期,刚过而立之年的罗永灵受命从相对安逸的政府机关回到了长兴中心校。面对众多历史遗留问题和忧心忡忡的教师们,罗校长敏锐地感到:当务之急是凝心聚力,而喊破嗓子不如做出样子。于是,他以"向我看齐、跟我向前"的勇气和担当,影响、感染和带动师生。于是,晨曦初露,校园最早闪现的是他的身影;夕阳西下,田径场上最后留下的是他的足迹……

良好的开端是成功的一半。可就在踌躇满志的他准备大展宏图时,爱人病情危重。他当晚赶到中山医院,手捧病危通知单,七尺男儿泪流满面。他舍不得离开日渐消瘦的爱人,可正百废待兴的学校同样令他割舍不下啊!第二天,妻子病情稍有好转,就马不停蹄地赶回学校。就这样,他清晨赶学校、傍晚奔医院,直到整整39天后妻子转危为安。

内忧外虑,千头万绪,劳累过度,肾结石再次发作,可疼痛难忍还得忍。罗永灵继续率先垂范全身心投入,以人格魅力感召着全校师生披荆斩棘、勇往直前。

这个新官没烧"三把火"却大力倡导并带头做到"三走进"——班子成员扎扎实实地走进学习、教师和课堂。几年来工作再忙、时间再紧、杂务再多，每学期写学习札记40篇、谈心40人次、听课40节的指标不折不扣。那一本本读书、谈心、听课的笔记本上密密麻麻、清清爽爽的记录，是心血凝成，是汗水结晶。

罗校长好学不倦也踏实践行，亲力亲为亦群策群力。他心中有法、目中有人，严于律己，从不以权谋私，模范执行规章制度，充分发挥工会、教代会作用，重大事项都发扬民主，集体讨论决定，阳光操作，公开公正。

3所村校分布广、到崇明路途远，他磨破嘴皮争取到购车专款，可不买小车自己享用而购面包车——方便老师们的学习、培训、活动。他对教职工关怀备至且一视同仁：资历深浅、年龄大小、本地他乡一个样，中心校和分校的手心手背都是肉。他识才、爱才、用才，全方位悉心呵护，特别是把青年教师看作是学校的希望和未来。常促膝交谈，及时做好了解、排解和化解工作，鼓励、引领他们积极进取、奋发向上。他想大事、做实事，也重小事，如既为教职工的福利待遇等切身利益奔走呼号，又费尽心思两次进行食堂改革，让大家吃得卫生、满意；而当教职工遭难遇困有烦恼，他总及时伸出援手；无论哪位教工或家庭有急难事，总马上去看望，并动用丰富的人脉资源排忧解难……

他吃苦在前可享乐在后。妻子身体不佳，女儿正上高中，可这根顶梁柱轻小家重大家，工作日早出晚归，节假日加班加点。评优记功等总是竭力推让并尽力成人之美，唯有一次"孤掌难鸣"：学校隆重举行"感动'长小'"十大人物评比，尽管一再推辞，可上上下下、反反复复几个回合，他的得票数始终高居第一、人心所向、众望所归！是的，群众的眼睛是雪亮的，教职工心头有杆秤。

教师是金石又是矿工，情感是可以传递与辐射的，罗校长的热情热忱感染人，真情真诚激励人，热情执着鼓舞人，无微不至的爱汇聚成一股势不可挡的力量，引发了大家对学校的归属感，对工作的使命感，教职工捏成拳、抱成团，心往一处想、劲往一处使，共同谱写百年老校新篇章。而罗校长深有感触地说：有了教师的出彩，才有学生的精彩、学校的华彩。

学校管理是科学、是艺术，也是创造。锐意进取的罗永灵正率领着全校教职工激流勇进，向着新的高峰不断攀登！

# 他们是"长小"发展的火车头
## ——喜看学校领导班子成员众志成城、梦想成真

蔡德忠

学校要编写一本文集——《攀登之魂——崇明县长兴小学十年发展回眸》,约我写一篇文稿,就长兴中心校十年的发展变化,谈谈自己的感想。因我是该校退休的老校长,又在这个学校工作了38年,与教育有着一种割舍不断的情怀,退休后我还时时关注着学校的建设和发展,现要我写点文字,全在情理之中,于是我欣然允诺。

我觉得办好一所学校多不容易啊,既要选择一个好的校长,又要有一个好的领导班子,还得有一个好的办学目标,也得有一批优质的师资、好的生源、好的办学设施,还需要得到政府和社会的关心支持等,如果在某一方面有缺失都会对办学带来困难。"长小"的十年,之所以办得这样红红火火,业绩非凡,其间有许多宝贵的办学经验应当好好总结。人们常说:"有了一个好校长,就能办出一所好学校。"我觉得这话不能绝对化,它不过是强调了校长在办学中的重要地位和作用。但我们从"长小"的十年发展中,从罗永灵校长的身上得到了印证。他以崇高的目标、宽广的胸怀、坚定的信念、强烈的历史使命感和责任感,执着的追求和巧妙的领导艺术,把学校办得令人赞不绝口。当然还有现任的学校领导班子,他们多像一个风驰电掣、呼啸前进的火车头,肩负着历史的使命,胸怀着海岛人民的重托,朝着目标奔驰向前,才使学校达到今天这样的完美,才使学校实现了历史的飞跃,才使学校梦想成真。

"长小"的十年,是奋勇攀登的十年,是建功立业的十年,是业绩卓著的十年,她在"长小"的百年发展史上是最为辉煌的十年。作为一个在长兴中心校担任主要领导工作20多年的老同志来说,该有几多欣慰,几多感慨啊!我从心里佩服年轻的

后生们,他们肯干、会干、能干!

长江后浪推前浪,世上新人赶旧人。学校领导班子的全体成员,以良好的政治素质和高尚的思想品德,怀着崇高的使命感和责任感,奋发努力,顽强拼搏,无私奉献,十年间学校发生了巨大变化,取得了令人瞩目的成就,不得不令我这个老校长从心里感到钦佩。

我在任时也有过许多梦想,多想把学校办成宝山区的优质学校,多想跨进上海市的文明单位的行列,但终究未能如愿。可能受到许多主客观条件的制约。但平心而论,我是尽力而为的,我没有懈怠过,也没马虎过,一直在负重前进,我多像山间小道上的一名挑夫,担着沉重的担子,艰难地跋涉在崎岖的山路上。但我的辛劳和付出,再加上我的同事们的共同艰苦努力,也为长兴的教育争过许多光彩。如1993年至2004年,连续被评为区文明单位,体育运动水平在区处于领先地位。特别令人高兴的是,学校涌现了一批像罗永灵、施兴、施春宝、刘海红、邱锦颖、虞兴忠、黄凤祥、徐立新、龚德金等市、区级先进人物,他们在学校的发展中起了不可低估的带头作用和榜样作用。此前,学校还形成了一些行之有效的规章制度和可以传承的校训和校风。

这为近十年的快速发展打下了一定的基础。说这些话,我丝毫不是在表什么功,只是说明事物的发展应具备一定的基础和条件,有适合发展的客观环境。但实事求是地说,永灵同志要比我强得多,他会统揽全局、他会用人、他有永远进击的精神等等,我是自愧不如的。我看到后继者的事业有成,心中如吃蜜糖一般甜蜜,见原班子中的成员个个激流勇进,没有一个落伍的,感到由衷的欣慰。要说我有一点成绩的话,对事业比较忠诚,对工作比较有责任心,比较注重师德建设,比较注意干部的形象,为学校年轻干部的健康成长树立榜样。后来者超越前人,这是历史发展的必然规律。我为他们的飞跃拍手叫好!

回想起2005年春天,我退休交班的时候,学校在各个方面还不是十分理想,面临着许多困难和挑战。一是当时正遇上三岛联动,长兴划归崇明,许多教师对发展的新形势认识不足,思想上产生混乱;二是不少骨干教师人心浮动,千方百计想调离海岛,寻找自己发展的空间,学校师资严重缺乏;三是随着长兴改革开放的深入,外地大量民工涌入海岛,民工子女的入学人数占了极大的比例,总体上来说,他们的学习习惯、生活习惯、卫生习惯和家庭教育等,要比本地的学生差,要全面提高办学质量谈何容易;四是中心校还兼管着几所分校,中心校领导必须花费时间、花费精力。在这样的情况下交班,我心中充满着愧疚之意。但我退休了,我的梦只能靠后人去圆了。

十年磨一剑，他们把这剑磨得多亮，多锋利！我在任时的梦——创办优质学校、实现上海市文明单位的目标的梦，都被后生们做得多圆、多美、多好！教育科研在全国榜上有名，2011年4月，学校被评为上海市文明单位，办学质量在县名列前茅，学校还被评为上海市委办先进集体。我在思考，我在琢磨，我在反省，他们有一种什么样的法力，才绘就这样一幅美丽的图画？他们有一种什么样的能耐，才创建出如此辉煌的业绩？我在感动之余，更多地在思考着他们成功的原因。我觉得最根本的原因，因为有了一个好的校长，因为有了一个好的领导班子。这是事业成功的关键所在。他们有良好的政治素养和思想品质，有高尚的道德情操，才会产生强烈的责任感和使命感，为办让党放心、让人民满意的教育，同甘共苦，努力奋斗，没有条件创造条件上，没有师资从外省市引进。他们正确处理好继承和发展的关系，总结成功的办学经验，发扬优良的传统，运用行之有效的一些习惯做法，为我所用。譬如：20世纪90年代初制定的校训——勤奋好学、求实创新、文明礼貌、开拓进取和学校倡导的"四风"——勤奋的学风、严谨的教风、求实的作风、奉献的新风，都得到了很好的传承和发扬。

为弘扬师德开展的"树长兴教师新形象、创海岛教育新业绩"系列演讲活动，继续得到开展和不断创新。他们不墨守成规，安于现状，不断地在发展上做文章，特别是在学校文化建设的深层次上探索和实践，将"攀登精神"确立为学校文化建设的内涵，落实到学校的一切工作中去，融化到全体师生的灵魂中去，取得了风起云涌的效果。还有，将人性化管理的理念，应用于学校管理中，实是一门高超的领导艺术，把学校办成温馨的家园，学生健康成长的乐园。他们是不断革命论者，学校取得一定成就后，马上又提出新的奋斗目标。如经过几年的奋斗，学校取得较大业绩后，2009年就提出争创市的文明单位，2011年终于实现目标。他们在改革与开放上，不断迈开新的步子，提出了办学的总目标——"坚持以人为本，构建和谐校园"，确定了办学的新思路——"依法治校、以德立校、质量强校、科研兴校、特色活校"，这完全体现了国家的办学思想和人民的愿望，并扎扎实实地落到实处，取得了令人瞩目的成就。

为庆祝学校成立100周年，精心筹划，不是为了庆祝而庆祝，目的在于总结和推进，达到了"真情回眸话百年，携手攀登创未来"的预期目标，受到方方面面的热情赞扬和高度评价。去年秋，学校搬迁到丰景路之后，他们又开始了新的长征。我说以上这些话，无非在说明，学校领导班子成员的政治素养、思想品质、领导艺术、表率作用等在办好学校中起着多么重要的作用，但并不排斥教师们在学校发展中的地位和作用，我只是想在某一方面强调校长和学校领导班子的重要性而已。如果说"长小"是一支乐队的话,那罗校长就是一个出色的总指挥,指挥着全体教师演奏着雄壮的"攀登之歌"胜利前进;如果把"长小"比作是一列火车的话,那领导班子则是这列车的火车头,迎着明天的太阳飞驰。我由衷地祝"长小"的明天更加美好,我殷切希望"长小"的火车头永远驰骋在崇明教育发展的快车道上。这就是我一个退休的老校长要说的心里话。

# 青春，在奉献中闪光

## ——记长兴中心校优秀教师刘海红

魏振义

人们把教师的职业称作"太阳底下最光辉的事业"，因为这一事业是播种希望、培育佳花、塑造灵魂的伟业，因为干这一事业的人应该有高尚的品格、渊博的知识、精湛的教艺、宽广的胸怀、执着的追求、无私的奉献。我们的刘海红老师，不正是这样的吗？

长兴中心校的刘海红老师，可算得上一位令人敬佩的好教师。她为了祖国的辉煌，为了托起明天的太阳，在教育园地里辛勤地耕耘着、拼搏着、追求着，踩出了一个个闪光的脚印，谱写了一曲曲感人的育人之歌。

## （一）

1995 年的夏天，她怀着无比的激动和向往，跨出了师范学校的大门。当时，有不少年轻人想方设法要调到城区去工作，因为那里有较好的办学条件，有进修、深造的机会，还有较好的福利待遇。可是她毅然决然地回到了生她养她的海岛——长兴岛，立志做一名优秀的乡村女教师，不辜负家乡父老乡亲的重托，为振兴海岛的教育事业贡献自己的青春和才华，为点亮农村孩子们希望的火把奉献自己的一切。

然而，美好的愿望不是现实。她刚走上工作岗位的时候，就遇到了不少困难。她接的两个班数学，是全校基础最差的，纪律既乱，后进生又多，要全面提高质量，谈何容易。她也曾动摇过，失望过。但当她看到一双双企盼的目光、想到一个人民教师的责任时，很快地振作起精神，凭着她的一股倔劲，知难而上，奋勇前进。基础差,不怕,只要抓。差生多,不怕,人是可以转变的,爱的春雨一定会浇灌出满园新绿。她相信勤能补拙。在刘老师的精心指导下,学生的数学成绩很快地提高了,这期间,她倾注了多少心血,花去了多少时间……

## (二)

1998年,她产假结束回到学校上班。由于工作上的需要,学校安排她上六年级一个班的英语和一年级一个班的数学。对于从未教过英语的她,这又是一个难题,更何况教六年级毕业班是非常辛苦的,而且她的孩子只有几个月大,非常需要她的悉心照顾。然而,面对困难,她未向学校提出任何要求,非常乐意地接受了新的任务。这多像一名战士,接受了上级的命令后,义无反顾地向前冲锋陷阵。

由于每天早出晚归,她那年幼的孩子就托给年迈的老人照看。时间长了,已经会认人的孩子竟然认不出妈妈来。为了胜任英语教学,她每天要比别人多花一两个小时去重新熟悉词汇、语法。那本英语词典她总是随身带着。每次上课前,总是反复钻研教材,有问题就查词典或请教其他英语教师。由于过度的劳累,她的慢性阑尾炎在那个学期里发作了好几次。大家都劝她去开刀,但她说:"如果在这个时候去开刀,势必会拉下许多课,尤其是六年级学生面临着毕业的关键时刻,我怎么放心得下呢?反正是慢性的,吃吃药就没事了。"一分耕耘,一分收获。那年的毕业会考中,她所教的六年级(3)班40多个同学,全部顺利通过考试,并受到大家的赞许。

## (三)

又一个新学期开始了,学校唯一的一位美术教师退休了。平时喜欢画画的她顺理成章地改行。她担任了专职美术教师之后,又全身心地投身于美术教学工作中,认真上好每一堂美术课,带好课外兴趣小组,积极指导学生参加各级各类的比赛,并多次获奖。如1997年在上海市少年宫"乐梦杯"少儿书画比赛中获鼓励奖,1998年在宝山区少儿石膏工艺赛中获三等奖,1999年在宝山区"迎双庆、迎回归"少儿书画大赛中获二等奖。她积极投身于素质教育的探索,在辅导区多次上公开课,并探讨和交流经验,撰写的文章在乡获得优秀奖。因工作努力、成绩突出,1999年被评为乡优秀园丁。

然而,每一份成绩的取得都是不容易的。她毕业的学校是一所普通的师范学校,没有进行过专业的美术技能学习,要当一个称职的美术教师常会感到"心有余而力不足"。要真正上好一堂美术课，不仅要有扎实的专业基本功，丰富的理论知识，还要有精湛的课堂教育艺术。为此，她经常翻阅各种教育杂志。学校经费不足就自己出资订阅各种有关美术教学的书籍，不断学习，并研究和探索儿童喜爱的各种绘画形式，以丰富课堂教学内容。

有一次，她在教学儿童版画创作时遇到这样一个难题：以前她所了解的版画形式大多是木刻、铜版一类的，这类形式对于低年级儿童来说有趣味性，但是在乡村小学难于寻找制作的有关工具和材料，而教材上介绍的儿童版画的内容又十分有限，于是她就去跑图书馆、跑书店，跑了许多地方，终于找到了所要的资料。在进行了仔细地翻阅、认真地摘记并体会了各种不同的儿童版画的制作方法之后，又经过反复试验、研究，制定了合适的教学方案，终于使学生们获得了丰富的知识和创作技能。

## （四）

平时，刘海红老师不仅工作勤奋、勇于创新，而且在知识的追求上永不满足。她深知，要给学生一杯水，教师就要有一桶水。在知识经济时代，教师更应该具备各方面的知识。她记得列宁说过这么一句话："只有用人类创造的全部知识来丰富自己头脑的时候，他才是一个马克思主义者。"她如饥似渴地钻研学习，在工作后不到半年的时间里，一次性通过大专自学考试的全部课程，获得毕业证书（在师范学校里就开始自学），并积极参加计算机课程的自学，很快取得了电脑初级证书。在普通话等级考试中，由于刻苦努力，取得了二级甲等的好成绩。她说，要成为一个好教师，除了师德高尚外，还必须有渊博的知识，才能左右逢源，教好学生。

## （五）

在学生面前，刘老师不仅是一个严师，更是一个和蔼可亲的大姐姐。在课堂上，她要求学生要有良好的纪律、认真的学习态度和科学精神。在课后和孩子们打成一片，谈天说地。闲谈中了解学生，指点迷津，给他们插上理想的翅膀，去追求美好的未来。

刘老师经常利用节假日指导学生绘画。有的学生因离家远，就把他们带到自己的家里来，一起吃中饭，亲热得像兄弟姐妹一样。当说笑声传出家门时，邻居们以为她家来了亲戚呢！

## (六)

有一位优秀教师这样说过："如果差生是一朵被霜打虫咬的鲜花,那么只要我们倍加爱护,也一定能使每一片花瓣恢复生机,散发芬芳。"是的,刘老师就像辛勤的园丁爱护每一朵鲜花一样地爱护着每一个学生。在她教二年级的时候,班里有一位长得很瘦小的男孩,胆子很小,而且还有口吃的毛病,动作和接受能力都比别人慢,因此在学习上他很自卑,成绩一直是班里最差的。刘老师就有意识地在上课时稍微放慢一些讲课的速度,并经常提问他,还要求所有的同学都能耐心地听他回答。开始的时候,他一口吃,就会答错,就会有同学在底下偷偷地笑他,但刘老师会用严肃的目光或手势制止他们。小男孩每回答完一次,刘老师都会给他以鼓励:"很好!"然后再去分析他回答得正确与否。时间久了,小男孩起初回答时那种紧张的表情渐渐露出了笑容,尽管还有些口吃,但声音逐渐响亮而有些自信。再加上刘老师在课后对他有重点的辅导之后,他的学习成绩逐渐提高了。当孩子的家长为了表示对刘老师的感谢,送去了自家生产的花生、鸡蛋时,刘老师却连连推辞:"这是我应该做的,每一位有责任心的老师都会这样做……"

在和同学的交往中,许多孩子和她成了好朋友,孩子们喜欢和美术老师聊天,说这说那,还做卡片、做小礼物送给她。而她在与孩子们交谈、游戏中帮助学生树立正确的人生观,告诉他们怎样做人。美术教师不仅传给学生绘画的本领,还教给他们用心灵的画笔去描绘美好的人生。

## (七)

在同事面前,她几乎是个有求必应的好朋友。无论什么事,只要她力所能及的,总会尽力帮助。作为一个美术教师,她帮得最多的就是为同事画上课所用的板画、投影片及制作教具。学校中老师都对她乐于助人的品质赞不绝口。

在领导眼里,她是一个干一行、爱一行,乐于服从安排的人。无论学校安排何种任务,她总是尽力去做到最好。就像从接手数学教学任务到"改行"做英语教师再专职美术教学,她总是少有怨言,多的是努力工作的行动。除了做好本职工作,学校中的黑板报、宣传栏,也都成了她的工作范围。每年的6月1日,全乡小学生都要在乡的礼堂举行隆重的庆祝活动。每次文艺表演的舞台背景、设计、布置成了她义不容辞的责任。但由于舞台背景大,画面需要用几十整张纸画成,这是一项颇为费时费力的工作。但她对这项工作总是很乐意的接受，并且完成得非常出色。记得有一回，她忘了带备用的干净拖鞋，就赤着脚在铺着纸的水泥地上又趴又跪地画了半天，由于长时间接触冰冷的水泥地，她那风湿性关节炎又发作起来，两腿又酸又痛，不能动弹。她的丈夫和母亲见了，心疼地说："你怎么一点也不知道爱护身体？"她笑笑说："以后注意点就是了。再说，我是学校的专职美术教师，我不干谁干呢？"

古语说："忠孝难两全。"刘老师一心扑在工作上，但对家庭和父母有许多愧疚：年迈的父亲一个人生活在大陆上，自从脖颈处患病淋巴结核开过刀以后，行动就受到一定的影响，一到阴雨天更是浑身酸痛，而自己非但不能在他身边时常关心照顾，还要连累母亲替自己照顾年幼的孩子……

为了海岛的教育事业，为了托起明天的太阳，刘海红老师明白前面还有很长的路要走。她要让自己的青春在这小小的三尺讲台前放射出绚丽的光彩，她要用自己的实际行动，塑造出新时期人民教师的崭新形象。

（本文选自《宝山教育》2002 年第 4 期）

（作者系长兴小学退休教师）

# 让我们悦纳每一个孩子

## ——从多元智能理论看教师角色

徐立新

从教 20 余年，参加各种理论学习培训也无从计数，但往往是穿着旧鞋走新路，抑或穿起新鞋逛老街，虽说也试图改变，时常尝试因材施教，努力实践关注整体发展，但是最终结果还是一把标尺量天下，分数说了算。

最近，有幸拜读了《多元智能新视野》这本书，深有感触。随即我认真研究了"多元智能理论"以及教育同仁们关于"多元智能理论"的实践体验文章，尤其是对"教师的角色定位"有了一点新的思考。

## 一、教师要树立新型的学生观

多元智能理论认为，每个学生都有与众不同的个性特点。首先，每一个学生的智能是多元的，各有各的特点，并有自己独特的表现形式，而且在一定的活动或情境中还可能表现出新的智能类型。包括各自的优势智能领域以及与众不同的学习类型和方法。教师应该尊重学生的差异，促进学生特殊才能的充分展示。其次，所有的学生都是有发展潜能的。每一个正在成长的学生，智能领域的发展在不同的生命阶段不一定具有同步性，优势智能领域在不同的阶段会有不同的表现，对不同的个体也会有不平衡的发展，只要有机会，每个个体的智能都有可能发展到相当高的水平。

因此，我们教师要关心的不是一个学生有多聪明，而是一个学生在哪些方面聪明和怎样聪明的问题。只要教师善于发现学生的智力强项，并利用智力强项来促进智力弱项的发展，让每个学生都平等地得到教师的激励和引导，发展每一项智能,就能逐步走向成功。

## 二、教师要成为教学活动的观察员

在教学活动中正确处理好教师的主导作用与学生的主体地位的关系,要撤掉学生心里传统意义上的"讲台",把整个课堂变成一个"舞台",将学生向前推,成为教学活动的主角。教师就做一个观察员,给予学生足够的关注,了解他们的行为与发展,敏锐地捕捉蕴涵其中的巨大价值,从而促进学生良好的学习情绪的产生和创造力的发挥。

## 三、教师应该成为教育活动的研究者

多元智能理论认为学生的智能存在差异性,教师的教育活动具有很强的自主性。在教育方式上,教师有权采用最适合学生主动发展的方法,教师要善于发现与发展学生的特长和天赋,了解学生的能力、个性特点进行因材施教,给予学生充分发展兴趣特长的自由,帮助学生找到适合自己的发展方向,并为他们提供条件。因此,教师要适应历史发展的需求,走专业化的道路,就是要一边教学、一边研究,与学生一同成长。

## 四、教师应成为教育教学环境的设计师

因为学生的智能是多元的,所以教育教学环境也应当满足学生各种智能得以表现的机会和条件。丰富的学习环境对于学生的多元智力发展至关重要,不仅可以满足发展自己不同智能特征的需要,也可以让教师对学生的智能进行全面而多元的观察,从而获得更客观更真实的了解,使得教育干预更科学有效。因此,在学校的教育教学活动中,教师应采用开设多种学习兴趣活动组,开展多样化的单元主题活动,提供更多让所有学生都有机会去获得身体、音乐、数学、语言、艺术、空间等领域的模拟社会实践环境,帮助学生以自己适宜的途径去成长。

## 五、教师应成为多元智能课程的开发者

多元智能理论认为,课堂教学应该关注学生多元智能的发展,即为了发展学生

的多元智能而教。重视主题教学——进行主题教学时可以运用多元智能理论来设计教学内容和教学活动。强调课程开发和设计的新思路——逐步树立起为多元智能而教和以多元智能来教的观念，教师要开发区域性、乡土气、校本化的课程，满足不同智能领域的学生的需求，做多元智能课程的开发者。

加德纳说："每个孩子都是一个潜在的天才儿童，只是经常表现为不同的形式。"我们每一个教师应该关注的是一个孩子在哪些方面更聪明，而不是哪一个孩子更聪明。我们学校教育要由"发现和选拔适合教育的孩子"转变为"创造适合每一名孩子的教育"。"玫瑰就是玫瑰，莲花就是莲花，只要欣赏，不要比较"，让我们悦纳每一个孩子，开启他们的潜在的多元智能。

（作者系平安小学校长）

# 教育，是植根于爱的

张　艳

　　上大学的时候，老师给我们讲过这样一个故事：在一所规模不大的私立学校，一天，女校长拿来两个花盆，花盆里栽着两束一样的常春藤。她把一束放在厨房的柜台上，另一束放在教室的柜子上。后来的一个月，她让学生每天对着教室的那束常春藤唱歌，告诉它自己有多么爱它，它是多么美丽，而对放在厨房里的那束则不予理睬。四个星期后，实验的结果让孩子们兴奋异常：由于远离注意，厨房里的那束常春藤长得又长又细，病恹恹的一点都不精神，但是教室里的那束则完全不同，它在歌声和赞美的滋润下，长得很旺盛，叶子黑油油的，汁多而肥美，比原来大了三倍之多。当它听到孩子们的歌声和说话声，并感觉到孩子们的关怀的时候，它的叶子就兴致勃勃地摇曳起来。后来，女校长把厨房里的那束也搬到了教室里和另一束放在一起。不到三个星期，第二束常春藤就赶上了第一束，第四个星期，它们就分不出彼此了。

　　那天早上，当晓航走到我面前，有些腼腆而又真诚地对我说"张老师，谢谢你，我以后一定会认真学习！"时，我再一次想起了这个故事，我坚信：教育，是植根于爱的。

　　晓航是我班里很让人头疼的一个孩子，上课常常走神，课间总是喜欢追逐打闹，常常跑出一身汗搞得浑身脏兮兮的，衣服鞋子也不经常换，夏天的时候，没有小朋友愿意和他同桌。更让我烦恼的是，他每天回家作业都不做，有时苦口婆心地劝他，他第二天会随便乱涂几笔交给你，但大多数的时候作业本都是一片空白，我准备找他的家长好好谈一次，共同商量对策。所以那一天，当晓航又连续很多天不做回家作业时，我拨通了他妈妈的电话。电话里他妈妈用微弱的声音说："张老师，说实话，我估计我也活不了几天了，我现在已经没有力气管他了。等我走了，我不知道这孩子会怎么样……"那次我才知道,晓航的身世很凄惨,年幼时父母离异,现在母亲又是癌症晚期在住院。那天到最后我是流着泪挂了电话,自责自己的粗心,同时心里也对晓航充满无限怜惜。

不知道是因为年幼不懂事还是对这样的生活已经习惯了,虽然母亲卧病在床,晓航每天依旧笑嘻嘻地调皮捣蛋。我的心却不再平静,接下来的日子我一面不动声色地关注他,装作很随意地送给他一些学习用具;一面努力地发掘他的优点,在同学面前表扬他上课时的每一次举手发言,肯定他大扫除时的积极,号召同学们学习他主动向老师问好的习惯。每次表扬或鼓励他的时候,晓航都会显得有些不好意思,但又掩饰不住的自豪。慢慢地,晓航上课时有些认真了,偶尔也会完成回家作业。

很快,我留意到晓航的生日快到了,便偷偷计划着想要给他一些小惊喜。按惯例,班级里的同学都是当月生日的集体庆祝,我计划着给晓航单独过一次。于是趁英语老师给他辅导功课的时候我和其他同学商量了一下,孩子们总是单纯而善良的,他们欣然同意并纷纷出谋划策。晓航生日那天,早上我借故让他到我办公室补作业,然后在教室里和其他同学一起简单地装饰一下教室,把蛋糕放好,一切按计划进行着。当晓航推开教室门的时候,教室里响起了生日歌,一个同学给他戴上了寿星帽,所有的同学一边唱着歌一边慢慢地把他簇拥在中间。晓航有点不知所措,但是又激动得脸色发红。吹好蜡烛切完蛋糕,同学们拿出事先准备好的小礼物,在送礼物的时候,每个人都如约给了晓航一个大大的拥抱,我也拿出了我给晓航买的棉衣和一套文具,桌子上的礼物很快堆成了小山。晓航一边开心地笑一边主动地给同学们送蛋糕,在轻柔的音乐声中,教室里满溢着温情和感动,我的心也是暖暖的。

过完生日的第二天早上,我在教室里收作业,晓航进来便先跟我说了开头的那句话,然后把回家作业交给我,作业虽然错误不少,但字写得很工整,看得出很用心。

我知道像晓航这样的孩子缺少毅力,这样的感动可能只能维持一段时间,如果稍一放松,他便又会回到原先的样子。要想真的改变他,还得从学习上入手,让他从学习上获得成就感,才能让他自信起来。于是接下来的时间,我找了班级里几个成绩比较好的同学,他们都很乐于帮助晓航。我也尽量地抽空给他补课,让他晚饭后到我家里做作业,做完作业送他回家的路上我会叮嘱他洗头洗澡,经常和他聊一些趣事或是有关他自己的事情,晓航也乐意和我分享他的想法。那段时间,路灯下一长一短的两个身影特别快乐而友好。每天按时完成作业的晓航,第二天上学的时候没有压力，人也轻松自信起来，上课时发言越来越积极，课间也不再那么顽皮，慢慢地成绩越来越好。晓航的懂事和向上让我觉得甚是安慰。他的进步，改变了班级里另几个调皮孩子的学习态度，同时也感动了我，让我有信心去关爱更多的孩子。

"爱心"是孩子的阳光，是教育的绿色。教育因爱起步，由爱伴随，因爱结果。我觉得，只要我们做教师的真心付出，把更多的爱播撒给学生，他们自会感觉到阳光般的温暖，如此，何愁他们不和常春藤一样旺盛地生长呢？

（作者系长兴镇平安小学教师）

# 爱是春风　爱是雨露

蔡德忠

我从事教育工作40余年，最深切的体会是，教师对学生要充满爱，爱是师德的最高境界。爱是春风，能抚平孩子创伤心灵的皱纹；爱是雨露，能滋润孩子们茁壮成长。

回顾自己的教育生涯，翻阅几个关爱学生的镜头，采撷几朵师德的小花，我心潮难平。

记得80年代末期，我上小学五年级的历史课。班上有一个叫汪一希的同学，不但学业成绩差，而且品德也不好，常常欺负小同学，有时还拿着黄色的裸体照片挑逗女同学，还时常拿别人家的东西。许多老师见了直摇头。有的说，干脆把他开除算了；有的说，整理一下材料，把他送到少教所去。而我认为不能这样对待他，他不过是一朵被虫子侵袭过的花朵，我们要用更多的关爱让他告别昨天，去迎接绚丽多彩的明天。经我仔细观察，其实他也有许多好的品质，比如：他对老师很有礼貌，对公益挺热情的。经过我对他各方面的调查，发现他不良习性的形成，主要是与他的家庭环境有关。家庭对他过分的宠爱，养成了他自私、散漫等不良习性。我多次上门进行家庭访问，同汪一希的父母一起探讨可行的家教方法，并多次找汪一希谈心。首先，我同他的关系上放在师生完全平等的位置上。有一次在课上，我表扬他尊敬老师、热爱劳动的好品质。我第一次发现他是那样的兴奋、那样的激动，他的眼神中流露出一种自信、坚定的神色。也许他第一次感受到被人尊重的一种人格尊严，也许他第一次感受到师生平等的一种幸福。有一天，我在下班的路上，遇见汪一希，他骑着自行车，踏得飞快，车上还绑着几根甘蔗，从我身边穿过。他看见我，连忙从车上下来，非常有礼貌地说："蔡老师，蔡老师，拿几根甘蔗去尝尝吧！"我笑着对他说："汪一希，你真懂礼貌，谢谢！你看，蔡老师牙齿没有一颗了怎么能吃甘蔗呢（我因患牙病牙齿全被拔光，正在待装假牙的时间里）？你只要天天有进步，我心里比吃甘蔗还甜呢。"

我与班主任一起，经过几个月的艰苦努力，应用教育学和心理学的基本原理，用教师的爱心去教育他、关心他，汪一希终于转化了。他学习认真了，不再欺负小同学了，再没有发现他拿别人东西的现象。我以转化汪一希的事例撰写的德育征文，还获得了宝山区二等奖。从转化差生的这件事情中，我深深感到，良好的师德，就是一个燃烧的火把，指引着学生前进的路程；良好的师德，就是一股温暖的春风，鼓起孩子们生命的风帆……

90年代中，农建小学有一个学生，现在他的名字我也记不清了。那时候他家的经济十分困难，母亲是农民，没有什么经济收入，父亲患肝病，几乎不能下田劳动，为解决孩子的书费问题，支撑着有病的身体，扎一些扫帚去卖。一天，临近开学，这位家长来校找我，请我帮帮忙，能否把几十把扫帚卖给学校，好解决孩子的书费。因为来得太晚，各个村校都采购好了扫帚。我见此情景，一口答应了下来。请出纳点一点数字，把钱马上给他，扫帚保管好，下学期再用。临走时，我还掏了100元钱给他，他推了又推，怎么也不肯收下。我说："拿去吧，我日子要比你好过得多。困难总是暂时的，孩子总要读书啊！"我看着他那皱纹满面的脸庞和干枯的手，心中充满着同情。经我一番劝说后，他终于伸出了手，嗫嚅着说："钱，今后我一定设法还给你。"一位多么自信而又坚强的农民啊。不久前，我遇见他的妻子，还动情地谈起这件事。事后我才知道，孩子的父亲早已离开人世。这个学生虽是我们村校的，但总是我们管辖的学生，作为教师，关心每一个学生，是天职，不仅在思想品德和学业上，而且还包括在生活方面，也应当给以关心。

师德是一种精神，也是一种责任。我上的每一堂课，从来没有马虎过。总是认真地钻研教材，认真备课，认真上课。我任校长，工作很忙，但任教的课，力求到位。如上自然课《植物的花》，我到田野里采集了各种植物的花，有南瓜花、冬瓜花、丝瓜花、扁豆花等。为教好《昆虫》这一节，我在休息日里捕捉了多少体形各异、色彩缤纷的蝴蝶，制作了好多精美的标本，让学生学得更扎实些。教师应该有这种敬业精神，应该有时代的责任感，教师不仅教好书，还要育好人。

我参加区教育局举办的师德征文比赛，绝不是炫耀自己，而更多的是自我检讨。我没有呼风唤雨的本领，也没有干出惊天动地的伟业，只是凭着一个人民教师应有的品德，爱教育事业、爱学校、爱学生，勤勤恳恳地工作，默默无闻地奉献出自己的知识和才能。

（本文选自中国文联出版社《时代的风范》一书）

# 情真意切师生情  追忆往事心潮涌

## ——写在长兴中学首届毕业生相聚之际

蔡德忠

2015 年 6 月 5 日,风和日丽,阳光璀璨。长兴中学首届毕业生近 60 人,在母校相聚,热烈的场面,感人的情景,真是难以用语言表述。离别 54 年了,这是一个多么漫长的岁月。然而,当师生们一打开记忆的屏幕,一切都是那样清晰和真切,一切仿佛都发生在昨天。好事者方少明同学,特地放大了一张长兴中学 1961 年 7 月 20 日全体毕业生合影的照片,请同学们看看哪个是自己? 自己在哪里? 不少人认不得自己了,因为时间的霜雪为那些当年英姿勃发的少年的头上染上了白色。但从大家的欢声笑语里,很快地引入到同窗共读、追求梦想的中学时代。最动人的一幕是:当学生见到了久违的老师时,几乎是同样的表现形式,大家都亲切地叫一声"老师",然后恭敬地、深深地鞠上一躬。崇敬、热爱、感谢、感恩,都体现在这深深的一鞠躬里,胜说千言万语。学生行礼,颇具古代人的那种样式,也传承了儒家思想中富有生命力的精华。

联谊会在长兴中学的会议厅举行。气氛热烈,群情激奋。这次联谊会由吴进忠、朱潮、李新亚、胡银娣四位同学筹备和策划,意在构建一个交流的平台,让大家追忆流逝岁月的美好时光,倾诉人生路上的拼搏和奋斗,回味殷殷师生情,共议美妙中国梦。李新亚主持会议,共十项议程,别有新意,都在精心设计之中。苏之裕老师的发言,勾勒起同学们对艰苦办学、艰苦创业的美好回忆;校长陈忠慷慨激昂的讲话,既揭示了学校是育人场所的本质特性,又表现出对学子们事业有成、感恩母校的激动心情,还表达了一定要把长兴中学办成为让党放心、人民群众满意的优质学校而努力奋斗的坚强决心。长兴中学的首届毕业生为了表达对母校的栽培之恩和感激之情,向母校敬献了锦旗,旗上写着:"江山代有才人出,各领风骚数百年。"其意,智者见智,仁者见仁。主持人还让每位同学作一分钟的即兴发言。一分钟,稍纵即逝的一分钟,哪里能倾诉得完殷殷师生情,哪里能说得清楚漫漫奋斗路?有的诉说初中时代的峥嵘岁月,有的忆起军营生活的火红青春,有的言谈即使夕阳西下,也要把最后一丝光亮奉献人间。有的因激动或感动而泪流满面。总之,大家在追忆过去,回首往事,感慨万千。想当年读书生涯,意气风发、豪情满怀,刻苦攻读、下乡锻炼、建校劳动、尊敬老师、友爱同学,一切都历历在目。毕业后,大家在人生的风雨中扬帆起航,在不同的岗位上为党和国家做出了应有的贡献。有的驾驶银鹰,飞翔在祖国的蓝天;有的成了白衣天使,默默把爱撒向人间;有的当了人民教师,追求崇高、选择奉献;有的当了干部,牢记老师的教诲,为民服务,忠心耿耿,不谋私利,吃苦在前;有的著书立说,谱写爱党爱国的激情诗篇;但更多的当了工人、农民,在平凡的岗位上同样做出贡献。大家的发言,有一个共同点,我们在人生的道路上之所以走得这样正直,因为我们受到了良好的教育,在幼小的心灵中播下了理想的种子,在风雨中萌发,在困境中成长。

为了让首届毕业生的相聚有新意、有意义,母校的领导们付出了不少努力。学校大屏幕上不断播送相关的内容,党支部书记王伟全程跟踪拍摄精彩的画面,长兴镇宣传科的沈士兰同志也忙得不亦乐乎,细心捕捉有价值的东西。我们要好好地谢谢他们。

会后,我们还参观了母校,真是今非昔比啊!富丽堂皇的教学大楼,一流的教学设施,漂亮的塑胶操场,令大家感叹不已。回想当年,一排黑瓦白墙的平房,共三间房屋,两个班级占去两间,还有一间做教师的办公室和宿舍,办学条件简陋得不能再简陋。现在党和政府把科教兴国作为国策来对待,"最漂亮的地方就是学校",已经成为现实,我们这些古稀老人从心底里感到高兴。接着,我们离别了母校54年后的第一届毕业生,又在母校的怀抱里合影留念,将留下这值得永远留恋、永远怀念的美好瞬间。

最后是聚餐,这是不可缺少的聚会内容。但不用公款,全是由几位热心的同学慷慨解囊,用以欢庆分别54年后的第一次同学聚会。应邀前来的苏之裕、丁沛平老师,和我们共进午餐。地点在光荣村的农家乐餐厅。"酒逢知己千杯少。"借酒助兴,把同学聚会的主题又推向了新的高潮。席间,同学们怎么也没有想到,我们敬爱的苏老师还特地带了几瓶珍藏多年的名酒,要每一位学生都喝一点儿,学生个个响应,谁也不敢不听老师的话。此时此刻,恩师的深厚情谊,溢于言表。哪有老师拿酒来招待学生的?苏老师的高风亮节表现在他的一切生活里,令我们感动,令我们佩服。这就是我们的老师,言行举止,做人做事,永远影响着我们!

长兴中学首届毕业生的相聚是短暂的,但留给大家的回忆和思考是永远的。

# 宽容，让我赢得信任

吴明明

## 信任危机

这一切还需要从我们刚刚认识说起。

2012 年的 9 月，我进入长兴中学时，对于长兴中学的一切我都是陌生的，正如学生对我一样也都是陌生的。我不知道中学旁边还有一所"长兴中心校"，也不知道还有平安小学、徐卫小学、光辉小学的存在，更不知道还有"随迁生"与"本地生"的区别，然而，那些"随迁生们"却是很清楚的。

8 月 31 日报到那天，两个学生由校团委处施老师领进教室，班级名单上并没有这两个学生的名字，施老师交代这两个学生安排在我们班，并给他们办理报到手续，说是本来要去岛上另一所中学读书的，由于家庭住址离我校更近，希望就近入学，但是，学籍档案等已经在另一所中学了，所以，叫我先帮他们办好报到手续。在报到时，发现他们是一对姐弟，在交流中姐姐小 L 面部表情很沉重，似乎生了很大的气，不愿意和我说话。

在以后的互动中，发现小 L 脾气很暴躁，对我也很不客气。有时候在课堂上会突然暴跳如雷，一个女生有这样的行为，着实让我吃惊。全班学生用惊讶的眼神盯着我，看我如何处理这件事。我压住心中即将燃烧的怒火，平静而低沉地说了一句："你为什么突然发那么大的火，老师惹到你了？"其他任课老师也反映小 L 同学的暴躁。可是，她在班级里的同学关系并不算很差，甚至有几个和她走得很近。我试图走进她的内心去了解她，然而，她的内心封闭很紧，几次下来收获不大。很快，"十一"假期结束了，我们将迎来我校的秋季运动会，这可是我们进入长兴中学第一次参加大型活动，我在长假期间已经做了一些功课，假期后各班级如火如荼地进行着入场式和文艺节目的排练。我把我的思路与同学们进行交流后，他们似乎都不太积极，排练时也很不配合，甚至小 L 那一帮显得有些反感。看到这一切我很失望，甚至很伤心，在心里无数次怀疑：难道这就是 00 后的个性？与他们相处可不是一天两天的事啊！

一天，在批改小 L 的周记时着实使我惊讶了一番，也明白他们为什么那么反感我：在他们的眼里，我是一个偏心的老师，只对那些来自长兴中心校的学生好，认为来自中心校的学生比他们优秀，好的机会也都给了他们。那个时候，第一次我觉得自己原来那么冤，但也很开心，因为找到问题的根结了，似乎也看到了赢得学生一片信任的场景。我利用一次班会课，与全班同学聊起自己来，消除他们心中的顾虑，的确，他们也感觉到自己冤枉了老师。

## 面对偏激，给予宽容与关爱

然而，事情远没有想象的那么简单。尽管在学生心中基本消除关于出身"身份"的偏见的观念，但是，取得所有学生的完全信任却并没有那么容易，尤其遇到个性比较偏激的学生。

小 L 依旧脾气暴躁，我行我素，但是她的优点也很多，如：聪明、善良，有侠骨，成绩不错。

"我觉得你在发脾气、骂人的时候就像是一只遇险时的刺猬。其实，你并没有你所表现出来的那么强大，你的内心很脆弱，发脾气是你自我保护的表现。"这是一次小 L 发飙后我找到她谈话时的开场白，她的眼神告诉我，此番话语已触及她内心深处。

"满身刺的你，内心极容易受伤！"我趁势追击，彻底暴露她的脆弱，小 L 抬头看了我一眼，泪水唰唰地流下来。

"我想你的脾气一定有某些原因。但是，我们要学会控制自己的脾气。如果他人以同样的方式对待你，你会怎么样？如果每一个人都如此，那么我们的周围是不是充斥着冲突？那将会是怎样一个环境呢？"说到此处，她笑着抹了一下眼泪，不好意思地向远方望去。

从小 L 的父母那里了解到，她小时候跟着奶奶在老家生活，弟弟与父母在一起。她与父母感情比较淡薄，且总认为父母更爱弟弟，偏袒弟弟。来到长兴岛后仍然不与父母交流，性格暴躁，父亲也因为她的偏激曾体罚过她，因此，她与父母之间的感情越发淡薄了。但是，在她的周记中，我读到了一个少女对于父爱、母爱的渴望和表达自己对于父母的爱与感激之情,只是她无法用孩子那天真、撒娇的方式与父母沟通。

我悄悄地把她的妈妈请过来,并把那篇周记给她妈妈看,她的妈妈哭了。我与她的妈妈约定好,了解自己女儿的内心就好,不要让小 L 知道看周记的事情,否则,唯一了解小 L 内心世界的渠道也会关闭。

## 相互信任,修得"正果"

那次谈话后,我让她参与到教室的布置、板报宣传等班级事务中来。通过平时的观察,发现她有奉献精神,做事认真、负责,她的脾气也收敛了许多,我决定把班级"图书角"地带交给她来管理,小 L 微微点点头并轻声说"可以!",她嘴角挂上少有的微笑向我传递着积极信号。她为班级借书、还书,收集、整理书籍,"图书角"被管理得井井有条。

但是每当我在表扬其他同学时,发现她的反应有些强烈,她的不屑一顾的眼神下隐藏着一颗失落的心,她太敏感了。此时,如果再有什么刺激,她一定会发飙。学期结束时,班级对部分学生进行奖励,小 L 因为工作积极有进步,被评为三等奖,三等奖的奖品是印有班级公章的一本很漂亮的笔记本。在颁奖的那一刻,所有的同学都显得很兴奋,即便没有获奖的同学也为获奖的同学而感到高兴,唯独小 L 闷闷不乐地坐在座位上,眼睛似乎红红的,不给任何人鼓掌,为她颁发奖品时,甚至不愿意上讲台来领奖。颁奖仪式结束,学生正式放假,离校时小 L 把笔记本放在讲台上说:"老师,我不要奖品!"我知道小 L 是在为自己没有拿到一等奖而伤心,尽管理解她,但总觉得她太过在意。

寒假电话联系她的妈妈,了解姐弟俩的寒假生活情况,从她妈妈那里知道她什么都要和弟弟比较,一切都要超过弟弟,她太需要优异的成绩向父母证明她比弟弟优秀!

七年级上学期学校大队部人员需要换届,这是学生发展、锻炼的非常好的平台。鼓励我班学生踊跃报名,小 L 是其中的一位。

"其实,你很优秀,只要能控制好自己的脾气,注意说话方式和与人相处的态度,拔掉你身上的那些'刺',你将会有更大的进步。"

"少代会,你先报名,自己准备准备,需要我帮助的说一声。"她点了点头,微笑中略带一丝的骄傲与自信。

"老师,这是我的竞选演讲稿,你帮我修改修改吧。""老师,这是我的广播稿,星期一要，帮忙修一下。"她把稿子通过 QQ 传给我。

"老师，我的才艺表演还没有选定，你帮我一下呗。"她来办公室找我，语气中带一些俏皮。她与我的交流渐渐多了起来。

七年级上学期本届第一批入团工作启动。他们在六年级时，我就向他们提及入团是一件多么光荣的事，他们自然心向往之。第一批入团规定每班 5 名积极分子，通过一段时间的培训并通过考试后方可填入团志愿书。这有限的 5 个名额着实让我为难了一阵。经过几番斟酌之后，小 L 成为本届第一批入团积极分子，当我把积极分子名单公布后，小 L 显得非常吃惊，似乎第一次感受到被重视、被认可。看到几位积极分子小心翼翼地填写入团志愿书时，同学们投来羡慕的眼神。

"同学们，恭喜你们成为本届首批团员，这是非常光荣的一件事，也希望你们能记住自己共青团员的身份，为其他同学做个好榜样。"说话时我把目光投向了小 L，她也投以积极地目光回应我。

的确，她在蜕变，在宽容、关爱中剥掉了身上的"刺"，也在信任中学会了信任。我也在这过程中获得了学生的信任，信任让我们的路越走越宽。

学校点评：本篇案例中教师面对学生的异常行为，并没有直接批评、指责，而是选择宽容。但是宽容并不是解决问题的方法，它只是解决问题的开始。老师通过细心的观察寻找问题根源，在日常互动中慢慢渗入自己的教育，做到了教育无痕化。学生的成长是一个过程，学生思想教育也需要一个长期过程，其具有延续性、连贯性，需要老师不断地关注学生成长中的变化，让教育无痕。

（作者系长兴中学语文教师）

# 大胆改革创新　着眼学生未来

## ——上海市长明中学发展轨迹探寻

王思伟

　　长明中学位于崇明县长兴镇潘园公路 1111 号,学校现有 15 个教学班,近 600 名学生,其中随迁子女约占学生的 70％。学校环境优美,绿树成荫,教学设施设备完善,是一所充满生机与活力的公办农村初级中学。近年来,全体教职工在学校办学理念"为学生的美好人生奠基"和管理思路"抓好常规求进步,凝聚力量促发展"引领下,团结带领广大干部党员和全体教师继续发扬敬业爱生、教学相长的教风和负重奋进、持之以恒的工作作风,使学校面貌更加美观、师资结构更加优化、教育质量更有提高、办学品质又上台阶,形成了良好的校风、教风和学风。

## 绩效管理　促学校改革扬帆远航

　　民主管理的关键在教师,教师素质师德为先。近年来,长明中学发挥党组织在校长负责制中政治核心和战斗堡垒作用。重视教师师德修养的历练,通过读书活动、榜样示范、资料学习、日常宣传、会议交流、评选先进等形式开展教育活动。建立、完善多劳多得、优质优酬、优质多劳的有利于人才培养、发展的激励机制。民主推荐、评选年度各类先进教师。广泛收集教师意见与建议,制定学校新三年发展规划。与聘用期到期的教师签订新三年聘用合同。学校领导经常性与教师开展交流谈心。每周一次的校长办公会议、每月一次全体教师会议、年级组长教研组长例会和两周一次的德育骨干例会更是吸收群众意见、凝聚集体智慧、实行校务公开的有效载体,这些工作的进行使广大教师的意愿、意见、建议能得到较大幅度的释放和流露,也使学校民主化管理进程又有新的进展。

积极发挥工会、教代会在学校改革、发展、稳定中的重要作用。通过自下而上的民主公开方式征集广大教师的意见与建议,讨论通过了绩效工资实施方案,改进了绩效管理,并使岗位设置管理稳步推进。从 2009 年 8 月份开始,学校具有远见性地意识到抓好学校绩效管理制度将对学校做大做强带来显著的积极作用。从此,每年的 8 月 17 日都是学校 30 多名教代会成员集聚一堂,对学校绩效制度进行热烈审议的日子。各项学校的绩效管理制度,尤其是《学校教职工绩效考核评价办法》都是依据学校发展近况,不仅充分保障每一位教职工的合法权益,更是充分体现学校下一阶段工作重点和突破点,切实将学校的办学理念和治学思路融合到绩效制度的每一个字中,转化到每一个教职工的心中。

可以说,学校近几年取得的突破离不开学校绩效管理制度充分地变革与实施。因此在今年 4 月 18 日崇明县政府对长明中学进行教育综合督导的时候,县政府及县教育局领导对该校这几年绩效管理取得的经验和成果予以了高度的赞同。

## 和谐校园　成学生健康成长乐园

学生成长德育为先,教师是学生健康成长的引领者,教师的行为素养对学生有着至关重要的作用。近年来,德育干部与时俱进、开拓创新,十分重视教师育德意识的增强和育德能力的提高,十分重视营造人人都是德育工作者的氛围。

学校成立了德育领导小组,研究部署学校的德育工作。根据学校实际修订了"学生一日常规、星级文明班评比、教师育德能力考核"等规章制度,使学校德育管理有序、有效开展。在全体教职工中倡导"教书育人、管理育人、服务育人",努力营造人人都是德育工作者的良好氛围。

学校聘任有能力有责任心有热情的教师担任班主任,并实行班主任月考核制度及例会制度。经常组织班主任探讨班集体建设方面存在的问题,并提出改进措施。学校在崇明县班主任技能比武活动中荣获优秀组织奖,并有一位班主任代表崇明参加市级比武。学校以"温馨教室"建设为抓手,注重班级文化建设。学校每年均有 1 至 2 个班级或中队被评为县优秀班集体及县优秀中队,良好的班风促进了学校健康发展。

对学生的日常行为规范、礼貌礼仪教育常抓不懈。长明中学善于利用各种集体活动,加强对学生行为规范教育,如卫生习惯教育、礼貌礼仪教育、交通安全教育等。同时针对学生在遵守行为规范上有反复的特点,不失时机地有规律地加以强化引导。利用班会课、校会、国旗下讲话等时间作生动的行规教育,从而使良好的行为习惯深入学生的心脑,成为自觉的习惯。2012学年,学校被评为上海市行为规范示范校。

围绕"两纲",以课堂为主渠道、结合重大活动和学科教学对学生开展民族精神教育和生命健康教育,以《县中小学民族精神教育实施意见》为蓝本,开展了"走近中华经典人物"的民族精神教育实践研究工作,在七、八年级进行拓展研究学习,逐步形成我校的民族精神教育的特色主题活动。

重视家庭教育和社区教育,整合学校、家庭、社区的德育资源,成立家长委员会。构建学校、家庭、社会三位一体的德育工作网络。2012学年,学校被评为崇明县"千名教师访万家"家访工作优秀学校。同时,定期邀请专家来校指导工作、作专题讲座。同时我校还与长兴派出所、马家港边防站、上海市长兴福利院结成对子,定期组织学生开展各类主题实践活动。

利用校会、班会、板报、橱窗、校园广播等各种形式宣传法律知识,并邀请共建单位和县司法局的同志来校对全体学生进行法律法规教育。开展师生"手拉手"帮教、党员教师帮困结对活动,做好四类特殊学生管理,即特殊体质学生、特殊家庭学生、特殊帮教学生及特殊心理学生。抓好特殊学生,尽力使每一位特殊学生都有进步。事故案发率多年来保持为零。

针对近几年农民工随迁子女学生大量涌入学校,其中因受家庭影响而产生的特殊体质学生、特殊家庭学生、特殊帮教学生、特殊心理学生等特殊学生所占比例明显提高的现实,学校十分重视学生心理健康教育,创建"成长加油站"心理辅导室,不仅配有专门的心理辅导室,设备先进,硬件很硬;更是引进持有国家级证书的心理辅导老师,专业到位,软件不软。学校于2011年底开始实施心理项目"团体沙盘游戏",注重心理疏导对学生行为规范的矫正作用,学校心理教育在关爱特殊学生工作中发挥了让人惊喜的作用,也得到了上级主管部门的认同。2012学年,学校被评为崇明县心理健康教育优秀学校。

## 课程建设　助教学质量蒸蒸日上

学校按照二期课改的课程标准,开足开全基础型课程。以课程建设为核心,根据课程改革的要求,长明中学在课程的实施过程中努力体现课程的校本化,做到了既能依法办学,注重国家和地方课程校本化;又能特色办学,完善校本课程的开发和实施。开发了20多门拓展探究型校本课程及教材,每学期有拓展探究型课的开设计划和安排,已有五位教师在六、七、八年级开设了研拓型课程,陈娟老师的《中国结艺》获得县优秀共享课程,并带领部分学生参加了市级特色课程的现场展示。新三年规划中确定的课程建设"2021工程"已开始启动。

课程是学校教育的主要载体,学校充分重视课程建设。学校根据学生的兴趣、个性的差异,为学生提供更为丰富、选择性更强的课程内容。学校以"课程群"建设模式为依托,以建成学校"2021"工程为目标,形成近30门的"人文与科学融合"的课程体系,完善人文类、艺术类、科学类和体育类四大课程群的建设。

1. 开设文化类校本课程

学校开设了《中华经典人物》《中国结艺》和《时事政治》等多项校本课程。其中《中国结艺》课程深受学生喜爱,其内容包括:中国结的历史、内涵和特点,各种花样结的编制方法,共10课时。《中国结艺》不仅能陶冶学生的情操和培养细腻的个性,也为随迁子女之间架起了沟通的桥梁。该课程还获得县优秀共享课程,学生还参加了市级特色课程的现场展示。

2. 开设科技类拓展课程

学校少儿船模课程受到了大量学生的追捧,学校整合有效资源,培养有潜力的年轻教师承担船模教学任务,而且聘请著名企业江南造船厂船模制作设计师定期为学生上课。船模教育既锻炼了学生的动手能力和创新意识,也为学生投身国家海洋装备岛建设培养浓厚志趣。

3. 开展体育类拓展课程

学校学生篮球队虽然刚刚组建不到一年,但是在学生中的地位却非常高。学生不仅踊跃报名,训练也非常刻苦,在2013年县初中生篮球赛暨学生阳光体育大联赛里表现抢眼,勇夺全县第六名的成绩。

学校为了组建学生篮球队,不仅安排了校级领导干部主抓此项工作,而且求贤若渴,引进篮球专业的优秀教师担任校队的总教练。学校学生篮球队不仅磨炼了学生的意志品质和培养学生团队的协作意识,也为学校创建体育特色学校奠定了良好的基础。

在日常教学过程中,学校注重引导教师通过提高40分钟课堂效益,根据学生实际情况,布置作业;加强提优补差等手段来提高教学实效。认真研究"提优、补差、拔中"的辅导办法和各年级"错时放学"的校本化管理办法。注重教学各个环节的检查、讲评、考核。按照校长室制订的教师业务月考核制度,教导处和教研组每月对教师备课、上课、作业布置和批改等重点教学环节,分阶段有计划地进行检查、考核。对作业数量、教师批阅、订正等作出规范性要求,及时公布作业检查结果。

根据近两次主要学科考试的成绩和今年的中考成绩,长明中学各年级主要学科教学质量的一般性指标已达到了县中等水平,实现了前三年规划提出的、当时可以说是梦想式的教学质量目标。

## 科研引领　使队伍建设卓有成效

学校充分发挥教育科研在学校教育工作中的先导作用,走科研兴校之路。确立统领学校发展的龙头课题《农村初中常态课教学有效实施的研究》,被立项为县级重点课题,并于 2013 年上半年完成了 2 万余字的结题报告。同时,学校确保有足够的科研经费和人力物力投入该课题。确立了学校新一轮课题群组,有 19 位骨干教师和职称申报教师立项了校级课题,学校教科室认真做好课题申报立项、过程管理、结题鉴定和成果申报等科研日程管理工作,促进了科研中坚力量的发展和重点课题的坚实支撑。

长明中学确定了教师课题立项、申报、职称论文撰写、指导和送审的有关规定,使教师职称论文的指导、送审与结果有了新突破,送审的人数增加了、获得的等第提高了,张坤与秦海燕的职称论文还获得了 B 等,创造了划入崇明八年来的最好成绩。

逐步形成了一支教科研骨干队伍。学校有多位教师获得等第奖。今年发表和获奖的论文达到近 20 篇。2 位教师获得崇明县教育学会 2012 年度论文评比二等奖。编撰第二辑教育教学科研文集。2010 年 3 月,学校首次编辑教师论文集获得成功,目前,第二辑教师论文集的编撰工作也已接近尾声,共有 49 位教师、70 篇文章入选,凝聚了近三年来学校教师在管理文化、德育历程、教学策略和修养心得方面的丰厚成果。科研、教研、教改三者是不可分割的组成部分,以科研带动教研、以教研带动教改的理念已深入广大教师的心中。近年来,长明中学走出了忽视科研、不会科研、流于形式和只有个别人在科研的状态,出现了很多教师会做课题、会将问题当成课题加以研究并予以解决和定期发表科研成果的欣喜局面。

教育界流传着这样的话,要抓好教育,就是要抓好器材、教材和人才。学校不仅重视学校干部队伍的建设,也特别重视教师队伍的培养,多方面搭建平台提升教师专业素养和专业能力。

一是抓干部队伍建设。领导班子人员结构合理,老中青三结合,重视后备干部培养。班子重视学习,积极参加有关培训,不断提高自身政治素质和业务素养。领导班子成员团结协作、淡泊名利、公正廉洁,在教职工民主评议中有较高的满意度。修订了干部岗位制度,明确了责任意识和成人成事的作风要求,完善各条线干部周、月工作布置、讲评、反馈制度,不断提高行政效率。逐步建成一支积极进取、结构合理的干部队伍。一是通过每周一次的校长办公会议,进行上级文件会议精神学习、干部素养教育、工作布置讲评、重点项目研讨、疑难问题探讨;二是校长书记与干部们进行个别交流谈心;三是要求干部积极认真的参加上级各种会议学习、培训;四是进行每月工作汇报、剖析;五是每学期进行上岗表态、工作宣讲与述职测评等。通过一系列的自律、他律教育,干部们的职责、责任、进取、奉献、绩效意识有了一定的提高。

二是抓教师培训教育。1. 校本培训。学校建立了两周一次的德育骨干例会和学科教研活动制度、每月一次的年级组长、教研组长例会和教师例会制度;2. 鼓励教师积极参加县级教研活动、区域联动,并安排专车给予接送 3. 舍得花资金参加国家级、市级学习培训。学校安排了 6 批 35 人次参加国家级德育与班主任大会、教师专业发展类培训学习,主要参加对象有新教师、年级组长、教研组长、骨干教师与班子人员;安排了 2 人参加华师大跟岗培训学习、2 人参加上海市郊职初新教师基本技能培训学习、安排了 4 位教师继续参加县名师工作室的学习培训;4. 继续实施青蓝工程,安排骨干教师与 13 位新教师帮教结对。通过这一系列的学习培训途径,使教师队伍的教育品质、专业素养又有了新的提高。

近几年,12 名班主任参加在上海举行的全国第二、三届班主任工作名家论坛和班级管理经验交流会;2 名语文骨干教师参与在浙江绍兴举行的全国语文学科课堂教学研讨会;12 名青年骨干教师赴江苏东庐中学学习课堂教学经验;3 名英语教师利用暑期赴国外学习;有 5 名教师成为名师工作室学员;8 名青年骨干参加全国第四届班主任名家论坛;11 名德育骨干教师参加第四届中国德育与班主任大会;12 名骨干教师参加第五届教师专业发展论坛;6 名青年教师参加在上海举行的第五届班主任专业论坛等。

这一切的努力终于浇灌出让人欣慰的花开,今年中考,长明中学考出了全县平均成绩第六名的好成绩。

(作者系崇明县横沙中学校长)

# "嘉琦"家访"嘉琪"的故事

牛嘉琦

  自从走上工作岗位,担任班主任工作以来,让我切身感受到班主任工作的辛苦和甘甜;更让我深深地认识到,家访工作是班主任协调家庭教育的重要方式,也是构建良好师生关系的重要手段之一。

  我校前八年级(1)班的施嘉琪同学被确诊得了"脊椎弯曲45度",根据她的病情应在家休学一年,待康复后进入我们新的班级进行学习生活。当获知此情况后,我决定到该生家进行家访,通过与家长们全面的坦诚的交流与对话,进一步了解该生的方方面面,为制定进一步的富于个性化的教育教学策略奠定基础。出于我们名字的相似性,我认定这个孩子和我很有缘分,于是决定立马行动,了解孩子,进行家访。

  我和见习班主任张欢老师一道,开始了我们的家访之旅。家访前,我做足了"功课",充分掌握了学生的家庭住址、联系电话,并与学生家长提前约定好家访的时间。走到她家的大门口,看到一个50多岁的老人,我马上想到这个老人就是她的外婆。她外婆见到我们马上招呼我们进屋(因为已经约定好的),并告知孩子新班主任来看她了。孩子正躺在床上。走到孩子的屋内,发现家里除了一些简易的摆设外,最引人注目的是正屋墙上挂着孩子、妈妈、外婆三人合照的相片。此时,我想到,前班主任介绍到的这是一个特殊的家庭,孩子的父母早已离异,母亲经常在外打工,无暇顾及她,便把她寄宿在外婆家里。这孩子可以说是一个从小到大就失去父母关爱的孩子。同孩子交流了一下,介绍了自己,并说我和她的名字是一样的,拉近同孩子的距离。交谈中可以感觉到她是一个极为要强的孩子,是积极要求进步的,但身体的原因迫使她还不能回到学校读书,这是她最大的遗憾,我鼓励她坚定信心,克服困难,早日回归学校。由此我也想到了下次再来家访一定给孩子多带几本书来,因为她爱读书,这一点我真的感到非常开心。

我们走到屋外和孩子外婆交流一会孩子的身体康复情况,明显感到老人家真的不容易。她很随和的和我们谈起家里的情况:"由于孩子父母离异,孩子妈妈又长期不在身边,我这个当外婆的也没有足够的时间和精力去关心孩子,我很失职,加上孩子身体又不好,有时确实无奈。"我说:"孩子虽然得不到母爱,但我会尽力让她感到八(1)班就是她的家,八(1)班的同学就是她的兄弟姐妹,任课教师就是她的父母。让所有的人都去关心和呵护她。"让她尽快恢复因父母离异造成的心灵上的创伤,这也会加快身体的康复。通过这次家访,我了解到孩子的家庭情况,我下定决心要通过集体的力量给这个孩子更多的关爱。

回到班级后,我将这一情况告知了班干部,班级干部立马召开紧急会议,并对全体同学发出了捐款献爱心的倡议。倡议一发出,全体同学马上伸出援助之手。同学们还认为仅仅依靠捐款不能给施嘉琪最大的动力,还需要给予她长期的精神鼓舞。于是他们分成小组,确保定期到该同学家中同她交流学校生活,探讨学习进度,并鼓励她早日康复,尽快地回归我们的大家庭中。同学们在坚持着帮助同学,我也同他们一道在关心这个孩子,"嘉琦"家访"嘉琪"的故事继续上演……

学期末,嘉琪同学在给全班同学的感谢信中写道:"在我离开学校的日子,我发现我是多么喜欢这个新的班级,喜欢这个学校,喜欢老师和同学们。说实话,我原来生活得并不愉快,因为父母对我的关爱少,加之患上这样的疾病,所以,我曾经产生过怨恨父母,埋怨老天的不公平。但值得庆幸的是,我有一个很关心爱护我的嘉琦老师和八(1)班的同学们,以前,我把苦恼和欢乐都写在我的日记中;现在,在我住院治病的时候,同学们又为我捐款,让我感受到了集体的温暖,我从心里感谢大家,从此我愿意与你们分享我的喜怒哀乐。"

下学期,嘉琪同学将回归我们这个充满爱的集体中,我将家访工作进行到底,关心和帮助更多需要帮助的同学。

家访的收获与思考:

教育是一门永恒的艺术。家访是这门永恒艺术当中的一朵"奇葩",如能好好地运用它,必然会使我们的工作如虎添翼!

让老师在切身感受学生的成长环境,了解家长的文化素质、家庭教育状况的基础上,对学生进行全面认识、分析、理解,真正实现"一把钥匙开一把锁"。当你真正走进学生的生活,走进他们的心灵之后,才会发现他们更需要得到老师的关爱与理解。像施嘉琪这样需要帮助的孩子,除了家人再要多点关心她,还要发动同学们帮助她,还要对她及时进行家访,了解她的近况,从中激发她的自信,这样她可以通过自身的努力,战胜一切。

我们要努力地用真情和耐心去进行我们的家访,这样才会让我们的教育更加温馨,更加落到实处。通过家访活动,我们深入每一个同学的家庭,通过与家长们全面的坦诚的交流与对话,一方面进一步了解了每一个同学的方方面面,为制定进一步的富于个性化的教育教学策略奠定了基础;另一方面,也宣传了我校的办学思想与办学成绩,进一步加强了家校联系,增进了家长们对我校的理解、信任与支持。

爱学生,要与每个学生进行沟通。沟通是心与心的桥梁,它能使师生真正成为朋友。沟通首先就要了解学生。一把钥匙开一把锁,不同的学生,家庭环境不同、脾气秉性不同、处理问题的方式方法也不同。针对学生个体的不同问题,老师要为其配置不同性能的"钥匙"。家访、谈心及写悄悄话是我了解学生、做好工作的有效途径。(1)家访有利于老师全面了解学生,也是有针对性地教育学生的好方法。家访的时机要掌握得好:最好放在有特殊意义的日子,如学生的生日或学生生病在家时,他们渴望的是祝福与安慰;其次是节假日,学生认为老师利用休息时间家访很不容易,他们往往会受到感动;再就是学生取得好成绩时,家访自然从报喜开始。(2)与学生谈心,谈话环境应选择安静、人少的地方且应当给人以安全、祥和、温馨的感觉,注意体态语言的运用,力图通过面部表情、眼神、手势及各种动作给对方这样的形象:真诚、尊重、理解。停止一切无关举动,神情专注,认真倾听,以使学生愿把自己的心事说与你听。(3)学生在周记中写的悄悄话是我走进孩子情感世界的基础,感受到他们的喜怒哀乐,在交往中与学生真诚的交流,使我可以了解到真实的学生。

然后,在与学生的交往中,在老师了解学生的同时,也让学生充分了解了老师,师生之间的相互沟通增进理解,实现了心灵与心灵交融。师生关系是一个难解的题,我们更要注意与学生建立和谐、融洽的关系,努力研究师生交往的策略,以爱为出发点,以情做桥梁,去诱导和启迪学生。

# 每一个"随迁"学生的进步都是我们的责任

王思伟

　　我校地处崇明长兴岛。随着我们岛的海洋运输装备工业的迅猛发展,外来民工不断增多,随即民工子女进校就读的人数也在逐年增加。特别是 2011 年,我校又新接收了 260 名"随迁"孩子。这 260 名学生主要来源于岛上民办外地民工子弟学校,也有少数刚从外省市来沪就读的随迁学生。这对我校来说,教育的压力骤增不小。至今我校的"随迁"学生多达 60％以上,教育教学的困难可想而知,无疑向我们提出了严峻的挑战。

　　来沪就读的民工子女基本都是中途入学的。之前,他们在外省市各地学习的教材不同、教育教学的程度不同、教学方法差异性很大,甚至教育教学质量的管理办法也大相径庭。如何将这些特殊的孩子在全纳性的接收之后能有效地帮助他们顺利地走上我们当地教育之道呢? 怎样使这些学生能适应我们上海的课程教学并实现无缝衔接? 怎样使每位学生在学业提高上获得平稳过渡呢? 怎样使他们迅速摆脱寄人篱下的心态而与新学校的师生建立起融洽的情感呢? 这些问题都已经十分现实且急切地摆在了我们学校教育者与管理者的面前,需要我们作出正确的回答。

　　面对这扑面而来的教育困难,我们很自然地想起了陶行知先生。陶先生崇高的品格和伟大的精神犹如一盏指路明灯,照亮了我们的心,使我们豁然开朗,增添了强大的攻坚克难的勇气和动力。

　　"爱满天下"是陶行知毕生追求的教育真谛;"热爱每一个学生"是陶先生始终遵循的行为准则;"为了孩子,甘为骆驼。于人有益,牛马也做"是陶先生的人生格言。正是由于有了这种深切的"爱",才有了真正意义上的教育。他是这么说的,也是这么做的,他的言行一致的伟大人格魅力,如惊雷一般深深震撼了我们的心:陶先生对"天下"的孩子个个都爱,难道我们对同在中华蓝天下的孩子就不能做到一视同仁?热爱孩子还讲"本地"与"外地"的区别?为了长兴岛的建设,孩子们的父母不远千里来到这里,如果我们对他们孩子的教育问题束手无策、畏畏缩缩,我们难道不应该感到羞愧吗?教育在孔子时期就讲"有教无类",已经走向现代文明的今天,难道会被"随迁"子女的教育压力所吓倒?

陶行知先生的精神和胸怀深深地感动了我们,使我们萌生了一种强烈的教育责任感:学生的求学,应该由学校教育来承担;学生的困难,必须由学校教育负责来帮助解决。当年陶行知"为了孩子"的骆驼精神,对今天的教育来说,其意义就在于需要我们有勇于担当的责任感,需要我们有破解一切难题的责无旁贷的历史使命感,使每一位"随迁"学生都能够沐浴在教育之爱的温暖阳光里。

近年来,为了使进入长明中学的每一位"随迁"学生都能公平公正地享有受教育的权利,都学有长进,我们采取了一系列卓有成效的措施,具体做法是:

### (一) 从学生实际出发,单独组织教学班

陶行知先生说:千教万教教人求真,千学万学学做真人。爱孩子,就要一切从学生的实际出发,来不得半点的好高骛远,杜绝急于求成的心态。我校非上海市户籍的农民工子女,按入我校学习先后可分两大群体,共 336 人,占我校随迁学生总人数的 60%(2011 年 9 月数据)。由于考虑到这些随迁学生原使用教材是非上海市教材,进行单独编班,在教学上不与原有随迁学生混合,这 260 多名随迁学生在七、八、九三个年级,共编成六个教学班。

另一方面对这批随迁学生发放告家长书,召开家长会,进行信息摸排工作,9 月份开学后,进行过摸底考试,以了解随迁学生学习情况。摸底的学习成绩(试卷内容按上海市教材编制)虽然在降低难度的情况下,仍显得极不理想,学业存在很大困难,比我们预估的更严重。

对随迁子女学业困难的问题,我们通过各个层面分析了成因:第一,这些随迁学生来自全国各地,多年来,很多随迁学生随家长打工地点的变化就读过多个学校,由于使用各地不同的教材,与上海市教材知识、内容编排上有衔接不一致的情况,造成随迁子女学业困难。第二,这些随迁学生颠沛流离于各自的学校,缺乏系统的行规教育,居住条件大多较差,社区环境恶劣;父母工作较忙,无暇关注随迁学生成长等原因,导致这些随迁学生的行为规范存在较多的问题。第三,由于政策原因,这些随迁学生不能够进入上海市普通高中就学,很多家长对随迁学生的期望值不高,学生自我目标不明确,不能完全归结于随迁学生主观不努力。

### (二)重组教学内容,调整教学进度

陶行知先生"热爱每一个学生"的理念,使我们在学校的工作重心上有了很大的转变。对所有学生都一视同仁,也就意味着对随迁子女的资源投入可能更多,因为他们人数上占60%。教师配备上,特别是班主任安排上,选择富有工作经验的老师担任,如安排3名年级组长、教研组长担任班主任,骨干教师和新教师组合担任教学工作等。2011年初,在接到县教育局有关接收这批随迁学生的工作要求后,我校一方面筹备招聘新教师,专门为他们举行了结对德育和教学师父的隆重仪式。同时,在暑期前一个月对他们进行适应性跟岗实习和系列培训。

同时我们要探索一条随迁子女教育教学的新路。随迁子女教育,尤其要学校以课程建设为核心。根据课程改革的要求,我们在课程的实施过程中努力体现课程的校本化,做到了既能依法办学,注重国家和地方课程校本化;又能特色办学,完善校本课程的开发和实施,切合随迁子女教育的特点。按随迁学生具体情况,我们调整教学内容、教学进度,做好教材的衔接工作。在七年级随迁班开设的《中国结艺》等兴趣活动类课程成为崇明县的共享特色项目。同时,围绕县级重点课题,我们开展了《基于随迁班"最近发展区"的数学常态课有效实施的研究》《中途入学初中随迁班〈生命科学〉的教学策略有效实施研究》等一系列子课题,丰富了学校的科研成果,更重要的是为随迁子女教育运作模式的科学性提供了保障。

### (三)加强行规教育,提高学生文明素质

根据陶行知生活教育理论,我们提出"学会做人,学会学习,学会生活"的学风要求,在德育条线做了大量的工作,使随迁学生的教育成为我校一道亮丽的风景线。

通过随迁学生访谈、周记、家长会,使我们了解到一个可喜的现象:这些随迁学生及家长对我校硬件设施较为满意,对今后学习充满期待,有些家长因此将老家子女接到上海就读。于是我们结合长兴海洋装备岛建设,给家长提出建议和指导,为随迁学生描绘就业蓝图,并对随迁学生明确要求,帮助随迁学生、家长树立信心。

学校成立了德育领导小组,研究部署学校的德育工作。根据学校实际修订了"学生一日常规、星级文明班评比、教师育德能力考核"等规章制度,使学校德育管理有序、有效开展。学校聘任有能力有责任心有热情的教师担任班主任,并实行班主任月考核制度及例会制度。经常组织班主任探讨班集体建设方面存在的问题,并提出改进措施。学校在崇明县班主任技能比武活动中荣获优秀组织奖,并有一位班主任代表崇明参加市级比武。学校以"温馨教室"建设为抓手,注重班级文化建设。学校每年均有1至2个班级或中队被评为县优秀班集体及县优秀中队,良好的班风促进了学校

健康发展。我校对学生的日常行为规范、礼貌礼仪教育常抓不懈。2012 学年,学校被评为上海市行为规范示范校。学校十分重视学生心理健康教育,创建"成长加油站"心理辅导室,解决学生急需解决的心理问题,为学生的健康成长提供保障。定期分批给学生进行心理讲座,努力培养学生积极健康的心理品质。2012 学年,学校被评为崇明县心理健康教育优秀学校。重视家庭教育和社区教育,整合学校、家庭、社区的德育资源,成立家长委员会。构建学校、家庭、社会三位一体的德育工作网络。2012 学年,学校被评为崇明县"千名教师访万家"家访工作优秀学校。

**（四）组织开展集体活动,促进师生、生生情感大融合**

陶行知提出"生活即教育""社会即学校""教学做合一""在劳力上劳心"的理论,目的是要"发展学生的生活本领"。随迁学生与本地学生的学业差异,决不可通过加班加点、削峰填谷式的方式来加以解决。相反,他们具有他们的优势,一般来说,他们的动手能力都比较强,具有参与社会活动的意识。

1. 组织全体随迁学生进行德育实践。2011 年下半年参观"2050 未来生活馆"、锦江乐园,2012 年上半年参观"江南三民文化村"。通过实践活动引导随迁学生理解过去、展望未来,让随迁学生加深对第二故乡上海,特别是崇明的了解,尽快融入当地的生活,并对今后美好生活产生希冀,形成学习动力。

2. 进行各类主题教育、仪式教育。了解规范随迁学生行为,一年以来主题教育活动不断,如:"小手牵大手,文明全家行"主题活动、12·5"我志愿我快乐,我是小小七彩心"主题活动、"红领巾心向党"纪念建党 90 周年系列活动、"3·5 学雷锋"主题教育活动、2011 年长明中学体育节、2012 年 5 月"扬青春旋律,创和谐校园——长明中学第五届校园文化艺术节""长明中学首届十佳风尚好少年评选活动""长明中学百张笑脸校园寻访活动"。

3. 组织帮困送温暖活动。对随迁学生家长及本人的特殊变故、困难,学校也进行针对性资助、关爱。如李金鸽、李国文兄妹,父亲 2010 年 5 月突发肝癌后期去世,直接回老家安葬,6 月回校,学校知道后,送兄妹冬夏装各一套,9 月兄妹继续来校就读,学校免去兄妹所有在校费用两年。活动将学校老师的爱传递给了随迁学生、家长,取得良好的社会效果,随迁学生学习更刻苦、努力,家长也对学校工作更加配合。

我校通过系列主题活动,学生的思想道德素养、行为规范层次和全面学业水平有了较大幅度的提高,随迁学生在各类竞赛评比中也有突出表现,多人次获县、市级奖项。如在上海市时政知识竞赛、县防震减灾知识竞赛、县生态知识竞赛、上海市安全知识竞赛活动中,随迁学生均能获得个体、团体的诸多奖项。

2013 年 6 月,我校的两名随迁学生在上海人民广播电台"990 成长热线"做了

一档访谈节目,这是部分实录:

> 主持人:方便透露一下你们来自哪里吗?
>
> 学生:安徽。
>
> 主持人:在加入长明中学以前在哪所学校读书?
>
> 学生:民办的光辉学校。
>
> 主持人:感觉两所学校有什么不同?
>
> 学生:环境、教学、设备。
>
> 主持人:去年得知要换学校时有什么样的想法?
>
> 学生:有点担心被瞧不起。
>
> 主持人:在开学之前学校做了什么样的承诺?
>
> 学生:保证平等地对待我们,在教学、生活等各个方面。
>
> 主持人:进入学校后实现了承诺吗?
>
> 学生:实现了。
>
> 主持人:你们班级刚来的时候和现在相比有什么变化?
>
> 学生:刚来的时候有些同学在学习上无动于衷,现在起码愿意去学一点东西,比以前好很多。在生活上、行为上也比以前规范很多。

部分成绩较好的随迁学生不得已转回老家报考普通高中的时候,或者部分同学因父母工作变动离开长兴岛的时候,都舍不得离开我们的学校,跟同学、班主任更是依依不舍。我相信,我们的教育教学工作将永远成为这些随迁学生和家长生命中的一抹亮丽的春色,一段温暖的回忆。

经过这两年的随迁教育工作,我深深地感到陶行知先生的教育思想永远都不会过时,在新的历史时期仍然能够焕发出无穷的生命活力。重温陶行知先生的教育思想,能够使我们少走弯路,不走错路,始终能够找到科学地正确地解决问题的办法。同时,我们也深深地感到陶行知先生的教育思想只有接地气,与我们的实际生活中的具体事例相结合,认真思考,仔细琢磨,才能真正地继承和发展它。如果只是把它当成一种离我们遥远的思想而高高挂起,毫无疑问这是对他的曲解和亵渎。陶行知生活教育思想将永远融化在我们学校文化的血液中,汇成战无不胜的力量。

（作者系崇明县长明中学原校长）

# 为你撑起一片绿荫

## ——长明中学青年教师队伍建设

钱孟逵

早就听说在长兴乡有一所长明中学，办学有特色，管理有创新，尤其是青年教师队伍建设成绩显著。由于江水阻隔，一直无缘领略其风采，这次因到长明中学采访，遂了我的夙愿。

崇明的初夏，细雨蒙蒙，栀子飘香。我们一行清早踏上了去长兴的航班，实地采访了长明中学，记录下长明人在"二期课改"的大潮中，面对现实，克服困难，大胆创新，为青年教师的迅速成长撑起一片绿荫的历程。

跨进长明，第一感觉就是校舍比较陈旧，布局也不尽合理，但是校园朴素而又整洁，挡不住勃勃生机、盎然春意。党支部书记王思伟接待了我们。他告诉我们，校长在上课。正说着，下课铃声响起，徐惠祥校长将我们引进接待室。从这对黄金搭档的身上，我们看到了长明的朝气：徐校长的果断，王书记的机智，交汇碰撞出智慧的火花；青年教师培养方案的筹划，管理体制改革的出台，校本研修规划的推出……长明中学在谋求发展的征途上，无不留下坚实的前进脚印。

2001年，刚掌管长明帅印的徐校长、王书记的心沉甸甸的：在长兴教育布局的重大调整过程中，原前卫中学、园沙中学同时撤销建制，并入长明中学。三个单位的重组与磨合、办学经费的"一校两制"、校办厂沉重的债务等一系列问题摆在他们的面前。撇开学校的设施、设备在市内最滞后不说，最要命的是，学校的师资队伍结构畸形：新老教师比例失调，一方面大量的优秀青年教师流失，且还有发展的态势；另一方面教育观念陈旧、教学手段落后、不能胜任素质教育的教师占了较大的比重。众所周知，教学质量是学校的生命线，而优质的青年教师是学校生命力长盛不衰的源泉。

新官上任三把火,第一把火就是如何凝聚人心,提高教学质量。学校新领导不约而同地将目光聚焦到青年教师身上,这是一个可塑性极强的群体,引导得法,就会如入渠之水,顺畅地奔向目的地。那么,又如何将这把火熊熊地烧起来,而且越烧越炽烈? 当时的困境是:一是人心浮动、人心思走。前期因校办厂留下了不少债务,债主轮番到学校讨债、谩骂,搞得人心惶惶,要求调离的教师占了很大比例;二是经费紧张,原有的设施、设备远远不能适应现代教育的需要,教师的待遇偏低。学校领导坚信:即便现实不尽如人意,但依靠全校教师的共同努力,一定可以为自己的心灵筑成一座梦想成真、精神安居的理想家园。学校决定一方面取得上级有关部门的支持,在经费划拨等方面得到倾斜,尽快稳定人心;另一方面注重培养青年教师,尤其加快对优秀教师引进的步伐,先后引进 23 名优秀毕业生充实师资队伍;同时真切了解教师教学的实际,挖掘本校师资资源,加大教师培养的力度。成立了师资工作领导小组,制定了《长明中学青年教师培养计划》,创造条件,让更多的优秀教师脱颖而出,带动整个师资队伍专业水平的提高。

就这样,学校党政一班人密切配合,奏响了青年教师队伍建设的庄严乐章。

首先,为青年教师铺阶梯。学校以"五抓"为突破口:

——抓带教:根据学校条件,将德高望重的老教师作为带教导师,具体落实到每位青年教师,签订带教协议,落实带教内容。老教师身传言教,甘为人梯,青年教师虚心求教,启发感悟。

——抓常规:建立、健全青年教师的培养制度。修订了《教职工考核评价办法》等学校规章。规定每位青年教师每周听一节以上的示范课、交一份规范教案和一篇硬笔书法;每学期上一节教育教学的汇报课;期末交一份教育、教学工作总结;学校每月听每位青年教师一次以上的教学课或班会课,并检查教案;建立青年教师个人成长档案。

——抓比赛:每学期安排青年教师教育教学基本功竞赛,不定期开展青年教师的教育教学评比活动。

——抓培训:加大投入,派送青年教师到县、市乃至出国参加各种培训活动,有计划安排青年教师参加"继续教育"的培训活动。

——抓总结:开展多种形式的总结活动,包括教育教学专题总结、"六个一工程"活动总结等。学校党政通过多种途径听取青年教师的意见,沟通情感,交流思想。每学期召开青年教师成长汇报会……

这一切措施最终聚焦成一句话——为青年教师搭舞台。这舞台,是成功的舞台;是一个让人振奋、肯定自我、实现价值、超越人生的舞台;是激活生命潜质,不断超越自己的舞台。

为了搭好这个舞台,校领导以创建和谐的校园文化为抓手,以人为本,从物质上、生活上、思想上全方位地关心青年教师,形成了和谐的干群关系、教师关系、师生关系。为了让外地青年教师在长明安居乐业,徐校长多次亲自到上级有关部门求援,争取到了非常宝贵的"廉租房";每逢中秋、元宵等传统节日,进行聚餐等庆祝活动,并为他们送去一份祝福,一片温馨;对青年志愿者开展的服务活动,更是一路绿灯,拨专项活动经费;组织教工团支部开展丰富多彩的活动……

为了搭好这个舞台,深谋远虑的长明领导明白:只有用先进的理论武装青年教师,让清新的教育理念荡涤传统教育观念中的陈腐之气,才能使青年教师在这舞台上演出威武雄壮的话剧来。因此,长明的决策者一方面请市县的教育专家来校传递先进的教育理念;另一方面,与市区的挂钩学校结对,选派青年教师到市区特色教师那边去学习、提高。广大青年教师主动地参加"三结合"的学历培训和计算机技术、多媒体技术的学习,知识的精华赋予了他们创新的灵气,在教育教学改革的大潮中,他们走在了知识更新的前头,以长明人自身的高素养构筑了一道亮丽的风景线。

为了搭好这个舞台,校领导热情鼓励青年教师在示范观摩课中争相崭露头角,一展身手;支持青年教师在市、区县的各级教学活动中,苦练内功,向自己的极限挑战。为此,长明的教学月活动有声有色,青年教师尽展才华;青年教师论坛轰轰烈烈,教师们围绕专题各抒己见,一个个观点闪烁着他们的智慧之光;青年教师课题立项如雨后春笋,层出不穷……

为了搭好这个舞台,还要用人所长,容人之短,助人成功。学校果敢地让青年教师担任学校的中层或者学科带头人,发挥其领头羊的辐射作用。舞台的搭建,为青年教师迅速成长提供了广阔的空间。成功的舞台使长明的青年教师扬云帆、展风姿,成为长明中学的教学中坚,优秀的青年教师群体脱颖而出。

让我们回味他们享受那一次次掌声响起时的幸福吧:

陈纪丽,来长明的五年中,在教育实践中不断探索、反复锤炼,逐渐形成了自己的教学风格,在教与学的两大板块间寻觅到了最佳的黄金分割线。她担任三届毕业班的语文教学工作,每年的合格率都在98%以上,得到了社会和家长的高度赞誉。在紧张、繁重而又充实的工作中,陈老师寻找到了自己的人生坐标:"回首五年的成长道路,看看身边不少老师都走出海岛,选择更广阔的天空,我没有羡慕,只有祝福。因为我仍坚持着当初的信念:我是为了教书育人而来。"她的学生是这样赞美的:"你用澎湃的激情,耕耘温馨的沃野;你用执着的热情,开垦广袤的荒原;你像清澈透明的甘泉,浇灌干涸的土地;你像润物无声的细雨,滋润焦渴的心田。为了国家的栋梁,你把一颗真心捧出,为了民族的明天,你把一腔热血奉献!"

陈婷,爱岗敬业,勤奋踏实,勇于实践。参加工作第三年,就勇挑重担,担任了初三语文教学任务。在2006年的中考中,她所任教的语文成绩合格率达到了100%。前年,她在崇明县语文教师教学基本功评比中荣获一等奖;并连续两年分获行政记功和记大功的奖励。2008年4月,她被授予"崇明县青年岗位能手"和"崇明县十大杰出青年志愿者"荣誉称号;她所辅导的少先队被授予"崇明县红旗大队"荣誉称号……

……

获奖者如星星,亮亮的,闪耀在我们的心间。除了个人,集体的荣誉也接踵而至:"区特色文化学校""崇明县行为规范示范校""职业教育先进集体""上海市诚信建设单位""崇明县暑期工作先进学校",校党支部被评为乡"五好党支部",校团总支被评为"五四红旗团组织"……太多了吧,不,更多的还来不及细说,荣誉正似那一束束灿烂的阳光,照亮了每一个学生心房,似一丝丝甜甜的喜雨,滋润着每一个学生的心田。

在教育教学改革的春风里,长明中学抓住机遇,一步一个脚印,在教改的园地里辛勤耕耘,踏实工作。正是这些奉献者,推进了学校办学水平的逐年提高,成绩令人欣喜:初中学业考试连续四年保持一次合格率90%以上,录取市、区重点高中一直在20%以上,普高上线率保持在43%左右。100%的初中毕业生升入高中阶段各类学校。职业教育也喜获丰收,首届联办职高毕业生中有近20%学生被市高等院校录取,钳管班被评为"上海市船舶系统技校先进集体",8位学生获"上海市星光计划奖",学生技能比武等多次在市中等专业学校比赛中夺金掠银。职校毕业的学生全部推荐就业……虽然他们的探索和耕耘也许暂时不被世人和同行瞩目,正如在空旷的秋天将一把种子撒向大地,谁也不会留意,但是在来年的春天,却给你我一片葱茏的绿色,一个沉甸甸的收获。

春种一粒粟,秋收万颗籽。我坚信,只要坚持充满创新、融注活力与激情的教育理念的导引,为青年教师撑起更大的绿荫,长明中学必定会在教育园地里奏出更灿烂的乐章,我们期待着。

# 故 事 篇

在这美丽而又神奇的海岛上，孕育和流传着许多美妙而又动人的故事。有新四军女战士墓前在冬日里盛开着绚丽的美人蕉的传说；有李少波等英雄人物与敌人斗智斗勇把大量军需物品运往苏北抗日根据地的惊心动魄的故事；有小毛妮不忘救命恩人大恩大德牢记感恩的生命的闪光；有为建设海洋装备岛而刻苦钻研业务、焊接技术高超的朱瑞霞被喻作盛开在"江南"的一朵美丽焊花；有革命烈士陆晨，为保护人民的生命安全和国家财产，在救火中壮烈牺牲的泣鬼神、撼天地的壮举；有《奇怪的讨饭人》中展现的一位农村党支部书记关爱别人、中华一家的宽广胸怀和美好心灵的动人情景……

# 感恩——生命的闪光

樊敏章

今天我要讲的是一个当年我父亲抢救落水女童的真实故事。

父亲从小生在海岛,长在海边,他是一个十分地道的平民百姓。家中子女 8 个,加上年迈体弱的母亲,全靠父亲这根"顶梁柱"维持一家人的生计。正是因为住在海边,长年与水打交道,他练就了一身不凡的"水上功夫"。比如在旧社会,有一条被日本侵略者炸沉的货轮,父亲衔着一条毛巾,凭着他强壮的身体和良好的水性,潜入船内,一口气能闷 5 分钟,将船舱内的油桶打捞上来。1958 年他又曾经在几个朋友的陪同下,他们划着一条船,父亲只身下水,横渡长江。在营救落水女童时做到"入水打捞,闷水救人,出水从容"。大海造就了海岛人独有的形象和性格。父亲为人诚实,乐善好施,在村民群众中一直有很好的口碑。他秉承祖辈的家训,要求我们子女懂礼貌,守规矩,会感恩。他的这种不成文的"家规、家风"已经延续到了我们的后代。现在父亲虽已过世了 20 多年,但他舍生忘死,施救落水女童,以及女孩长大成人后多次上门感谢我父亲的感人场景,永远留在我们全家人的记忆中。

1975 年 5 月,我刚从部队退伍回家,没几天,家里来了个小女孩,女孩 6 岁,大家都叫她小毛妮。只见她那双小眼睛忽闪忽闪的,透现出童真般的灵气。她对我家的 8 个兄弟姐妹很会"拍马屁","哥哥长、哥哥短"叫个不停,逗人喜欢,人见人爱,感觉就像亲妹妹一样。她在我家住了大约一个礼拜。我问母亲:"这个小妹是哪里来的?"母亲讲:"是你父亲捡来的。"母亲的回答使我一下子纳闷起来。想想我家本来人就多,兄妹 8 个了,家中负担又重,年年分配时透支亮红灯,怎么又捡了一个? 一阵思忖之后,又问母亲:"这个小妹哪里捡来的?"于是,母亲就讲了这样一个令我感动的故事。

原来小妹是个渔民的女儿,家住本岛海星大队(今海星村),因为讨人喜欢,她父母亲给她取了个乳名叫小毛妮。

**1994 年 6 月 19 日,毛妮出海捕鱼归来。船靠长兴岛马家港,渔民们面带丰收的喜悦**

父亲当年在公社农机厂工作,他是一个能工巧匠,参与发明了"东风牌"脱粒机。

1974 年 8 月初的一天,正值农忙脱粒季节,抢收抢种抢时间,父亲被厂里派往圆沙片去维修脱粒机。那天天气特别闷热,高温 38 度,他背着一包滚钉和维修工具,来到圆沙镇丁丰村。途中,汗水浸透了衣服,正在行走间,突然听见有人呼喊:"快来人啊,救命啊,救命!"听到喊声,父亲朝那呼喊的地方望去,只见河的对岸——圆沙水闸口里面,挡水墙上和岸边挤满了人,有七八个小伙子从墙上,像运动员跳水那样,"扑通,扑通"地往水里扎。父亲清楚一定是有人落水了,他赶紧丢下手中工具,向出事的地方飞奔而去,这时围观的人越来越多,都是海星大队的渔民,父亲迅速拨开人群,边小跑步边急问:"怎么回事啊?"一个老太太回答说:"有小孩落水了。""多长时间?""有好几分钟了。"父亲看到水面上已经没了小孩的踪影,根据时间推算,估计小孩已经沉到闸底了。父亲对水闸底的情况了如指掌。在我入伍那天的前一夜,那是冬天 12 月 30 日,父亲为了请客送我去当兵,他喝了二两老白酒,和当年的抗美援朝老兵,目前还健在的开水闸的顾才木,在新开港水闸口,闷到闸底套网,开闸张鱼。因此他深知这个水闸的底足有四五米深。眼看着救小女孩的小伙子一个个冒出水面,他们拼尽了全身力气,摸了好一阵,结果毫无收获,准备放弃打捞。这时,只见父亲一个箭步,冲向河边"刷"的一声跳了下去。他那双手不停地使劲往上抬,抬的快人就下水快,一直抬到能踮到闸底为止。然后利用双脚不停地在水底捣,不断变换方向,凭着父亲那了不得的闷功,很快地将闸底捣了个遍,终于小女孩被他踩到了。这时父亲呼出一口气,将小女孩一把拎了起来,浮出水面,岸上的人群顿时激奋起来,异口同声地惊呼:"捞到了!捞到了!"可是等到上岸一看,小女孩已经没有了呼吸。人们刚才的兴奋突然又变得紧张起来。这时的父亲就像一个同死神拼搏的英雄,人们把一切希望的眼神都集中在了父亲身上。只见父亲拎起小女孩的双脚,把小孩倒背在自己的背上,拼命地向前奔跑,边跑边喊:"快拿一只铁锅来,快拿一只铁锅来!"一个反应灵敏的小伙子飞也似的奔到家里,提来了一只大铁锅。父亲把铁锅倒扣在地,然后将小女孩的肚皮摁在铁锅上,一下一下不停地往下按。这时,只见小女孩口中吐出了大口大口的水,又轻轻地发出了"啊啊啊"微弱的声音,有人小声地说:"活了!活了!"不一会,小女孩"哇"的一声哭了起来。"活啦,救活啦!"人群中的声音已经高涨起来。有几个老太太刚才还紧张得全身发抖,现在是激动地掉下眼泪。这时,只见一群小伙子将草帽抛向了空中,并"嗷嗷"的大声呼唤,庆祝营救所取得的胜利。那惊心动魄的场面实在让人感动,接着父亲又叫了一辆耕田的拖拉机及时地把小女孩送到长兴卫生院,小女孩死而复生。

父亲奋不顾身抢救落水女孩的壮举,在长兴公社广播站连续广播了三天,长兴人民家喻户晓。过了一周以后,小毛妮父母亲携小毛妮一起来到我家,而且带了许多海鲜(她家自己捕捞的),表示感谢救命之恩。他们觉得我父亲是小毛妮的再生父亲,为了报答救命之恩,夫妻俩提出要毛妮认我父母亲做爹娘,而我母亲觉得自己子女多,生怕日后增加双方负担,就没有同意,她说:"爹娘不要认了,就叫一声寄爹寄娘吧。"爹娘前加上一个"寄"字是有本质上的区别的,这样也好,当初对母亲的这个决定我们兄弟姐妹很是不理解,心想叫一声爹娘有什么不好。此后,每当鱼汛之际,毛妮她家总要带些海鲜来看望我父母。

日月如梭,时光飞驰,一晃20年过去了。如今的毛妮已经成家立业,夫妇俩继承祖业,在海上以捕捞为生。

1990年6月16日,那一天,我在宁波出差,老家一个电话打到对方公司里,通知我家里有急事,让我马上回家。那天夜里,我翻来覆去睡不着,总觉得有什么不好的事情要发生。预兆和感应使我担心起来,果然我父亲因脑溢血,突然去世了。回到家中我大哭了一场。顿毕,我想起了小毛妮,我对家人说:"父亲走了,让小毛妮最后再见父亲一面吧。"

一个电话打到海星村,村干部回答:"小毛妮夫妇俩出海捕鱼去了。"我说:"你能不能联系到她?""能的,"对方坚定的回答,"我们可以直接用高频电话通知她的船。"于是,村干部们进行了一番紧张的联系,"毛妮,毛妮,听到请回答!"喊话重复了好几遍,"听到了,请讲。""你们的船现在在哪个方向?""在横沙方向。""请你马上返航!""什么事情要返航?""你的救命恩人去世了,请你马上到他家里去。"毛妮夫妇听到这个不幸的消息后,立即将船开足马力,直接驶向我家老宅前海塘边上,抛锚停当后,直奔我家老宅。这时,满身仍带着鱼腥味的小毛妮,直接扑向了父亲的灵柩,她那内心的悲痛和感恩情绪就像火山爆发一样喷涌而来,大声地痛哭起来:"爸爸呀!爸爸啊!"双手又不停地抚摸着父亲的身躯:"爸爸呀!你看看我呀,好爸爸呀!"她的哭喊声令在场的所有人都为之动容而落泪。小毛妮哭得多么伤心啊!毛妮哭罢了父亲,一转身,又跪在了我母亲的膝下,哭喊着:"妈妈!妈妈!妈妈!"这时的母亲早已泣不成声。她将那毛妮紧紧地抱在自己的怀里。这时,我才知道当年母亲没认这个女儿,因为那个年代里的条件实在太差了,母亲并不是真的不想认她做女儿。毛妮是多么希望叫我母亲一声"妈妈"啊!20年来的心结一下子在那天打开了。同时更增加了我母亲的悲伤与无奈。这20年来埋藏着多少慈母的辛酸与艰辛啊!今天终于释放了出来。母亲是伟大的!父亲也是伟大的!干女儿小毛妮是孝顺感恩的!

毛妮和运动员女儿合影

毛妮女儿在历届国际国内皮划艇运动比赛所得奖杯、奖牌

全国体育竞赛

# 获 奖 证 书

竞 赛 名 称：全国帆船冠军赛

运 动 员 姓 名：袁茹菁

名 次 与 成 绩：女子激光雷迪尔级奥林匹克航线赛 第一名

时 间 地 点：2007.3.10~17.　福建.厦门

组织委员会（章）
主 任 签 名：　　　　　　　　国家体育总局颁发

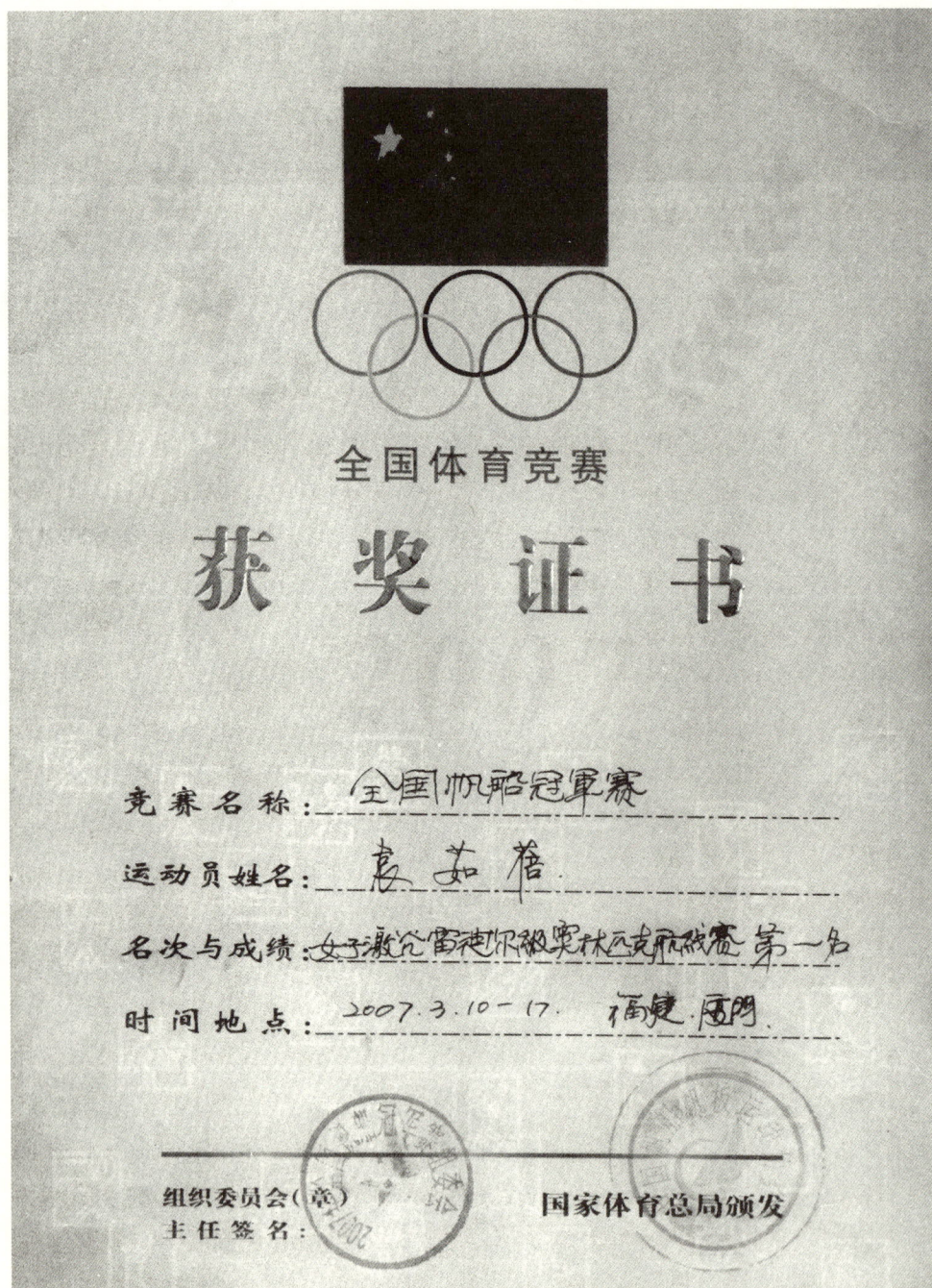

毛妮女儿在 2007 年 3 月 10 日获得全国帆船冠军赛第一名

大难不死必有后福。精彩的故事还在延续。无独有偶,毛妮祖辈的水上生活,传承出了一个水女儿,成为一名水上皮划艇运动员,前几年被选进了国家队。为了写这篇文章,我特意来到她家里,敲开了她家的门。小妹开心地接待了我。我的这个妹夫,还从房间里捧出了女儿的宝贝来。我定神一看,眼睛突然一亮。摆在我面前的是一大堆奖状和奖品。她的女儿参加国家运动队,参加过好多世界比赛和全国比赛,光金牌就有5块,银牌有6块,铜牌有3块,还有奖杯奖状一大堆,连报纸都登她的照片和文章。我想或许是当年闷在水里的缘故吧,女儿的能耐比母亲还强。又或许是父亲救了小毛妮一命后,难道说父亲的水上功夫间接地传给了她们? 疑惑之际,毛妮又讲:"如果不是当年干爹救我,就没有我女儿今天这么多奖牌的所得,也就没有我的一切!"证实了小毛妮的感恩是一辈子的。又说:"我的女儿现在在福建集训,准备到2016年参加国际奥运会比赛。"这时我又体会到"救人一命胜造七级浮屠"这句古话的含义了。回过神来,我默默地祝愿毛妮的女儿,我的干外甥女的她,能够在奥运会上取得更好的成绩,以报答她父母亲对她的养育之恩。

很多时候,人们总是以海子的诗来形容看到大海的美丽和那份复杂的心情;而我的父亲以朴实的海岛之子热爱这片凝聚着他的智慧、辛劳与汗水的土地,热爱这里的一草一木——我的长兴,我的岛。

2015 年 5 月 29 日

# 八颗小红枣的故事

樊敏章

　　说起八颗小红枣的故事，真是意味深长，它珍藏在我心底已经40多个年头了。这件事情虽小，但时时震撼着我的心灵，时时为老队长那宽容的情怀和关爱幼辈的睿智的举止所钦佩。

　　事情是这样的：1968年，我才16岁。那年寒冬里，长兴公社组织了一支上万人的围垦大军，向长兴岛的东北沿海滩边进发，使用的工具十分简陋，是原始的"泥络、扁担、铁锹"等，采用人海战术的方式，发起向大海要田、向海滩要粮的围垦战斗。

　　于是，各生产队在海岸上或岸脚边，用江芦、毛竹、稻草、草绳、铅丝等物品，搭起了祖辈们用以居住的"环筒舍"。它既能遮风挡雨，又搭建方便。这就成了浩浩荡荡围垦大军的临时宿舍。站在岸头顶上望过去，那数十里长的"环筒舍"，犹如一条金灿灿的卧龙，延绵不断，甚为壮观，是一道独特的风景线。

　　在那围垦现场，红旗飘扬，广播声响，歌声嘹亮，一派战天斗地的热闹景象。

　　各生产队的"环筒舍"内，都铺上了一层厚厚的稻草，放上被子，就成了社员们劳碌一天后晚上休息的"安乐窝"。男女社员同住在一个"环筒舍"里，考虑到男女有别，中间用一条被单作门帘隔开，男的睡在门口，女的睡在里边。我和老队长张德才睡在一个被窝里。

　　由于我年纪小，老队长没让我去挑泥，安排我为大家做饭。做饭这活儿很简单，淘好米，把米放到饭盒里后再加上适当的水，放到蒸笼里去蒸就是了。但早晨必须4点钟起床，烧早饭，才能保证大家6点半准时出工。大约过了个把月的时间，一天早上，社员们都出工去了，我趁烧中饭时间还早，就躺在老队长的被窝里休息，看看昨天的报纸。眼睛一走神，发现老队长被子的上面有点隆起，不知里面藏着什么东西。我轻轻地掀开被头一看，啊，原来有一小包东西，严严实实的用报纸裹着，我打开来一看，噢，原来是几十颗小红枣。此时此刻，我也许经不住小红枣的诱惑，也许出于小孩子的好奇心，拿出一颗吃了起来。小红枣真甜，好解馋瘾啊。我一边漫不经心地看着报纸，一边顺手拿起小红枣吃，就这样在不知不觉中竟吃掉一包的三分之一，全然忘记了这是在吃老队长的东西啊。不知什么感应，我突然醒悟：你不是在偷吃老队长的小红枣吗？顿时，脸上一阵阵火燎般的发烫。我点了一下吐出来的枣核，一共有八颗。这八颗小红枣，在那个年头是老队长的宝贝呀。我怎么能自说自话地吃他的东西呢？当我缓过神来时，已经来不及了，我心中充满着后悔和自责。心想：今晚肯定没有"好果子"吃了，一定会被老队长臭骂一顿，弄得不好还落个偷吃人家东西的臭名声，今后我的脸往哪里摆？事到如今，我也没有什么办法，只能是横竖横，"膨肚皮娘子——硬挺"，等待老队长来收拾了。

那天收工后，我们吃过晚饭就休息了。我和老队长睡在一起，我的心里好像有"十五只吊桶打水——七上八下"，心情内疚得怎么也睡不着。可老队长却很快就睡着了。我猜想，或许他还没有发觉？等到第二天，我的心情还是十分紧张，但仍未见老队长有什么动静。第三天还是风平浪静，平安无事。我心想这件事情就这样过去了。也许老队长根本没有察觉少了八颗小红枣，也许老队长根本不去计较我吃了他的八颗小红枣。我一直把这件事情闷在肚里，也没有勇气向老队长承认错误，反正"天知地知你知我知"，随它去吧。过了几天，我心里还是不踏实，老是想着这件事，于是找借口向老队长提出："队长，早晨4点钟起身实在太早，还是让我出去挑泥吧。"队长用审视的眼光看了我一下，说："一个多月来能坚持，怎么现在要去挑泥啦？吃得消吗？"我说："让我试试看。""好吧，你就去挑泥好嘞。"队长答应了我的请求，我就挑泥去了，一直到围海造田工程的结束。

以后我当兵入伍，退伍后又担任大队干部，一直到退休，几十年间，在人生的旅途中时时忆起这件小事，它常常令我自责，催我自新。但更想知道老队长当时对此事是否知晓，如果知晓，又为何不动声色？

时间过得真快，一晃40年过去了，老队长已是89岁高龄的老人了。2009年9月中旬的一天，我看到老队长在他三个女儿的陪伴下，来到村卫生室打吊针，我忽地又想起当年偷吃他枣子的事来。

为了揭开40年前的谜底，我准备了一份像样的礼品，到村卫生室去拜见老队长。他的大女儿美琪首先跟我打招呼："小弟，你来有啥事体？"我回答说："听说德才伯身体不舒服，我特地来看望看望他。""小弟太客气了。"躺在床上的老队长见到我，显得十分高兴。他说："老阿侄，你真好啊！"我坐在他的床头，询问了他的病况后,话锋一转便提及 40 年前的往事:"德才伯,1968 年挑大荒圩的时候,你安排我去烧饭,我偷吃了你的枣子,你还记得吗?"德才伯深情地看着我,微笑着说:"记得,记得。你不提起,我已经忘记了。""记得、记得"几个字,犹如一记闷棍打在我的身上,验准了我的猜测是完全正确的,难怪我在请求调工作时看到他那审视般的眼神。他说忘记了,简简单单的一句话,反映出老队长的宽容、大度和对年轻人的关爱。

他的三个女儿看着我们谈起几十年前的往事,觉得很是新奇,询问究竟是怎么一回事?于是,我把事情的来龙去脉向她们说了一遍。她们听了后都哈哈大笑起来。我问她们:"德才伯有没有向你们讲起过这件事?"她们说:"今天还是第一次听到呢,爸爸从没有提起过。"这时候德才伯又插话了:"那年,你还是个小孩呢,眼馋嘴馋的,拿几颗枣子吃吃有什么大不了的事情呀。要是说出去,人们添油加酱的,要坏你名声、毁你前途的呀。"老队长几句朴实的话语,深深地打动了我的心,使我久久不能平静。我眼睛湿润地看着老队长,他的形象越来越高大,他宽宏、包容、大度的优秀品质,他对小辈们的关心和爱护的感人情怀,他那美好的心灵和崇高的人格魅力,使我永久难忘。

第二年秋天,老队长德才伯去世了,享年 90 岁。在悼念他的追悼会上,我代表村里写了一篇悼念文章,追悼这位 1958 年就参加中国共产党的老党员为社会主义建设事业忠心耿耿、努力奋斗的一生的业绩;追悼他热爱党、热爱祖国、热爱人民的崇高品质,当然也讲到他为人正直、大公无私、心胸开阔、关爱人、理解人等许多高风亮节和高尚的道德情操。

八颗小红枣的故事,到此画上了圆满的句号。但老队长的那种精神将会永远延续下去,激励着我在人生的旅途中,不断地去攀登,不断地去升华……

# 奇怪的讨饭人

陆振国

1992年，我任长兴乡大兴村党支部书记。这年4月的一天中午，我正要吃中饭的时候，突然来了一个讨饭人，只见他上身穿一件蓝卡其中山装，下身穿一条浅灰色的裤子，脚上穿一双军用跑鞋，手里还拎着一只蛇皮袋，他站在我家门口，轻声地乞求地说："谢谢你，行个好，向你讨点米。"我仔细打量了他一下，只见他的眼神里流露出一种无奈的、渴望别人帮助的神色。

我从他的衣着、打扮、语气、神态来看，他不像是一个真正的讨饭者。我让他坐到屋里来，想和他细细聊聊。他站着不动，说："不用了，不用了，你多给我一点米就好了，我还要到下一家去讨。"我硬是把他拉进屋里，让他坐下。我带着疑惑的口气问他："你是什么地方人啊？怎么年纪轻轻的就出来讨饭？是家中遇到不测还是人生路上碰到什么难处？"我这么一问，也许勾起他的不幸遭遇，他的眼泪夺眶而出，接着"呜呜"地哭了起来。古人云："男儿有泪不轻弹。"我想，他哭得这样伤心，一定有难言的苦衷。便说："你不要哭，有话慢慢地讲吧。"他一边流着眼泪，一边从口袋里掏着什么东西。原来，他要给我看他的复员证和身份证，证明他是正直的，清白的。我接过他的证件一看，知道他是安徽人，姓施，曾当过兵，在部队还任过连长。我对他说："那你为什么不找当地的民政部门去安排工作？那总要比讨饭来得强。"他说："我们家处农村，地方穷，根本没有什么企业单位好安排工作的。退伍后，回到家乡，我还当了生产队长。"

接着，他又向我说明了为什么要讨饭的原因。事情是这样的：他在家乡时，听到一个中介人说，在长兴岛前卫农场橘园需要一批劳动力，做些开沟、筑路等卖力气的活儿，每天的工资是100元。因他是当队长的，想利用春耕大忙之前的一段空隙时间，带领队里的一些年轻力壮的小伙子，出去打点工，挣点辛苦钱，弥补弥补家中的困顿。他们向中介交了每人 200 元钱的中介费,15 人共缴了 3 000 元,就直奔长兴岛而来。到了前卫农场九大队橘园才知道,他们要干的农活已被浙江的一批农民工包揽了。于是,他们想找中介说理去,或请他到其他果园联系联系,让他们寻点活干干。但哪里知道中介早已跑得无影无踪了,现实生活中的不少生意人赚的就是昧心钱。这时大家才知道受骗上当了。原本想挣点钱回家的,现在却成了"竹篮子打水一场空"。

无奈之下,施队长想出一个办法,要大家去向附近农民乞讨,待凑足了回家的路费就赶回家去。于是我问他:"你们讨了几天啦? 讨到了多少钱?"施队长回答说:"已经讨了 7 天了,也没讨到多少,还遭到不少屈辱。农民说,现在改革开放了,到处可以赚钱,只有懒汉才会去讨饭。晚上没地方住,我们十几个人就蹲在新港村一个废弃的坏窑里。其间,我们曾向九大队橘园的领导求过,能否借一点路费给我们,待我们回到家后就把钱汇来。可他们就是不同意……"听到这里,我忽然想起一句老话:"家贫不算贫,路贫贫死人。"一股同情之心顿时油然而生。我对施队长说:"你不要急,先吃中饭吧。吃好中饭我帮你解决路费。多少钱够了?"施队长回答说:"3 000 元够了。"他以将信将疑的目光看着我,好久,他问我:"你是做什么工作的?"我说:"我是大兴村的党支部书记。你们放心好了,你们的困难就是我的困难,我一定设法帮助解决。"施队长狼吞虎咽地吃好两碗饭,我带他直奔村委而去。到了村委,又派人叫来出纳,她身边只有 2 000 元现金,我又到代销点借了 1 000 元钱,凑足了 3 000 元准备借给他。并叫他赶快到新港村的坏窑去,把 15 个人组织起来,争取乘下午 3 点的航班回家去。当我把钱交给他的时候,他又一次落下了眼泪。也许我的举动感动了他,也许他想起人生道路的艰辛或是几天乞讨生活遭受的屈辱,也许……临走时,他写下了一张借据,还掏出了自己的身份证和复员证,准备押在我处。我说:"借条我收下,身份证和复员证你拿着,路上还要派用场呢。"施队长显得很激动,紧紧地握着我的手说:"陆书记,你真是个好人啊,你的恩情我终生不会忘记。"说完,还向我行了个军礼,直奔新港村的坏窑而去。

施队长走后,在场的许多人问我究竟是怎么回事? 我把来龙去脉向大家说了。但有些人不解地说:"外地人,非亲非故的,关你什么事? 再说,骗子额头上都不写字的,看来这笔钱肯定打水漂了。"甚至连我们班子里的同志也提出责问:"如果这笔钱他们不还,该如何处理呀?"我对他们说:"请你们放心,如果他们不还,在年底的时候从我的工资里扣除。我是有思想准备的。"经我这么一说,大家也不响了。

一个多月后的一天下午,我在村委会里办公,忽然听见外面有人喊:"陆书记,你快出来! 一批安徽人来了。"我走出去一看,原是借钱的施队长等 6 个安徽人,每人挑着一小担东西,向村委办公室走来。我迎上前去,把他们接到办公室里。他们将东西放好后,施队长开口说话了:"陆书记,今天我们来一是还钱的,二是感恩的。我们家乡地方穷,没有什么好的东西送给你们,只带了一点家乡酒和云片糕,来表表我们的一点心意,请不要推辞。"此时此刻,一种不是亲情胜似亲情的热烈气氛,洋溢在整个屋子里。当时我真不知说什么是好。拒收吧,势必冷却他们一片真挚的心;收吧,总觉得不符合党风廉政建设的要求。我终于想出了一着妙棋:把云片糕送到大兴小学去,过几天正好是"六一"儿童节,作为安徽人民送给长兴孩子们的一份珍贵的节日礼物。至于酒呢,可以作价卖给我们,因为安徽地区人民的生活比我们差远了,寻一点钱真不容易。我的想法刚说出口,就遭到施队长的强烈反驳,他说:"我们受难的时候,得到你们的理解、关心、帮助,不是亲人胜似亲人。人是要讲良心的,要懂得感恩的,否则畜生都不如。这点酒是我们的一片心意啊,金钱能买得动真情吗?陆书记,今天你收也得收,不收也得收,反正我们不会背回去了。至于你如何处理,我们就不管了。"接着,施队长拿出 3 000 元钱还给我,另外还掏出300 元,说:"这是一点利息。"我说:"亏你想得出来,3 000 元我收下,利息我不会收你一分的。"正在这时,他们中间的一位长者跑到我面前,"扑通"一声,双膝跪在地上,含着泪水连声说:"谢谢!谢谢!"我连忙把长者扶起,对他说:"老伯伯,不能这样,礼太重了。我们都是农村里的人,懂得生活的艰辛,碰到困难互相帮助也是应该的。"长者非常感动,久久地拉着我的手不愿松开。这时,我一看,已是上午 10 点多了,我邀请他们吃了中饭再走。但施队长他们执意要走。我对他们说:"你们现在走,一没有汽车,二没有轮船,要到下午 3 点才有航班。你们的心意我已经收下了。我们都是农村人,说话直来直去的,用不着客气,吃了一顿便饭再走,到时我们派拖拉机送你们到码头去。"在我和村委一班人的挽留之下,施队长他们也感到人情难却,结果留下来和大家吃了中饭。中饭在十分友好、真诚的氛围中进行。到了下午 2 点钟,我派拖拉机,亲自把施队长等 6 人送到码头,并帮助他们买好船票,送上轮船,依依不舍地挥手告别。

这事虽然过去了 20 多年,但那动人的一幕时时在我眼前浮现。我觉得人与人之间的真情相待,是创建和谐社会的基础,人与人之间的相互关爱是社会的一种美德,只要人人都献出一份爱,那么我们的世界将会变得更加美好。

# 夜困圆圆沙

夏　城

　　现在到崇明去真方便,乘巴士公交从上海五洲大道地铁站出来,过长江隧道长兴岛、长江大桥,可直达崇明陈家镇。总共行程仅20分钟。面对如此便捷的交通,眼前顿时浮现50多年前,我从横沙坐船回家过年,途中避风雪夜困圆圆沙的那幕惊险……

　　那年我13岁,因家贫无法继续升学,便跟着哥哥来到横沙岛手工业社当学徒,干的是编织竹器的活。昔日上岛十分不便,那年去横沙,从崇明堡镇码头坐船到上海十六铺码头后,还要转乘两部公交到吴淞码头,再换乘开往横沙的船。然而,那时候开往长兴、横沙的船没有固定时间,按潮汐排班次,一天只有一趟,要是遇上台风,那就只能干等。当时的长兴岛与圆圆沙、金带沙、鸭窝沙、潘家沙、石头沙、瑞丰沙等多个小岛之间是互不相连的,班船只到长兴岛马家港,其他沙与沙之间的交通全靠小舢板摆渡,可见上岛旅途之艰辛。

　　记得那年冬天,我当学徒半年之后准备回老家过年,恰遇客船停航。接连好几天风雪交加,昼夜不停,眼看已经到了腊月二十七,我们被困岛上动弹不得,真是思乡心切,焦急万分。

　　正当一筹莫展之时,在离码头不远处的新民港内幸遇一艘小木船,船主也是崇明人,也要回家过年,当得知我们的情况后,便主动提出让我们搭乘他的便船。传来消息,真是欣喜万分。我们早早地吃了晚饭,带上行李来到小船等候。

　　那时的小船,也称"行风船",没有机器动力,全靠风力助航。这种木制小船的长度不足9米,宽度3米多一点,载重20吨左右,抗风力在5级以下。那天半夜特别冷,当船离开横沙新民港时,刺骨的寒风夹着弥漫的雪花扑面而来,海面上一片漆黑。大约航行了近一个小时,起风了,海开始喘息骚动。接着,那怒吼的海风越刮越猛,一路奔腾呼啸。此时,失去平衡的小船犹如一片树上飘落的叶子,在惊涛骇浪中摇晃颠簸,顷刻之间,船舱进了水,大家的心都抽紧了,有人开始晕船,呕吐不止。在这进退维谷的紧要关头,船主当机立断,决定改变航向,开往附近的圆圆沙避风雪。

此时,已是凌晨3点,由于岛上没有通电,伸手不见五指,我们摸黑找到丁丰镇,敲开镇上一家私人开的小旅店。店主人和老板娘淳朴而热情,又是做饭,又是烧水,当那热气腾腾的饭菜端上桌时,大家的心里有一种说不出的感恩。就这样,我们在圆圆沙被困了两宿,风声、涛声,不停地咆哮,直到次日下半夜,风小后再次起航。大约经过两小时的海上颠簸,终于到达崇明,此时已是除夕夜的早晨了。

事后,据说在那天晚上的风浪中,有几艘小船遇难,还有数人在风浪中丧生。幸亏我们船主当机立断就近避风圆圆沙,才躲过险情。

转眼50多年过去了,如今的圆圆沙早已与其他几个小沙连为一体,组成长兴岛。近年来,随着长江隧桥的建成通车,拉近了崇明、长兴、横沙三岛的距离,并与上海中心城区紧密地勾连起来,上岛走一趟,简直是眨眼工夫,人们再也不为乘船难、风浪大、雨雪天而犯愁了。

往事如烟,终生难忘。时隔50年,那次被困圆圆沙避风的经历,那位好心的船老大,善良热情的店主人,那温暖的乡情,却深深地烙在我的脑海里,仿佛就发生在昨天……

# "51号兵站"中的长兴岛人

## ——写在纪念抗日战争胜利70周年之际

虞培康

电影《51号兵站》在 20 世纪 60 年代上映后,那些战斗在敌人的心脏内和日本侵略者斗智、斗勇、斗胆的英雄形象,一直教育鼓舞着一代又一代中国人民积极向上的革命激情,成为推进社会主义革命和社会主义建设的强大动力。由梁波罗主演的"小老大"已经无人不知,无人不晓。但长兴岛人很少有人知道,我们小岛上也有三位人物参与其中。

在纪念抗日战争胜利 70 周年之际,我把父辈同他们有着许多密切交往的故事,凭着我童年耳闻目睹的记忆和查阅他们的历史档案,把尘封半个多世纪的"少年英雄李海波、有功之臣周安清、爱国善人汤二郎"的抗日事迹展示出来,以此深切怀念这三位长兴岛鸭窝沙厚朴镇人,并以这些鲜为人知的真实故事,填补长兴岛人奋起抗日的历史空白。

## (一) 少年英雄李海波

李海波(乳名宝宝,曾用名国照),他头脑活络,从小就有组织指挥才能,是我们厚朴镇上小有名气的"小团头头"。他聪明好学,参加革命后,寄放在我家的物品中,就有他小时候亲手做的木刻底板,毛竹制成的笔筒,上面刻有花鸟和他的乳名,最让我难忘的是用毛竹精心做的一把尚方宝剑,上面刻有工整的"上打昏君下打奸臣"八个大字。可惜这些宝贵的物品,在 1960 年他到我家(现新港村 12 队老宅)清理他家寄放在我家的物品时和其他没用的物品一起处理掉了。从这些物品中我看到了一个小时候既调皮又让人喜欢,既聪明又活泼英俊,既有顽童的稚气又有远大的志向,既有对邪恶的仇恨,又有迫切渴望光明正义的李宝宝,这是我第三次和他相逢,也是最后一次相逢。记得第一次是在1954年(我15岁)他参加抗美援朝胜利回国后,探亲回上海,在上海七浦路他们家中,是奶奶(李海波母亲)通知我父亲,然后父亲带我一起到他们家去的(李海波家和我家是世交,用一句简单的话表达,不是亲人胜似亲人)。吃过晚饭,我仔细地打量了他,但见他身材高大威武,身高一米八○以上,身穿黑呢布料的中山装,胸挂望远镜,手拿苹果香蕉放到我床头,面带笑容地对我讲:"今天有朋友聚会,不能带你去了,对不起。"然后他下楼出去了。第二次在上海广中路他的新家,那是1959年国庆十周年,上海从沈阳军区,借调他来负责国庆安全保卫工作。这两次相逢只是见面,因他公务缠身没有机会和时间,进行深谈。第三次在我家,当时长兴岛交通不便,当天来岛后不能当天回市区,所以晚上住在我家,和我睡在一起。我抓住这个难得的好机会,满心欢喜地问了他很多埋在我心中一直想知道的事情,他也非常乐意和耐心地回答我所提的事情。我恳切地问他:"你当时只有14岁,小小年纪,不告而别,十年渺无音讯,奶奶思儿心切,天天以泪洗面,你去了哪里? 做了什么?"他深深地叹了一口气,动情地说:"我对不起母亲,让她为我担惊受怕。其实头两年(1943、1944)我一直在上海,往返于吴淞、苏北根据地之间,不固定地奔波来往,帮助地下党站岗放哨,送情报运物资。当时我还不够入党年龄,但一切言行必须严格遵守党的纪律,绝对保守党的机密。"讲到这里,他两眼含泪,声音低沉,他叫我乳名:"林仁呀,从来忠孝不能两全,我也不例外。"我又问他:"为什么十多年不回家?"他说:"有好几次运送物资,船航行在厚朴镇三圩港外江面上,我站在船头,远远地眺望家乡,默默地祝福亲人们平安。其中有一次晚上运送物资时,在江面上发现了异常情况,为安全考虑,紧急停靠在我家东面的一个港口(现在的新开港),把物资偷偷地寄放在一户人家,然后我面朝近在咫尺的我家方向,无奈地深深地鞠了一躬,表示我深切思念。我想回家,但怕被人家知道了讲出去,被敌人知道或发现了,家里受连累,更怕母亲再也不放我走了。"

那晚,我们谈了很多很多,第二天他急匆匆告别了家乡,告别了父老乡亲,乘船回到上海市区,回到他战斗一生的——中国人民解放军这个革命的大熔炉中继续奋斗,直到1991年1月26日10时10分,因病医治无效,在沈阳逝世,享年62岁。他的家属把他的骨灰准备带回长兴,让他叶落归根安葬到祖坟旁(墓地已购好)。后组织又决定安葬在上海青浦新四军烈士陵园福寿园。他的生平事迹已经刊登在《崛起的长兴岛——长兴岛的故事》一书中,我不再重复了。

不想当将军的士兵不是好士兵,这句话在李海波生平事迹中得到了体现,找到了答案。他从地下工作者到警卫员，一步一个脚印逐步提升到参谋科长、处长、师长、军参谋长、副军长、军区参谋长，还被授予中将军衔，荣获三级解放勋章。他的一生是革命的一生、战斗的一生。这正是：

> 少年壮志驰疆场，金戈铁马成战将。
>
> 一生奋斗为人民，永世留芳美名扬。

李海波的生平事迹向大家简要介绍了一些。那么他和电影《51号兵站》有什么关系呢？让我把另一位有功之臣从历史的尘封中请出来展现给大家。

## （二）有功之臣周安清

周安清，家住现在长兴岛丰产村八组，厚朴镇西北六圩里，家庭经济条件在当时社会上还算富有。他从小在南汇老港镇姨妈家读书，17岁停学，在老港镇存德堂药材店当学徒。1939年，日本鬼子侵略中国占领了老港镇，把药店全部烧光。他无奈之下只能辞别姨母，回到厚朴镇，随父种田谋生。笔者从长兴中心小学档案中查阅了他的资料，上面在自传简历中记载着他曲折的人生轨迹：1944年，由李国照（李海波）介绍认识了张渭清（原新四军苏中军区材料采办科科长），他以各种商人的身份作掩护，帮助新四军运送军需物资。1945年4月间，跟张渭清科长到苏北解放区正式投身了革命，在苏中地区半年时间里，聆听过管文蔚司令、陈丕显政委的报告，积极采办各类军需物品，支援抗日战争，直到日本侵略者在1945年8月宣布无条件投降。胜利后，随张渭清科长在兴化地区做接收敌伪财产工作。

回顾1944—1945年这段时间，他在地下党领导下的"51号兵站"工作，任务是采办根据地急需的各种物资药品，通过海上地下航线，经过伪装秘密地运送到约定地点，转运到苏北根据地。电影《51号兵站》开拍前，电影厂寄给周安清电影剧本，征求他的意见。正式开拍时，电影厂聘请他去，当了两个多月的顾问，电影中所演的故事情节，有相当一部分是周安清、李海波他们那个地下党组织的故事，他们是当事人之一。例如电影中有个情节，地下党在购买装运无缝钢管时（钢管是做迫击炮管用的），在门外走来荡去，头戴鸭舌帽，眼观四路，耳听八方，机智活络的那个少年，就是李海波的原型人物。由于他的机智，及时发现敌情、通报组织，使这次任务有惊无险地圆满完成。电影中的很多镜头都有他们的影子，每次艰险任务都留下他们的足迹。这正是：

隐蔽战线涉险境，献身革命沪苏行。

巧运军需骗敌人，抗击日寇建功勋。

讲过了李海波的英雄事迹、周安清的革命故事后，接下来再讲第三位富有传奇色彩，为抗日战争胜利做过贡献的具有民族正义感的爱国民主人士汤二郎。

## （三）爱国善人汤二郎

汤二郎家住鸭窝沙厚朴镇，人称汤二伯、大善人、老白头。汤二伯的称呼，显出人们对他的尊重爱戴；大善人的称呼，是人们对他行侠仗义，救济穷人，广交朋友，为人处事的肯定和认可；老白头的称呼，说来话长。那是在上海刚解放时，有一天下午，上海杨树浦八埭头码头渔行来了一辆吉普车，下来两个人民解放军，找到了汤二郎，通知他说："明天上午八时务必不要走开，我们首长来车接你。"说完走了。可是当晚二伯一夜未眠，思来想去，明天是凶是吉，难以预料，因为他经常混迹在社会上三教九流各种人物之中，加上对共产党不太了解，所以，"急得一夜白了头"。这就是老白头的来历，更是以后厚朴镇上流传的一段佳话。

汤二郎主要是做冰鲜鱼生意的老板，在旧上海杨树浦八埭头有专用码头、渔行，在鸭窝沙新开港有天然冰厂一个，用于冰鲜鱼等水产品，还有一只专门运送收购鲜鱼的，来往于鸭窝沙上海八埭头渔行之间运输用的二桅杆木帆船，船名叫——"老黑龙"。故事就从它开始讲起。

1943年春夏之际的一天，八埭头汤二郎渔行，突然来了一个头戴礼帽、身穿长衫、彬彬有礼的年轻人，求见了汤二郎，二人见面后密谈了许久，什么内容谁也不知道。过了一段时间，"老黑龙"突然不知去向，员工们感到纳闷，大约过了半年多，有员工看见"老黑龙"在吴淞口江面航行，立刻报告汤二伯，他听后淡然一笑说："知道了，你们不要急，不要慌，更不能声张，到时候它自然会回来的。"一直到1946年，一只油光闪亮崭新的"老黑龙"停靠在鸭窝沙厚朴镇三圩港内。"老黑龙"回来了！"老黑龙"回来了！！员工们惊喜万分奔走相告。一只旧船变成了新船，这到底是怎么回事呢？现在该揭开谜底了。其实两年前，那个戴礼帽、穿长衫的年轻人和汤二郎密谈的内容，就是借用这只船。此人姓陈，名永福（是否真姓名无法考证）。他是地下党，在上海的一个组织——"51号兵站"的负责人之一，上海解放后，为了感谢汤二郎对中国共产党的无私支援，那次邀请汤二郎，让他一夜白了头的首长就是他。陈永福通过他的部下李海波介绍（李海波和汤二郎两家同住厚朴镇，互相了解)了解了汤二郎的情况后,利用汤二郎当时的特殊身份、地位和社会名望关系,知道汤二郎的"老黑龙",出入吴淞口海关比较方便,在一般情况下不会受严格检查。地下党利用这层关系用"老黑龙",在敌人的眼皮子底下冒着各种危险,把采办到的、苏北根据地新四军急需的军需物资、药品(这些物资是敌人严禁外运的),用"老黑龙"一次次运往崇明东滩海面上和苏北根据地派出的接货船,在晚上实行海上交接。在运送物资的过程中,地下党巧妙地用各种办法,如体积小的物资放在船舱底部,替舱板下面,上面盖上冰块作掩护;大件,替舱板下面放不下的,用大粪、牛粪装满船舱,把货物放在里面作掩护,两年多从未出过一次差错,出色地完成了苏北根据地交给的各项运输任务。

汤二郎虽然没有直接参加"51号兵站"内部工作,更不是地下工作者,但他对"51号兵站"在物资上、名望上的无私支持是不可估量的,对抗日战争的胜利做出了重大贡献。这正是:

　　　　　　行善积德广交友,白发英姿慈容留。
　　　　　　仗义疏财侠骨心,传为佳话千古流。


在纪念抗日战争胜利70周年之际,我写的"51号兵站"中长兴岛人这篇纪实性文章,目的是让人们铭记历史,缅怀先烈,激励后人,奋勇前进。在我们为"51号兵站"中三位长兴岛人感到骄傲的同时,更要向他们在为夺取抗日战争胜利的伟大斗争中体现出的大智大勇、不畏艰险的大无畏革命精神学习,以他们为榜样,在为崇明生态岛建设,在实现中华民族伟大复兴和中国梦的宏伟事业中,激流勇进,奋力拼搏,做好革命事业的接班人和践行者。


　　　　(作者系长兴岛厚朴镇人,曾任新兴大队团支部书记,是大队文艺骨干)

# 一个乐于奉献的村支书

## ——小根书记的故事

孙关明

先丰村的老年人多年来习惯地称呼现任的村党支部书记黄关根同志为"小根",因为小根有6个兄弟姐妹,他排行最小,小名就叫小根。他当上了村的党支部书记后,大家又在他的名字后面加上一个职务,称他为"小根书记",倒也显得亲切而又热情。这样一来,"关根"两字,倒听不到了。

小根出生在先丰村5队的一个普通农民家庭,父亲早年去世,家庭的重担全落在他母亲一个人身上。可想而知,兄弟姐妹6人全靠母亲一人支撑,家庭的生活该多艰难啊!他的哥哥姐姐先后都停了学,小小的年纪开始挣工分帮助妈妈维持生计。小根还算幸运,总算读到初中毕业。初中一毕业,他就扛上农具上田干活了。艰苦的环境,使小根早早懂事,继续读书不是他的愿望,早日改变家庭的贫困,才是最实际的。

他务了几年农,村里办起了企业,在村书记侯尚斌的领导下,企业办得红红火火。有文化的年轻人都进了村办企业,小根自然是其中一个。在工作中,他积极肯干,还肯动脑筋钻研业务技术,常能发现生产技术上的问题,提出自己的看法和解决的办法,因此,他经常得到领导的表扬和鼓励。一个偶然的机会,被送到上海一所技术专科学校学习,取得了中专文凭,为他以后的打拼发展,奠定了坚实的基础。

随着浩荡的改革春风的掀起,改革开放的浪潮汹涌澎湃。自小聪明的小根,见到机遇已经来临,他想,一定要抓住机会,把握契机,打造出一个属于自己的新天地。埋藏在他心头的一个梦想开始萌发了。他凭着年轻力壮、精力充沛和机敏的经济头脑,进市场,钻业务,搞销售,牢牢掌握市场发展动态和信息,奋勇出击,初战告捷。在那个充满竞争、充满机遇的岁月中,在上海滩拼搏了20余年,终于有了丰厚的回报,成为全村比较富裕的"小老板"。

富不忘本,致富后想着身边的人,这是小根身上表现出来的一个共产党人的宝贵的品格。他常常说:"一家好,不算好,大家好,才算好。"简短的话语,表现出他宽广的胸怀和为人着想的思想品质。他怀着这个理念,开始筹划如何实现自己计划的梦想。

在家族中,只要有亲人需要帮助的,他都慷慨解囊,如哥哥姐姐要造房子缺钱,他二话没说,就把钱主动送去。又如他的五哥患髋骨坏死症,需要动手术,要花费很大一笔钱,且家庭经济又十分困难,他知道后就去劝慰哥哥:"你放心好了,手术费不够,我来支付。"结果,他为哥哥支付了一大笔医疗费,让他渡过了难关。他的哥姐们常感动地说,多亏我家父母养育了这样一个好兄弟。家庭里洋溢着一种浓浓的兄弟姐妹之情,令大家羡慕。

兄弟姐妹的亲情要讲,邻里间的乡情也得顾,这又是小根的一个理念。村民们有什么急事、难事,只要小根知道,他总会去帮忙。早年的时候,村民郁忠兴因工伤后长期瘫痪在床,经常服药治疗,由于家庭经济非常困难,有时无钱买药,小根获悉后主动送去一大笔钱,让他积极治疗,早早恢复健康。此外,为让他有一个安静的家居环境,还特地请人把他家的围墙也打好。郁忠兴一家为此非常感激,逢人便说小根的好。就这样,小根乐善好施的爱心行动,一传十、十传百地在全村传开了。有人说他良心好,有菩萨心肠;有人说,他富了不忘穷人,真是一个大好人啊;也有人说,小根这样的人,当干部一定是块好料作。结果,真的被言中了。

正当他在私营企业向更高目标攀登的时候,组织上找他的一次谈话,改变了他的工作轨迹。2009年先丰村两委面临换届之际,组织上要安排他回村工作。小根没有作更多的思考,平静地说:"我知道我是一个共产党员,共产党员应该时刻听从党的召唤,我没有什么理由不服从。"消息传开,多少人拍手称好,当然也有人为他的事业大展宏图时突然中止而感到惋惜。

就这样,小根离开了个人拼搏的天地,来到村里当起村官,面对的是更多的父老乡亲,面对的是一项全新的工作。2009年他任村主任的第一天,他作出承诺,把自己在村任职的工资全部用在老年人的福利事业上。这如一声响雷,震荡在先丰村的四面八方。先丰村老人的福利很快得到了改善,每逢生日和重大节日,老年人都会收到小根送来的礼物。2012年,在村换届选举中,小根当选为村党支部书记,于是,群众十分亲热地称呼他为"小根书记"。他当上书记后,继续承诺将自己的工资仍全部用在老年人的福利上,老年人听后心里高兴得像开了花似的。据统计,小根在村里任职后共为老年人奉献了54万多元。今年村换届选举,小根继续担任村党支部书记,他第三次承诺,再把自己的工资全部奉献给老年人的福利事业。看来,他要把奉献爱心的这面大旗永远扛下去。

小根就这样默默地奉献着,谱写着一曲曲震撼人心的"奉献之歌"。小根也深深知道,依靠一个人的力量是渺小的,依靠大家的力量才是巨大的。现在,在小根同志的言传身教下,村党支部和村民委员会已经筹划成立了"党员爱心基金会",不少党员和干部,都慷慨解囊,奉献爱心,我们相信,先丰村的明天将会更加美好。

小根书记的奉献精神和全心全意为人民服务的思想,在全村传颂着。老百姓心中都有一杆秤,在全村党员和村民的推荐下,经上级领导审批,小根光荣地被评为上海市劳动模范,他是当之无愧的。尊老爱幼是我们中华民族的美德,关爱别人是心灵美的表现,让我们人人献出一份爱,那么,我们的世界将会变得更加美好!

# 新来的村官

陆关涛

  2013 年 6 月，经镇党委任命，黄继刚同志来到我们北兴村任党支部书记。消息传开，村民们议论纷纷，有的说，北兴村的经济形势刚刚开始好转，怎么把原来的书记调走了？有的说，黄继刚是刚走出校门的大学生，没有什么实践经验，怎能领导好我们北兴村？群众的想法当然不无道理，但实践是检验干部的最好标尺。

  俗话说"新官上阵三把火"。黄继刚把三把火烧得熊熊的、旺旺的，大家从心底里服了。村官黄继刚一到村里，他就和原村委人员一起深入调查研究，了解全村的社会经济的发展概况，虚心听取群众的意见，制定出一套切合实际的、又能通过努力采到果子的工作方案。接着，就有序地、紧张地运作起来。这位新来的村官，的确与众不同，工作认真、作风踏实、考虑周密，协调能力和组织能力很强，在很短的时间内赢得了党员、干部和村民的交口称赞。

  他烧的第一把火是：竭力推进村级经济建设。北兴村由于受到地域位置和历史条件的制约，村级经济一直发展缓慢，虽然最近几年有了一定的改观，但不能适应农民日益增长的物质文化方面的需求。黄继刚懂得发展村级经济的重要性，有了深厚的村级经济基础，才能更好地改善民生，才能强有力地推进社会主义新农村的建设。发展经济是硬道理，在之前已经取得成效的基础上，进一步开辟财源，拓展征收渠道，把富民强村作为第一要义紧抓不放。2014 年，他和村委两套班子的同志一起，紧紧盯住"招商引资"这个项目，通过各种渠道和关系，推动"招商引资"向纵深发展，到年底，建立招商引资合作单位 5 个，注册企业达到 137 家，全年完成利税 1 407 万元，实现村级经济收入 557.9 万元，比上年增长了 36.6％。

  他烧的第二把火是：尽力推进村的基础建设和动迁工作。黄继刚就任时正处于北兴村的基础建设和动迁工作的关键时刻。基础建设和动迁工作，与老百姓的切身利益息息相关,也是大局与个人利益发生碰撞最激烈的时候,他一头扎进群众中间,宣传、教育、说理、讲政策,耐心地、深入细致地做人的思想工作。

去年,我村结合全年的重点项目和重大项目,积极完善工作机制,有效推进项目建设的进程。在大家的共同努力下,完成了原来水管道改造和环境整治、村级道路的建设工作。2014 年,通过与长兴镇开发办的协调沟通,争取到了北兴村 1 组、3 组、11 组的征地动迁项目。这个动迁项目的特点是,涉及农户多,又相对集中,思想复杂、签约时间紧迫。黄继刚同志带领村两委班子人员,深入到群众中间去,真如打仗一样,集中人力、集中精力、努力打胜"动迁签约"这场硬仗。工作中"晓之以理、动之以情",不断开导和化解矛盾,有个别农户因种种原因不肯签约,黄继刚等同志做他们的思想工作直到深夜。功夫不负有心人。在短短的一个月时间里,51 户动迁户全部签约完成。实践中,黄继刚清醒地认识到:群众是通情达理的,只有我们的工作做深入、做细致、做到家,公开、公平、公正,把群众的事看成是最大的事,把群众的利益放在首位,没有什么困难攻克不了的。

他烧的第三把火是:着手改善民生工作。扩大村级经济,增加村民收入,是党支部和村委的中心工作。发展是第一要义,富民是根本目标。带领群众创业,把创业作为发展村级经济的重要抓手,紧抓不放。积极挖掘本村的产业优势,大力提升产业的层次,大力发展各种合作经济组织,确保村民人均经济收入的快速增长,千方百计加快招商引资的步伐,从而做大村级经济的"蛋糕",不断提高为民办实事的经济实力,确保在中秋节、国庆节、重阳节、春节等重大节日村民能得到实惠。据统计,全村用于村民福利的金额达 216 万元。随着村级经济的迅速发展,有效地改善了农民的生活,推进了社会主义精神文明建设步伐,加快了社会主义新农村建设的速度。

黄继刚同志在北兴当村官已两年了,和村民结下了深厚的友谊,他时时刻刻把群众的利益放在心上。如村民张老伯是个五保户,身患疾病,经济十分困难,他知道后,就上门去嘘寒问暖,还把身上仅有的 600 元送给了他,张大伯逢人便说:"我们的黄书记多好啊!"村民们也把他当作自己的好朋友,说他是没有一点架子的好村官,是一位全心全意为人民服务的好书记。

# 孝为先　勤为本

高凤新

孝敬长辈是中华美德。在我们家里，父亲"身先士卒"，母亲"夫唱妇随"，子女"上行下效"，历久弥新，拷贝不走样。

那是很久以前的事了。父亲从工作单位回家，要步行50多华里，还要乘小帆船过江。若遇天公不作美，只好"望江兴叹"。这种情景，对亲历者恍若眼前；而对如今的年轻人，则是昨天的故事。此外，通讯业极不方便，不要说民宅，就是单位基本上没按电话。哪像现在，手机一拨，差头一打，几十里的路程，一盏茶工夫，搞定。

月有阴晴圆缺，人有旦夕祸福。突如其来的重感冒，致年逾九旬的老祖母一天多粒米不进，这可急坏了妈妈。一边用药服侍，一边再三征询祖母，是否让父亲回来。直到下午，她才勉强点了头。母亲立刻差姐姐和我（母亲自小右腿伤残行走不便）去离家不远的部队营房请解放军叔叔给父亲打电话，再让他所在的单位转告他。我们当然不知道父亲接信后是怎样的焦急不安，我们也不知道他经历了怎样的辛苦跋涉，才赶到祖母身边；我们更难体会，一个游子对慈母的拳拳之心！蒙眬中我们兄妹仿佛听到了匆忙回家的脚步声。我一骨碌爬起来。瞬间，又传来了此起彼落的鸡啼声。彻夜陪伴在祖母床前的妈妈终于长长地舒了一口气。不经意间，我发现母亲转过身去，好像在脸上擦了擦。

事后，听妈妈说，父亲听到祖母患病的消息后焦急万分。他深感事态的严重，不到万不得已，老人家是无论如何不会打扰他的。时值初冬，下午4点刚过，太阳已接近地平线，当父亲竭尽全力赶到渡口时，天已全黑。他摸索着敲开了船老大家的门。听了父亲的请求，船老大二话没说，拉起父亲直奔渡口。这真是：黑夜渡人，打破常规；孝心感动，赤诚相助。小船无法靠岸，归心如箭的父亲就趟着齐腰深的凉水跟跟跄跄爬上堤岸，挤了挤湿透的衣裤，马不停蹄地赶到祖母床前，已是半夜过后了。

从我记事起，祖母就和我们一块生活。一家人有说不尽的快乐，讲不完的趣事。随着年龄的增长才知道，我还有远居江苏的伯父，近住邻村的叔父。也许是因为他们家境贫困而无力赡养祖母吧，也许因为祖母更愿意和我们相处在一起，喜欢我们这一群疯疯癫癫、活泼可爱的孙子孙女吧。……敬爱的祖母大人，我想你在天堂，一定还会记得我们这帮天真、顽皮的晚辈吧！

父母的形象是我们记忆中的珍宝，也成了我们日后行事的准则。那年区局组织赴福建考察，我随团前往。途中忽然惊喜地发现，在那里有父亲寻觅了多年的、惦记着的陶瓷"小行灶"（由于省柴、使用方便，父亲十分喜欢。但这种昔日江、浙等地随处可见的普通物品，因受经济效益驱使早已绝迹，故难以复命），我当即买下，给它里三层、外三层地裹个严严实实。在之后的几天里，人背物走，小心轻放，防水防挤，一口气把这 20 来斤的小宝贝，从福建武夷背到了上海长兴，呈献到父亲的面前。

也许是受到影响吧，我儿子工作后，用第一个月的工资亲手为祖母挑选了羊毛衫。老人逢人便夸，爱不释手，直到寿终。

人们常说，母亲是孩子的第一任老师。母亲是父亲前妻病故后娶的，大姐说过，妈妈确实不容易，一到我们家，就挑起了上有老、下有小、十几口人的家务重担。光每顿吃起饭来，就围坐着两桌子。没有一点担当和吃苦精神，是难以想象的。前妈是独生女，外祖母也就跟我们一起过日子，热热闹闹的。

妈妈善于扬长避短，千方百计用家务杂活、女红手艺来弥补家庭开支的不足。用她的拿手活——裁剪缝补、袜机织袜等以补贴家用，显示出她的勤劳本色和令人折服的气质。难怪我爱人回忆起第一次来我家做客，竟没有发现妈妈是残疾的，想起妈妈编织袜子的情景，我心中总充满着自豪！那一团团普通的棉纱经过妈妈的巧手，就成了一双双厚实暖和、美观大方的袜子。八方乡邻赶来请妈妈加工袜子。每当此时，妈妈沁满汗珠的脸上洋溢着满足的微笑。她柔声答道："好，一定让你家的小宝宝穿上漂亮的袜子过新年。"我偎依在妈妈的身边，懂事地拿出小手帕，替妈妈轻轻地擦汗，妈妈笑得更开心了。那时物资匮乏，不少人家只在大年初一时，才勉强给孩子穿双新袜子。我至今还记得，我妈妈替人家织了那么多的漂亮袜子，新年到了，弟弟和两个妹妹一人一双新袜子，但我还穿妈妈为我精心缝补过的旧袜子。早晨起床，我看见妈妈也穿着和我一样补过的旧袜子。

去年夏天，老弟兄(唯有小弟在站最后一班岗)五人碰头，席间，老二颇为感慨地说，当年少不更事，添了妈妈不少麻烦。如有一次，我到屋后河滩上去玩，开始还当心,拎起了裤脚管,后来不知怎的,衣裤上、手上、脸上全是泥巴,后来不知妈妈是怎样帮我洗干净的。大哥紧接着对我大声(他有点耳聋)说,老三,你刚出生第二天时,我吵着要抱你到外面去玩,妈妈只是微笑着责怪我,我也顾不得了。说完,我们都哈哈大笑起来。"接天莲叶无穷碧,映日荷花别样红。"生活在这样的大家庭里,连梦中也是甜的,你羡慕不?

妈妈是干家务活能手,但也会有碰到棘手的时候。比如,给自留田施肥。那时父亲和哥哥姐姐们分别在上班或上学。母亲如用粪桶提来回跑,实在不方便,用粪桶挑,又挑不动。于是,她用一只粪桶,叫我和她扛。这样,上坡下坡,跨垄过沟,几回下来,我稚嫩的肩膀感到力不从心了。妈妈关切地问:"儿子,再扛一次吃得消吗?""行!"我硬撑着回答。但就在这一次,意外发生了。在走斜坡跨垄沟时,脚没有踩稳,装了大半桶粪的粪桶像滑滑梯一样向我冲来,我感到事情不好,妈妈眼快手捷,连忙弯下腰去,用手牢牢抓住粪桶,才避免了桶翻、人摔倒的可怕后果,结果我和妈妈的脚上、裤腿上都沾满了肮脏物。一个连走路都不大方便的残疾妇女,竟领了一个八九岁的孩童,干起了扛粪施肥这等累活脏活。数年后,我才明白,这不仅体现妈妈勤劳的一面,还折射出妈妈性格刚强的一面,更包含了对我、对我们子女严格要求的一面,妈妈的良苦用心和望子成人的愿望,贯穿在她的一切生活里。

那时,乡下有文化的人很少,但善解人意的母亲,赢得了乡亲们的信赖。他们常常请母亲代笔写信。我从很小起,就喜欢坐在妈妈身边,倾听大人们的交流,羡慕地注视着妈妈写的一串串娟秀的文字,在笔端流淌。小学三年级起,妈妈开始让我为乡亲代笔写信,而我竟自不量力地答应了。先让我构思执笔,再请妈妈把关。妈妈处处为别人着想,她让我先打好草稿,再誊写到信纸上去,因为那时买一副信封信纸也不容易啊。我从妈妈信任的微笑中受到鼓舞,从妈妈赞许的目光中汲取力量。

记得也就是在这一年,妈妈在百忙之中为我缝了一个新书包。书包正面还精心绣了"学而不厌"四个鲜红的大字。崭新漂亮的书包令我心花怒放。但小小年纪的我,哪能真正理解伴随我跨进知识海洋的"学而不厌"的精深含义,又怎能一下子懂得妈妈这一题词的良苦用心?诚然,对于事物的理解一要假以时日,二还得亲身实践,用心去体会,此是后话。从教后的一天,我请妈妈再赐我四个字。妈妈老了,但仍思路敏捷,"三句话不离本行",随口答道:"诲人不倦!"妈妈思忖了片刻,又说,我不写了,你自己把它写在心上吧。我抑制不住内心的激动,双眼噙满了泪水,轻声答道:"谢谢妈妈,儿子记住了。""新竹高于旧竹枝,全凭老干来扶持。"几十年来,我学而不厌,发愤图强,不断充实自己,为党的教育事业做出了应有的贡献。母亲诲人不倦循循善诱的优秀品质,影响着我的一生。我感恩父母,把"孝为先,勤为本"的优良传统永远传承下去。

（作者系长兴中学退休语文教师,曾任长兴中学工会主席）

# 怀念我的母亲

陈忠才

　　母亲离我们而去,已经许多年了。忆起母亲大殓那天,我真的很想写一篇祭文,当作一个儿子的痛哭。我因为失去亲爱的母亲而悲痛万分,身心都极度疲惫,没有精力去写。今天又是母亲的忌日,家里人都忙着折纸做菜,来祭奠她,而我急着要做的,是写我自己的母亲。

　　每个人都有自己的母亲,每个母亲都有一本自己写不完的故事。母亲从小生活很苦没进过学堂,但她是一个明事理的人,对我的学习成长要求十分严格。记得我刚上小学的时候,还是一个出了名的顽皮大王,但母亲总是不厌其烦地教我不要老是贪玩,做任何事都要适可而止,既然上学了,就要把心思放在学习上,要皮也要皮出一个名堂来。说来也怪,母亲的话常常在我耳边回响,激励我好好读书、天天向上。小学几年里,我的成绩总是名列前茅,是学校出了名的文艺骨干。学校就在我家门口,两分钟就到了,母亲也经常隔三岔五地来学校向我班主任方老师询问我的学习情况,当老师夸我这个顽皮真顽出了一点名堂,母亲的脸上才露出了欣慰的笑容。

　　那时,岛上还没有电灯,但母亲每晚总是在油灯下为我们兄弟几个缝衣纳鞋,我也每晚陪着母亲看书写字,几乎不会离开半步。夜静悄悄的,母亲缝衣时发出轻轻的"窸窣"声,纳鞋时会把一根鞋线抽得"呼呼"响。始终陪着她的是我翻书和写字的声响。母亲为了我的读书,几乎每到三更就起床,上镇卖掉一点鸡鸭蛋和一些蔬菜,换些许油盐酱醋,有时还换回一点新鲜的猪肉和猪肝等。母亲不会骑自行车,只好步行走半小时去潘家沙镇上赶早市,有时去凤凰镇赶早市起码要走三刻钟的路,遇上下雨天,母亲也照样三更就出门。每当看到母亲忙碌的背影,我心里真不是滋味,心想,等我长大了一定帮母亲多做一点事。

转眼我小学毕业了,上了初中。母亲见我长大了,就把我当成女儿使唤。每当我回家完成作业后,就要求我坐在坐串里纺纱,我一学就会,很快入门了。就这样,我一边上学,一边早晚在家纺纱,自己家的棉花条纺完了,就帮着邻居纺纱。当时帮人家纺一斤纱,辛苦费只有 8 角钱,但我心想:母亲为我们兄弟 6 人日夜操劳,我终于能帮她减轻一点负担了。

母亲的一生里,只有辛劳。父母养育我们兄弟 6 人,劳累的母亲没有一丝清闲和享受。从我懂事开始,母亲除非病在床上实在起不来,没有一天天亮了才起床的,她总是起早摸黑,拖着瘦弱的身体,在家里为我们买、汰、烧。在生产队里劳动也总是跑在最前头,做得最辛苦,队里每当翻地、开沟、收割、采蚕豆、摘棉花一类的农活,母亲干活总是遥遥领先。而每次在田边地头歇工,最后一个停下来的是母亲,第一个站起来做的还是我母亲,因此常常会遭到个别社员的暗骂。队里的社员,也总是以为我母亲力气好、手脚快,自会有一股用不完的劲。而我们家里人都知道,母亲常常累得夜里不能睡觉,她只要有一分力气就发一分光,永远不会藏着。每当我看到母亲常常为队里忘我地劳动,心里一直为母亲感到不高兴,还劝她好好对待自己,稍微省力一些。母亲却执拗地说,队里的活干得好一点,庄稼就长得好一点,年终分配的时候,我们家也可以多分一点。母亲那么朴素,又总那么超负荷地劳作,让我这个做儿子的回想起来至今也为她叹惜和后悔。

在家里,母亲灶头上的活也是做得出了名的。记得我们兄弟 6 人小时候,一年到头都很少有吃鱼吃肉的机会,但母亲总会把那些田地长的菜烧得可口动人,把苦日子打发得有滋有味。收了青毛豆,母亲用鸡毛菜炒青豆,把鸡毛菜和毛豆炒得碧绿生青。就是几乎顿顿有的炖草头盐荠或者炖酱油茄子,母亲也会弄得油亮亮、甜津津、湿润润,叫我们喜欢吃。

母亲手巧,也十分能干。蒸的糕,做的甜酒酿,也总是别人家所不及的。就一缸甜酒酿,做得米饭依然粒粒雪白饱满,但尝一口,会觉得蜜汁似的,上下嘴唇都黏得分不开。家里一缸甜酒酿熟了,缸盖天天紧捂着,甜香却弥漫了整个屋里。母亲做的汤团、酒酿和年糕都那么好吃,以致自从母亲去世以后我再也没有尝到过那样的美食。每当在中华传统佳节时,我就想起我的母亲,并且格外伤感和充满思念。

母亲做鞋的手艺也特别好,她纳的鞋底针脚匀整的像绘制似的,鞋底还扎得特别结实,上好鞋以后,从面上看到里面,像一件艺术品。在我上小学五年级的时候,女教师们见我穿了新鞋,经常特地要我脱下来看一看,自然也称赞一番我母亲的手艺。

母亲还总喜欢帮助别人。在我们这个有 50 来户的生产队里,不管谁家遇到喜事或是造房起屋一类的大事,做大厨师的一般总是我母亲。母亲还经常指点人家怎样采购和配菜,还自己掌勺,把人家十几张台子一顿的家宴,安排的妥帖又风光。最让我母亲开心的,是邻居小伙子要娶亲的那个晚上,她抬着一大碗点满红印子的热气腾腾的"和喜团圆",一边讲着笑话,一边一个个地塞进看热闹的四邻八舍的嘴巴里。

对于自己的子女,母亲视作掌上明珠。我小时候,瘦的像根火柴棒似的,而且下身烂的不像样。那时正值自然灾害时期,缺医少药,母亲总是每晚用生鸭蛋的蛋清小心翼翼地涂在我那烂的地方,邻居们见了我摇摇头,这个小囡恐怕不行了,我母亲总是笑笑说:"办法总比困难多,也只好死马当活马医了。"那时,我还真不懂这是啥意思。有一段时间,我总是失眠,使母亲愁得不能安睡,她经常要在睡下以后,多次起床,蹑手蹑脚地走到我的床沿头,看我是否入睡。如果有一个晚上我能睡得好,母亲也就跟着有一个安稳觉。而在每天早晨,母亲总是尽量地放低声音做家务活,只怕吵醒了睡觉困难的我。家里如果有人一不小心碰出什么大的声音,母亲就会严厉地责备。到了我们兄弟几个相继快要结婚的时候,母亲几乎用尽所有的积蓄,为我们织土布,弹棉花被,塞得大橱里满满的。

母亲患病,对于我和家里人来说,是一个沉重的打击。我们兄弟几个用尽了力量,把母亲送到上海最好的医院,想延续她的生命,但医生都叹回天无术。在母亲病倒的几个月里,我力求用最多的时间陪护着她,还尽量地让她尝一些新鲜的食物。从母亲得重病到她停止努力跳动了90多个春秋的心脏,我们兄弟几个,想尽一切办法全力要挽回母亲,哪怕多留她一刻。我知道母亲给予我们的太多太多。但母亲却不能留给我时间和机会去报答她。我只能对着苍天,怨老天没有看清楚,恨老天不给好人以平安,让我如此慈爱而又伟大的母亲,让我只晓得辛苦而丝毫不知享受的母亲,在我们有足够的能力和时间报答她的时候,她却离开了我们。

母亲虽然远去了,却时时刻刻地留在了儿子的心间,至今走在路上,如果远望到一个如我母亲形象的头发花白的老人,我立即就想到我的母亲。我会自然地停下脚步,或停下车来,回过去看个清楚,甚至要本能地折回去追几步。在片刻之间,我也会想到那不会是真的,但在那一刻的追寻之中,却如真的见了我的母亲一样,有了一丝的幸福。只是到最后,想着母亲已明明白白地远去了,心里就添了一份茫然和痛苦,许久还会感到胸间郁郁的、闷闷的,要好一阵子才转变过来。

我是母亲的儿子,是母亲养育了我,教我怎样书写人生。每每回忆起我的母亲,在钻心的痛苦以外,我都有一种莫名的骄傲和感动。想起了母亲,我就知道怎样对待家人、怎样对待旁人、怎样对待工作。我知道我的生活和工作里,总有一个母亲在我身边，我希望母亲看着她的儿女和孙辈会欣慰，欣慰于她的辛劳和聪慧，换来了后辈的努力和安康。

　　我的这些纪念母亲的文字，将在明年的这个时候祭奠母亲时，由我一页一页地烧给我的母亲，我的生我养我疼我教我的不平凡的母亲。

　　慈爱又伟大的母亲，我们十分怀念您，您将永远活在我们儿女们的心中。

2016 年 3 月

# 石匠世家的家史

徐忠如

  我的家庭是石匠世家。原籍崇明,后迁往横沙。后因潘家沙和圆圆沙有许多涨滩好围垦,曾祖父兄弟俩,一个叫徐少山的搬到潘家沙,一个叫徐少青的搬到圆圆沙。

  曾祖父徐少青生有六儿一女,六个儿子个个身强力壮,挑泥做岸是一把好手。他将大儿子留在横沙岛,继续着他传的石匠手艺,带着其他 6 个儿女来到圆圆沙。二儿子徐龙其是我的祖父,小时候跟父亲修磨子,被石片弹瞎了一只眼睛,以撑船来往圆圆沙和黄浦江之间。抗日战争初期被政府征用西撤,装运军需物资沿长江西下,一路随军到西安,在那里由一个崇明老乡介绍,在大华纱厂谋到一份翻砂工的工作,娶了一个带着女儿的媳妇。全国解放后和我们书信来往。20 世纪 60 年代和 80 年代回横沙岛两次。徐龙富是第三个儿子,徐龙林是第五个儿子,他们在合兴 3 队安家。第四个儿子叫徐龙福,住在新建 3 队桥头边,宅前宅后有宅沟可以养鱼,宅东边是一条南北走向的河,在河里放上网就能捕鱼。房前屋后自 20 世纪 60 年代始种植金橘、水蜜桃,培养橘苗买卖,在"文化大革命"中当成资产阶级小生产的典型加以批判。第六个儿子徐龙发搬到同心村安家。我父亲徐凤祥在家里排行老二,还有一个妹妹徐凤英,她不幸在 16 岁那年因病夭折了。我父亲生于 1934 年 6 月 15 日,于 1998 年 2 月 21 日 20 时 30 分,在长兴医院因患肺气肿,经抢救无效死亡,享年 65 岁。

  父亲的一生是勤劳的一生。幼年贫苦,壮年勤奋,晚年清苦,三岁死去母亲,不久父亲离家远去西安,在众位长辈的关怀下成家立业。与他小伯住的时间最长。年轻时学会石匠工艺开始为人家修理磨子。50 年代,挑灯夜战,积极参加社会主义建设。白天战天斗地,晚上巡逻放哨,保卫劳动果实。进入 60 年代,已是长兴岛上出名的石匠。至今只要提到我父亲的名字,老辈人都还记得他工余时间肩扛凿子包,早起晚归,哪怕是冰天雪地的隆冬,踏着冰雪走遍长兴岛千家万户。

当圆沙地区逐步由旱田作物向水田作物发展的时候,他参加长兴公社第一代手扶拖拉机驾驶员培训班,成为长兴岛第一批手扶拖拉机手。一个贫苦农民的孩子,一旦掌握了现代的耕作技术,就焕发出无穷的生产热情,勤奋工作,不管是初春还是深秋,整天围着犁刀转,驾驶拖拉机满田跑。在水稻生长期间,白天在田耕地,晚上带动抽水机灌水,一个人住在抽水机旁,用几块帆布遮风挡雨,有时还带上不满十岁的我做伴。他忠于职守,坚守岗位,改变了过去用人力车水、老牛车水的落后面貌,实现了灌溉机械化。合兴3队成为全大队的样板队,因农副业全面发展,我父亲还在公社大会上作过经验介绍。

随着三熟制面积的不断扩大,农机管理分散难管、机手技术素质不高不适应需要等矛盾越发突出。因父亲业务技术比较过硬,担任起大队农机服务队队长,从此,他不分昼夜地战斗在农机战线上。因为长期在水田劳作,种下了关节炎病根,终因积劳成疾,1969年还得了伤寒。

进入20世纪70年代,家庭居住环境改变了。随着庆丰圩的围垦,动迁工作的进行,我家从合兴3队搬到庆丰2队,从原来的两间草房改造成三间瓦房。父亲当起了生产队长,他带领着全队37户人家,在一片荒地上创建美好的家园。村落建造成集体农庄式,砖瓦房排列有序,当时是很好看的。在我父亲的规划下,社员们开河挑土,互相帮助,以此为乐,不以穷富看高低,一直到全队的新家园建成。当时最困难的要数长不老的"大姑娘"一家,老的老,小的小,又是上海市区动迁来的"新农民",在他的关心下,全队社员的帮助下,也开心地住上新瓦房。

父亲由于长期在潮湿条件下耕作,寒气侵袭,从一般的关节炎转为类风湿关节炎,病情不断加重,但他是一个要强的人,出工还是跑在人家前头,收工总是落在人家后头。他专挑重担,带领社员战天斗地,其乐无穷。

从1974年至1998年的25年中,他是一个同疾病作斗争的勇士。他吃苦最多,付出最多。他把三个子女都拉扯大,学业有成,成家立业。我刚踏上社会时欲去学绘画,他把我送进大学深造。对女儿徐忠丽的要求是,能做一手针线活,能写会算,女儿在父亲的教育下没有辜负希望。对于小儿子徐学忠,一样严格要求。由于学忠勤奋刻苦,中考"中举",实现了上学梦,经过三年美术进修,回乡当了人民教师,以后又自学成才。我父亲常以有这样的儿女感到自豪和满足。

2015年因长兴渔港小镇建设,我的老家——庆丰二组被动迁了。我的母亲、妹妹、弟弟告别了原来的老宅,母亲住在壹街区,妹妹弟弟居住在宝山城区,以后将迁回到渔港小镇居住。

由于工作关系,1991 年我家搬到长明村。我的家庭成员因爱国守法、热爱公益、学习进取、爱岗敬业,荣获 2002—2003 年度宝山区"特色文明家庭"、2004—2005 年度崇明县"学习型家庭"、2006 年度长兴乡"学习进取之家"、2008—2009 年度上海市"五好文明家庭"、2012—2013 年度上海市"学习型示范户"等光荣称号。

我的妻子张兰祥是 75 届高中毕业生,现年 57 岁。16 年前,她开始学习保险知识,从一个普通的农村妇女成为平安保险公司的优秀业务主任,几度出国考察,多次赴国内省市参观。她认真学习社会学、心理学、医学、金融、证券、计算机应用技术等知识,不断拓宽知识面,热情为平安客户办理保险业务。因业绩显著,先后获得"保险行业金奖""国际龙奖""钻石品质奖"等荣誉。

我是 74 届高中毕业生,平时坚持学习,提高办事能力。我先后到过长兴毛纺厂、马家港毛纺厂、乡镇机关和社区工作过。在长兴乡镇机关宣传工作岗位上一干就是 23 年。我爱好文学、美术、摄影及写作。研究思想政治工作,撰写的论文多次获奖,多次被聘为崇明县政治思想工作特约研究员。收集的长兴方言,在《新长兴报》和《崛起的长兴岛——长兴岛的故事》一书刊出,广受读者喜欢。

我儿子徐力也 32 岁了,他学业优秀,事业有成。他小时候,我们夫妇俩很关心他的成长,利用文字、拼音卡片让他认字、识字。他 4 岁时就学会了拼音,并认识了许多汉字,学前已会用字典自学文字。我们还经常带他去参观自然博物馆、历史博物馆,游览大小公园,让他广泛接触社会,开发智力。我们购买《现代家庭》《为了孩子》等书籍,从中领悟教育方法。徐力从小热爱学习,在长兴中心小学里,取得数学第一、英语第一、总分第一的好成绩。在前卫中学里,荣获上海市农场局数理化竞赛一等奖,上海市初三("东航杯")数学竞赛三等奖。考入复旦附中后,获得"一钢克浪杯"高一化学竞赛二等奖。2001 年 7 月,考入上海交通大学。2004 年 7 月,获得上海交通大学电子信息工程技术和生物双学士学位毕业,四年学完 100 门学科。进入复旦大学上海中和软件公司,刻苦学习日语和软件开发技术。2007 年 9 月,赴日本东京野村证券公司从事软件开发,学习与企业管理相关的知识。2011 年回国工作,成为一名软件工程师。他无论在学校还是在工作期间,充分利用各类图书馆博览群书,不断丰富自己的知识,更好地为社会服务。

儿媳妇顾颐 30 岁,从事医疗工作。她南通医学院毕业后服务于上海江湾医院,2013 年获得医师资格。但她不满足现状,继续刻苦学习,2014 年经过考试,成为一名在职学习的硕士生,还生了一个可爱的孩子,取名徐莹。

现在家庭成员的知识结构和文化素质都得到了提升,丰厚的家庭收入,添置必要的学习工具,如宽带、无线网、多台专用电脑和多功能打印机等,把学到的知识更好地回报社会。家庭成员都有 QQ 和微信号码,实现了家庭学习、工作、交流信息化。

　　家是社会的细胞,家史从一个侧面反映了一个社会的发展变化。它是一个时代进步的缩影。我们家庭住房从几间草房发展到砖瓦房,再到楼房,再进入动迁居住区;从农村到城区,从祖辈的文盲到晚辈进入高等学府并成为知识型家庭,我们家见证了社会的发展和时代的进步。

　　　　　　　　　　　　　　　　　　　　　（作者系长兴镇宣传科干部）

# 风 情 篇

　　风情者,风土人情也。不同的地域,有着不同的文化氛围、生活习俗、礼仪规矩等。长江口中的长兴岛,是泥沙淤积而成的岛屿,由于独特的地理位置和环境,形成了许多特有的地方色彩和人文要素。长兴岛人宽容、谦让的气质,也许是浩瀚的长江哺育的结果。长兴岛人勤劳、坚韧的品格,是长期与大自然作斗争的过程中逐步磨炼起来的。长兴岛人的聪明、智慧、幽默和富有创造力,是战天斗地的劳动实践的产物。在这个神奇的海岛上,流传着许多美妙的故事、创造了许多优美的民谣和传说,形成了颇具生命力的方言和警句,而俗成的一些民间风俗,也是很有意味的。长兴岛的自然风光,也是美妙多姿的。

# 记忆"年节"

军 文

年节就是春节,在我国所有的传统节日中最为百姓们重视。我国地域广阔,民族众多,各地的年节千姿百态,异彩纷呈。长兴岛的年节与崇明、横沙大体相似。笔者根据自己儿时记忆,又访问了几位 90 高龄的老农,将本岛解放前后曾经流传的一些年节习俗,记录在此,以飨读者。

## 一、腊八粥吃出年味

岛上的年味是吃腊八粥吃出来的。从腊月初八开始,有条件的人家,制作酱鸡、酱鸭、酱肉,然后吊在屋檐下风干,以备春节食用。这些香喷喷的年货弥漫着过节的味道。岛上居民对腊八粥很重视,因为"腊八"两字的谐音就是"来发"。腊八粥在腊月初八那天熬煮,至少要用米、豆、菜、肉等八种食物放在一起烹煮。由于腊八粥好吃,孩子们往往吃得肚子鼓鼓的,大人们见了便会拍拍孩子的肚皮笑着说:"腊八腊八,来发来发;吃的邋遢,长得宝塔。"这儿的"邋遢"并不指龌龊,而是暗喻孩子们吃了腊八粥长得像座宝塔一样健壮。

## 二、"喊火烛"

每当年节来临时,岛上各村会选派一位热心而又认真负责的人来承担"喊火烛"的工作。"喊火烛"从吃腊八粥那晚开始。每晚人们入睡前后,他们便巡走在村间道路上,手敲竹筒,边走边喊:"火烛小心——夜夜当心——","笃!笃!笃!笃!笃!笃!"(这是敲竹筒的声音)至于"夜夜当心"什么?根据当时当地的实际情况,需要告知老百姓的。人们常常听到的是:"热灰"(未熄灭的火灰)勿要倒在(鸡、鸭、羊的棚舍)冷灰里,"洋灯勿要挂在芦壁上","烘缸(一种盛有火灰的取暖器具)要放在被窝里","香烟头勿要甩在柴垛旁"等等。"喊火烛"要一直喊到大年三十,也有喊到正月十五的。

据说"喊火烛"是为了防范火神,因为火神爷闻到了腊八粥的香味,却没有吃上,心里窝火,要放火烧老百姓的房子,让大家过不好年。当然这是一种传说而已。其实,"喊火烛"的目的在于增强人们的消防安全意识。因为冬天气候干燥,再加上年节到了,每家每户都忙着烧火蒸糕等,容易引发火灾。可见"喊火烛"是一种极有意义的民间习俗。

## 三、接送灶神

早先,岛上每家每户都有灶神,灶上供着灶君菩萨,平时初一月半都得焚香敬神。据说灶君菩萨是玉皇大帝派到凡间专司监察民间善恶之事的神仙,所以百姓们对他们特别敬畏。玉皇大帝规定灶神每年一次到天上去"述职"。他上天述职时间是农历腊月二十三日晚。那晚家家户户都要吃"廿四夜饭",饭后郑重其事地焚香膜拜,并燃放鞭炮,送灶君爷爷上天。

灶君菩萨上天一周后,于大年三十晚回到人间,那晚称为"接灶君"。接灶君时,家家鞭炮齐鸣,红烛高照,香烟缭绕,祈求灶君爷爷保佑来年安康幸福。

## 四、守岁

所谓"守岁",就是大年三十(除夕)晚上,吃好香喷喷的年夜饭后,一家人团坐在一起,吃着瓜子、花生、糖果,听大人讲故事,说吉利话。

岁要守到新年来临那一刻(午夜十二点钟)。据说只有你亲自迎来新年才会有财富、安康和幸福。

## 五、贴门联

门联即春联。每年除夕前后,为庆祝新春的到来,每家每户都会在自家门上贴上一幅大红对联,以此烘托喜气洋洋的年节气氛。我国极大部分地区都有过年贴门联的习俗。

长兴是一个年轻的海岛,五六十年前,岛上的经济文化还十分落后,门联一般请当地识字的先生代为书写,其内容多数抄袭旧时的对联,如:"一元复始,万象更新"、"春风及第,瑞气盈门"、"爆竹一声除旧岁,桃符万户换新春"等。尽管门联千篇一律,但百姓们看着这大红醒目的门联,心里充满了喜气。

## 六、欢乐喜庆的"年心"

年初一到年初五是年节中最具欢乐喜庆的时光,被称为"年心"。其间主要习俗除了幼辈向长辈拜年,长辈向小辈发"压岁钱"外,值得一提的还有"讨发财糕"等。"讨发财糕"是孩子们的"专利"。年初一一开始,各家把最好的年糕准备好了,只等孩子们来讨。孩子们去各家讨"发财糕"时,要拉开嗓子说:"节节高(糕),步步高(糕),人人要吃发财糕,吃了发财糕,铜钱银子滚满堂!"于是东家笑嘻嘻地把年糕送到孩子们的手上,并说:"发财,发财,大家发财!"

"年心"这五天,还有许多有趣的事情。如"打莲枪"(又称打莲湘),就是把一米左右的竹竿一节一节镂空,在镂空处嵌入一串串铜钱,把它当成一种乐器,有节奏地敲击双肩、膝头和脚板,发出悦耳的声音,既好听又好看。还有一些江湖艺人,如拉胡琴的、耍猴的、玩木偶的,他们走街串巷,在人多的地方表演节目。表演到最精彩时,人们便向他们撒铜钱、扔钞票,艺人们则向大家深深鞠躬,并用吉利话表示答谢,祝福新年。

最好玩的要数年初五"跳财神"。"财神爷"头顶乌纱帽、身穿大红袍,戴着金色面具,走到各家院子里边跳边舞,称为"招财气"。跳财神不仅孩子们好看好玩,也深受大人们的喜欢。"财神"来了,都乐意掏钱,没有钱的,借了也要赏给他,讨"财神"欢心。

解放初期(20世纪五六十年代),外来的江湖艺人少了,为增添年节的欢乐气氛,岛上百姓便会自发组织表演节目,如"跑马灯""蚌斗"(取材于成语故事鹬蚌相争)、"踩高跷""猜灯谜""舞龙"等。政府部门对这些自编自演的节目很重视,曾组织各村进行演艺表演比赛。

## 七、"年尾"

正月十五元宵节(岛上叫正月半)是年节接近尾声的又一高潮。这天,家家磨粉做"卷团"(一种两头大中间细的食品),有的还把米粉捏成各种小动物,如:鸡、鸭、猪、狗等,用甜芦粟的籽嵌在它们面部当作眼睛,使小动物活灵活现,栩栩如生。晚上,孩子们提着六角灯,拽着兔子灯聚在一起,把蒸熟的"小动物"拿出来比,看谁的最生动可爱,饿了就吃它一个。

黄昏后,还有"照田财"(又叫"田财")这一精彩活动。一般由十五六岁的大孩子把芦苇、稻草捆成的柴把在上面点上火,在自家的田头边舞边跑,还高声喊着:"田财、田财,大家发财!""照了田财,棉桃长得像鸭蛋大,麦穗稻穗像狗尾巴"……大孩子在前头舞,成群的小孩子跟着在后头跑,笑着喊着像疯了一般。

此刻,大人们做的一件事是"拔红灯"。所谓"拔红灯"就是把点上蜡烛的灯笼,用绳子将它拔升到预先立好的竹竿顶部。谁家的红灯拔得最高、最亮,谁家就会"发"。红灯要拔到二月初二为止。二月初二那天,家家要吃"撑腰糕"(经腊水浸泡使其不会发霉的年糕)。据说吃了"撑腰糕",人的腰杆子就会硬朗结实。

吃过"撑腰糕",收起红灯笼,年味就结束了。于是大家一心一意投入到新的一年艰辛的耕作中去。

长兴岛的年节从腊月初八到第二年的二月初二,近两个月时间,节日之长堪称全国之最。可惜这些有趣的年节景象,有的只能在记忆中寻找了。随着社会文明程度的提高,现代科技的发展,年节中有些习俗已被新鲜事物取代。如除夕守岁,已普遍转为收看央视春晚;春节的拜年祝福,改用发短信、微信、视频互动等方式。但是,传统的习俗文化,其根尚在,仍是值得记忆回味的。

(作者系长兴岛发电厂退休干部)

# 老　家

顾晓雪

　　长兴岛的鼎丰3队是我的老家。我出生在这片热土,从小在这里长大,直到念完高中,参加工作才离开了这里。

　　弹指一挥间,36年过去了。一个十八九岁的小伙子,如今已是两鬓挂白的中年人。由于这30多年中,回去的机会少了,即使逢年过节回去,也是来去匆匆,很少去跑跑邻舍,所以在我的记忆中,印象深刻的还是1975年以前的鼎丰3队:施兴忠家的西南角,有棵很高大的枇杷树;倪建忠家宅后有一片大的竹园;我家的后面有一棵很大的桃树,桃子熟的时候,我们兄弟几个常常带着用来削皮的小刀爬到树上,坐在树杈里逍遥地吃桃子;桃树下面是一条宅沟,有时一不小心,又红又大的桃子掉到沟里去,感到很惋惜的。后来,在20世纪60年代中期因修筑公路,就是现在的潘园公路,其中的三号桥至园沙镇段是我们生产队的所在地,路面也用柏油浇了。从筑路开始,我们队里所有人家宅后的树呀沟呀都没了;队里东西向的通道也由宅前改到屋后。施召良家岸下是一条"大江",有些年头,逢年过节大家会一起动手,把河里的水抽干,把鱼分给每家每户,分的时候是一摊一摊的,大鱼小鱼搭开,以保证每摊均等公平;"大江"的东侧靠下码头的地方,是陆秀英家的水桥,人们做好生活,经常在这里汰手汰脚的;"大江"的南边,就是队里的中心活动区——仓库场,那里盖有三间草屋,最东边一间小一点,主要用于夜间值班,中间一间主要用于堆放农药农具,西边一间是存放粮食的,粮食出空后,有时也会放在里面开夜工、拣拣棉花之类的。我记得,有一次在这块仓库场浇了一块篮球场大小的水泥落地,用于晒稻谷、晒棉花之类。还有一次,在这块水泥地上"吃西瓜种子",队里种的西瓜,到快要"败藤"的时候,全体劳动力可以开怀畅吃,但必须把西瓜子留下,要做下一年的种子;水泥场地的南端,有一只直径约五六米,深约两三米的池坑,这里是储蓄大粪的地方,把每家每户茅坑里的大粪集中到池坑里,用于浇油菜、浇麦地……由于数量不够,常用水泥船装运城里来的大粪,因此,常常有挑粪的生活,每家人家的粪桶是必要农具,劳动力多的人家大大小小的还有几套;每逢收获季节,仓库场上是一派繁忙,用牛车拉稻的拉稻(后来用手扶拖拉机了),用担绳扁担挑稻的挑稻、锣稻的锣稻、轧稻的轧稻、扬稻的扬稻。到了傍晚,稻堆堆好了,队里的单身老人陆石度拎了一只印盒,在稻堆四周盖上几个石灰印,这也算是防盗了。现在想来,这只是个只防君子、不防小人的举措罢了。

在我的记忆中,两样生活最害怕:一个是出早工拔秧,五更里天还没亮,队长就当当地敲响了出工的钟声,大家拿着关草、提着煤油盏往秧田里赶,又是瞌睡、又是吃力;既怕田螺扎手,又怕蚂蟥咬脚,真可怕!第二个是怕开夜工轧稻。总感到时间过得特别慢,一边想打瞌睡,一边要当心稻车轧着手,轧稻卷走的稻柴叶子又刺人,真难受。没有办法,有辰光会去偷懒一下,乘人不注意轧稻柴堆里眯上一眼。能跟大人们一起轧稻,说明自己已经是半个大人了。再早些时候,学校放农忙假,是跟着队里的"老太婆"一起做生活的,跟着"小脚妈妈"(一位裹脚老太太)她们一起拾棉花、拣棉花、拾脚革,带着小麻袋、圩腰兜,远的要跑到周正家的门口,跑到农建圩、跃进圩……

除了参加队里的集体劳动之外,挑羊草是儿童时代印象最深刻的家务劳动。那时代很少有家庭作业,每天放学后,第一件事就是拎起大篮,拿上小尖或斜凿去挑羊草。到了田头,会有好多小伙伴汇集到一起,大家挑满篮头,就要做游戏,笃小尖、赌羊草,常常是玩到天黑,篮里的草也输光了,还要四处挑,不然回家不好交代;少输一点的,就在篮底下撑点树枝什么的,看上去好像是满篮子,以保证回家不挨批评。

在那个特殊的年代,我们队里曾经先后来过两批特殊的伙伴:一批是从解放圩来的新农民(早年从城里迁来的市民),一家是盛阿弟,一家是林美英;到现在为止,大家还习惯地称她们为"解放圩里人"。另一批是轰轰烈烈的"文化大革命"时期,知识青年上山下乡,来我们这里插队落户的朱德胜、施秋花等。

经常和我在一起白相(玩耍)的同龄或年龄相差两三岁的有:施和达、施连法、袁小冲、倪建忠、顾和球、顾建球、高凤宇、徐根明、施兴忠、施永生。袁小冲有个外号叫袁得罗,到现在为止,这"得罗"两字究竟有啥不好我还没搞懂,但是他的祖母却不高兴,一听到有人叫他"得罗",就会板起脸破口大骂:"得罗得罗吃侬勒啥啦?还是侬勒格?"

我们队里还有一幢重要的建筑物,那就是矗立在仓库场东侧的"军用仓库"。

大约是在 1970 年前后,国家发出"深挖洞、广积粮、不称霸"的号召,国际形势吃紧,需要备战备荒,于是就造了那座碉堡似的房子,墙壁和房顶全部是很厚的钢筋混凝土结构,门窗都是用很厚的钢板做成的。后来才知道,里面放的全是稻谷,并备有碾米机,现在早已转为民用,好像是一个液化气的营业站了。

鼎丰 3 队地处园沙镇的东市梢,上镇买东西很方便,在当时,能够经常到镇上跑跑,听到的看到的比较多一点。这里的人也算是近水楼台先得月,或者说算是见过"小世面"的人。那时的园沙镇虽然小一点,但是功能齐全,有饭店、理发店、染坊、豆腐作坊、老虎灶、裁缝店、百货店、肉店、水产站、手工业社(以木工为主的方木匠、圆竹匠、打铁匠组成)、农业商店、货运码头(有一帮推脚班人,即以独轮小木车为工具的搬运工)、棉花收购站、轧花厂、中西药店、信用社、园沙小学、农业中学、汽车终点站、园沙广播站、园沙管理区等等。镇上最有名的要算是园沙饭店里周正郎老师傅烧的猪头肉,肥而不腻、香润可口、回味无穷。那时你去做客,如果主人家买了猪头肉给你吃,那你一定是尊贵的座上宾。

在鼎丰 3 队的西侧一沟之隔是园沙驻岛部队的一个连部,小时候我们看《地道战》《地雷战》《白毛女》《铁道游击队》等好多电影,就是沾了部队的光。傍晚时分,如果看到解放军赶着马车、拉着放映机从马路上经过,就知道当晚有电影看了。有时我们还会去部队操场看篮球比赛、到部队的饭堂里打乒乓球;部队也常派官兵来生产队指导民兵训练,军民关系很好。队里还有一个姑娘徐小菊嫁给了一个兵哥哥,去苏北结了婚。

鼎丰 3 队最东边是三号桥,一开始时叫三条桥,桥的北边 100 米处是园沙卫生所,三号桥往东一站路是二号桥,桥北是园沙中学。由此可以看出,鼎丰 3 队是占尽了天时地利人和之先机。

鼎丰 3 队历来是一个具有光荣传统的"标本型"先进生产队。早在 70 年代初,就是当时的长兴公社党委副书记、一个很朴实亲和又很有号召力的公社干部陆荣富同志下乡蹲点的样板队,他有一句名言叫"烂铃不烂产"。每逢三夏大忙、三抢大忙、三秋大忙或遇发大潮出灌宫(海岸决堤)等紧要关头,他那激昂的声音总会出现在田头广播里,向全体"贫下中农、共产党员、基干民兵和干部同志们……"发出紧急动员令。同时他还经常到一些贫困户家里问问"今年的粮食够不够吃、还有什么困难……"鼎丰 3 队出任大队里的第一个党支部书记施兰芳,也是他一手培养起来的。几年后,施兰芳作为工农兵大学生上了大学,专攻药理,毕业后成了一名药剂师,她的乳名叫小金妹。之后,又有徐文龙担任大队党支部书记;陈鹏程担任大队党支部书记;现在干脆村书记和村主任都由鼎丰 3 队的人包了,村党支部书记陈品芳、村主任姜善琴都是鼎丰 3 队里的媳妇。

当年的篱笆茅草房、瓦顶砖墙房早已见不到影子。特别是经过改革开放的 30 多年,如今全队上下,家家户户都盖起了漂亮的楼房、小洋房。有些人家还有了家庭轿车。小时候跟我一起玩耍的人也大多升级做了爷爷奶奶。老一辈的人,有不少已经上路见马克思去了。在我的记忆里,鼎丰 3 队应该有五代人和睦相处,一起劳动、共同生活、利益相关的历史缘分。这种几代人几十年形成的纯朴的乡情民意,真诚的邻里情感,是永远割舍不了的。

无奈的是这里要动迁了。中船二期工程要上马,政府要征地,2011 年以后,鼎丰 3 队这个光荣的名称,将在历史的花名册里中断;几十年朝夕相处的人们将各奔东西;谁也无法抗拒,都在依依不舍。2011 年 1 月 16 日下午,全队父老乡亲照了张合影,留下了一张张笑脸,蕴含了一片片真情,刻录了我们永远的记忆。这张照片,是全队长期以来凝聚成的一张感情总目录,若干年后,晚辈们只要拿起它,就一定会有讲不完的故事。

# 芦花美如画

徐忠如

　　长兴岛有很多免费的美景，或者说长兴岛本身就是一个美景。这个季节，一直等着银杏叶快点黄，水杉树叶快点红，却忽略了另外一种美丽的植物——芦花。白绒绒的一片铺在波光粼粼的河边，好像是天公送给河水的一床羽绒被，美得让人心生温情。嗨，初冬的阳光正好，一起来赏芦花吧。

　　环渔港小镇动迁房基地路边走边看初冬的芦苇花，总有种放飞的情怀。我走遍长江，去过崇明，也到过韩国济州岛，还是长兴岛渔港小镇动迁房基地荒芜的土地边上，特别是原来庆丰村4组、5组大道边的芦花最让人痴迷。漫漫的芦花地，由水岸边延伸到整个动迁房基地，让人实在分不清哪里是陆地，哪里是河水。

　　动迁房基地大道上绿化树有绿有黄，芦苇已黄，芦花雪白。有友人说在江滩旁的芦花最美，而在动迁地块4、5组那一段，大片的磅礴芦花，雪白醉人，河面波光粼粼，芦花映着河色。站在北侧，对面的造船基地大楼和巨型吊车清晰可见。有的芦苇即将全部老去，芦花像雪一样白亮，枝叶由绿转为黄色，生命的最后一程，竟走得如此灿烂。有的芦苇还没有完全老去，青黄错杂，自由恣肆，英姿勃发，蓝天和白云也见证它们的美丽，并为它们做最好的背景。中午太阳当空照，芦苇像一只只白鹭迎风翩翩起舞，又像是圆沙地区动迁居民急切要拿到动迁房而焦急的满头白发，挥手道别，惺惺相惜，实是美丽。

　　徒步走在基地周围的路上，这里树木刚栽年把，原来的农田由于积水与原来的河道相同，水位抬高形成湖泊，波光粼粼，芦花朵朵，芦苇弯弯，形成一道道自然风景线，向碧波荡漾的"湖面"延伸，曲折蜿蜒，显示出大自然不拘一格的形态。

　　一路赏景，一路拍照。没有车辆喧哗，没有尘土飞扬，心情是多么的欢快。远

**长兴岛秋景**

处已经有两辆挖土机和一台推土机开始平整土地,一旁还有发电机在为抽水机输电抽水,还有建筑工人在打围墙,显然渔港小镇动迁房基地已经开始动工了。

河边和基地有着芦苇,风儿在吹拂,芦秆在摇曳,朵朵芦花轻柔地舞动着,让人一见倾心,情不自禁地会停下来拍照留影。不远处北侧的江岸边高高地耸立着风力发电机组,正好摄下成为照片的漂亮背景。

成片的芦苇在动迁基地内,浩浩荡荡,绵延成片。芦苇开花的季节是在深秋初冬,那是它生命终结前最辉煌的一刻。你可曾领略过,在逆光透视下的芦苇花:白色的,镀着一层金色。那么婀娜多姿,顾盼生辉。

冬季里,长兴渔港小镇的芦苇,一片金黄,在寒水野渚中保持着"禾草森林"的尊严与辉煌。芦花的长丝柔毛在朔风中摇曳,依然洋溢着灿烂的容颜和笑意。狂风寒流追逐着它们,却听不到一丝叹息,只有执着的生存呐喊在河波水浪上回荡。面对着春夏秋冬的更替,浩荡的禾草群体,没有失落,没有哀怨,没有惆怅。尽管它们的形体和色泽已经变得非常的枯细与萎黄,但在水和泥的深处,发达的匍匐根茎在孕育着新的生机、新的力量、新的向往。虽然来年,这里必然还有一片碧烟葱翠的芦苇荡。可后年未必还能看到这样的美景,因为这里即将建有排排耸入云天的高楼。

初冬季节,长兴渔港小镇动迁基地,芦花婆娑摇曳,河水清澈如镜,一派独特而又迷人的自然风光。这里为建设动迁房基地,庆丰村 4、5、6 组部分村民早已动迁,由于建设速度跟不上,留下这片荒芜的土地,自然生长着千千万万株芦苇,倒也成为该处一道亮丽的风景,吸引着众多的游人。走在周边的道上,静静的,和芦花近距离接触,心生温暖。而圆沙地区的动迁居民,想早日搬到这里居住,急得头发如芦花一样白了。

# 昔日的青草沙

沈士兰

长兴岛的名气越来越响,小小的海岛上就有好几个世界级的大企业和大工程,令人瞩目的青草沙水库,也在这个岛上。

现在偶然走近青草沙水库,望着水库里碧波荡漾的清水和周边绿草茵茵的沙滩,看到许多漂亮的建筑和武警部队战士严格守卫的庄严情景,我的脑海中顿时浮现起30多年前在青草沙滩地野外拾趣的故事。

那还是30多年以前的事。那时的青草沙,长兴岛人称它为北小沙。它虽是长兴岛的一部分,但长兴岛人未必知道它的真面目。小岛上芦苇密集、野鸭成群,蛐蟮遍地,鱼、虾、蟹随处可见,是一块未被开发的处女地。岛上没有建筑,没人居住。只有几个养鸭的农民和水利站派去看守芦苇的人,在那儿活动着。

我20岁那年,和一个要好的同学一起去青草沙拔野茭白。于是在一个风和日丽的上午,两人来到江边,乘上了去北小沙的小船。船老大是个年轻的小伙子。因为我同学的舅舅是管理北小沙工作的负责人,所以船老大才肯让我们上船。

10多分钟后,小船便到了北小沙。船老大自己先跳上岸,然后把我俩也拉了上去,并告诉我们下午3点钟要回去的。我俩一边答应着,一边欢快地向小沙的最高处走去。

小沙的最高处是筑起来的堤岸,围了一圈,圈子里大约有百亩土地。里面种了些油菜之类的农作物,堤岸的四周便是整片的芦苇,芦苇的外面就是茫茫的长江。堤岸上有几间用芦苇搭成的草棚。虽说这小沙来往的人也不少,但都是上午来、下午走。长久住在那里的是一些养鸭的老人和几个种植农作物的农民。

说好去拔茭白,于是两人向芦荡走去。因为野茭白一般都长在每条港汊边比较泥泞的地方。我正在拔茭白的时候,忽然看见脚边有两只鸭蛋。我高兴得喊了起来。几乎同时,我的同学也喊着拾到了鸭蛋。于是,我俩便来劲了,索性丢下茭白不拔,去拾鸭蛋了。

待到船老大喊我们吃中饭时,我俩已拾到 30 多个鸭蛋。放鸭的老人告诉我们,那些小的是野鸭子生的,大的是他放养的鸭子生的。我俩一听,觉得怪不好意思的,决定把捡到的那些大鸭蛋还给养鸭的老人。老人笑着说:"不用了,你们带回去吧。我是为乡的孵坊放养的鸭子,因为这里鱼虾多,所以把鸭放到这里来饲养。鸭子生的蛋用来孵小鸭的,你们拾到的蛋,经过潮水冲刷,是孵不出小鸭的。"我们被老人的风趣和豪爽逗乐了。

下午,我们又拔起了茭白,不一会袋子就装满了。于是,两人又捉起了蛸蜞。在厚厚的芦苇的落叶下,一脚踩下去,它们成群地冲出来,挺起利斧般的两只螯,我害怕,只好用穿着套鞋的脚把它踏住,然后把它抓住。看看时间还早,又听说小沙的江边常有些稀奇古怪的漂浮物,想碰碰运气,好奇心使我俩鬼使神差般地沿着江边寻找起来,不知不觉离那堤岸越来越远。当看到江水好像在涨潮了,我们是岛上的孩子,自然知道涨潮速度之迅速。此时,我们心里紧张起来,于是直往堤岸的方向赶去。可是,没想到会如此难走,不是在芦苇丛中钻,就是前面的港汊堵住了去路。这时,什么都不顾了,爬过一条港汊,又爬过一条港汊,港汊泥泞得很,连衣服都弄脏了。没多久,港槽里进水了,我俩就赤着脚,卷起裤脚走过去,不小心还被芦桩扎得生疼,然而什么也顾不得了,拼命地跑,时间就是生命啊! 当我们钻出芦苇荡,登上堤岸时,往堤外一看,乖乖! 潮水已没了芦苇的半截,又一眨眼的工夫,外面已是白茫茫的一片了。老人和种植的一对夫妇,看到我们舒了一口气,也许他们已经焦急地等待很久了。这件事今天回忆起来还心惊肉跳,要是我俩再晚走几分钟,就没有今天的回忆了。

小船因为涨潮已开走了。那晚,我俩在小沙上过了一夜。夜里望着低矮的草棚,摇晃的蜡烛灯,听着外面的波涛声,别有一番情趣。

一晃 30 多年过去了。昔日的北小沙,如今成为闻名的青草沙水库,供应着上海大多数市民的用水,是党的惠民工程的伟大成就。武警部队的战士们严格执勤守卫,保卫着水库的安全。我们很难走进青草沙水库了,但我多想再去看看青草沙,去感悟那岁月的流逝,去感悟那时代的飞跃。

(作者系长兴镇人民政府宣传科干部)

# 野鸭子

徐亚军

野鸭子(即大雁)是人们常见的一种游禽类候鸟,既能在空中飞,也喜欢在水面上玩耍。早在100多年前,野鸭子就与我的家乡长兴岛"鸭窝沙"结下了不解之缘,当年"鸭窝沙"初始形成,正是因为这儿蒿草满地、野鸭成群而由此得名。

小时候,我不仅常看到野鸭子排着"人"字形的队伍"嘎嘎"地叫着越过天空,同时还见到它们成群地栖息在滩涂上。那时长兴岛西部的四化圩还没有围垦,北海滩有着广袤的滩涂,滩涂上有许多小港汊,港汊边长着茂盛的水草,如野茭白、蒿草、江草、丝草之类。丝草结出的丝藕是天鹅、野鸭子最好的食料,因此它们每年都会来这儿过冬。

记得我家有个远亲李老伯是靠"跑海滩"过活的。每年春夏秋三季,他主要在浅滩上张网捕鱼捉虾,一到冬天就在滩涂上的高处搭个草棚,专做"药野鸭"的营生。

李老伯每年总能药到很多野鸭子,主要是卖了挣钱;卖不掉的,或自己吃,或送给亲戚朋友。野鸭子的肉香而鲜美,吃过野鸭肉,别的美味佳肴都会黯然失味。

野鸭子除了肉好吃外,它的硬毛可以制作成扇子,美观而轻巧;它的绒毛还可以当棉絮用,缝成的棉袄穿在身上又轻又暖和。

听说"药野鸭子"很好玩,对此我充满了好奇心。一次我缠着李老伯要他带我去北海滩看他药野鸭子。李老伯缠不过我,只好带我一起去。

那是一个阴冷的冬日,海滩上的芦苇已经收割完毕,只有港汊边的一些水草在寒风中抖动着。远处的海泛着白色的光,发出低沉的涛声。

**长兴鸟青草沙湖水景**

李老伯说药野鸭子先要准备饵料,饵料就是丝藕。于是我跟着他到港汊边干枯的丝草里采摘丝藕。丝藕很小,不过赤豆般大,棕褐色的,一会儿就采到了两衣兜。

回到草棚就配弄饵料。李老伯掏出一小瓶白色药粉放在桌子上,然后用削尖的鹅毛管挑一点粉末放在锡纸上包好,再将它系在丝藕上。李老伯指着"白粉"说,那是山柰,是一种剧毒药,人吃了,走不了几步就会七窍流血而死。经他这么一说,我忙躲得远远的,看都不敢看。

傍晚时分,天阴得厉害,铅灰色的云低压下来,北风在蓑草上发出啸声,一些干枯的败叶被卷到空中,飞得很远很远,空中还斜斜地飘起了雪花。李老伯说,这是药野鸭子的最好天气,他走出草棚,把饵料下在野鸭子喜欢觅食的港汊边和水草边。大约一个时辰,饵料投放好了。

夜里风很紧,草棚的柴扉被吹得"吱吱"作响。听着这烦人的声音,我很久才入睡。同时做了个奇怪的梦,梦见自己变成野鸭子飞了起来,恐怖地向地上的李老伯叫着:"别药死我,别药死我,我要见妈妈!"可李老伯却不理我,还在下饵料……忽然我被人推了一把,醒了。只见李老伯边穿衣服边朝我笑道:"你刚才被梦魇住了,天亮了,跟我捡野鸭子去。"听说捡野鸭子,我便很快穿衣下床。

昨晚风虽很紧,雪却不大,地上没有积雪。李老伯说这样好,雪太大,会盖掉饵料,效果就差。

走出草棚,远远地看见港汊边灰色的鸭群,我的心"突突"地跳了起来,可李大伯绛紫色的脸上却荡漾起笑容。他说:"昨晚鸭群正待在我们下药的地方,药到的野鸭子肯定会不少的。"

我跟着李老伯走近港汊时,"放哨"的野鸭子"嘎"的一声报警,鸭群煞地腾空而起,但地上还留下不少。一会儿就捡到 10 多只野鸭子和一只天鹅,多数已经僵硬了,有的胸部还有暖气,是刚毙命的。可是空中的鸭群不愿离去,它们在低空中盘旋着,发出凄厉的叫声。

我指着头顶上的鸭群疑惑地望着李老伯,李老伯会意了,脸色变得阴沉下来,低声地说:"它们是在找自己的同伴啊,有的已经知道自己的同伴死了,在悲伤地哭泣呢。"

"它们也会伤心?"我问。

"它们是生灵,凡生灵都是有灵性的。"李老伯额上的皱纹刀刻般地变深了。"它们大多成双结对的,你想死了丈夫或妻子,另一个能不悲痛吗?"

我的心颤抖了,问:"那我们为什么药它们呢?"李老伯看着远处的海,低沉地说:"我是跑海滩养家糊口的,家里穷,没有办法呀!"

忽然,我听到近处草窝里有扑棱声,走过去撩开蒿草一看,原来是只野鸭子。我小心地把它抱起来。它圆圆的小眼睛悲哀地望着我,眼角似有泪水,嘴里发出悲鸣。李老伯过来摸摸它的胸部,说:"这是一只熬药头的野鸭子,药饵受了潮,过性后,不一会它还能飞。"

鸭群渐渐离去,可空中有只野鸭子仍在盘旋着,急促而不停地鸣叫,李老伯看看我手中的那只野鸭子,又望望空中那只野鸭子,轻声对我说:"放下它吧!"

我把手中的野鸭子放在蒿草上,然后跟着李老伯走了。我俩走后,空中那只野鸭子随即敛翅落下,停在受伤的那只野鸭子旁边,相互依偎着,久久未曾离去。李老伯不时回头望望它们,眼里闪着柔和的光。

转眼几十年过去了,可那幕情景却一直映刻在我的脑海里。回想起来,当年岛上药野鸭的又岂止李老伯一个人,他们只是迫于生计,为了养家糊口才这样做的。如今,改革开放的春风绽开了幸福的花朵,结出了丰硕的果实,长兴岛上的百姓们都富裕起来,昔日的北海滩已被开发成为青草沙水库的一部分,野鸭子也已被列为国家法定保护动物、禽类,彻底改变了命运。随着社会文明的进步和保护生态环境思想观念的深入人心,当年药野鸭子的故事已经永远成为历史,留下的只是我们这代海岛人心中一缕淡淡的记忆。这正是:

情系长兴忆当年，　　今日长兴明珠现，

人鸟茫然不共天；　　春光艳阳照蓝天；

非是愚昧错作孽，　　百姓幸福鸟亦乐，

谋生之计难两全。　　社会和谐史无前。


（作者系长兴供电公司原总经理工作部主任）

# 大美橘园等你入画来

夏　城

　　被誉为绿色的翡翠之称的长兴岛,镶嵌在万里长江的入海口,地势平坦,土地肥沃,阳光充足,气候湿润,空气纯洁,独特的地域优势,造就了这里的农作物自然生长良好。

　　长兴岛是有名的"柑橘之乡",长兴岛橘园,位于长兴岛中部的前卫农场,占地451.67公顷,现已成为全国最大的柑橘生产基地之一,也是华东地区柑橘生产的示范和科研基地,上海最大的"绿色商品"生产基地。岛上种植柑橘的种类繁多,有宫川、新淖、尾张、满头红、蜜橘,还有甜橙和芦柑等。

　　生长在岛上的"前卫蜜橘"得天独厚,啜吸日月之甘露,汲取天地之精华而生,外观鲜艳光洁,皮薄无核,汁多味甜,已经成为长兴岛的一张亮丽名片,为长兴岛的经济发展带来了商机,深受上海市民青睐。走进橘园内,这里的假山、长廊、盆景园、蒙古村、跑马场、海螺馆、迎宾馆各具特色,颇为诱人。垂珠园位于长兴岛先丰村,具有江南古典园林的特色,园内果园占地1 000亩,大多为柑橘,是秋季赏橘、采橘的绝好去处。游客来这里,既可以享受橘园赏橘和采橘的独特乐趣,又能芦荡泛舟,在沙滩上拾贝壳、寻螃蟹,或去江边欣赏"落霞与孤鹜齐飞,秋水共长天一色"的绝妙美景。

　　柑橘树四季常绿,到了春天,在春风的吹拂下,橘园里,一树树的繁花紧锣密鼓地开着,飘香四溢。一眼望去,大片的橘园,嫩绿油亮的叶子层层叠叠,楚楚动人,翠绿中那一簇簇冰清玉洁的橘花,密密麻麻地围在一起,缀满枝头。每到此时,来到长兴岛目睹这千树万树橘花开的美景,让人油然产生一种温柔之情。若是晴朗的夜晚,繁星满天,明月当空,行走在橘园中,那圣洁的橘花散发出迷人的气息,诱人的清香,让人有如梦如幻之感。尤其是春雨中的橘园,那绵绵细雨如一层轻纱,将缥缈蒙眬的橘树渲染得淋漓尽致,像极了着蓝印花布的村妇,淡雅、纯朴、贤惠、有礼,静静地走入你的心田。

到了初夏,满树的橘花转眼就凋落了,在夏风里像下着一场橘花雨,徜徉其间,抬头缤纷,低头落英,清气袭来,芳香扑鼻。蓦然间,橘树枝头的绿叶间长出了许多又青又小的颗粒,晨曦中沾着露珠,绿宝石似的,晶莹发亮。它们静静地长大,从开始的黄豆粒大,没过几天就长到了小青枣大,再有几场夏雨后,转眼间,在蛙鸣蝉唱、美妙的田园交响曲的伴奏声中,便长到了如乒乓球般大小了,一只只挤满枝头,如天上繁星,密集、娇艳,丰腴芬芳,惹人喜爱。

秋天的橘园是最美丽的。清晨橘园与农家炊烟一同醒来,鸡鸣狗吠,鸟语啁啾,轻柔清爽的晨风一遍遍在橘园里回旋,一轮红日从东海冉冉升起,亮晶晶的露珠挂满树梢,给橘园增添了一份清新的气息。夕阳西下,落日余晖,鸥鸟飞翔,大地一片金黄,红灯笼似的柑橘在绿树丛中闪烁着诱人的金光,无论谁只要置身其间,都不可能不心旷神怡,不可能不感慨万千。

每到中秋、国庆佳节,长兴岛橘园迎来成群结队的游客,赏橘、采橘、品橘,享受大自然的旖旎风光和休闲乐趣的农家风情。美哉,长兴岛橘园!这里是一幅浑然天成的画卷,快来到画中,做画中的美景,长兴岛人在等你,等你入画来!

# 诗 歌 篇

诗言志。诗是心灵的呐喊，诗是生命的赞歌；诗是感情的澎湃，诗是思想火花的闪耀。

在本篇中刊出的几首诗歌，有长有短，各具特色。长的如大海的波涛，滚滚而来，倾情讴歌时代的英雄，纵情赞美教师的红烛精神；短的似跳跃的火花，搏动着对新事物的赞颂，对新生活的抒怀。

# 崛起的长兴
（组歌）

柴焘熊

## 一、百年风雨百年潮

(齐唱)

百年风雨百年潮，　　　　　百年风雨百年潮，
沙洲涨坍知多少？　　　　　沧桑轮回看今朝。
抗风击浪年复年，　　　　　宽宽平台弧光闪，
大圩小圩一道道。　　　　　巨轮乘风拓海道。
滩涂上面忙耕耘，　　　　　繁忙工地焊花飞，
汗水泪水换温饱。　　　　　世界港机中国造。
艰苦拼搏一代代，　　　　　改革迎来好年代，
才有这镶金缀玉长兴岛！　　才有这红红火火的长兴岛！

## 二、江堤放歌
——胡锦涛同志视察长兴岛

(两重唱)

轻拂的微风告诉我，　　　　欢跃的浪花告诉我，
告诉我那个阳光灿烂的午后；　告诉我那双比画挥动的巨手；
沸腾的船台告诉我，　　　　耸峙的港机告诉我，
告诉我那个激动人心的时候。　告诉我那声永铭心头的问候。

你亲切的叮咛让我信心倍增，　　你关爱的教诲让我充满豪情，
你由衷地赞誉让我热血涌流。　　你深情的嘱咐让我精神抖擞。

啊，感受了春风的爱抚，

长兴的大地永远是金秋；

承受了春雨的润泽，

长兴的未来永远灿烂锦绣！

## 三、凤凰明天更美好

（表演唱）

说凤凰哟唱凤凰，　　　　说凤凰哟唱凤凰，
难忘当年旧面貌。　　　　凤凰处处呈新貌。
破旧渔船歇码头，　　　　新村高楼向阳造，
几排房舍歪歪倒，　　　　设施齐全人称好。
门可罗雀店铺稀，　　　　马路宽宽成大道，
一条短街行人少。　　　　市民公园景色秀，
衰败破落无生气，　　　　鸟雀鸣唱在树梢，
沙洲小镇谁知晓？　　　　红花艳艳伴绿草。
落毛凤凰不如鸡，　　　　凤凰凤凰展翅飞，
十有九人把头摇！　　　　凤凰明天更美好！

## 四、长兴邀你来

（独唱）

浪花邀你来，　　　　　　长风邀你来，
江水邀你来，　　　　　　芦林邀你来，
长兴敞开大胸怀，　　　　长兴敞开大胸怀，
百年长兴邀你来。　　　　百年长兴邀你来。
圆沙尽处眺东海，　　　　上眺港机好气派，
海天一色好气派；　　　　碧空祥云呈异彩，
潘石码头看长江，　　　　下看沙洲绿荫盖，
波光如缎好风采；　　　　橘林深处橘花白；

南望浦东涌热潮，　　　前望岸线多红火，
江边机械立成排，　　　巨轮万吨立船台；
北瞧崇明绿浪翻，　　　后瞧滩涂寂无声。
锦绣田园好生态。　　　小草摇曳盼人来。

邀你来,盼你来,
长兴搭起大舞台；
盼你来,邀你来,
世纪长兴敞开怀。

## 五、崛起的长兴

(领唱　合唱)

莫道只有百多年的历史，　　　莫道只有百多年的历史，
这里是共和国的一片热土；　　这里是大上海的一道窗户；
莫道只是不起眼的沙洲，　　　莫道只是不起眼的沙洲，
这里是长江口的一颗明珠。　　这里是长三角的一个星座。
这里的岸线充满神奇，　　　　这里的岸线充满激情，
塔吊和港机高耸天幕；　　　　和焊花相邀起舞；
这里的沃土充满生机，　　　　这里的沃土充满诗意，
巨轮和船坞同声放歌，　　　　长虹与长龙连成通途。
长兴崛起,崛起的长兴,　　　　长兴崛起,崛起的长兴,
你闯入海洋,让世人瞩目；　　你走进世界,向未来迈步；
长兴崛起,崛起的长兴,　　　　长兴崛起,崛起的长兴,
你是一幅最新最美的图画!　　你是一部日新月异的大书!

# 献给英雄陆晨的诗

蔡德忠

陆晨，你是新时代的英雄，
你是长兴人民的骄傲和光荣。
你用生命谱写的英雄赞歌，
激荡在祖国的万里长空。

你含着微笑轻轻地、轻轻地走了，
留给亲人、同事、朋友的将是深深的悲痛。
你火红的青春永远定格在熊熊的烈火之中，
用职守、责任、奉献构筑的人格长城震撼天穹。

你是九〇后青年的荣耀和楷模，
你是上海人民心中的救火英雄。
你临危不惧、深入险区的伟大举动，
令浦江两岸、长江之滨的人民为之动容！

时间在 2014 年 2 月 4 日上午，
人们还沉浸在马年春节的欢乐气氛之中，
宝山民科路地区一个仓库突然发生大火，
接警后你和你的战友们第一时间赶到现场，

奋不顾身地向烈火发起了猛烈的冲锋。

在这危险的时刻,你想得很多,想得很远,

想到一个消防战士神圣的历史使命和崇高的责任,

想到关键的时刻应该挺身而出、义无反顾,

想到人民的安全和利益应当高于一切,

想到党和人民考验自己的时候到了,我要向前冲!

想到……想到……

也许你什么也没有想,心中只有一个念头,

我是一个消防战士,灭火是我神圣的天职!

火势被压下去了,你又和战友冲进仓库内扑灭隐燃,

此时,危险已经埋伏在你们的身边,

随时都会发生生死别离的严峻考验。

顷刻间,几十吨重的横梁和楼板突然倒塌

严酷的现实夺去了你和战友孙洛洛年轻的生命。

啊! 火警的现场就是消防兵冲锋陷阵的战场,

火警的现场随时都会发生生死别离的悲壮景象。

于是,一场抢救英雄生命的战斗争分夺秒地进行,

战友们含着眼泪呼喊着:陆晨,你快点出来!

现场的群众焦急地等待着,希望你快快回来,

可是——等呀等,等到六十分钟之后才知道,

你已经再也听不见战友的呼喊,

你再也看不见亲人的笑脸,

你再也回不了你挚爱的神圣的消防岗位……

你壮烈牺牲的消息通过电波传向四面八方,

大地在悲泣,寒风在号啕,人们在恸哭!

父母失去了一个多好的儿子,

消防部队失去了一个多好的战士,

共和国失去了一个多好的卫士,

……

2 月 8 日上午在上海龙华殡仪馆大厅,

隆重举行革命烈士的追悼大会,

花篮、花圈、挽联、哀乐、泪水……

衬托着人们对你的无比崇敬和怀念。

你的爸爸妈妈来了，你的亲朋好友来了，
市里的领导来了，你单位的领导来了，
你的战友们来了，你的同学和老师来了，
你的家乡人也来了，还有
和你素不相识的上海市民也赶来了，
大家怀着同样崇敬和悲痛的心情向你告别，
再看一看你坚毅而又从容的英雄的面容，
再送一送你走向那遥远无际的天边的路。
上海那个只有四岁的小女孩名叫蓓蓓的，
吵着姥姥也要带她去参加你的追悼大会，
她虽然不懂舍生取义、壮烈牺牲的真实含义，
但从电视的报道中看懂了你是一个大好人，
你是上海消防战线上的一位救火大英雄，
她要亲手把一朵小黄花献给你英雄大哥哥。
还有那个在殡仪馆服务的安徽籍打工妹李红霞，
知道烈士的追悼大会今天要在这里隆重举行，
她早早来到大厅把地面扫了又扫、把窗子擦了又擦，
让你体面地、磊落地走向那个遥远的地方……
她含着泪、手持着小黄花在大厅门口耐心地等待着，
等到你走出来时她要亲手把这朵小黄花献给你，
献给你的是一颗对你无比崇敬、无比爱戴的心，
实际上她代表了中国千百万打工者的美好心愿。

陆晨呀，你短暂的人生却是那样的火红，
你火红的青春永远定格在灿烂的二十三岁的年龄，
永远定格在祖国千千万万人民的心中。
中共上海市公安局委员会追认你为中国共产党党员，
这是对你最好的评价和最有意义的决定，
终于实现了你生前孜孜追求的目标和理想。
你是一部恢宏的人生词典和生活教科书，
留给我们的财富是这样的丰厚而又珍贵。
你告诉我们人生的路应该怎样前行？

你告诉我们人生的价值究竟体现在哪里?

陆晨呀,你含着微笑轻轻地走了,
走得这样从容、这样坚定、这样无憾!
你为我们塑造的灵魂的彩虹,
将永远铭刻在我们亿万人民的心中。
陆晨,你一路走好! 一路走好!
滔滔的长江为你唱起挽歌,
浦江两岸、长江之滨的人民为你送行……

写于 2014 年 2 月

# 长兴岛之歌

陈 忠

春风吹拂大地，
阳光普照海疆；
长江口外有一颗明珠，
这就是我们可爱的家乡。

双肩筑成长堤，
双手征服芦荡；
先辈在这里洒下了汗水，
换来了家乡的灿烂景象。

改革开放春潮涌，
南橘北移获成功；
叠翠橘树惹人爱，
金秋橘黄满枝头。

大开发带来了巨变，
振华中海江南厂；
大企业持续大手笔，
橘岛瞬变海洋装备岛。

宏伟岸机塔吊冲云霄，

特大型巨轮港机出口忙；
建设长兴海洋装备岛，
是国家战略上海重点。

故乡——长兴，
光辉的名字多么响亮；
长兴长兴、长久兴旺，
活力长兴声名远扬。

注：港机即振华港机，中船即中海集团，江南即江南造船厂。

# 致《攀登之魂》图标的歌

罗永灵　蔡德忠

你是一座巍巍的山，
展示着"长小"教师的厚实、稳重和坚实；
你是一叶鼓风的帆，
象征着"长小"教师的追求、执着与奋进。

左边拾级而上的十个阶梯，
表示着"长小"人又走过了十年光辉的历程；
右边那崎岖而又陡峭的山路，
隐含着成功的背后有多少付出、多少艰辛。

底线、中竖线组成的一个直角坐标系，
昭示我们做人要正直、无私、向上、进取，
中间笔直而上的坐标箭头，
意味着"长小"人勇攀高峰、永无止境。

啊！耐人寻味的文集图标呀，
你告诉我们人生的路应该怎样前行；
啊！意境深远的文集图标呀，
你在激励我们乘风破浪开创新的征程。

注：崇明县长兴小学为总结办学经验，展示学校和教师的风采，编辑了《攀登之魂——崇明县长兴小学十年发展回眸》一书。作者为文集的图标创作了这首诗。

# 平凡的伟大

## ——献给宝山区十佳师德标兵刘海红

魏振义

### (一)

你没有惊天动地的业绩，
却留下了串串闪光的脚印。
你没有呼风唤雨的本领，
却怀着拳拳的爱生之情。

你孜孜不倦地
追求着、奋斗着、奉献着，
时刻牢记着
人民教师的道德、责任和良心。

你是平凡的，
平凡得
像大树的一片绿叶；
你是伟大的，
你的生命
在伟大的事业中
不断地得到升华、升华……

## (二)

你热爱生你养你的长兴海岛，
中师毕业之后，
一股劲地扑向母亲的怀抱。
你用爱的春雨浇灌满园新绿，
用最优异的成绩回报乡亲父老。
曾有多少教师离开海岛追求新的希望，
可是你呀，立志海岛教育不动摇。

为了不愧对孩子期盼的目光，
为把农村孩子心灵的火把点亮，
你在默默地耕耘着、奉献着，
塑造着人民教师的人格长城。

## (三)

学校每一次任课的调动，
你总是那样愉快地服从。
上数学、教英语、任美术，
你总是千方百计争创第一。

八年的辛勤耕耘，
八年的拼搏奋进，
你创建了多少业绩，
你获得了多少荣誉，
都在孩子们的记忆里，
都在老百姓的微笑中。

## (四)

为了托起明天的太阳，

为了使自己的教育本领更高强，
在学历进修路上奋勇攀登向上，
中师——大专——本科，
你克服了多少困难，
你排除了多少干扰。
你苦苦追求着——
神圣无比的诗的事业，
春风化雨般爱的事业，
桃李芬芳的育人事业。

## （五）

你关爱着每一个海蜇皮的成长，
让每一只小燕子，
在人生理想的长空中，
结队飞翔。
在你期盼的目光中，
改变了学生"口吃"的毛病；
在你殷切的希望中，
扶持着每一个后进生的进步。
你一次次辞退家长送来的礼物，
但你深深地感悟到
关爱学生
是人民教师应尽的责任。

## （六）

在改革开放的市场经济的大潮中，
有人沉浮，有人迷茫，
可是你呀，
不为名利所惑，不为金钱所动，
你面对神圣的教育事业，
没有染上半点功利的色彩。

多少次为学生业余补课,

你从没有提过关于钱的要求。

你多少次完成学校交给的额外任务,

从没有提过需要什么报酬。

多少次为同事忙这忙那,

你从没有想过需要什么回报。

多少次的学校献爱心的募捐活动中,

你总是慷慨解囊奉献真情。

## (七)

啊!我们的刘海红老师,

你真具有一种牛马精神!

你们看,

她多像一头牛,

一百斤扛着,

一千斤还是扛着,

目视前方,负重而前行。

你们看,

她多像一匹马,

认准目标,

坚定不移,

千里驰骋。


我们衷心祝愿你——

我们的战友刘海红老师,

在创建海岛教育的伟大事业中,

谱写出更加灿烂的诗章,

描绘出更加美丽的图画。


注:本诗写于 2003 年 8 月 18 日,作者为长兴乡庆祝教师节大会的文艺演出而作的朗诵诗。

(作者系长兴中心小学退休教师)

# 长兴人的威风

黄德秀

南隧似蛟龙，
逊然潜江中。
北桥像彩虹，
傲然飞长空。
南隧北桥是长兴腾飞的双翼，
更显长兴岛人的威风。
大企业纷至沓来落户，
商贾摩肩接踵。
动迁的锣鼓声此起彼伏，
开发的喜讯到处传颂。
造房、筑路，到处施工，
上班、下班，人如潮涌。
农民们搬进小区，住上高楼，
幸福生活乐融融。
生活质量大提高，
如今唱歌、跳舞、健身活动蔚然成风。
长兴岛人脸上常驻笑容，
感谢党的改革开放的浩荡东风。

（作者系长明中学退休教师）

# 动　迁

黄德秀

　　中船二期动迁，涉及圆沙地区的庆丰、合心、丁丰、同心、新建、农建，共六个村近两千户人家，他们识大体，顾大局，先后签约动迁。

　　小草恋山土，小鸟爱其窝。农民们告别老家的那种难分难舍之情，心如油煎。此情，此景，壮哉，美哉！

　　我和三个儿子先后签约动迁，身临其境，感慨万千。怀旧之情，夜不能眠。今吟小诗一首，以释怀：

小草青山恋，

老屋烙心间。

乃为大局计，

从容把约签。

# 沁园春·长兴

黄德秀

独立三九，　　　　长兴如此多娇，

喜迎新年，　　　　引诸多商贾竞入岛。

盛世龙跃。　　　　如海洋装备，

看长兴岛上，　　　"江振"重工①，

栉比高楼，　　　　水源生态，

林立塔吊；　　　　观光旅游，

道路宽敞，　　　　渔港码头。

林带围绕。　　　　产业园区，

南隧北桥，　　　　与相关项目配套。

连接世界之通道。　盼明天，

得天时、　　　　　念长兴发展，

地利与人和，　　　倍感自豪。

独领风骚。

注：①"江振"：指江南造船集团有限公司和振华港口机械有限公司。

（作者系长明中学退休语文教师）

# 长江口中的明珠

黄德秀

南隧潜水中,北桥似彩虹。
天堑变通途,长兴独威风。
海洋装备岛,观光旅游地。
生态水源库,一并收囊中。
高楼雨后笋,塔吊振长空。
大路条条宽,交织经纬通。
人口猛增长,劲吹和谐风。
民生有保障,生活乐无穷。
笑脸一张张,俊俏笑东风。
太极兼气功,舞蹈加歌咏,
放开脚步走,健身已成风。
长兴夜幕中,气势更恢宏。
华灯万千盏,照得红彤彤。
酷似夜明珠,撒落长江口。
长江似巨龙,轻松含口中。

# 情深深　意绵绵

——长兴中学首届毕业生联谊会有感

蔡德忠　茅洪钧

阔别母校五十四年，
今日得以重相见。
情深深，意绵绵，
历历往事浮眼前。
忆当年，风华正茂少年，
胸怀壮志冲云天。
刻苦攻读付实践，
"三夏""三秋"下农田，
公益劳动抢在先。
老师教诲记心间，
为人正直根基坚。
学成展翅飞蓝天，
事业有成笑开颜。
驾驶银鹰战长天，
喜看新辈史无前。
白衣天使爱心献，
多少佳话留人间。
为国当兵抒豪情，
学习雷锋永向前。

人民教师择奉献，
校园佳花红艳艳。
当了干部为人民，
清风廉洁写新篇。
著书立说扬正义，
弘扬正气贯云天。
喜看长中"第一届"，
胸怀祖国做贡献，
五洲四海有足迹。
如今古稀度晚年，
夕阳如火献人间。
忘恩负义非人也，
学子常把恩师念。
感谢母校栽培恩，
人生路上劲头添。
相见时难别也难，
只因同学情深深。
同学聚会非消遣，
志在暮年更红艳。

# 抒怀两首

苏之裕

2015年6月5日,风和日丽,阳光璀璨。长兴中学首届初中毕业生别后54年相聚,我应邀出席,浮想联翩,感慨万千。校园里,一群古稀老人心情激动。他们手拉手,共话情谊;面对面,畅叙衷肠。这次师生联谊会,把我拽到刚建校的时光。1958年8月底,完成师范学业的我来到长兴中学报到,拿起钥匙打开校门,见到的是三间新造的泥地空房。几块木板,两只板凳——这是当时的学校的全部家当。

几天后,教职工五六位,学生百余名,在刚诞生的校园里,谱写海岛教育史的新篇章。艰辛的教学生涯,繁重的建校劳动,将师生百炼成钢。

莘莘学子,没有辜负贫穷海岛的期望。三年寒窗,合格毕业,走出校门,将建设家园的责任担当。几十年辛勤劳动,你们给海岛带来了美丽,给家乡增添了荣光。

为抒胸臆,特示拙作二首,将当年师生的精神赞扬。

| （一）<br>师 颂 | （二）<br>栋梁赞 |
|---|---|
| 育人兴社稷, | 首届学子话衷肠, |
| 茹苦数园丁。 | 一提往事入醉乡。 |
| 笔孕千金字, | 昔耕教室三分土 |
| 呕心肥嫩圃。 | 今作神州百丈梁。 |
| 沥血润芳庭, | 攻坚克难为富岛, |
| 灯偕万夜星。 | 戮力同心去兴邦。 |

去日消春土，　　　　　两鬓渐白终不悔，
无需抹汗青。　　　　　甘将心血换春光。

　　注：苏之裕老师1958年上海师范学院毕业后分配到刚开办的长兴中学任教语文，在长兴从教几十年，两袖清风，一身正气，在教育园地里辛勤耕耘，培养了许多优秀学生，在长兴岛上有极好的口碑。

# 文明乡村建设之歌

魏振义

尊老爱幼做得好，　　　助人为乐做得好，
家庭和睦乐淘淘。　　　心地善良齐称道。
遵纪守法做得好，　　　生态环境保护好，
国泰民安笑声高。　　　健康长寿永不老。
诚实守信做得好，　　　热爱祖国做得好，
众人都把手指翘。　　　共奔小康快步跑。
爱护公物做得好，　　　文明礼貌做得好，
公私分明觉悟高。　　　现代新人品位高。

# 长兴，你是上海的骄傲

陈忠才

浩瀚的长江哺育的儿女——长兴岛，
你历经海浪淘沙的磨砺，
你历经时代风雨的洗涤，
你变得如此神奇，这样美丽。
你像妈妈一样充满生机、充满活力，
你像妈妈一样有宽广的胸怀和诱人的魅力。

莫道昔日芦林荡地的神秘，
莫说过去渔港晚霞的艳丽，
莫言以往农家小舍的静谧，
莫讲鱼虾飞鸟的自由天地。
你也有过多少屈辱和磨难，
你也有过多少悲哀和痛苦。

新中国的成立，
你看到了跃出海面的红日，
你感受到了太阳的温暖。
改革开放的春风吹拂长兴大地，
海岛演绎出多少神奇的故事。

振华港机耸入云天的塔吊呀，

述说着中国港口机械的无比威力；
江南船厂鳞次栉比的建筑群，
创造出多少个堪称世界第一；
碧波荡漾的青草沙水库，甘甜的清泉，
汩汩地流进上海百姓的心坎里；
凌空而起的上海长江大桥像一道彩虹，
圆了海岛人千百年的梦想。
小区里一幢幢美丽的高楼大厦，
彰显出长兴人民新生活的崛起。
车流如梭、人流如织的江南大道呀，
象征着交通的发达和经济的腾飞。

长兴，你是长江口中的一颗璀璨明珠，
长兴，你是新中国的一块风水宝地，
长兴，你是长三角经济发展的枢纽地，
长兴，你是上海人民休闲、娱乐的旅游地。
长兴，你是上海的骄傲！
长兴，家乡人为你自豪！

（作者系长兴文广站工作人员）

# 金秋十月游长兴

黄德秀

长江口中长兴镇，
素有橘乡之美名。
江南船厂落户长兴，
长兴发展突飞猛进。
金秋十月游长兴，
流金溢彩好风景。
千亩橘园黄澄澄，
果实累累枝儿沉。
万亩稻田金灿灿，
金钩招手迎嘉宾。
塔吊林立南海岸，
江南船厂气象新。
数十万吨巨轮自己造，
跃入世界高水平。
渔港码头新开张，
人来人往笑盈盈。
新鲜鱼虾买一点，
流连忘返误归程。

# 附录一：
## 崇明话 260 句
### （戏称崇明方言 6 级考试卷）

顾晓雪　编

　　按语：崇明话属吴语体系，发源于吴地，形成历史已有 1 000 多年。现主要分布在上海的崇明岛、长兴岛、横沙岛、浦东沙泥滩一带以及江苏的启东、海门、常阴沙一带。会说崇明话的约有 400 余万人。由于特定的地域环境，不易受外部方言的影响，它表现比较稳定。崇明话有着源远流长的历史，它具有许多语言特色。如古老性，不少语言中保留古汉语的成分；形象性，结合生活实际喜欢用比方说明道理；含蓄性，话不直说，道理隐含其中。崇明话中有不少幽默，语言表达力很强。此外，崇明话中的许多谚语、童谣、打夯歌、田头歌、歇后语等，都是很有意境和耐人寻味的。现笔者摘录了 260 句崇明话，不知你理解了多少？你能不能用规范的汉语把它翻译出来？如果你考到 80 分，算得上一个崇明人了；如果你考到 90 分，算是一个地地道道的崇明人；如果你考到 100 分，可参加崇明话语言的研究工作了。你试试看吧，看看你能得几分？

| | | |
|---|---|---|
| 乌骨殖鬏勿开相 | 推班遥点吃生活 | 狗屎到灶跑脱特 |
| 烂棺材板勿肯做 | 棺材窝里爬出来 | 弗出头年一家门 |
| 眼风呒得弗识相 | 羹饭碗头敲脱伊 | 呒来呒去密屑货 |
| 苗头弗轧吃苦头 | 小囡娘子奥要特 | 死人手里挣饭团 |
| 讲啥闲话弗着落 | 杀头王鲜呒吃头 | 铜钿眼里颠跟斗 |
| 做啥事体弗作拍 | 登勒边头吃说话 | 下巴壳子跑轮舍 |
| 革只棺材呒头面 | 索目勿作混日脚 | 独幅心思蛮难弄 |

寒热澎澎一顿子　　　呆头呆脑弗识相　　　矮子肚子疙瘩多
眼睛乌子戳瞎特　　　边头识世看勿来　　　促瞎老眼跟仔伊
病郎壳子十三点　　　一家六门吭吃头　　　吭是耐伊强伊去
小娘家家弗作心　　　荡子伊勒诈人特　　　革只小蟹蛮嫩赤
话来话去害得伊　　　朝东朝西弄说话　　　鼻涕黄郎长大特
一摊啦排勿关事　　　羊去吃草鹅去赶　　　驮年郎里最下爪
大家叫伊跑克来　　　特三倒四嚼勿光　　　寻死作活难当心
牛屁擦冲奥听伊　　　讲神间起话着伊　　　捞鱼摸蟹败家心
弗着弗落搬说话　　　日头晃里黑痧特　　　介痴介眼弄勿准
发伊寒热做臭人　　　细娘骨里牵来落　　　弗关卵事去孛相
奥子勿牵烂凳脚　　　睏下诈痦懒洋洋　　　作坏拔人耐勿起
握脱西空瞎乱撞　　　苏五捞糟脚欠筋　　　托勒人家两样个
脱头烂鏊靠不住　　　下昼汛里打瞌春　　　八脚葡萄跑孛相
两家人家不上落　　　吭心唠叨打花海　　　防勿塌杀让伊去
听人货色寻吃苦　　　一夜夜把熬得住　　　布衫裤子勿连牵
隔忙头里捧千金　　　杀杀落落睏一觉　　　头绳布衫自家结
隔壁媳妇夹人头　　　一觉睏到爿天亮　　　芦菲花布蛮样色
象心适意话别人　　　单身落甩跑脱特　　　坐机扁担断脱特
上门相打弗作星　　　汰冷水肉学会特　　　棉絮背耽蛮暖热
推板来落话勿来　　　入没头颠蛮远个　　　百裥腰裙蛮样色
屁眼叮人要寻打　　　圆革九九好勃相　　　干棉花条手酸特
瞎话廿三一顿子　　　放夜饭学蛮早格　　　奥去话伊惨来落
屁眼缝里憋出来　　　孛跤打滚腌来落　　　一场紧紧多拿点
嚼勿着头抢来话　　　小蟹百年蛮老卵　　　眼看仔要弗着港
凯颜笃支一顿子　　　弟兄道里好好叫　　　爬星拉命做生活
坟墩头廊挑羊草　　　大米节头硬来落　　　筒箕挂勒圆杆浪
舂米榔头重来落　　　舌头舔倒碗底陀　　　鳗鲤死勒烫罐里
石木臼里舂芝麻　　　甘蔗芦穄甜来落　　　吃勿着头饿煞机
哭作呜啦笑嘻嘻　　　糖瓜连头蛮好吃　　　草头盐鸡咸甘甘
背脊弯来泥落环　　　乌吃灶机弗来四　　　弗宁吃着便宜货
挑泥做岸要喊担　　　吃煞会酒饱来落　　　乌吃物食着扛特
神之夜壶弄脱特　　　饿煞喜酒介门相　　　蛸蜞爬勒芥菜浪

当中央里踏一脚
合扑拉里跌一跤
一跤跌勒埭岸浪
合扑下来消地光
朝天叭拉让勒刚
炒长生果勒氅里
硬骨轮轮哈吃头
伊勒小官做期过
圆团塌饼一筛子
高粱圆子韧笃笃
芳芳舜舜一笼糕
汁汤汁水还吃光
半生啦熟弗好吃
干汁蹦蹦咽勿下
淡味笃笃蛮好吃
剃头店里忙来落
弗关年事滔滔叫
凑好为主寻着特
贴肉布衫亲窝头
一先头浪想勿出
中中常常过得去
半夜落把喊救命
节节活仔吓煞特
弄勿塌杀管他伊
眼里汪汪弗响特
寒毛重来像猢狲
连鬓胡子蛮神气
眼窠落田瘦来落
鼻梁筋浪长粒痣
脱零脱落瞎做做
顺风镐子撑撑伊
听勒边头耐勿过

老麦稀饭二三斤
青滋气味重来落
吭得哈吃拗客气
鸭吃瘪稻空快活
蚕豆硬来咬勿动
生醋冷水老麦饭
三眼头灶间所待
里身镬里烧猪食
筷茄子上炖冷粥
石百铁硬弗熟勒
薄一笃笃一碗粥
盘丝络脚吃扛其
三条明沟四条港
戴仔馋肙依饭吃
行仔饭碗跑轮舍
里滋挂牵还要格
看勿入眼拧煞特
面子夹里还要个
路远道道跑勒去
脱脱空空落下来
一塌括子寿革眼
一眼半点弄勿横
今朝探场摆勿落
革转里话错不多
芦花蒲鞋纠纠关
顺带便去望望伊
勾腥人污蛮开心
弄风亭相哈好看
青瓷沙泥滑塌塌
一息半息来勿及
一道字相烦难得
极皮来落弗凑伊

大米稀粥烫来落
话伊勿来像哈人
认仔纠关寄爹娘
异出样点客气个
眼看仔要撞着特
角头角脑还寻过
差大勿多过得去
稍息推班一眼眼
湿零乒乓耐弄法
伊勒住勒圩肚里
趁心让意独宅头
一埭头屋蛮称心
一只角浪还认得
阵头称特屋尖念
老好乌头奥欺伊
行银行市芦青头
弗弗少少老烧螅
人荡进里介过去
出响头里石出来
耳朵管里刮着过
岸脚跟头拾来种
顶倒竖头树脚子
踢脚板手碍私事
壁脚眼里坑铜钿
格样物事值铜钿
夯勃啷哠还勒海
大麦郎中吭啥用
马桶豁消坏脱特
木知木个搁弗着
犟头倔脑差勿动
吭哈话特假样头
推班遥点出事体

环过来讲一样咯　　　冤枉铜钿弄脱过　　　要紧三慢用得着
捧头捧脚亲男女　　　荡得想着来弗期　　　鼻涕太通滋泥相
做哈事体蛮作拍　　　睏梦头里分想着　　　公婆宝贝大孙子
看来看去不入眼　　　忙记脱特想勿出　　　姆妈宝贝奶末头
假痴假颜弄弗准　　　朝南给仔朝北话　　　三天勿吃盐鸡汤
脚过郎里苏汪汪　　　爪结子伊弗肯放　　　拍拍屁股跑脱特
带初看么蛮样色　　　踏脱花地弗作星　　　若里若角弄勿准
大约唛摘百把斤　　　边头设势看勿来　　　着皮着肉叫一声
假做戳落上镇去　　　隔夜面孔白了了　　　闸脚板头弗去特
辰光长仔呒心相　　　吓脱伊火夷来特　　　养子两只消灭郎
喇声说话碍着倍　　　眼睛骨里贯着过　　　消缩特伊弗来特
瘌哭瘌笑一顿子　　　宁弗住落话两声　　　伦时出去孛相相
要紧三漫派用场　　　拍脱门牙肚里咽　　　弄仔格眼吃勿横
等我有子还拔倍　　　小姊们淘轧得来　　　赤脚踝郎跑脱特
嚓尿朋友靠勿住　　　横四横来拆牛棚　　　啥人话个烂舌头
老末脚煞还跑脱　　　倾刻头浪吓特火

# 附录二：
# 一份振奋人心的远景规划

## （2008—2020 年）

## 一、规划编制过程

按照市委、市政府的有关指示精神，为加快推进长兴岛的开发建设，推进崇明、长兴、横沙三岛联动发展战略的实施，2005 年 6 月，长兴岛划归崇明县管辖；2006 年初，市政府批准《崇明三岛总体规划（2005—2020 年）》；2008 年 5 月，市政府成立上海市长兴岛开发建设管理委员会及其办公室，为新一轮长兴岛的建设发展提供了重要的方向引导、政策支持和组织保障。

按照管委会的工作部署，我局会同开发办在 2006 年制定的《凤凰新市镇总体规划》的基础上，开展了《长兴岛岛域总体规划（2008—2020 年）》的规划编制工作。

具体工作分为三个阶段：

● 规划调研和评估阶段

市规划院在 1 个多月时间里开展了大量的现状踏勘、企业和居民问卷调查等基础资料收集工作，对长兴岛已有各类规划及其实施情况进行了评估。

● 规划研究和草案形成阶段

2008 年 7 月，市规划局会同市开发办对长兴岛岛域总体规划编制工作进行了多次专题研究，委托市环科院、市投资咨询公司、英国阿特金斯公司分别开展了《长兴岛岛域总体规划环境影响评价》《长兴岛海洋装备及其配套产业发展战略研究》和《长兴岛生态保护与发展战略研究》等专题研究工作。

● 规划审议和完善阶段

2008 年 10 月 22 日，市规划委员会办公室组织市规划委员会的有关专家和相关成员单位,对《长兴岛岛域总体规划(2008—2020 年)》进行了评审。11 月初,规划的主要内容在市、县规划部门网站以及长兴岛内多处现场进行了公示并广泛征询市民群众的意见。

《长兴岛岛域总体规划(2008—2020 年)》已经上海市人民政府批复(沪府〔2009〕17 号),是指导长兴岛发展和建设的法定性文件,也是实施城市建设规划管理的基本依据。在长兴岛进行的各项建设活动,编制各类详细规划、乡村规划、专项规划,均应执行本规划。

## 二、规划背景和理念

### 现状概况

- 现状陆域总用地约为 88 平方公里。青草沙水库面积约为 67 平方公里。
- 长兴岛现状建设用地 25.7 平方公里,占现状陆域总用地的 29%。其中中船、中海和振华港机三大企业用地约 12 平方公里。
- 长兴岛实有人口 11.2 万人。

### 规划背景

- 产业发展:长兴岛要在服务好三大企业建设发展的同时,充分利用好有限的土地资源,积极发展好相关配套产业,提高研发、设计、生产等核心竞争能力,促进相关产业集群的整体发展。
- 城镇建设:大量外来产业工人和高技术人才将不断涌入长兴岛,对相应的城镇、产业、市政和公共服务设施的配套需求不断增长,长兴岛的城乡规划和建设亟须扩大规模、完善配套、提升水平、开创新的局面。

### 规划目标和理念

市委、市政府明确长兴岛开发建设应当贯彻落实科学发展观,按照构建社会主义和谐社会的要求,紧紧围绕产业发展、基础设施、城镇建设、社会配套和生态保护"五位一体"的目标任务,努力建成世界先进的海洋装备岛、上海的生态水源岛和独具特色的景观旅游岛。

本次规划着眼于国家和本市产业发展战略,着眼于崇明三岛区域联动发展战略,着眼于长兴岛跨越式发展的实际需求,坚持城乡统筹、生态优先、资源节约、社会和谐的指导思想,通过规划技术手段统筹协调各方各开发主体的利益,强化规划落地,重点解决开发建设过程中的实际操作问题,促进岛域经济、社会、生态的整体可持续发展,为长兴岛近、远期的建设发展提供规划技术支持和法定依据。

## 三、规划主要内容

### 人口和用地

- 至 2020 年,规划预测长兴岛总人口 23 万—25 万人。
- 至 2020 年,长兴岛规划总用地约 93.3 平方公里(含新增滩涂用地约 5.1 平方公里),建设用地约 50.80 平方公里,约占岛域总用地面积的 54.5%。

### 空间结构

岛域形成"一核、一轴、三片区"。

- 一核为凤凰新市镇。
- 一轴为潘圆公路发展轴。
- 三片区为:城镇片区:一镇一社区两个生活区。产业片区:主辅两基地。生态片区:青草沙水库保护区和外围生态缓冲区。

### 汇报主要内容

产业发展

1. 打造世界先进的海洋装备岛

- 核心产业基地:紧紧围绕振华港机、中海、中船等三大核心企业,做大做强造船修船、海洋工程设备和港口机械制造产业。三大企业建设用地约 17.3 平方公里。
- 配套产业基地:依托上海科技研发和综合配套方面优势,积极引导发展技术含量高、附加值高、资源利用率高、环境品质高,并且与船舶制造、海洋工程密切相关的配套产业。规模约 7.5 平方公里。结合配套产业基地和镇东区南部形成生产性服务业集聚区。
- 产业备用地:规划位于潘石港上游,结合公共货运码头;及配套产业基地东侧,结合横沙小港深水岸线开发利用,预留 2.5 平方公里的工业备用地,以满足未来产业发展需求。

岸线:长兴岛岸线在满足生态环境保护要求前提下,本着"深水深用、集约利用"原则,尽可能满足世界先进海洋装备配套产业对深水岸线资源需求;强调环境保护所需生态性岸线;结合城镇适当考虑生活性岸线设置。

长兴岛全岛岸线长度约 70.2 公里。根据自然水深等条件分为可利用岸线约 35.2 公里和不可利用岸线约 35 公里。其中:生态性岸线长度约为 37 公里、生活性岸线长度约为 2.97 公里、生产性岸线长度约为 21.5 公里、公务港航服务岸线长度约为 1.1 公里、预留岸线长度约为 6.5 公里、市政岸线长度约为 0.8 公里、河口岸线长度约为 0.3 公里。

南岸：

- 创建港下游：2 000 米岸线，规划为生态性岸线，局部作为生活景观岸线。
- 潘石港上游：规划为产业备用岸线，其中包括公共货运码头使用岸线 200 米。
- 潘石港至振华港机厂上游：约 600 米岸线，规划为生产性岸线。南岸规划生产和生活岸线中综合设置适当的公务、港航服务码头(服务于长兴岛)。
- 振华港机厂使用岸线：约为 4 650 米岸线，全部为生产性岸线。
- 振华港机厂下游至马家港河口：约 250 米岸线，规划为生活性岸线。
- 马家港下游：约 800 米岸线，规划为生活性岸线。
- 南岸 11 113 米岸线：为中海和中船生产性岸线控制。

北岸：

远期新生深水岸线，长度约为 7 公里，除已规划长兴电厂 500 米岸线外，其余岸线均为预留岸线。使用需考虑生态环境保护的需求。

- 规划建议电厂以西 3 000 米岸线为保护青草沙水库以及结合镇东区建设，规划为生态性岸线和生活性岸线。
- 电厂以东 3 500 米岸线根据水深条件布置部分生产性岸线，其余作为生活性岸线控制。

横沙小港

- 长横通道上游为生活性岸线进行规划控制。规划布置横沙渔港(800 米)和长横客渡站(约 120 米)。
- 紧贴长横通道规划 800 米为长江口服务公务、港航服务公共码头岸线。
- 长横通道控制 300 米的口门，作为今后长兴岛到横沙岛所需的市政管线的通道。
- 长横通道下游约 3 100 米岸线全部作为生产性岸线进行规划控制。其中，紧邻长横通道南侧 500 米规划建设为产业基地配套的公共货运码头。

潜堤：

目前长兴潜堤还未出水面(长度约为 1.8 公里)，作为远期新生岸线进行规划控制。

- 约 1 800 米岸线作为生产性岸线进行规划控制。

2. 切实保护上海的水源生态岛

青草沙水源地

已建成的青草沙水库面积将达到 67 平方公里,有效库容约为 4.22 亿立方米。为上海最重要水源地,提供上海 50% 的饮用水资源。其分为:

- Ⅰ级水源保护区:根据青草沙水源地保护立法工作要求,规划青草沙水库大堤外围 50 米以及上、下游水闸(取水口)外围 500 米内的陆域和水域为Ⅰ级水源保护区。该区域禁止设置排污口,禁止船舶运输危险化学品和有毒化学品;禁止建设与供水设施和保护水源无关的工程项目;禁止任何可能污染水体的活动。陆域规划为生态涵养林。

- Ⅱ级水源保护区:规划Ⅰ级水源保护区外围 950 米以及上、下游水闸(取水口)外围 4 500 米内的陆域和水域为Ⅱ级水源保护区。该区域规划以生态建设和修复为主,禁止建设向水体排放污染物的工程项目。

空间管制

根据青草沙水库保护和岛域建设开发的要求,规划将长兴岛划分为三个区域(适建区、限建区和禁建区),作为对长兴岛未来建设开发的引导,合理布局岛内的建设项目。

生态建设和发展

长兴岛应积极保护长江河口沙洲的自然地貌、河湖水系、湿地林地等生态资源,以确保水源地的环境安全。

长兴岛禁建区和限建区的陆域面积约 50 平方公里,其中确保 A 类和 B 类基本农田按照崇明三岛土地利用规划不少于 2 072.8 公顷。

3. 提供舒适的居住和服务设施

人口结构分析

长兴岛未来人口构成将进一步受海洋装备制造业发展的影响,外来职工和劳务工比重将大大超过本岛居民。

预计至 2020 年,长兴岛外来常住人口(半年以上)约 20 万人,占全岛规划总人口 80% 以上,其人口构成有特殊性。根据三大企业的预测数据,在外来常住人口中三大企业总员工规模约 10.4 万人。根据配套产业类型和特征,预测配套产业基地员工规模约为 4 万—6 万人。外来员工家属约为 4 万—6 万人。加上本岛居民约 5 万人,全岛总人口约 25 万人。

居住体系

2020 年长兴岛形成一个新市镇、一个居住社区、两个工业基地生活区、四个中心村的四级居住体系。

在不同地区规划各类形式住宅满足不同类型居民需求。

一个新市镇：即凤凰新市镇，城镇建设用地8.1平方公里，居住人口12.8万（镇西区7万，镇东区5.8万）。

一个居住社区：即圆沙居住社区，城镇建设用地2.2平方公里，居住人口2.5万。

两个工业基地生活区：即配套产业基地生活区，城镇建设用地0.4平方公里，居住人口4万；振华港机生活区，城镇建设用地0.5平方公里，居住人口5万人。

四个中心村：即创建村、长征村、光荣村和大兴村，居住人口7 000人。

公共服务设施

本次规划有针对性地建立不同类型、不同层次的公共服务设施配套体系，满足不同人群的生活需求。

规划重点建设了3个地区的公共活动中心：

马家港、凤凰镇东区南部、圆沙北部

旅游服务设施

长兴岛旅游发展以生态旅游为主导，融合工业展览、商务休闲、观光体验等多样功能，突出展示岛域自然和人文景观风貌。

规划重点建设马家港科普文化展示区、圆沙渔港小镇、橘园生态公园、创建港生态农庄等旅游项目。

4. 塑造独具特色的海岛城镇

整体景观风貌

长兴岛未来展示出来的整体景观风貌应该是"蓝天碧水，白墙红瓦"，同时凸显"塔吊林立、巨轮远航"的海洋产业景观特征。

城镇高度引导

城镇建筑高度整体上控制为"镇区高、周边低""南部高、北部低"。

马家港地区、镇东区南部和中船基地办公区形成5处地标性建筑（群），建筑高度控制在80—100米。

城镇色彩引导

长兴岛城镇整体风貌设计要求居住建筑墙体以淡雅白色为主，坡屋顶以深红或灰褐的暖色为主，公共建筑以偏暖的灰白色调为主，配以连片成带的绿化环境，形成现代化海岛城镇风貌基调。

标志景观节点

马家港是长兴岛的水路门户，沿江形成一定规模的公共开敞空间和亲水活动空间，腹地设置标志性建筑，形成以商业、文化、休闲等功能为主、环境宜人的公共活动街区。

凤凰镇东区南部是长兴岛的陆路门户,结合轨道交通站点地区形成现代化的商务、金融、科技研发、大型生态绿地公园和会展设施的集中区域,是岛上最具现代气质的区域。

圆沙渔港及周边地区规划形成特定公共活动中心,沿江形成渔船集聚、贸易繁荣、特色餐饮和休闲观光独具特色的现代渔港小镇风情,设置表现渔文化的标志性景观设施。

潘圆公路是长兴岛东西交通轴,也是展现长兴岛域多元风貌的景观轴。

规划建设最大程度保护和利用了现状道路以及沿线绿化,采用特殊设计的道路断面分段形成不同的道路景观特色。

5. 改善提升生命保障系统

道路交通

以长江隧桥工程与潘圆公路构成的"十"字形干路为基本骨架。将南环路、长兴江南大道、潘圆公路部分路段作为货运专用通道。预留轨道交通 19 号线及其支线。

给水设施

长兴岛和横沙岛由长兴水厂供水。

扩建长兴水厂(潘圆公路以北、凤西路以西),用地面积约 12 公顷,生产能力从现状 4 万立方米/日提高到 23 万立方米/日。

污水设施

扩建长兴岛污水处理厂,用地面积约 20 公顷。沿现状污水尾管(位于中船基地和规划中海基地边界)增设一根 DN800 污水尾水管,深排至长江。

供电设施

为配合电厂运行,在长江隧桥东侧选址一处临时灰场,用地面积约 18 公顷,远期在垃圾填埋场北侧预留灰场用地。

燃气设施

远期使用管道天然气,天然气过江管沿长江隧道(西侧约 100 米)接自浦东五号沟。

近期采用液化石油气(LPG)或液化天然气(LNG)卫星站过渡,与远期天然气管网保持衔接。

环卫设施

近期生活垃圾进入现状填埋场处理。

远期在现状垃圾填埋场附近规划建设规模 500 吨的生活垃圾综合处理厂,用地面积约 5 公顷,服务范围包括长兴岛和横沙岛。

防灾设施

长兴岛海塘总体应达到 200 年一遇的高潮位加 12 级风浪标准。区域除涝执行 20 年一遇标准;中船、中海、振华港机等企业的内雨水自成系统强排入长江。

## 四、城镇地区规划

上海港口机械制造基地:南临长江,北至潘圆公路—凤滨路,东距马家港约 200 米,西距潘石港约 700 米,规划用地面积约 448.5 公顷,规划使用岸线长度约 4 650 米。规划范围内已建成用地约 306.6 公顷,新扩建工业用地约 141.9 公顷。

长兴岛海洋装备配套产业基地:南联中船基地,西接凤凰镇东区,北邻圆沙社区,基地规划用地面积约 7.13 平方公里,东侧沿横沙小港预留工业备用地约 2.36 平方公里。规划划分仓储物流、综合配套、管理服务、生活配套、船舶及海洋工程配套五个功能区。做大、做强造船修船、海洋工程设备和港口机械制造产业,同时依托上海科技研发和综合配套方面的优势,积极引导发展技术含量高、附加值高、资源利用率高、环境品质高,并且与船舶制造、海洋工程密切相关的配套产业。

渔港小镇:位于长兴岛东部,北至北环河、西至跃进港、东至横沙通道、南至潘圆公路,规划用地面积约 4.7 平方公里。北环河南部和潘圆公路南部共预留备用地 1.2 平方公里。规划人口为 3.1 万人,建设用地面积约 335 公顷。在功能布局上主要形成圆沙居住片区、综合服务区、渔港旅游服务区、渔港码头区、发展备用地等五个功能片区。

该地区规划建设为城市特色公共活动中心,沿江形成以渔港为特色,具有旅游、商业、休闲娱乐、生态居住等综合功能的渔港小镇;西部圆沙社区形成生活便利、环境适宜、景观优雅的现代居住社区。

横沙渔港综合功能区:西至合作路、东至横沙通道、南至动迁基地和潘圆公路,占地 100 公顷。横沙一级渔港承担渔船靠泊避风和补给、水产品交易和适量加工、特色餐饮和景观旅游功能。横沙渔港综合功能区将包含港口、商业及配套设施、餐饮、文化娱乐、自然休闲运动五大板块,形成现代化的渔业码头、宜人的街区式商业、以海鲜为主题的特色餐饮、独特的水街体验餐饮、融合海文化与创意体验现代化滨海区、童趣乐园街区、令人沉醉的静谧小镇、原生生境的自然体验八大特色功能分区,开发将突出海鲜餐饮优势的唯一性,以海港休闲体验游为主题,打造成为具有渔港特色的、集聚人气、充满活力、满足各年龄层次、各消费层次需求的、具有国际性、多元吸引力的现代化港区。

凤凰小镇和橘园小镇：即镇东区和镇西区，规划总面积约 1 401 公顷，其中城市建设用地约 1 228 公顷，规划总人口约 12.8 万人。居住用地面积约 424 公顷，公共设施用地约 158 公顷，绿化用地约 311 公顷。规划重点打造马家港公共活动中心和前卫现代商业商务中心，并以此为基础建设生态居住、产业配套服务、景观休闲旅游等综合功能，整体形成"一体两翼、双心双轴"的布局结构。

马家港公共活动中心区：规划范围西至凤西路、东至凤凰路、南至长江、北至南环河，用地面积约 144 公顷。规划融休闲娱乐、餐饮、社交活动、文化表达及知识共享于一体，包含公园和广场等公共空间、宾馆、会议中心、高质量的餐饮、购物广场、大中型商业文化设施、体育设施等，将成为长兴岛城镇商业、文化、休闲服务中心。

橘园生态公园：西至凤凰公路、东至长江隧桥、南至潘圆公路、北至长江，用地面积约 430 公顷。橘园生态公园将在保护自然景观资源的基础上，挖掘和延续原有的橘园文化，重视生态肌理和规划与环境的融合，适度开发，打造成为融生态、景观、游憩、科普、商务于一体的综合性生态公园。

2015 年 7 月 8 日

（以上资料由长兴镇宣传科徐忠如提供）

# 编 后 记

　　当这本文集即将出版的时候,我们心中充满着一种愉悦的感觉。因为我们尽到了一种责任,实现了一个愿望,完成了一道使命。我们编委会的几位同志,都是古稀之人,在不到五年的时间内先后编纂了三本书——《崛起的长兴岛——长兴儿女话长兴》《崛起的长兴岛——长兴岛的故事》《崛起的长兴岛——情系长兴》,其间的艰辛和劳累,只有我们自己知道。

　　我们这些老同志既没有较高的文学素养,又缺乏编书的经验,再加上年老力衰,电脑、U盘等现代化技术都不会使用,这给编书带来许多困难。但我们凭着对梦想的执着追求,为挖掘海岛的文化资源,为展示海岛人民那种豪迈的气概和美好的心灵,群策群力,集思广益,不辞辛苦,不为困难所屈服,真可谓有点"卧薪尝胆"之精神。有时为文稿修改润色,通宵达旦;有时为获得一篇好稿件,几经曲折,不厌其烦;编辑中遇到许多问题还须求助人家;甚至还要经受得住一些不明事理的人的冷嘲热讽……但庆幸得是,岛上的许多有识之士,打听到我们要出版关于海岛的书,有的积极提供写作素材,有的自己把写好的文稿送来。曾在长兴岛下乡的知识青年,获得信息后,主动联络,把许多文章打成电子稿后送到编委会。最令人感动的是,中国作家协会副主席叶辛同志,在日理万机的繁忙中亲自为本书作序。作家郭树清同志对文集的编写提出了许多真知灼见的建议。崇明县档案局、作协的有关同志,对我们的编辑工作也十分关注,有的还撰写文章充实本书内容。长兴镇党委和人民政府对我们的编写工作也十分关心和支持,镇党委书记邱水华同志热情地接待了编委会的同志,并对我们的工作给予充分肯定和指导。在此,我们对一切关心、帮助和赞助我们的同志,表示深深的敬意和真挚的感谢!

《崛起的长兴岛》编委会

2016 年 4 月

# 鸣　　谢

　　在我们编辑出版中,得到以下单位和个人的爱心捐赠,无私奉献,谨此表示感谢:

　　　　上海惠恒国际贸易有限公司
　　　　上海为中集团有限公司
　　　　上海进茂房地产经纪事务所
　　　　吴兴德　　王根宝
　　　　宋忠祥　　张永杰
　　　　徐士香　　吴志彬